高等学校计算机专业教材精选·计算机硬件

计算机组装与维护

茹庆云　主编

清华大学出版社

北京

内 容 简 介

本书是根据应用型人才培养强调基础知识和实际动手能力的要求,兼顾计算机基础教育特点而编写的。书中详细介绍了计算机主板、CPU、内存、显卡、常见外部设备、机箱、电源等最新计算机系统组件的组成、工作原理、基本性能参数等,全面讲解了计算机的组装、维护保养以及 BIOS 设置、系统性能优化、主流操作系统的安装、调试和常见注意事项。本书在编写时,注重培养读者的实践动手操作能力,尤其与现今计算机技术发展的方向紧密结合,本书内容实用,图文并茂,深入浅出,语言通俗易懂。

本书可作为高等学校"计算机组装与维护"课程的教材,也可供相关专业人员和计算机用户参考。

图书在版编目(CIP)数据

计算机组装与维护 / 茹庆云主编. —北京:清华大学出版社,2010.10
(高等学校计算机专业教材精选·计算机硬件)
ISBN 978-7-302-23763-1

Ⅰ. ①计… Ⅱ. ①茹… Ⅲ. ①电子计算机-组装-高等学校-教材 ②电子计算机-维修-高等学校-教材 Ⅳ. ①TP30

中国版本图书馆 CIP 数据核字(2010)第 168111 号

责任编辑:汪汉友
责任校对:焦丽丽
责任印制:李红英

出版发行:清华大学出版社   地   址:北京清华大学学研大厦 A 座
         http://www.tup.com.cn   邮   编:100084
社 总 机:010-62770175   邮   购:010-62786544
投稿与读者服务:010-62795954,jsjjc@tup.tsinghua.edu.cn
质 量 反 馈:010-62772015,zhiliang@tup.tsinghua.edu.cn
印 装 者:北京国马印刷厂
经   销:全国新华书店
开   本:185×260   印   张:16.75   字   数:399 千字
版   次:2010 年 10 月第 1 版   印   次:2010 年 10 月第 1 次印刷
印   数:1~4000
定   价:26.00 元

产品编号:038812-01

出 版 说 明

我国高等学校计算机教育近年来迅猛发展,应用所学计算机知识解决实际问题,已经成为当代大学生的必备能力。

社会的进步与经济的发展对高等学校计算机教育的质量提出了更高、更新的要求。现在,很多高等学校都在积极探索符合自身特点的教学模式,涌现出一大批非常优秀的精品课程。

为了适应社会的需求,满足计算机教育的发展需要,清华大学出版社在进行了大量调查研究的基础上,组织编写了《高等学校计算机专业教材精选》。本套教材从全国各高校的优秀计算机教材中精挑细选了一批很有代表性且特色鲜明的计算机精品教材,把作者们对各自所授计算机课程的独特理解和先进经验推荐给全国师生。

本系列教材特点如下。

(1) 编写目的明确。本套教材主要面向广大高校的计算机专业学生,使学生通过本套教材,学习计算机科学与技术方面的基本理论和基本知识,接受应用计算机解决实际问题的基本训练。

(2) 注重编写理念。本套教材作者群为各高校相应课程的主讲教师,有一定经验积累,且编写思路清晰,有独特的教学思路和指导思想,其教学经验具有推广价值。本套教材中不乏各类精品课配套教材,并力图努力把不同学校的教学特点反映到每本教材中。

(3) 理论知识与实践相结合。本套教材贯彻从实践中来到实践中去的原则,书中的许多必须掌握的理论都将结合实例来讲,同时注重培养学生分析问题、解决问题的能力,满足社会用人要求。

(4) 易教易用,合理适当。本套教材编写时注意结合教学实际的课时数,把握教材的篇幅。同时,对一些知识点按教育部教学指导委员会的最新精神进行合理取舍与难易控制。

(5) 注重教材的立体化配套。大多数教材都将配套教师用课件、习题及其解答,学生上机实验指导、教学网站等辅助教学资源,方便教学。

随着本套教材陆续出版,我们相信它能够得到广大读者的认可和支持,为我国计算机教材建设及计算机教学水平的提高,为计算机教育事业的发展做出应有的贡献。

清华大学出版社

前　　言

　　本书介绍了计算机组装与维护的基本方法与实用技术,阐述了微型计算机的基本组成、计算机硬件的分类、特点以及使用方法、计算机软件的安装和使用方法、计算机硬件和软件的维护。全书共分 13 章:第 1 章介绍了微型计算机的基本组成,第 2～7 章重点介绍了计算机的中央处理器、主板、外部存储器与磁盘驱动器、计算机内部存储器、计算机电源、显卡与显示器等硬件的工作原理、性能参数、最新技术、主流产品、选购策略、组装和常见故障及解决方法,第 8 章重点介绍了计算机的 BIOS 单元及其设置,第 9～11 章介绍了计算机的操作系统和应用软件的安装,第 12 章介绍了计算机病毒及其防范,第 13 章介绍了计算机常见故障及排除。本书叙述详细,图文并茂,深入浅出,语言通俗易懂。在内容上强调实用性、先进性,具有较强的可读性和操作性。

　　本书的主要特点如下。

　　(1) 针对程序设计教学的规律,精选课程内容,对过难或偏离程序本质的内容进行精简,以提高程序设计能力为主线贯穿本教程的始终。介绍程序设计计算法和实例讲解,以便学习和理解基本原理、方法和技术。

　　(2) 计算机组装与维护是一门实践性很强的课程,本书贯彻从实践中来到实践中去的原则,课堂教学与上机并重。部分章节习题中包含编程题。

　　(3) 参加本书编写的教师都是教学第一线的教师,经过多年教授"计算机组装维护"课程的实践,积累了一定的教学经验。针对初学者的特点,对内容精心取舍和编排。本书可作为高校学生"计算机组装与维护课程"的教材,同时也可作为培训教材和计算机爱好者的参考书。

　　本书由茹庆云担任主编,高新科、马世霞担任副主编、参加本书编写的还有张亚梅、刘丹、张正本、杜静翌,在本书的编写过程中得到了其他一些专家、学者的真诚帮助,在此一并表示感谢。

　　由于编者水平有限,错漏之处在所难免,希望广大读者批评指正。

编者

2010 年 5 月

目　　录

第1章　微型计算机概述

要了解计算机的安装及维护首先就要了解计算机的一些基本知识。本章首先介绍了计算机的发展,然后详细介绍了计算机的系统组成、计算机的配置情况及计算机对环境的要求。

了解微处理器发展的 5 个时代。掌握微型计算机的系统组成,理解微型计算机的硬件系统和软件系统。了解微型计算机的性能指标,掌握微型计算机的基本配置和增强性配置。掌握微型计算机对使用环境的基本要求。

1.1　微型计算机的发展

电子计算机是人类历史上最伟大的发明之一。1946 年,美国宾夕法尼亚大学研制成功了世界上第一台电子计算机 ENIAC,它标志着电子计算机时代的到来。随着电子技术,特别是微电子技术的发展,依次出现了分别以电子管电路、晶体管电路、小规模集成电路、大规模集成电路(Large Scale Integration, LSI)和超大规模集成电路(Very Large Scale Integration, VLSI)为主要元件的电子计算机。随着 LSI 和 VLSI 制造技术的发展,已经能把原来体积很大的中央处理器电路集成在一片面积很小(仅十几平方毫米)的电路芯片上,称为微处理器。微处理器的出现开创了微型计算机的新时代。微处理器是微型计算机的核心部件,它的性能在很大程度上决定了微型计算机的性能。因此,微型计算机的发展是以微处理器的发展而更新换代的。

1. 第 1 代微处理器和微型计算机(1971—1973 年)

第 1 代微处理器是 4 位和低档 8 位微处理器时代。它的芯片采用 MOS(Metal-Oxide-Semiconductor,金属氧化物半导体)工艺,集成度约为 2000 管/片,时钟频率为 1MHz,平均指令执行时间为 $20\mu s$。第 1 代微处理器的指令系统简单,运算功能单一,但价格低廉,使用方便,主要应用是面向袖珍计算器、家电、交通灯控制等简单控制场合。

2. 第 2 代微处理器和微型计算机(1973—1978 年)

第 2 代微处理器是成熟的 8 位微处理器时代。它的芯片采用 NMOS 工艺,集成度达到 $5000\sim9000$ 管/片,微处理器的性能技术指标有明显改进,时钟频率为 $2\sim4MHz$,运算速度加快,平均指令执行时间为 $1\sim2\mu s$,具有多种寻址方式。指令系统较完善,基本指令多达 100 多条。它在系统结构上已经具有典型计算机的体系结构,具有中断和 DMA(Direct Memory Access,直接存储器存取)等控制功能,设计考虑了计算机间的兼容性、接口的标准化和通用性,配套外围电路的功能和齐全的种类。8 位微处理器和以它为中央处理器构成的微型计算机广泛应用于信息处理、过程控制、辅助设计、智能仪器仪表和民用电器领域。

3. 第 3 代微处理器和微型计算机(1978—1983 年)

第 3 代是 16 位微处理器时代。此时处理器的集成度为 29 000 管/片,时钟频率为 $5\sim8MHz$,数据总线宽度为 16 位,地址总线为 20 位,可寻址内存空间达 1MB,运算速度比 8 位机快 2~5 倍。在 8086 微处理器推出后不久,为了与当时种类齐全的 8 位外围支持电路相配套,很快又推出了内部结构与 8086 相同,但外部总线只有 8 位的准 16 位微处理器 8088,它实际上是后来 16 位个人计算机的主流型 CPU。第 3 代微处理器具有丰富的指令系统和多种寻址方式,多种数据处理形式,采用多级中断,有完善的操作系统。由它们组成的微型计算机的性能指标已达到或超过当时的中档小型机的水平。

4. 第 4 代微处理器和微型计算机(1983—1993 年)

第 4 代是 32 位微处理器时代。它采用先进的高速 CHMOS 工艺,集成度为 1 万~50 万管/片,内部采用流水线控制,时钟频率达到 16~33MHz,平均指令执行时间约 0.1μs,具有 32 位数据总线和 32 位地址总线,直接寻址空间高达 4GB,同时具有存储保护和虚拟存储功能,虚拟空间可达 64TB(2^{64}B),运算速度为每秒 300 万~400 万条指令,即 3~4MIPS。内部数据总线宽度有 32 位、64 位和 128 位,分别用于不同单元间的数据交换。80486 还首先采用了 RISC(Reduced Instruction Set Computer,精简指令集计算机)技术,使中央处理器可以在一个时钟周期执行一条指令。它采用突发总线(Burst BUS)技术与外部 RAM 进行高速数据交换,大大加快了数据处理速度。由高性能 32 位微处理器组成的 32 位微型计算机的性能已达到或超过当时的高档小型计算机甚至大型计算机水平,被称为高档(超级)微型计算机。

5. 第 5 代微处理器和微型计算机(从 1993 年开始)

第 5 代微处理器的推出,使微处理器技术发展到了一个崭新阶段。1993 年 3 月,Intel 公司正式推出第 5 代微处理器 Pentium,作为 Intel 微处理器系列的新成员,Pentium 处理器不仅继承了其前辈的所有优点,而且在许多方面又有新的突破,使微处理器技术达到当时的最高峰。随后,Intel 公司不断将产品升级,相继推出了 Pentium Pro,Pentium Ⅱ,Pentium Ⅲ。2002 年末 Intel 公司又推出了目前的主流微处理器 Pentium 4。Pentium 4 采用 0.18μm 工艺,集成度为 4200 万管/片,具有两个一级高速缓存,512KB 的二级缓存,电源电压仅为 1.9V,主频为 1.3~3.6GHz,内部采用 20 级超标量流水线结构。增加很多新指令,更加有利于多媒体操作和网络操作。

1.2　微型计算机的系统组成

微型计算机系统由硬件系统和软件系统两大部分组成。硬件一般指由电子器件和机电装置组成的计算机实体,是看得见、摸得着的设备。依据功能和工作特点,可将硬件系统分为主机、外存储器和输入输出设备几大部分。软件一般指为计算机运行服务的全部技术和各种程序及数据。软件一般分为系统软件和应用软件两大类。

1.2.1　微型计算机的硬件系统

一般微型计算机的硬件系统由以下几部分组成:中央处理器、存储器(分为内存储器与外存储器)、输入设备和输出设备。下面对其各部分进行介绍。

1. 中央处理器

中央处理器简称 CPU(Central Processing Unit),它是计算机系统的核心,主要包括运算器和控制器两个部件。

计算机执行的所有动作都是受 CPU 控制的。其中运算器主要完成各种算术运算(如加、减、乘、除)和逻辑运算(如逻辑加、逻辑乘和逻辑非运算);而控制器不具有运算功能,它只是读取各种指令,并对指令进行分析,做出相应的控制。通常,在 CPU 中还有若干个寄存器,它们可以直接参与运算并存放运算的中间结果。

CPU 品质的高低直接决定了一个计算机系统的档次。CPU 可以同时处理的二进制数据的位数是其最重要的一个品质标志。人们通常所说的 16 位机、32 位机就是指该微型计算机中的 CPU 可以同时处理 16 位、32 位的二进制数据。

2. 内存储器

存储器是计算机的记忆部件,用于存放计算机进行信息处理所必需的原始数据、中间结果、最后结果及指示计算机工作的程序。

在存储器中含有大量的存储单元,每个存储单元可以存放 8 位的二进制信息,这样的存储单元称为一个字节(byte,B),即存储器的容量是以字节为基本单位的。存储器中的每一个字节都依次用从 0 开始的整数进行编号,这个编号称为地址。CPU 就是按地址来存取存储器中的数据。

存储器的容量是指存储器中所包含的字节数。通常又用 KB、MB、GB 与 TB 作为存储器容量的单位,其中 1KB=1024B,1MB=1024KB,1GB=1024MB,1TB=1024GB。

计算机的存储器分为内存(储器)和外存(储器)。内存储器又称为主存。CPU 与内存储器合在一起一般称为主机。内存储器是由半导体存储器组成的,它的存取速度比较快,但由于价格上的原因,其容量一般不能太大,随着微型计算机档次的提高,内存储器容量可以逐步扩充。内存储器按其工作方式的不同,可以分为随机存取存储器(RAM)和只读存储器(ROM)。RAM 允许随机地按任意指定地址的存储单元存取信息。由于信息是通过电信号写入 RAM 的,因此,在计算机断电后,RAM 中的信息就会丢失。ROM 中的信息只能读出而不能随意写入。ROM 中的信息是厂家在制造时用特殊方法写入的,断电后其中的信息也不会丢失。ROM 中一般存放一些重要的、且经常要使用的程序或其他信息,以避免其受到破坏。

3. 外存储器

外存储器又称辅助存储器(辅存)。外存储器的容量一般都比较大,而且可以移动,便于不同计算机之间进行信息交流。在微型计算机中,常用的外存有磁盘、光盘和磁带等。

(1)硬盘

硬盘是由若干片硬盘片组成的盘片组,一般被固定在计算机机箱内。与软盘相比,硬盘的容量要大得多,存取信息的速度也快得多。早期生产的硬盘的容量只有 5MB、10MB 和 20MB 等。目前生产的硬盘容量一般在 80GB 以上,甚至达到 500GB 或几 TB。

(2)软盘

软盘按尺寸分为 5.25 英寸(360KB/1.2MB)与 3.5 英寸(720KB/1.44MB)的软盘。以前最常用的是 3.5 英寸的双面高密度软盘,容量为 1.44MB。现在软盘已经趋于淘汰,在软盘的一个角上有一个滑动块,如果移动该滑动块即露出一小孔(称为写保护孔),则软盘上的信息只能被读出而不能写入。完整的软盘存储系统是由软盘、软盘驱动器和软盘控制器组成。软盘要插入软盘驱动器,由磁头对软盘上的信息进行读写。控制器是软盘驱动器与主机的接口。

(3)优盘

软盘是最早的移动存储器,但因其容量小、速度慢、数据安全性差的缺点,已逐步被优盘所取代。USB Flash Dish(闪盘或优盘)是采用 Flash Memory 作为存储器的移动设备,由于其掉电后能保持存储的数据不丢失,因此是移动存储设备的首选。优盘体积小、重量轻、容量大(1~4GB)、使用简便等特点使其广泛流行起来。

(4) 光盘

光盘作为外存储器被广泛使用。光盘主要有 3 类:只读性光盘、一次写入性光盘和可擦写光盘。只读光盘(CD-ROM)只能读出信息而不能写入信息。光盘上已有的信息是在制造时由厂家根据用户要求写入的,写好后就永久保留在光盘上。CD-ROM 中的信息要通过光盘驱动器才能读取。CD-ROM 的存储容量约为 650MB,适合于存储文献资料、影视动画、图形和图像等信息量比较大的内容。在多媒体计算机中,光盘驱动器已成为基本配置。目前 DVD-ROM 也逐渐普及。

4. 输入设备

输入设备是外界向计算机传送信息的装置。在微型计算机系统中,常用的输入设备有键盘、鼠标、扫描仪、条形码读入器、光笔、触摸屏等。

(1) 键盘

键盘由一组按阵列方式装配在一起的按键开关组成,每按下一个键就相当于接通了相应的开关电路,把该键的代码通过接口电路送入计算机。目前,微型计算机所配置的键盘有101 个键或 104 个键,键盘分为 4 个大区,即功能键、主键盘区、编辑控制键区和副键盘区。另外在键盘的右上方还有 3 个指示灯。键盘的使用比较简单,为了提高打字速度,十指应分工负责不同的按键,这就是"指法"。键盘的示意图和手指键位如图 1-1 所示。

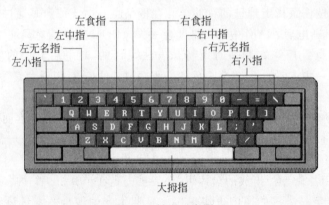

图 1-1　键盘示意图

① 主键盘区。主键盘区主要由字母键(A~Z)、数字键(0~9)、符号键(!、*、♯、? 和空格键等)和其他功能键(Tab、Caps Lock、Shift、Ctrl、Alt、Enter、Backspace)组成,它的按键数目及排列顺序与标准英文打字机基本一致。通过该键盘区可以输入各种命令,而通常情况下是和编辑控制键区的键一起用以文字的录入和编辑。

② 功能键区。功能键区是位于键盘上部的一排按键,从左到右分别是:Esc 键、F1~F12 功能键、Print Screen 键、Scroll Lock 键、Pause Break 键等。

③ 编辑控制键区。编辑控制键区主要用以控制光标的移动,主要包括下面这些键:Insert、Delete、Home、End、Page Up、Page Down、←、↑、→、↓ 等按键。

④ 副键盘区。副键盘区是为提高数字输入速度而增设的,由打字键区和编辑控制键区

中最常用的一些键组合而成,一般被编制成适合右手单独操作的布局,只有一个 Num Lock 键是特别的,它是数字输入和编辑控制状态之间的切换键。在 Num Lock 正上方的指示灯指出了当前所处的状态,当指示灯亮时,表示副键盘区处于数字输入状态,反之则处于编辑控制状态。

（2）鼠标

鼠标可以方便、准确地移动光标进行定位,它是一般窗口软件和绘图软件的首选输入设备。一般来说,安装鼠标后,在计算机的显示屏幕上就会出现一个"指针光标",其形状一般为一个箭头。鼠标按照工作原理可分为机械式鼠标、光学机械式鼠标及光电鼠标。由于早期的机械式鼠标采用全机械的结构,精度低且易损坏,目前已经被淘汰了;光学机械式鼠标的结构与机械式类似,但核心部分采用光学进行处理,精度高且寿命较长,目前使用得最为广泛。不过无法避免的物理损耗是它的致命伤;早期的光电鼠标需要特殊的光栅鼠标垫,使用很不方便,目前已经被新型的光电鼠标所取代,采用新光学引擎的光电鼠标有非常好的适用性,精确度更高、可靠性更好,目前是鼠标中的高端产品。

（3）扫描仪

扫描仪是一种用于输入图形或图像的专用输入设备。由于它可迅速地将图形或图像输入到计算机,因而已成为图文通信、图像处理、模式识别和出版等方面的重要输入设备。目前使用最普遍的是由线性电荷耦合器件阵列构成的电子式扫描仪,称为 CCD 扫描仪。

5. 输出设备

输出设备的作用是将计算机中的数据信息传送到外部媒介,并转化成人们所需要的某种表示形式。例如,将计算机中的程序、程序运行结果、图形、录入的文章等在显示器上显示出来,或者用打印机打印出来。在微型计算机系统中,最常用的输出设备是显示器、打印机和绘图仪等。

（1）显示器

显示器又称监视器(Monitor),它是计算机系统中不可缺少的部分,它的作用是将电信号转换成人们可以直接观察到的字符、图形或图像。显示器是由监视器和显示控制适配器组成。微型计算机系统中常用的是阴极射线显示器,简称 CRT。其工作原理是:电子枪的阴极在输入信号的控制下,发出强度不同的电子束,在加速电场和偏转磁场的作用下射向荧光屏,从而使荧光屏发出不同亮度或不同色彩的光,以达到显示的目的。

近年来,液晶显示器被广泛使用,它采用直接数码寻址显示方式,能够将显卡输出的视频信号经过 A/D 转换之后,根据信号电平中的"地址"信号,直接将视频信号一一对应地在屏幕上的液晶像素显示出来。与 CRT 显示器相比,液晶显示器拥有零辐射、低耗能、散热小、纤薄轻巧、精确还原图像、显示字符锐利、画面稳定不闪烁和屏幕调节方便等优势。

（2）打印机

打印机也是计算机系统最常用的输出设备。按照打印输出方式可分为:串行式(LPM)、行式和页式(PPM)。按照打印原理划分可分为:针式、字模式、喷墨式、热敏式、热转印式、激光式、LED 式、LCS 式、荧光式、电灼式、磁式和离子式等。目前主要的打印机是针式、喷墨和激光三大类。各种打印机与主机的连接大多是通过标准接口,其中有标准的串行接口和并行接口。

（3）绘图仪

绘图仪是一种图形输出设备。在绘图软件的支持下,绘图仪可以绘制出各种复杂、精确的图形,是计算机辅助设计必不可少的设备。绘图仪的性能指标主要有绘图笔数、图纸尺寸、分辨率、接口形式及绘图语言。

1.2.2　微型计算机的软件系统

系统软件是指管理、监控和维护微型计算机资源(包括硬件和软件)的软件。目前常见的系统软件有操作系统、各种语言处理程序、数据库管理系统及各种工具软件系统等。

应用软件是指除了系统软件以外的所有软件,它是用户利用微型计算机及其提供的系统软件为解决各种实际问题而编制的计算机程序。由于计算机已渗透到了各个领域,因此,应用软件是多种多样的。目前,常见的应用软件有:各种用于科学计算的程序包,字处理软件,计算机辅助设计、辅助制造和辅助教学软件,以及图形软件等。

提示:在组装微型计算机时,安装完毕硬件和操作系统后,还要为各硬件安装相应的驱动程序,硬件才能正常工作,这些驱动程序也属于应用软件,通常由硬件商随硬件提供。也可在生产厂家的网站上下载。

1.3　微型计算机的配置

微型计算机的硬件配置是指构成计算机的实体装置,主要包括机箱、主板、CPU、内存、显卡、硬盘、显示器、键盘、鼠标等。其配置的性能高低应根据用户需求和性能价格比而定。

1.3.1　微型计算机的性能指标

一台计算机的性能优劣,要由多项技术指标来综合评价,不同用途的计算机强调的侧重点也不同。通常微型计算机用下面几项指标来衡量其基本性能。

1. 字长

字长是指计算机内部参与运算的数的位数。它决定着计算机内部寄存器、ALU(Arithmetic and Logic Unit,算术逻辑单元)和数据总线的位数,直接影响着计算机的硬件规模和造价。字长直接反映了一台计算机的计算精度,为适应不同的要求及协调运算精度和硬件造价间的关系,大多数计算机均支持变字长运算,即机内可实现半字长、全字长(或单字长)和双倍字长运算。微型计算机的字长通常为 4 位、8 位、16 位和 32 位,64 位字长的高性能微型计算机也已推出。

2. 主存容量

主存容量是指主存储器所能存储二进制信息的总量。微型计算机的主存容量一般以字节(byte)数来表示,每 8 位(bit)二进制为一个字节,每 1024B 称为 1KB(1024B＝1KB),读作千字节;每 1024KB 为 1MB(1024×1024KB＝1MB),读作兆字节;每 1024MB 为 1GB,读作吉字节。目前,微型计算机的主存容量通常为 64MB、128MB、256MB、512MB、1GB、2GB、4GB 甚至 8GB。主存容量越大,软件开发和大型软件的运行效率就越高,系统的处理能力也就越强。

3. 运算速度

运算速度是衡量计算机性能的一个重要指标,在硬件一定的情况下,运算速度快慢与计算机所执行的操作及主时钟频率有关,执行的操作不同,所需要的时间不同,其运算速度也不同;执行同一种操作使用同一计算方法,计算机主时钟频率不同,运算速度也不同。现在普遍采用单位时间内执行指令的条数作为运算速度指标,并以 MIPS 作为计量单位。例如某微处理器在某一时钟频率下每秒执行 100 万条指令,则它的运算速度就为 1MIPS。目前高档微型计算机的运算速度已达 100～400MIPS。

4. 时钟频率(主频)

时钟频率是指 CPU 在单位时间(秒)内发出的脉冲数。通常,时钟频率以兆赫兹(MHz)为单位。时钟频率越高,计算机运算速度就越快。

需要指出的是,上述计算运算速度的方法显然是与计算机的主时钟频率有关的,主时钟频率不同,执行同样的指令,运算速度是不同的。每个计算机内都有一个主时钟源,它产生一定频率的连续时钟脉冲信号,为整个计算机提供时钟,称为主时钟,它是全机的时间基准信号,主时钟信号的频率称为计算机的主频。主频是决定计算机运算速度的关键指标,这也是人们在购买微型计算机或组装微型计算机时要按主频来选择 CPU 芯片的原因。例如,Pentium 计算机的主频有 166MHz、200MHz、233MHs、266MHz、300MHz、1GHz、2.1GHz 和 3.2GHz 等。

5. 可靠性

计算机的可靠性是一个综合的指标,应由多项指标来综合衡量,但一般常用平均无故障运行时间来衡量。平均无故障运行时间是指在相当长的运行时间内,用计算机的工作时间除以运行时间内的故障次数所得的结果。它是一个统计值,此值越大,则说明计算机的可靠性越高,即故障降低。目前微型计算机的平均无故障运行时间可高达数千小时。

6. 性能价格比

性能价格比是计算机性能与价格的比值,它是衡量计算机产品性能优劣的一个综合性指标。这里所说的性能除包括上述的几个方面外,还应包括软件功能(如高性能操作系统、各种高级语言和应用软件配置)、外部设备的配置,可维护性和兼容性等。显然,性能价格比的比值越大越好。一般来说,微型计算机的性能价格比要比其他类型计算机的性能价格比高得多。

1.3.2 微型计算机的基本配置

微型计算机的基本配置包括主机、显示器、键盘和鼠标。主机又包括机箱、电源、主板、CPU、内存、硬盘驱动器、软盘驱动器(简称软驱)、光盘驱动器(简称光驱)和显卡等。

1.3.3 微型计算机的增强性配置

目前计算机增强性配置是高速度大硬盘、大内存、图形加速显示、高速的 CD-ROM 驱动器。如果配置多媒体计算机系统,除此以外还有实时视频动态图像采集/压缩卡、实时音频采集/压缩卡和图形采集卡等多媒体扩展卡,以及光盘刻录机、扫描仪、录像机、录音机、音响等外部设备,这些构建成强大的多媒体硬件环境。

用户在配置微型计算机各硬件时,可访问中关村在线(http://www.zol.com.cn)等IT 网站,这些网站提供了许多配置方案、硬件产品介绍和最新的报价。

1.4　微型计算机的使用环境要求

计算机使用环境是指计算机对其工作的物理环境方面的要求。一般的微型计算机对工作环境没有特殊的要求,通常在办公室条件下就能使用。但是,为了使计算机能正常工作,提供一个良好的工作环境也是很重要的。下面是计算机工作环境的一些基本要求。

1. 环境温度

微型计算机在室温 15~35℃ 之间一般都能正常工作。但若低于 15℃,则软盘驱动器对软盘的读写容易出错;若高于 35℃,则由于计算机散热不好,会影响计算机内各部件的正常工作。在有条件的情况下,最好将计算机放置在有空调的房间内。

2. 环境湿度

放置计算机的房间,其相对湿度最高不能超过 80%,否则会由于结露使计算机内的元器件受潮变质,甚至会发生短路而损坏计算机。相对湿度也不能低于 20%,否则会由于过分干燥而产生静电干扰,引起计算机的错误动作。

3. 洁净要求

通常应保持计算机房的清洁。如果机房内灰尘过多,灰尘附落在磁盘或磁头上,不仅会造成对磁盘读写错误,而且也会缩短计算机的寿命。因此,在机房内一般应备有除尘设备。

4. 电源要求

微型计算机对电源有两个基本要求:一是电压要稳;二是在计算机工作时供电不能间断。电压不稳不仅会造成磁盘驱动器运行不稳定而引起读写数据错误,而且对显示器和打印机的工作有影响。为了获得稳定的电压,可以使用交流稳压电源。为防止突然断电对计算机工作的影响,最好装备不间断供电电源(UPS),以便断电后能使计算机继续工作一小段时间,使操作人员能及时处理完计算工作或保存好数据。

5. 防止干扰

在计算机的附近应避免干扰。在计算机正在工作时,还应避免附近存在强电设备的开关动作。因此,在机房内应尽量避免使用电炉、电视或其他强电设备。

除了要注意上述几点之外,在使用计算机的过程中,还应避免频繁开关计算机,并且计算机要经常使用,不要长期闲置。

本 章 习 题

一、填空题

1. _____ 年,美国宾夕法尼亚大学研制成功了世界上第一台电子计算机 _____,标志着电子计算机时代的到来。随着电子技术,特别是微电子技术的发展,依次出现了分别以 _____、_____、_____ 和 _____ 为主要元件的电子计算机。

2. 依据功能和工作特点,可将硬件系统分为 _____、_____ 和 _____ 等几大部分。

3. 软件一般分为 _____ 和 _____ 两大类。

4. 中央处理器简称 CPU,它是计算机系统的核心,主要包括 _____ 和 _____ 两个部件。

5. 计算机的存储器分为_____和_____。

6. 用于计算机系统的光盘主要有 3 类：_____、_____与_____。

7. 目前常见的系统软件有_____、_____、_____等。

8. 时钟频率是指_____。

9. 平均无故障运行时间是指_____。

二、选择题

1. 随着 LSI 和 VLSI 制造技术的发展,已经能把原来体积很大的 CPU 电路集成在一片面积很小(仅十几平方毫米)的电路芯片上,称为(　　)。

  A. 微处理器　　　　　B. 显卡　　　　　C. 芯片　　　　　D. 声卡

2. 微型计算机系统由(　　)和(　　)两大部分组成。

  A. 硬件系统 软件系统　　　　　　　　B. 显示器 机箱

  C. 输入设备 输出设备　　　　　　　　D. 微处理器 电源

3. 计算机发生的所有动作都是受(　　)控制的。

  A. CPU　　　　　　　B. 主板　　　　　C. 内存　　　　　D. 鼠标

4. 其中运算器主要完成(　　)。

  A. 算数运算　　　　　　　　　　　　B. 逻辑运算

  C. 函数运算　　　　　　　　　　　　D. 算数运算和逻辑运算

5. 下列设备中不属于输入设备的是(　　)。

  A. 键盘　　　　　　　B. 鼠标　　　　　C. 扫描仪　　　　D. 打印机

三、简答题

1. 微型计算机的发展经过了哪几代?

2. 微型计算机输出设备的作用是什么? 常用的输出设备有哪些?

3. 微型计算机输入设备的作用是什么? 常用的输入设备有哪些?

4. 微型计算机常用的外存储器有哪些?

5. 目前微型计算机上常用的软盘尺寸分为哪两种? 容量分别是多少?

6. 微型计算机的性能指标有哪些?

7. 使用过程中微型计算机对环境有哪些特殊的要求?

四、操作题

1. 到当地的电子计算机配件市场去调查一下,观察各种配件,并询问价格,从而了解当今硬件的配置情况,根据调查结果给出适合不同场合的计算机最佳配置列表。

2. 打开一台计算机观察它内部的各个部件及组成情况。

3. 根据计算机对环境的要求,同时考虑当地的实际情况,假如你是一名机房管理人员,你要采取哪些措施(比如购置 UPS 等)?

第2章 主 板

本章内容主要包括主板的分类、主板的组成、典型主板芯片组和主板中的新技术。实训内容为主板的安装和拆卸,以及主板驱动程序的安装。

要求了解主板中的新技术,掌握主板的分类、主板的组成和典型主板芯片组,熟练掌握主板的安装和拆卸方法、主板驱动程序的安装方法。

2.1 主板的分类

主板(Mainboard)也叫母板(Motherboard)或者系统板(System board)。主板和 CPU 一样,是微型计算机中最关键的部件之一。它是连接各个部件的物理通路,也是各部件之间数据传输的逻辑通路。从某种意义上说,主板比 CPU 更关键。因为几乎所有的部件都会连接到主板上,主板性能的好坏,将直接影响到整个系统的运作情况。主板也是与 CPU 最紧密配套的部件,每出现一种新型的 CPU,都会推出与之配套的主板控制芯片组,否则将不能充分发挥 CPU 的性能。主板是微型计算机系统中最大的一块电路板。当微型计算机工作时,从输入设备输入数据,由 CPU 处理,再由主板负责组织输送到各个设备,最后经输出设备输出。

常见的微型计算机主板分类方式有以下几种。

2.1.1 按主板上使用的 CPU 架构分类

不同的 CPU 需要搭配不同的主板。在早期的微型计算机系统(包括早期的 486 微型计算机)里,CPU 都是直接焊接在主板上的。到了 486 以后,为了增强用户购买微型计算机的灵活性和便于用户升级,就在焊接 CPU 的位置装上了 CPU 插座,而不再将 CPU 直接焊在主板上。

主板按照 CPU 接口的架构分为 Socket A、Socket 370、Socket 478 等。这几种接口的主板,分别适合不同的 CPU 类型。Socket 478 和 Socket A 架构的主板,如图 2-1 所示。

(a) Socket 478   (b) Socket A

图 2-1　Socket 478 和 Socket A 架构的主板

特别需要注意的是，同一名称的 CPU 由于内核不同（例如 Athlon XP 有 Palomino、Thoroughbred 和 Barton 内核等），芯片组也不相同，与这种 CPU 配套的主板也不同。

2.1.2　按主板的结构分类

生产主板时都必须遵循行业规定的技术结构标准，以保证主板在实际安装时的兼容性和可互换性。结构标准决定了主板的尺寸和结构类型，在用户实际组装或升级时，不同结构的主板对机箱规格和箱内电源的技术规格要求也有所不同。目前，仍然使用的结构标准有 Baby AT，ATX，Micro ATX 和 NLX 等。

1. Baby AT 结构

在 IBM PC 推出后的第三年，即 1984 年，IBM 公布了 PC-AT 标准。AT 主板尺寸较大，板上能放置较多的元件和扩充插槽。但随着电子元件集成化程度的提高，相同功能的主板不再需要全 AT 板的尺寸，因此在 1990 年推出了 Baby AT 主板规范。

Baby AT 主板是从最早的 XT 主板继承来的，比 AT 主板略长，其宽度却大大窄于 AT 主板。Baby AT 主板沿袭了 AT 主板的 I/O 扩展插槽、键盘插座等外部设备接口及元件的摆放位置，而对内存槽等内部元件结构进行了紧缩，再加上大规模集成电路的使用使内部元件数量减少，使得 Baby AT 主板比 AT 主板布局紧凑而功能不减。

Baby AT 主板除了在主板上设置一个键盘插座外，还将串、并口等插座全部改用电缆连接，安装在机箱后框上。Baby AT 主板现在已经退出市场。

2. ATX 和 Micro ATX 结构

（1）ATX 结构

由于 Baby AT 主板的不规范和 AT 主板结构过于陈旧，Intel 在 1995 年 1 月公布了扩展 AT 主板结构的 ATX(AT eXtended) 主板标准。这一标准得到世界主要主板厂商的支持。1997 年 2 月，推出了 ATX2.01 版。标准 ATX 主板结构如图 2-2 所示。

图 2-2　标准 ATX 结构的主板

标准 ATX 主板的尺寸通常"横长竖短"，俗称"大板"，其主要特点是将键盘、鼠标、串口、并口、内置声卡等接口直接设计在主板上。另外，ATX 主板必须使用 ATX 结构的机箱电源，这样才能保证 ATX 主板的软关机、定时关机、Modem 唤醒、键盘开机等特殊功能的实现。

（2）Micro ATX 结构

Micro ATX 主板俗称"小板"，保持了标准 ATX 主板背板上的外部设备接口位置，与 ATX 兼容。Micro ATX 主板把扩展槽减少为 3～4 只，DIMM 插槽为 2～3 个，从横向减少了主板宽度，比 ATX 标准主板结构更为紧凑，从而降低了成本。Micro ATX 主板结构如图 2-3 所示。

现在还有一种所谓的 Flex ATX 主板，在结构和外形上与 Micro ATX 主板并无太大的区别，只不过更窄些，只有两个 PCI 插槽。

3. NLX 结构

NLX（Now Low Profile Extension，新型小尺寸扩展结构标准）主板主要是国外品牌机使用的主板，它由主板和扩展槽两部分组成。它在将各串、并等接口直接安装在主板上后，专门用一块电路板将扩展槽设置在上面，然后再将这块板插入主板上预留的一个安装接口槽，这样可以将机箱尺寸做的比较小。如果某台卧式机箱的板卡横着（水平）插或者立式机箱的板卡竖着（垂直）插，就基本上可以肯定它使用的就是 NLX 主板。

4. BTX 结构

BTX（Balanced Technology Extended）型主板是一种最新的主板结构标准，将会取代 ATX 结构。它根据板型宽度的不同，分为标准 BTX、Micro BTX 和 Pico BTX 结构。目前流行的新总线和接口（如 PCI Express）就是采用这种新型主板结构的。BTX 结构是在 2004 年下半年开始推出的产品。BTX 结构主板示意图如图 2-4 所示。

图 2-3　Micro ATX 结构的主板　　　　　图 2-4　BTX 结构主板示意图

2.1.3　按逻辑控制芯片组分类

芯片组（Chipset）是主板上最重要的部件，是主板的灵魂，主板的功能主要取决于芯片组。芯片组由 1～4 片集成电路组成，负责管理 CPU、内存、各种总线扩展以及外部设备等。图 2-5 所示是最常见的由两片芯片组组成的主板的功能示意图。芯片组厂家提供的功能示意图常常采用如图 2-6 所示的形式。

生产主板芯片组的厂家主要有 Intel、AMD、nVIDIA、VIA（威盛）、SiS（矽统）、ALi（扬智）、ATi 等。根据 CPU 的架构，控制芯片组分为不同型号，如同 Pentium 系列一样分为 FSB 800/533/400MHz 的 i915P/i925 芯片组，支持 FSB 533/400MHz 的 i845PE 等。

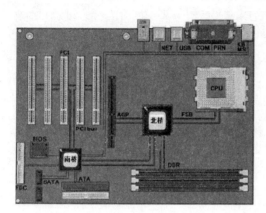

图 2-5　主板功能示意图

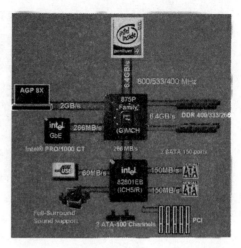

图 2-6　芯片组厂家提供的功能示意图

2.1.4　按是否为集成型主板分类

集成型(All-In-One)主板,又称整合型主板或一体化主板,即主板上集成了音频、视频处理和上网功能。通俗地解释,就是显示卡、声卡、网卡等扩展卡都被做到了主板上了。显示卡的功能一般集成到北桥芯片中,集成显示卡的一个重要特点就是显示内存使用共享主板上的内存。一些集成主板上还配有显示卡扩展槽,这样,如果觉得集成在主板上的显示卡的功能不足以胜任时,可将其屏蔽掉,再安装功能更强大的显示卡,不必丢弃原主机板上任何硬件,从而增强了主板的扩展性。在很多入门级和商用微型计算机中多采用集成主板。集成主板具有高性价比、高性能和高集成度的优点,也不会出现不兼容的问题。集成主板性能的高低、功能的优劣是由其采用集成芯片组来决定的。

Intel、SiS、nVIDIA、VIA、ALi、ATi 等芯片组厂商,都拥有属于自己的集成型主板芯片组。

2.1.5　按生产主板的厂家分类

生产主板芯片组的厂家虽然只有 Intel、AMD、nVIDIA、VIA、SiS、ALi 等几家,但生产主板的厂家却很多。市场上常见的主板品牌有微星(MSI)、华硕(ASUS)、佰钰(Acorp)、建碁(Aopen)、磐正(EPoX)、升技(Abit)、硕泰克(Soltek)、映泰(BIOSTAR)、捷波(Jetway)、技嘉(Gigabyte)、联想(QDI)等。

2.2　主板的组成

主板虽然档次不同,品牌多,但其组成和使用的技术基本一致。目前,市场上的 CPU架构虽然有 Socket A、Socket 370、Socket 478、Socket 775 等几种,但除 CPU 接口不同外,其组成结构几乎相同。认识主板的第一步就是对照主板图片和说明来熟悉主板上各插槽(座)、接口和跳线的位置。下面以市场上流行的 ATX 结构主板为例,介绍主板上的主要部件及其功能,如图 2-7 所示。

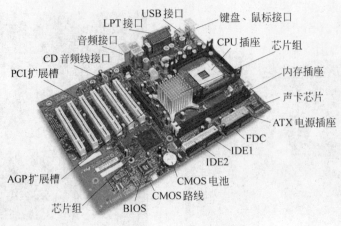

图 2-7　主板结构

2.2.1　PCB 基板

　　PCB(Printed Circuit Board,印制电路板)基板由多层 PCB 构成,在每一层 PCB 板上,都密布有信号走线。在运行的时候,这么多不同的信号线之间难免会出现电磁干扰的现象,最终导致信号不稳定,系统运行不稳定。因此,一般除了对走线的布局及间距进行改进外,好的主板多采用 6 层 PCB 板结构,中间加入屏蔽层来避免各层间的信号干扰现象,达到稳定性的要求。

2.2.2　CPU 插座

　　现在流行的 CPU 插座(CPU Supported)都采用 ZIF(Zero Insert Force)标准,常见的 CPU 插座按处理器接口架构分为 Socket A/462(支持 AMD Athlon XP 和 Duron 系列的 CPU)、Socket 370(支持 Intel Pentium Ⅲ、Celeron)、Socket 478(支持 Intel Pentium 4 系列的 CPU,包括 Pentium 4 Celeron)、Socket 775 等几种,如图 2-8 所示。

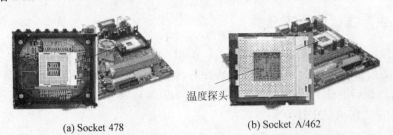

(a) Socket 478　　　　　　　　　(b) Socket A/462

图 2-8　CPU 插座

　　在 CPU 插座内一般都有一个温度探头,用来探测 CPU 的温度。并将测得的温度在主板 BIOS 中显示出来。

2.2.3　主板芯片组

　　主板芯片组是主板的灵魂和中枢,这不仅在于它负责主板上各种总线之间的数据和指令传输,而且还承担着硬件资源的分配与协调任务。芯片组通常由两片组成,按照地图"上北下南"的方法,靠近 CPU 插座的称为北桥芯片(North Bridge Chipset)。因其工作时产生的热量较大,北桥芯片上面覆盖着一块散热片,有的则加上了散热风扇。北桥芯片负责 CPU、内存、AGP 显示卡之间的数据、指令的交换、控制和传输任务。南桥芯片(South Bridge Chipset)负责外部存储器(硬盘、光驱)以及其他硬件资源(USB、PCI、ISA 等设备)的控制、调配及传输任务。随着主板芯片组集成技术的提高,许多主板的芯片组已经开始用一块单芯片。主板芯片组也逐步开始集成显示卡、声卡和网卡等部件。常见的主板芯片组主要是 Intel、VIA、SiS、ALi、nVIDIA、ATi 等芯片组厂商的产品,如图 2-9 所示。

图 2-9　主板芯片组

2.2.4　总线扩展槽

用于扩展 PC 功能的插槽通常称为 I/O 插槽,大部分主板都有 1~8 个扩展槽。扩展槽(Slot)又称插槽,它是总线的延伸,也是总线的物理体现,在扩展槽中可以插入适配卡,如显示卡、声卡、Modem 卡及网卡等。

总线是构成计算机系统的桥梁,是各个部件之间进行数据传输的公共通道。扩展槽按其发展历史和连接的总线类型分为许多种,常见的总线结构有 ISA、MCA、EISA、VESA 和 PCI 几种,其对应的扩展槽为 ISA 扩展槽、MCA 扩展槽、EISA 扩展槽、VESA 扩展槽和 PCI 扩展槽。其中,后面两种为局部总线标准,前三种为总线标准。现在多数主板上只有 PCI 局部总线扩展槽。主板上的 ISA 与 PCI 总线扩展槽分别如图 2-10 与图 2-11 所示。

图 2-10　ISA 总线扩展槽

图 2-11　PCI 局部总线扩展槽

1. ISA 扩展槽

ISA(Industry Standard Architecture,工业标准体系结构)是 IBM 公司在 PC 中最早推

出的一种总线标准。该标准定义了系统总线标准,数据总线宽度为 8 位(bit),工作频率为 8MHz,数据传输速率最高为(8×8bMHz)/8=8MBps。ISA 扩展槽为黑色的。

最初的 XT 机使用 8 位总线,所以最初的 ISA 扩展槽是 8 位的。当 IBM 公司开发出 286 微型计算机后,8 位总线显然太慢了。于是提出了 16 位的 ISA 扩展槽,即在原来的 62 个触点前增加了 36 个触点。从图 2-10 可以看出,这种扩展槽分为两段。在 16 位槽上既可以插 8 位的插卡,也可以插 16 位的插卡。ISA 总线是一种已被淘汰的总线,有些主板上保留它只是为了兼容已有的大量 ISA 插卡。

2. PCI 扩展槽

20 世纪 90 年代,随着图形处理技术和多媒体技术的广泛应用,以及以 Windows 为代表的新一代操作系统的推出,对总线提出了更高的性能要求,总线技术迅猛发展。1991 年下半年,Intel 公司首先提出了 PCI 的概念,并联合 IBM、Compaq、HP、DEC 等 100 多家公司成立了 PCISIG(Peripheral Component Interconnect Special Interest Group,外围部件联合专门权益组织)。PCI 是一种先进的局部总线,它取代了 VL 总线,已经成为局部总线的新标准。

PCI 总线是一种不依附于某个具体处理器的局部总线。从结构上看,PCI 是在 CPU 和外部设备(如显示卡)之间插入的一级总线,具体由一个桥接电路实现对这一层的管理,并实现上下之间的接口以协调数据的传送。管理器提供了信号缓冲,支持 10 台外部设备。PCI 的工作频率为 33.3MHz,数据宽度是 32 位,最大数据传输速率为(33.3MHz×32b)/8=133MBps,且与 CPU 及时钟频率无关,能自动识别外部设备。现在使用的是 PCI 局部总线规范的 2.0 版或 2.1 版,总线时钟频率为 66.6MHz。PCI 扩展槽为白色,能插 PCI 显示卡、PCI 声卡、PCI 网卡等扩展卡。

2.2.5 AGP 接口插槽

AGP(Accelerated Graphics Port,加速图形端口)是 Intel 为配合 Pentium Ⅱ 处理器开发的,于 1996 年提出的规范标准,用于解决 3D 图形处理能力不足的问题。

AGP 不是一种总线结构,它是点对点连接的,即连接控制芯片和 AGP 显示卡。AGP 在主存与显示卡之间提供了一条直接的通道,使得 3D 图形数据越过 PCI 总线,直接送入显示子系统。这样就能突破由于 PCI 总线形成的系统瓶颈,从而达到高性能 3D 图形的描绘功能。AGP 标准可以让显示卡通过 AGP 接口调用系统主存做显存(即 DME,Direct Memory Execution,直接内存执行),这是一种解决显示卡板载显示内存不足的廉价解决方案。

1. AGP 的规格

AGP 通道位宽为 32 位,早期的 AGP 1X 技术的时钟频率是 66.6MHz,并没有提供 DME 工作方式,最大数据传输速率为(66.6MHz×1×32b)/8=266MBps;随后的 AGP 2X 的工作频率和 1X 模式一样是 66.6MHz,只不过 AGP 2X 采用上升和下降沿(Rising and Falling Edges)触发的工作方式,使得一个频率周期触发两次,相当于提高到 133MHz,传输频率再次加倍,成为(66.6MHz×2×32b)/8=532MBps。随着 AGP 2.0 规格的确定,出现了 4X 模式,市场上大部分主板上 AGP 插槽都属于 AGP 4X 格式。AGP 4X 最高传输频宽的理论值可达到(66.6MHz×4×32b)/8=1064MBps。

AGP 8X 是 Intel 公司最新发布的图形端口规格 AGP 3.0。AGP 8X 被定义为一条 32 位宽的并行总线,运行于 533MHz,总带宽大约为 $(66.6MHz \times 8 \times 32b)/8 = 2.1GBps$。AGP 8X 并非真正的向前兼容,按照目前的规范来看,AGP 8X 并不支持 AGP 1X/2X 的信号。

为了解决 AGP 插槽供电不足和显示卡的散热问题,Intel 公司还公布了 AGP Pro 技术。在外形上,AGP Pro 插槽比 AGP 插槽前后都长出一截,利用延伸插槽中的引脚提供额外的电源,供给显示卡使用。从所能提供的功率方面来讲,AGP Pro 总线可分为两个不同的版本:AGP Pro 50 和 AGP Pro 110。AGP Pro 50 可支持功率在 25~50W 范围之内的显示卡,而后者所能支持的功率则高达 50~110W。AGP Pro 插槽用于安装 AGP Pro 显示卡,也可以兼容普通 AGP 4X 显示卡。但是为了防止用户在使用 AGP 4X 显示卡的时候插错位置,绝大多数厂商都会在 AGP Pro 插槽的最前端插入一小块塑料片并用贴纸封住,以防插错导致烧毁板卡。

AGP Pro 可以为新一代显示卡提供充足的电源和散热解决方案,不过考虑到 AGP Pro 主流显示卡芯片的成本和目前显示卡的功率需求,家用级别的 AGP Pro 显示卡寥寥无几,但是在很多高档主板上已经率先采用了 AGP Pro 插槽,以保证对 AGP Pro 显示卡的兼容性。

2. AGP 插槽的形状

AGP 插槽的形状与 PCI 扩展槽相似,位置在 PCI 插槽的右边偏低。AGP 插槽只能用于插显示卡,因此在主板上 AGP 接口只有一个。不同规格的 AGP 插槽,如图 2-12 所示。

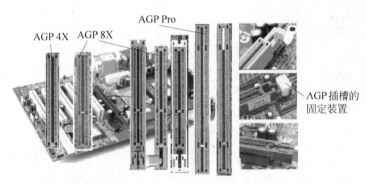

图 2-12　不同规格的 AGP 插槽

常见的 AGP 工作模式有 AGP 1X、AGP 2X、AGP 4X 和 AGP 8X。其中,AGP 1X、AGP 2X、与 AGP 4X、AGP 8X 的插槽和显示卡的金手指不一样。

为防止显示卡在主板上翘起,AGP 8X 插槽后端有一个固定装置,用于锁住安装后的显示卡。如果要取出显示卡,则要将其拉开。另外,增强型 PCI 显示卡插槽 PCI-E 已经变为目前市场显示卡插槽的主流。

2.2.6　内存插槽

内存条插槽的作用是安装内存条。目前最流行的内存条有 SDRAM、DDR SDRAM 和 RDRAM 3 种,相应的内存插槽也有 3 种,如图 2-13 所示。

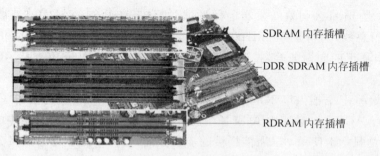

SDRAM 内存插槽

DDR SDRAM 内存插槽

RDRAM 内存插槽

图 2-13　内存插槽

SDRAM 内存条共有 168(84×2 面)个接触点,故这种内存又被称为 168 线内存。而 DDR SDRAM 有 184 个接触点。虽然 SDRAM 内存条和 DDR SDRAM 内存条的长度相同,而且其内存颗粒的形状也几乎完全一样,但 SDRAM 的金手指(内存条、显示卡等与主板接触的金色印制电路部分)处有两个缺口,而 DDR SDRAM 的只有一个缺口,这是辨别 SDRAM 和 DDR SDRAM 最简单有效的办法。RDRAM 内存条也有 184 个接触点。SDRAM 与 DDR SDRAM 的内存插槽称为 DIMM 插槽,RDRAM 内存条的插槽称为 RIMM 插槽。

对于支持双通道 DDR 内存的 800MHz FSB 处理器的主板,4 条内存插槽用两种不同颜色区分。要实现双通道必须成对地配备内存,用不同颜色区分就可以方便用户配置双通道,只需将两条完全一样的 DDR 内存插入同一颜色的内存插槽中即可。

图 2-14　双通道 DDR SDRAM
的终结电阻

在内存插槽的下方有多组排电阻,是双通道 DDR SDRAM 的终结电阻,如图 2-14 所示。在这里,它们分别起着连接数据线和为 VTT 数据线提供上拉电势的作用。这样,便在 DDR 内存系统中起到终结电阻的作用。根据内存插槽数量的不同,终结电阻的阻值也有所不同。

终结电阻设在数据总线的终端。这是因为如果数据总线的终端一旦悬空,那么信号到了线路的末端就会反射回来,从而产生严重的干扰,而终结电阻的作用就是降低干扰。另外,终结电阻阻值的大小直接决定了数据线的信噪比和反射率。终结电阻阻值小,则数据线信号反射弱,但是信噪比也较低;而终结电阻阻值大,则数据线的信噪比也高,但这时信号的反射也会增强。因此,在 DDR SDRAM 的数据总线上要使用合适的电阻器,以保证线路能够有较为平稳的信噪比。

对于双通道 DDR 内存架构和频率更高的 RDRAM 内存架构,许多主板还为其设计了专用的供电电路,这样可以确保内存条在更高的工作频率下,保持良好的稳定性。

2.2.7　BIOS 单元

BIOS(Basis Input Output System,基本输入输出系统),它的全称是 ROM BIOS,即只读存储器基本输入输出系统。BIOS 程序是微型计算机中最基础、最重要的程序,它为计算机提供最底层、最直接的硬件控制。这段程序保存在主板上的一个只读存储器(ROM)芯片中,BIOS 程序包括计算机最重要的基本输入输出的程序(控制键盘、显示器、磁盘驱动器和通信端口等基本功能的代码)、系统设置程序、开机上电自检程序和系统启动自举程序。BIOS 程序是连接软件程序与硬件设备的接口程序,负责解决硬件的即时要求,并按软件对硬件的操作要求具体执行。简单地说,它是连接计算机硬件与操作系统的桥梁。

一块主板性能优越与否,很大程度上就取决于 BIOS 程序管理功能是否合理、先进。每块主板上至少有一块 BIOS 芯片。最初的主板 BIOS 芯片采用的是 ROM,其中的代码是在芯片生产过程中固化的,且永远无法修改。后来,采用一种可重复写入的 EPROM(可擦编程 ROM)作为 BIOS 芯片,上面的标签起着保护 BIOS 内容的作用(紫外线照射会使 EPROM 内容丢失),不能随便撕下。586 以后的 ROM BIOS 多采用 Flash ROM(闪存可擦编程只读存储器),通过跳线开关和系统配带的驱动程序,可以对 Flash ROM 重写,实现 BIOS 升级。也正是由于 Flash ROM 可由用户更改其中的内容,所以 BIOS 是主板上唯一可能被病毒攻击的芯片。BIOS 中的内容一旦破坏,主板将不能工作。因此,主板厂商对 BIOS 采用了多种保护措施,例如有的主板就采用了双 BIOS 芯片技术,主板上有两片 BIOS,当主 BIOS 被破坏后,后备 BIOS 就自动生效开始工作。

1. BIOS 芯片

主板 BIOS 主要有 Award BIOS、AMI BIOS 和 Phoenix BIOS 三种类型。国内品牌机和组装机的主板上主要使用 Award BIOS 和 AMI BIOS,进口品牌机中多使用 Phoenix 或专用的 BIOS。在芯片上都能找到厂商的标记。常见 BIOS 芯片如图 2-15 所示。

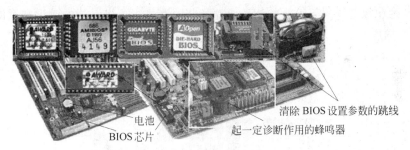

图 2-15　BIOS 芯片

用户在 BIOS 中设置的各项参数保存在南桥芯片中的 RAM 单元中。关机后,为了维持 BIOS 的设置参数和主板上系统时钟的运行,主板上都装有一块电池,现在多采用纽扣电池。电池的寿命一般为 2~3 年。由于电池容易造成电解液泄露,腐蚀主板,所以应注意更换。若长时间不用机器,应从主板上取下电池。

另外,在电池旁边都有一个用来清除 BIOS 用户设置参数的跳线或 DIP 开关,这样,用户在错误地设置了 BIOS 参数或忘记 BIOS 口令后,可通过放电来恢复出厂默认设置。

2. CMOS 与 BIOS 的区别

主板上用来存储 BIOS 程序的芯片,被称为 BIOS ROM;用来保存对 BIOS 进行修改后的参数的芯片,称为 CMOS RAM(随机存储器)。

Pentium II 时代后,主板芯片组开始逐渐形成南北桥分工架构。北桥芯片主要负责内存和图形管理,南桥芯片主要负责对键盘、鼠标以及 RTC、USB、IDE、ACPI 等外围设备的控制。从这一时期开始,将 CMOS RAM 和 RTC(实时时钟)集成在南桥芯片里,成为厂商的通用做法。由于 CMOS RAM 和 RTC 电路已集成在南桥芯片中,这样,主流主板上能看到的相关电路就只剩下给 CMOS RAM 提供备用电源的锂电池(常见的是 CR 2032 纽扣电池)和存储着 CMOS 参数设置程序的 BIOS ROM。

BIOS ROM 里包括 BIOS 中断服务程序,CMOS 参数设置程序,POST 上电自检程序,系统启动自举程序以及 CMOS 设置程序调用的各种参数。当用户修改 CMOS 参数后,用户设置的参数被保存在 CMOS RAM 中对应的单元中。微型计算机启动后,BIOS 系统会在 POST(Power On Self Test)过程中调用这些参数,从而实现硬件设置的改变。

因此,对 CMOS 的放电操作实际上是对保存在 CMOS RAM 里的用户数据进行清空操作,即 CLEAR CMOS。

2.2.8 供电单元

主板上不同的硬件子系统需要不同的电压,主要分为三大类:键盘控制器、BIOS 芯片等部件需要+5V 电压;内存、AGP 通道等系统 I/O 电压则需要+3.3V;而不同的 CPU 的核心电压并不一样,现在主流 CPU 的电压只有 1.5V 左右。

ATX 电源输出的电压有+5V、+12V、+3.3V、-5V、-12V、+5V Stand BY(辅助+5V)等,这些电压是不能直接提供给主板使用的,例如,CPU 的内核电压值(1.5V 左右)远低于开关电源可以提供的最低电压,为此必须进行电压的转换,将电压变换为 CPU 所能接受的内核电压值。另外,由于开关电源送来的电流中依然存在各种杂波和干扰信号,因此主板上由电容和扼流线圈等组成的滤波电路还将对其进行更进一步的整形和过滤。

1. 电源插座

主板、键盘和所有接口卡都通过电源插座供电。现在,主板上都使用 ATX 电源。ATX 电源插座是 20 芯双列插座,如图 2-16 所示,具有防插错结构。在软件的配合下,ATX 电源可以实现软件开关机和键盘开关机、远程唤醒等电源管理功能。

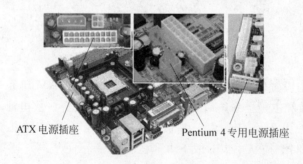

ATX 电源插座　　　　　　　　Pentium 4 专用电源插座

图 2-16　电源插座

对于 Pentium 4 主板,由于 CPU 的耗电量很大,需要专用的 CPU 电源。在 Pentium 4 主板上会多出两个电源插座,一个类似于早期 AT 电源上与主板连接的插头,另外一个则是 4 芯插头。这两个额外电源输出插头的作用是辅助 CPU 和 AGP 显示卡的供电,如图 2-16 所示。

2. CPU 供电单元

主板上的 CPU 供电电路最主要的功能是为 CPU 提供电能,保证 CPU 在高频、大电流工作状态下稳定地运行。主板上的 CPU 核心供电电路其实就是一个简单的开关电源,

＋12V 来自 ATX 电源的输出电压,通过一个由电感线圈和电容组成的滤波电路,然后进入两个开关晶体管 MOSFET(Metallic Oxide Semiconductor Field Effect Transistor,场效应管)组成的电路。此电路受 PWM(Pulse Width Modulation,脉冲宽度调制)电源控制芯片的控制,输出要求的电压和电流。再经过由电感和电容组成的滤波电路后,得到平滑稳定的电压,这就是常说的"多相"供电中的"一相"。

单相供电一般可以提供最大 25A 的电流,而现在主流 CPU 的功率已达到 70～80W,工作电流达到 50A。但单相供电无法提供足够可靠的动力,所以现在主板的供电电路设计都采用了两相、三相、四相的设计。两相供电电路其实就是两个单相电路的并联,因此它可以提供双倍的电流。如果电路的转换效率不是很高,那么采用两相供电的电路就可能无法满足 CPU 的需要,所以又出现了三相、四相供电电路。例如,四相供电可以看做 4 个单相电源结合周围的 MOSFET(一般每相两个)、电感、电容等构成的供电电路。Pentium 4 及 Athlon XP 主板,很多都采用三路并联的三相供电模式,可使提供给 CPU 的持续电流达 45A,按设计规范最大不超过 66A。当电压为 1.5V 时,输出功率可达 67.5～99W,可以满足对 Pentium 4 及 Athlon XP 大功率 CPU 的供电要求。图 2-17 所示分别为两相、三相、四相 CPU 供电电路。

图 2-17　主板 CPU 的供电电路

目前,不少主板在其供电部分采用了专用的电源管理芯片,以负责直流电压的准确转换。例如,RT 9241、RT 9602、HIP 6302、HIP 6602 等电源管理芯片支持二、三、四相同步整流的电源转换,在四相架构下,可以精确地平衡各相供电电路输出的电流,以维持各功率组件的热平衡。在 CPU 供电电路中,还有一颗负责分频和控压的芯片,例如,Attansic ATXP1。

除了在主板周围布置电压转换电路之外,高档的主板还在内存插槽周围和 AGP 插槽周围设计了专用的供电电路。

2.2.9　硬盘、光驱、软驱接口

主板芯片组(单芯片组不存在南北桥)中的南桥芯片用来负责 IDE 设备的管理、控制和传输,而当需要主板支持磁盘阵列(RAID)或新型的 SATA 硬盘接口时,则需要专用芯片的支持。

1. IDE 接口插槽

普通主板通常只有两个 IDE 接口,每个 IDE 接口可以接两个 IDE 设备(硬盘、CD-ROM、DVD-ROM 或 CD-R/W),每个IDE接口上的设备是有主、从之分的。IDE 接口

为 40 针双排针插座,第一个 IDE 口标注为 IDE1 或 Primary IDE,第二个 IDE 口标注为
IDE 2 或 Secondary IDE,最多可以连接 4 个 IDE 设备。一些主板为了方便用户正确地插入
电缆插头,取消了未使用的第 20 针,形成了不对称的 39 针 IDE 接口插座,以区分连接方
向。有的主板还在接口插针的四周加了围栏,其实一边有个小缺口,标准的电缆插头只能从
一个方向插入,以避免连接错误。为了区分 IDE 接口,其插槽的颜色不同,蓝色或红色插槽
为 IDE1,白色插槽为 IDE2。主板 IDE 接口插槽如图 2-18 所示。

图 2-18　IDE 接口和软驱插槽

对于支持 RAID(磁盘阵列)功能的主板,主板上有 RAID 控制器芯片(主要有
PROMISE 的 PDC 20276/PDC 20271、HighPoint 的 HPT 374),支持 IDE ATA 133 RAID
和 IDE RAID 0、1 功能。主板上会增加 2~4 个 RAID IDE 接口,标记为 IDE3、IDE4 等,如
图 2-19 所示。

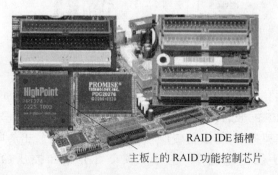

图 2-19　带有 RAID IDE 的主板

IDE 接口有 Ultra DMA 33(简称 UDMA33)、Ultra DMA 66、Ultra DMA 100 及 Ultra
DMA 133 等标准。Ultra DMA 33 标准采用了 40 线的单组电缆连接,Ultra DMA 66/100/
133 标准改用 80 针的排线(保留了与现有的 40 针排线的兼容,增加了 40 条地线)。新出的
主板几乎都符合 Ultra DMA 100 标准。

2. 软盘驱动器接口插座

主板上只提供一个软盘驱动器(简称软驱)接口,它是一个 34 针双排针插座,标注为
Floppy、FDC 或 FDD。一些主板为了方便用户正确插入电缆插头,取消了未使用的第 5 针,
形成了不对称的 33 针软驱接口插座以表明连接方向。主板软驱接口插槽如图 2-18 所示。

一个软驱接口可以接两个软驱,如 1.44MB 和 1.2MB 驱动器,通过一根扁平的 34 线数

据线连接。

3. Serial ATA 接口插座

随着 Serial ATA(简称 SATA)硬盘的出现,SATA 接口也开始大量出现在主板上。SATA 接口一般需要专用的 SATA 控制器芯片的支持,主要有 PROMISE 公司的 PDC 20376/20375 芯片,Silicon Image 公司的 Sil 3112 ACT 144 等。带有 SATA 接口的主板如图 2-20 所示。SATA 接口的设备与 IDE 设备不同,没有主、从之分。

图 2-20 带有 SATA 接口的主板

在最新的主板芯片组的南桥芯片中已经集成了 SATA 控制器及 RAID 功能,例如 Intel 875P 的 ICH-5、KT 600 的 VT 8237 等,在这些主板上一般不需要另外安装 SATA、RAID 控制芯片。但有些主板为了增加这些接口的数量,仍会安装 SATA、RAID 控制芯片,例如,Intel 875P 的 ICH-5 提供了两个 SATA 接口。若要提供更多的 SATA 接口,则要增加 SATA 控制芯片。

2.2.10 板载声卡、网卡控制芯片

随着主板集成度的提高,以前需要单独插一块板卡来实现的功能(如声卡、网卡等),现在可以集成到主板上了。

1. 板载声卡控制芯片

目前,多数新出的主板都集成了 AC'97 规范的声卡芯片。常见的声卡控制芯片有:ALC 650/655(支持 6 声道音效,并且支持 SPDIF Out 数字音频),AD 1980/1981B/1985(支持 6 声道音频输出)、CMI 8738(支持 6 声道数字音频输出)、ALC 202A(支持双声道输出)、CMI 9739A(兼容 EAX 1.0 及 EAX 2.0 等多种 3D 音效,支持 6 声道并可实现 SPDIF In/Out)、VT 1616(支持 6 声道数字音频输出)等。有些主板还设计了 SPDIF 接口,这样就使集成声卡真正实现了 SPDIF In/Out 功能。对于板载 AC'97 软声卡的主板,一般在 PCI 插槽上端的主板上能看到一块小小的 AC'97 芯片,如图 2-21 所示。

2. 板载网卡控制芯片

随着局域网的普及和对 ADSL 的支持,许多主板上集成了具备网卡功能的芯片(10/100/1000Mbps 快速以太网控制器),同时在外置 I/O 接口中也有一个 RJ-45 网卡接口(LAN)。比较常见的网卡控制芯片有 RTL 8100B(支持 10/100Mbps)、VIA VT 6103(10/100Mbps)、VIA VT 6120 (10/100/1000Mbps)、3COM 9C 940 (10/100/1000Mbps)、Broadcom BCM5705WKFB(10/100/1000Mbps)、Broadcom BCM5702CKMB(支持 1Gbps

声卡 Codec 芯片

声卡输入、输出插座

图 2-21 常见板载声卡芯片

级的以太网）、Broadcom BCM5702WKMB（1Gbps）、Intel RC 82540（1Gbps）、Intel
DA82562ET（10/100Mbps）、AC101LKQT（10/100Mbps）、RTL 8801（10/100Mbps）、ICS
1893Y（10/100Mbps）、Broadcom BCM4401（10/100Mbps）等。网卡芯片一般在主板后部的
I/O 面板上的 RJ-45 接口附近，网卡芯片较大，如图 2-22 所示。

RJ-45网卡接口

网卡控制芯片

图 2-22 常见板载网卡控制芯片

2.2.11 USB 与 IEEE 1394 控制芯片

除网络外，高速传输接口还有 USB 和 IEEE 1394。

1. USB 控制芯片

USB（Universal Serial Bus，通用串行总线）传输规范标准有两种：USB 1.0 的数据传输
速率为 12Mbps，USB 2.0 的数据传输速率为 480Mbps。USB 设备有支持热插拔、无须电源
插座、同时支持最多 127 个设备串联等优势。支持 USB 2.0 设备的主板有两种情况。一种
是通过专用的 USB 2.0 芯片来支持（如 VIA VT 6202、NEC D720100AGM 等），如图 2-23
所示。

外接 USB 插针

USB 接口

图 2-23 主板及 I/O 面板上的 USB 接口

另外一种则是通过南桥芯片中集成的 USB 2.0 功能来支持 USB 2.0 传输规范,如 Intel 的南桥 FW 82801DB(支持 6 个 USB 2.0)芯片组,VIA 的南桥 8235(支持 6 个 USB 2.0),SiS 的 962 B 等。

USB 使用特殊的 D 形 4 针插座,主板 I/O 面板一般提供 2~4 个 USB 接口,主板上还提供几个可扩展的 USB 接口,通过主板提供的 USB 扩展连线,可以连接到机箱的前面板上,所以主板上多出的这几个 USB 接口,也称为前端 USB(FRONT USB)接口。

2. IEEE 1394 控制芯片

由于 IEEE 1394 的数据传输速率相当快(IEEE 1394a-2000 版支持 100/200/400Mbps 的传输速率,IEEE 1394b 版则可达到 1.6Gbps),因此有时又叫它"高速串行总线"。通常,在 PC 领域称它为 IEEE 1394,在 Mac 机上称为 Fire Wire(火线),在电子消费品领域更多地称它为 i-LINK。近年来,采用 IEEE 1394 接口的设备越来越多,许多数码摄像机(DV)都采用了 IEEE 1394 接口,还有外置扫描仪、外置 CD-RW 等都配备了 IEEE 1394 接口,因此将来绝大部分 PC 都将会采用这种极具吸引力的传输标准。为了更为有效地支持当前大量涌现出来的数码产品,许多主板采用了 IEEE 1394 控制芯片,并在主板上提供了 IEEE 1394 接口。常见的 IEEE 1394 控制芯片有德州仪器的 TSB43AB22A 和 TSB43AB23、VIA 的 VT 6306 和 VT 6307、Agere 的 FW232-06 等。它们通常都在主板上提供了两个 IEEE 1394 接口。通过连接线与 IEEE 1394 挡板相连;主板 I/O 面板上也提供 IEEE 1394 接口插座,如图 2-24 所示。

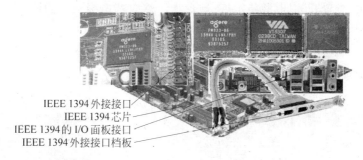

图 2-24　主板及 I/O 面板上的 IEEE 1394 接口

2.2.12　跳线、DIP 开关、插针

1. 跳线

跳线(Jumper)主要用来设定硬件的工作状态,例如 CPU 的内核电压、外频和倍频,主板的资源分配以及启用或关闭某些主板功能等。跳线赋予了主板更为灵活的设置方式,使用户能够随心所欲地对主板上的各部件的工作方式进行设置。但是随着大量硬件参数逐渐改在 BIOS 中设置,主板上的跳线已经越来越少了。

跳线实际上就是一个短路小开关,它由两个部分组成:一部分固定在电路板上,由两根或两根以上金属跳针组成;另一部分是"跳线帽",这是一个可以活动的部件,外层是绝缘塑料,内层是导电材料,可以插在跳线针上面,将两根跳线针连接起来。跳线帽扣在两根跳线针上时是接通状态,有电流通过,称为 On;反之,不扣上跳线帽时,称为 Off。最常见的跳线主要有两种,一种只有两根针,另一种有 3 根针。两针的跳线最简单,只有两种状态,On 或

Off。3针的跳线可以有3种状态:1和2之间短接(Short),2和3之间短接,以及全部开路(Open)。常见跳线及主板上的说明如图2-25所示。

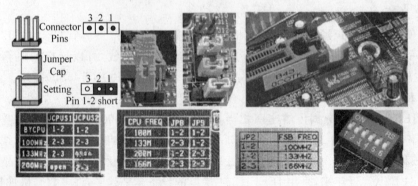

图 2-25 跳线、DIP 开关及主板上的跳线说明

2. DIP 开关

尽管跳线已经使硬件设置变得非常灵活,但是跳线的插拔方式使用起来仍然不太方便。因此,使用 DIP 开关,可以更为直观和容易地设置硬件的工作状态。DIP 开关与普通跳线一样,只是把小跳线做成了开关。

3. 插针

主板上的插针有很多组,其中很重要的一组是机箱面板插针,如图2-26所示。机箱面板上的电源开关、重置开关、电源指示灯、硬盘指示灯等都连接到该插针组上。不同的主板连接方式也不相同,应参照主板说明书和主板上的指示来连接。

另外,插针还广泛应用在 IEEE 1394、USB、CPU 风扇等位置上。

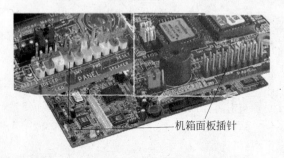

机箱面板插针

图 2-26 机箱面板插针

图 2-27 晶振和时钟发生器

2.2.13 时钟发生器

自从 IBM 发布第一台 PC 以来,主板上就开始使用一个频率为 14.318MHz 的石英晶体振荡器(简称晶振)来产生基准频率。用晶振与时钟发生器芯片(PPL-IC)组合,构成系统时钟发生器。晶振负责产生非常稳定的脉冲信号,而后经时钟发生器整形和分频,把多种时钟信号分别传输给各个设备,像 CPU 的外频、PCI 总线频率、内存总线频率等,都是由它提供的。许多厂商还推出了超频型主板,特别是某些主板还提供了逐兆赫兹的超频能力,这样就对时钟发生器提出了更高的要求。常见的时钟发生器有 RTM660-109R,RTM660,Cypress W312-02、CY283460C、RTM360-110R 、ICS950218AF、ICS950224AF、ICS950227AF、华邦 W83194BR-323 等。图 2-27 所示为主板上的晶振和 RTM360-110R 时钟发生器。

2.2.14　硬件监控芯片

为了让用户能够了解硬件的工作状态(温度、转速、电压等),主板上通常有 1～2 块专门用于监控硬件工作状态的硬件监控芯片。当硬件监控芯片与各种传感元件(电压、温度、转速)配合时,便能在硬件工作状态不正常时,自动采用保护措施或及时调整相应元件的工作参数,以保护计算机的各配件工作在正常状态下。

图 2-28 所示是一款 Analog Devices 温度控制芯片 ADT7463。这款芯片可以支持两组以上的温度检测,并在温度超过一定标准时自动调整处理器散热风扇的转速,从而降低 CPU 的温度。

图 2-28　负责温度控制的
芯片 ADT7463

通用硬件监控芯片通常还集成了超级 I/O 管理功能,可以用来监控受监控对象的温度、转速、电压等。对于温度的监控,需与温度传感元件配合使用;对风扇电动机转速的监控,则需与 CPU 或显示卡的散热风扇配合使用。

比较常见的硬件监控芯片有华邦公司的 W83697HF 和 W83637HF,SMSC 公司的 LPC47M172,ITE 公司的 IT8705F 和 IT8702F,ASUS 公司的 AS99172F(此芯片能同时对三组系统风扇和三组系统温度进行监控)等,如图 2-29 所示。

另外,许多主板还特别设计了硬件加电自检故障的语言播报功能,可以检测 CPU 电压、CPU 风扇转速、CPU 温度、机壳风扇转速、电源风扇是否失效、机壳入侵警告等。当系统有某个设备出现故障时,POST 播报员就会用语音提醒该设备出了故障。

在硬件侦错报警方面,有些主板用 LED 来显示主板的故障代码,如图 2-30 所示。

图 2-29　硬件监控芯片

图 2-30　用代码方式来指示硬件故障

2.2.15　I/O 接口面板

ATX 主板的后 I/O 面板上的外部设备接口有:键盘接口、鼠标接口、COM 接口、PRN 接口、USB 接口、IEEE 1394 接口、10/100/1000Mbps RJ-45 网络接口、MIDI/Game 接口、Mic 接口、Line In 音频输入接口、Line Out 音频输出接口、SPDIF Out 光纤接口等。现在主板上自带的 I/O 接口面板中的接口越来越齐全,如图 2-31 所示。

尽管许多主板上已有很多 I/O 接口,但还是有不够用的时候。为此,主板厂商提供了配有各种接口的转接连线和挡板,可以接到机箱后的挡板上。

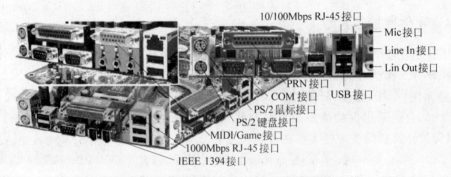

图 2-31　ATX 主板后 I/O 面板上的外部设备接口

键盘和鼠标接口的外观结构是一样的,为了便于识别,绿色接口为鼠标接口,紫色接口为键盘接口。

现在的主板一般都集成了声卡,所以在主板上都可以看到 Mic、Line In 和 Line Out 这 3 个接口。它们也常用颜色来区分:红色接口用于连接麦克风、话筒之类的音频外部设备;浅蓝色接口为音频输入接口;浅绿色接口为音频输出接口,接音箱、耳机等音频设备。

2.3　典型主板芯片组

芯片组是主板的核心,它对主板性能起着决定性作用。正因为如此,每当推出一款新规格的处理器时,必定会同步推出相应的主板芯片组。现在,主流的主板芯片组结构类型多数为由两片组成的“南、北桥”型,也有单独一片的芯片组。

对于南、北桥型主板芯片组,北桥芯片负责支持和管理 CPU、内存和图形系统器件;南桥芯片负责支持和管理 IDE 设备,以及各种高速串、并行接口及能源管理等部分。两片芯片之间的信息传递由专用总线完成。此时的芯片组就像桥梁或纽带一样,将系统中各个独立的器件和设备连接起来形成一个整体。

下面以 Intel Pentium 4 和 AMD(Athlon XP 和 Athlon 64)两大架构的主流芯片组为例,介绍典型的芯片组。

2.3.1　Intel Pentium 4 平台

为 Intel Pentium 4 处理器生产配套的主板芯片组的公司有:Intel、SiS 、VIA、ALi 和 ATi 五家。随着 800MHz 前端总线的 Pentium 4 处理器的推出,最新的主板芯片组在技术支持上进行了更新,包括系统前端总线频率由上一代产品的 533MHz 提高到了 800MHz,对双通道 DDR 400 的支持(不少产品还仅仅支持单通道 DDR 400),SATA 硬盘支持,更多的 USB 2.0 接口支持等。主流 Pentium 4 芯片组技术参数对比一览表参见表 2-1。

1. Intel 875P 芯片组

875P 芯片组能够支持 400/533/800MHz FSB 的处理器,是 Intel 公司为现在的超线程 800MHz FSB Pentium 4 处理器专门准备的。它支持双通道的 DDR 400 内存,支持 PAT (Performance Acceleration Technology,性能加速技术),能进一步挖掘内存的性能。Intel 公司的北桥为 MCH(Memory Controller Hub,内存控制中枢),南桥称为 ICH(I/O Controller Hub,

输入输出控制中枢)。MCH 与 ICH 芯片组之间使用专门的总线 Intel Hub Architecture (Intel 中枢架构)连接。875P 北桥芯片支持 AGP 8X(3.0 规格)。CSA(Communications Streaming Architecture,通信流架构)技术是为吉比特以太网卡特别设计的,为主板上的物理层网络通信设备提供了直接和 ICH 相连的通道。另外,CSA 技术大大减少了 CPU 的占用率,还可以更好地管理突发的大容量数据等。相对于以往的 32 位 PCI 插槽来说,CSA 具有带宽大、不占插槽和不占用其他设备带宽的优点,在搭配千兆网芯片后就能实现千兆网络。

表 2-1 主流 Pentium 4 芯片组技术参数对比

芯 片 组	Intel 865PE/875P	VIA PT880	SiS655FX/TX	ATi RADEON 9100 IGP	ALi M1683
北桥芯片	865PE/875P	PT880	SiS655FX/TX	RADEON 9100 IGP	M1683
最高支持 FSB 频率/MHz	800	800	800	800	800
最高支持内存规格	DDR 400	DDR 400	DDR 400	DDR 400	DDR 400/ DDR 533
双通道 DDR	支持	支持	支持	支持	不支持
最高内存规格带宽/GBps	6.4	6.4	6.4	6.4	3.2
最高支持内存容量/GB	3	8	4	4	4
AGP 8X	支持	支持	支持	支持	支持
集成图形芯片	865G: Intel Extreme Graphics2	不支持	不支持	RADEON 9000 级 VPU	不支持
南桥芯片	ICH5 或 ICH5R	VT8237	SiS964	IXP150	M1563
南北桥连接总线	Intel Hub Architecture	Ultra V-Link 8X	MuTIOL 1G	A-Link	Hyper Transport
南北桥连接带宽/MBps	266	1066	1024	266	1600
ATA100/133	支持	支持	支持	支持	支持
SATA	支持	支持	支持	不支持	不支持
集成音效	AC'97 6 声道	AC'97 8 声道 Vinyl Audio	AC'97 6 声道	AC'97 6 声道	AC'97 6 声道

ICH5 是 875P 标准南桥芯片,与 875P 芯片同时发布。这是一款在南桥里集成了 SATA 控制器的芯片,在安装操作系统时不需要再加载 SATA 驱动。而 ICH5R 还集成了软 RAID 功能,可以架设 RAID 0、RAID 1 来提高磁盘性能。

通过如图 2-32 所示的 Intel 875P 芯片组的架构图,可以了解它的功能。芯片组外观如图 2-33 所示。

2. VIA PT880 芯片组

PT880 首次在主板芯片中集中了革命性的被 VIA 称为 DualStream 64 的双通道 DDR 400/QBM 内存技术,以及其对 800MHz 前端总线接口技术、超线程技术(Hyper-Threading)的支持等,使得 VIA PT880 成为在 Pentium 4 处理器高端应用中具有最佳性价比的平台之一。有了双通道 QBM 内存,系统的内存带宽可以迅速达到前所未有的 8533MBps,超过 800MHz 前端总线 CPU 的 6.4GBps 带宽。

PT880 采用 VT8237 南桥芯片,增加了对 SATA 设备的支持,还可以实现 RAID 0、RAID 1、RAID 0+1 三种模式。在音频方面,可以同 VIA 的 Codec 芯片组合实现 6 声道的输出,还可以选用 Envy 24PT PCI 音频控制芯片,来获得更高级的 8 声道音频解决方案。

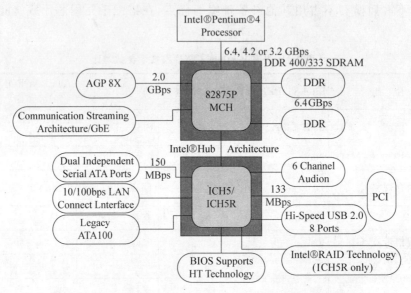

图 2-32　Intel 875P 芯片组的架构示意图

图 2-33　Intel 875P 和 ICH5 芯片组外观

VIA PT880 芯片组的具体功能,参看图 2-34 所示的架构图,其外观如图 2-35 所示。

3. SiS 655FX 芯片组

SiS 655FX 中加入了对 800MHz FSB 的 Pentium 4 处理器的支持,支持 Hyper-Threading 技术,支持双通道 DDR 400,最高支持 4GB 内存,支持 AGP 8X V3.5 规格,支持快写模式。采用 SiS 964 作为南桥芯片,支持 SATA 功能。SiS 655FX 支持双通道 DDR 400,比较特别的是,SiS 655FX 拥有弹性的架构机制,不受成对内存条的限制,比如说,使用三根内存条一样可以激活双通道,而且,即便是不同规格、不同容量或者不同品牌的内存也同样可以一起使用,不会受到限制。SiS 655FX 芯片组架构图如图 2-36 所示,SiS 655FX 与 SiS 964 芯片组的外观如图 2-37 所示。

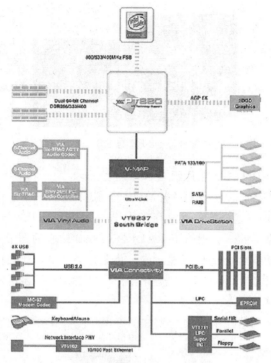

图 2-34　VIA PT880 芯片组的架构示意图

图 2-35　VIA PT880 和 VT8237 芯片组外观

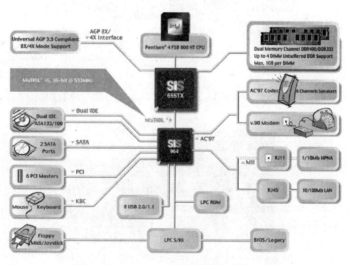

图 2-36　SiS 655FX 芯片组的架构示意图

图 2-37　SiS 655FX 与 SiS 964 芯片组

4. ATi RADEON 9100 IGP 芯片组

RADEON 9100 IGP 芯片组支持 800MHz 前端总线和 Hyper-Threading 技术,支持双通道最高 DDR 400 的内存总线(最高内存带宽可以达到 6.4GBps),最大支持内存容量为 4GB。北桥芯片集成的显示核心相当于 RADEON 9000 核心的图形芯片。该芯片组可以通过 AGP 8X 插槽支持更高性能的外置显示卡。南桥芯片 IXP150 支持两个 ATA100 的 IDE 通道,5.1 声道音频输出、6 个 USB 2.0 设备等。不过 IXP150 必须依靠第三方的控制芯片才能提供对 IEEE 1394 和 SATA 的支持。

RADEON 9100 IGP 芯片组的架构图如图 2-38 所示,其外观如图 2-39 所示。

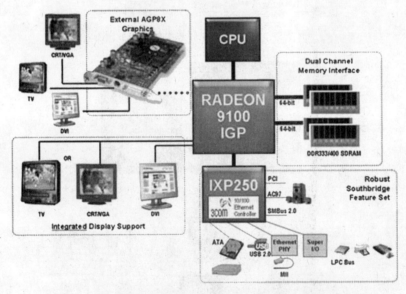

图 2-38　RADEON 9100 IGP 芯片组的架构示意图

图 2-39　RADEON 9100 IGP 和 IXP150 芯片组

5. ALi M1683 芯片组

M1683 芯片组支持目前高端主流的 Pentium 4 技术规范,包括支持 800MHz 前端总线,支持 266/333/400/500 DDR 内存和 AGP 8X 技术。配合 ALI 的多功能南桥 M1563,可以支持 Ultra ATA133、USB 2.0、100Mbps 网卡和 HomePNA 10/20 MAC 层等功能。M1683 最具特色的地方是南北桥总线使用了先进的 HyperTransport 技术进行连接,有效地提高了总线带宽。但是 M1683 芯片组并未提供对双通道内存和 SATA 这两项时下最流行的技术的支持。

ALi M1683 芯片组架构示意图如图 2-40 所示,ALi M1683 和 M1563 芯片组的外观如图 2-41 所示。

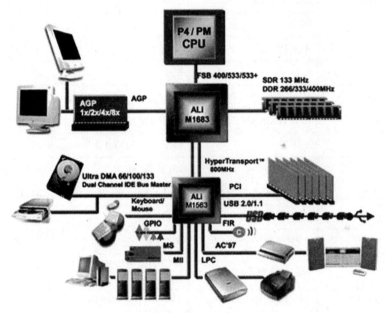

图 2-40　ALi M1683 芯片组架构示意图

图 2-41　ALi M1683 和 M1563 芯片组

以上 5 款芯片组当中,VIA PT880 和 SiS 655FX 拥有最完善的功能架构,和 Intel 865PE 功能架构相当;ATi RADEON 9100 IGP 则主攻集成图形的家庭/办公市场,挑战 Intel 865G 的垄断地位;而 ALi M1683 则定位于注重性价比的低端市场,主要竞争对手为 Intel 865P 和 848P。

2.3.2 AMD Athlon XP 平台

AMD 平台包括 Athlon XP 和 Athlon 64 两大架构。目前,市面上所出售的 AMD 平台主板芯片组基本上都是 VIA、nVIDIA 和 SiS 三家厂商的产品,形成了三分天下的市场格局。下面主要介绍主流 Athlon XP 平台芯片组技术参数对比,见表 2-2。

表 2-2 主流 Athlon XP 平台芯片组技术参数对比

芯 片 组	VIA KT600	nVIDIA nForce2	SiS741
北桥芯片	KT600	IGP 和 SPP	SiS741
前端总线频率/MHz	266/333/400	266/333/400	266/333/400
兼容内存	DDR 266/333/400	DDR 266/333/400	DDR 266/333/400
双通道 DDR	不支持	支持	不支持
最高内存规格带宽/GBps	6.4	6.4	3.2
最大内存容量/GB	4GB	3	3
AGP 接口	AGP 4X/8X	AGP 4X/8X	AGP 4X/8X
集成图形芯片	不支持	Geforce4 MX(IGP)	Real 256E
南桥芯片	VT8237	MCP 和 MCP-T	SiS 964
南北桥连接	8X V-Link(533MBps)	HyperTransport(800MBps)	MuTIOL 1G
ATA100/133	支持	支持	支持
SATA	支持	不支持	不支持
集成音效	AC'97 6 声道	MCP;AC'97,MCP-T;APU	AC'97 5.1 声道
网卡	VIA MAC10/100Mbps Ethernet	nVIDIA 10/100Mbps Ethernet	10/100Mbps Ethernet
Modem	MC'97	不支持	MC'97

1. VIA KT600 芯片组

VIA KT600 支持 266/333/400MHz 的前端总线,支持 DDR 266/333/400 内存和 AGP 4X/8X 技术。KT600 北桥集成了一个单通道 64 位内存控制器,并采用了 FastStream 64 技术。

KT600 采用 VT8237 南桥芯片,支持两个 SATA 接口,配合内建的 RAID 控制器,它还可以支持 RAID 0、RAID 1、RAID 0+1 三种硬盘阵列模式。VT8237 仍旧支持双通道的并行 ATA 接口,还可以支持多达 8 个 USB 2.0 接口。

VT8237 集成 Vinyl 多通道音频系统,使用 VIA 自己的 VT1616 Codec 芯片,即可支持 5.1 音频输出。

VIA 利用自己设计的 VT1616 音频解码器来发挥集成在南桥芯片中的 6 声道音频控制器的能力,它主要负责数模转换,把南桥芯片集成的 6 声道音频控制器所生成的数字音频信号转换成为模拟信号。VT1616 还能进行模数转换,把输入的模拟信号转换为数字音频信号供计算机处理。

VT8237 支持 1GBps 带宽的 Ultra V-Link 线,不过由于北桥芯片的限制,目前只能使用 533MBps 带宽的 8X V-Link 总线与 KT600 北桥连接。

VIA KT600 芯片组架构如图 2-42 所示,VIA KT600 和 VT8237 芯片组外观如图 2-43 所示。

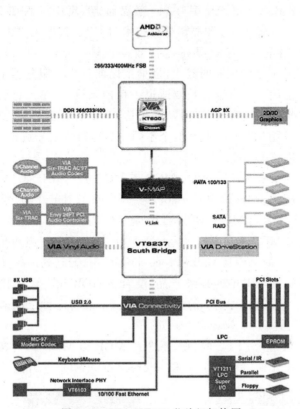

图 2-42　VIA KT600 芯片组架构图

图 2-43　VIA KT600 和 VT8237 芯片组

2. nVIDIA nForce2 芯片组

nForce2 主板芯片组的北桥芯片分为两种:一种保留了集成图形处理器 IGP (Integrated Graphics Processor),另一种则去掉图形芯片——系统平台处理器 SPP(System Platform Processor)。两者之间最大的不同就是前者集成了 GeForce 4 MX GPU 显示核心,可以算得上是当时性能最为强大的集成显示芯片。nForce2 芯片组先后有 A1、A2、A3 和 C1 这 4 个版本,从 C1 版开始出现了两种新的 nForce2 SPP 北桥芯片:nForce2 400 和

nForce2 UItra 400。nForce2 400 和 nForce2 UItra 400 的结构基本相同,而且都能够支持 400MHz 前端总线的新 Athlon XP,唯一不同之处是 nForce2 400 的内存控制器是简化版本,只支持单通道 DDR 400 内存系统。

　　nForce2 芯片组支持双通道 DDR(最高 DDR 400)内存技术和动态自适应预测预处理技术(DASP)以及 AGP 3.0 规范。其中,内存双通道 DDR 技术在 DDR 400 时可达到 6.4GBps 的带宽;通过动态自适应预测预处理技术对 CPU 数据需要进行预测,预先调入数据,节省数据交换的时间,能有效提高运行效率。早在 2001 年 nForce2 推出的时候,nVIDIA 就首次提出了平台处理器的概念,最早把以前只用在服务器上的双通道内存技术引入到 PC 中。双通道内存技术也就是双通道内存控制技术,是内存管理和控制技术的延伸和发展,可以有效地提高内存总带宽,从而适应 CPU 在数据传输、处理方面的需要。它的技术核心在于:芯片组(北桥)可以在两个不同的数据通道上分别寻址、读取数据,使普通的 DDR 内存也可以达到 128 位的带宽。

　　nForce2 芯片组的南桥芯片有两种:MCP 和 MCP-T。MCP 是 nVIDIA 多媒体通信处理器(Media and Communications Processor)的缩写,除了 IDE、PCI 等常用接口外,还集成了 AC'97 声卡和一个 10/100Mbps 网络接口。而 MCP-T 中的 T 意为 Turbo,表明集成了更多功能。MCP-T 和 MCP 相比有三个差异点:MCP-T 在芯片组中集成 IEEE 1394 接口控制器。另外,nVIDIA 的 APU(Audio Processing Unit,音频处理单元)拥有硬件杜比 5.1 解码技术,算得上是集成声卡中的顶级产品,配合 nVIDIA 的 ACR 接口的音频输入子卡 SoundStorm,就可完全发挥出 APU 的威力。另外,南北桥芯片之间通过 HyperTransport 总线进行数据传输,可达到 800MBps 的带宽。

　　两种北桥芯片 IGP 和 SPP,与两种南桥芯片 MCP 和 MCP-T,可按需要搭配。图 2-44 所示分别是 nForce2 Ultra 400、MCP-T 和 nForce2 400、MCP 芯片组的外观。

图 2-44　nForce2 Ultra 400、MCP-T 和 nForce2 400、MCP 芯片组

2.3.3　SiS 741 芯片组

　　SiS 公司在 AMD 平台的产品有支持 333MHz 前端总线的 SiS 746FX、支出 400MHz 前端总线的 SiS 771、SiS 748 等芯片组。

　　SiS 741 支持 Athlon XP 400MHz 前端总线,提供 DDR 400/333/266 内存规格;采用绘图核心。Real 256E,在 DDR 400 模式下,通过使用 SiS 公司的 UItra-AGP II 技术,视频数据流通量(VGA Throughput)可提升至 3.2GBps,大幅度领先 AGP 8X 接口 2.1GBps 的标准数值。而超强的绘图引擎与高达 1600×1200 的分辨率,不仅支持 UXGA TFT-LCD 屏幕输出,还能更完美地呈现 3D 游戏的犀利特效与纯粹画质。Real 256E 具有 333MHz 的

RAMDAC,支持 NTSC/PAL TV 输出和数字接口等各种形式的显示器。

SiS 741 搭配全新南桥芯片组 SiS 964,集成 SATA 高速传输接口,支持两个独立的
SATA 150 连接端口,提供高达 150MBps 的数据传输
速率,内建 8 组 USB 2.0 接口。SiS 964 同时拥有 5.1
声道音效、V.90 Modem 及网卡,并支持 RAID 0、
RAID 1 和 JBOD。

SiS 741 芯片组南北桥之间使用 SiS MuTIOL
1G(Hyper Streaming)技术,数据带宽可达到
1GBps,完全可以满足南北桥数据传输的需要。SiS
741 和 SiS 964 芯片组的外观,如图 2-45 所示。

图 2-45 SiS 741 和 SiS 964 芯片组

2.4 主板中的新技术

作为 PC 内部必不可少的 I/O(Input/Output)总线,经历了从最初的 8 位 PC/XT、16 位
的 ISA、32 位的 EISA 和 VL 到 PCI 总线几个发展阶段。ISA 和 PCI 总线分别为第一代和
第二代体系结构。PCI 总线技术自 1991 年由 Intel 公司提出并使用以来,由于 CPU 的发展
速度极快,使得 PCI 总线逐渐成为了整个系统的瓶颈。虽然 PCI 总线技术至今仍是主流,
但早在几年前就已经显得力不从心了。1997 年,AGP 接口成为第一个从 PCI 总线中分离
出来的设备。时至今日,主板南北桥专用互连总线更是令 PCI 总线几乎成为摆设。众所周
知,EIDE、USB、10/100Mbps 以太网功能都已经集成到主板芯片组中,因而无须使用 PCI
总线。这些新总线的出现一方面表明系统的带宽在不断地升级,另一方面则说明 PCI 已经
不能满足系统的需要了。整个 PCI 业界迫切需要一个统一标准的新总线以取代 PCI。

2.4.1 第三代 I/O 体系结构——PCI Express(PCIe)总线

早在 IDF 2001(Intel 开发者论坛上),Intel 公司已经宣布要用一种新的技术取代 PCI
总线和多种芯片的内部连接,并称之为第三代 I/O 总线技术(3rd Generation I/O,也就是
3GIO)。到了 2001 年底,包括 Intel、AMD、Dell、IBM 等在内的 20 多家业界主导公司加入
了 PCI-SIG(PCI 特殊兴趣小组),并开始起草 3GIO 规范的草案。2002 年,草案完成,并把
3GIO 正式命名为 PCI Express(简称 PCIe)。在 IDF 2003 上,Intel 公司公布了 PCI
Express 的产品开发计划。2004 年中期,推出了 PCI Express 总线技术的产品。

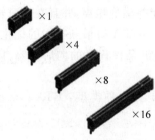

图 2-46 不同模式的 PCI
Express 插槽

与传统 PCI 以及更早期的计算机总线的共享并行架构相
比,PCI Express 采用设备间的点对点串行连接(Serial
Interface),即允许每个设备都有自己的专用连接,不需要向
整个总线请求带宽,同时利用串行的连接特点使传输速度提
到一个很高的频率。

PCI Express 的接口根据总线位宽不同包括×1、×4、×8
及×16(×2 模式用于内部接口而非插槽模式)几种模式。如
图 2-46 所示。较短的 PCI Express 卡可以插入较长的 PCI
Express 插槽中使用(也就是说低位宽的卡能插入高位宽的插

槽中使用。

第一代的 PCI Express 将提供 2.5Gbps 的单向连接传输速率,并将逐渐提升至 5Gbps。×1 的通道能实现单向$(2.5\text{Gbps}\times1)/8=312.5\text{MBps}$ 的传输速率。在 PCI Express 初期,主板上的 PCI 接口将被保留(就如当初 PCI 代替 ISA 时也在主板上留下 ISA 槽一样)。图 2-47 所示的是同时具有 PCI 和 PCI Express 插槽的主板示意图。

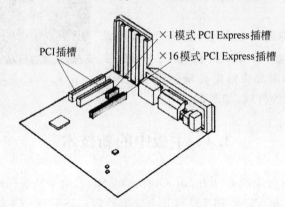

图 2-47 同时具有 PCI 和 PCI Express 插槽的主板示意图

取代 AGP 接口的插槽位宽为 ×16,能够达到 5GBps 的带宽(实际的带宽为 4GBps 左右)。

毫无疑问,PCI Express 已经成为一项非常重要的计算机技术,PCI Express 首先取代现有的 AGP 8X。在 IDF 2003 上,Intel 公司表明,从 2004 年开始,在其全线芯片组中加入对 PCI Express 系统总线的支持,同时 PCI Express 的图形界面已经迅速取代 AGP 图形界面。无论如何,新的总线技术必然会取代旧的,就如同 PCI 取代 ISA 一样,但这种取代是缓慢的,ISA 直到如今才完全引退。

2.4.2 新的主板机箱规范——BTX

现行的主板机箱规范为 ATX 规范,不过随着各种新技术新产品的发展,ATX 规范已经不能满足需要。

为了更好地适应未来 PC 的发展,IDF 2003 上,Intel 公司公布了新一代的主板机箱结构规范——BTX(Balance Technology Extended)规范。

BTX 规范与 ATX 非常类似,可以理解为是在 ATX 规范上的进一步改进,以便于适应未来发展的需要。新的 BTX 规范可以显著提高系统的散热效能并降低噪声,并且在电磁辐射方面有了进一步的改进。BTX 规范包括对 PCI Express 以及 SATA 等最新技术的优化。新架构对接口、总线以及设备有新的要求。当然,新架构仍然提供某种程度的向后兼容,以实现过渡。

目前,从 Intel 公司的技术资料看,BTX 规范根据实际需要有 3 种类型:BTX、Micro BTX 和 Pico BTX。

(1) BTX 规范

此规范相对应于标准的 ATX 规范,提供了 7 个扩展槽位,有 10 个安装点,可以提供 3 个以上 3.5 英寸和 3 个以上 5.25 英寸驱动器槽,尺寸标准为 12.8 英寸×10.5 英寸。

BTX 主板结构示意图如图 2-48 所示。

　　(2) Micro BTX 规范

　　此规范相对应于 Micro ATX 规范,提供 3～4 个扩展槽位,采用 7 个安装点,可以提供
1 个 3.5 英寸和最多 2 个 5.25 英寸的驱动器槽,尺寸标准为 10.4 英寸×10.5 英寸,也就是
相对于标准 BTX 的长度缩短而成的。Micro BTX 主板结构示意图如图 2-49 所示。

　　(3) Pico BTX 规范

　　此规范是 Intel 公司用来应对近两年兴起的准系统产品而推出的,其体积相对较小,只
提供 1～2 个扩展槽,采用 4 个安装点,提供 1 个 3.5 英寸和 1 个 5.25 英寸驱动器槽,尺寸
标准为 8.0 英寸×10.5 英寸,长度被进一步缩小。Pico BTX 主板结构示意图如图 2-50
所示。

　　图 2-48　BTX 主板结构图　　图 2-49　Micro BTX 主板结构图　　图 2-50　Pico BTX 主板结构图

　　相对于 ATX 规范,BTX 具有更强的灵活性,厂商在设计机箱上可以使用两种高度:
Type Ⅰ为 3.98 英寸,为标准高度,支持普通的扩展卡;Type Ⅱ为 3.0 英寸,搭配使用
Riser 卡或小板型的扩展卡,如此可以有效地减小整机的高度,缩小系统的整体体积。

2.5　主板安装与拆卸

实习 1——主板的安装和拆卸

1. 安装主板

　　在主板上装好 CPU 和内存条后,再将主板装入机箱中。安装主板的方法如下。

　　(1) 把机箱附带的固定主板用的螺丝柱和塑料钉旋入机箱的对应位置,如图 2-51 所
示。在安装主板的平板上通常都会有比实际需要更多的螺丝孔,螺丝孔都是按照标准位置
预留的,与主板上的孔相对应。安装之前,与主板上的孔对比一下,以决定螺丝柱需要装在
何处。

　　(2) 把机箱上需要安装插卡的对应 I/O 接口的密封片
(挡板)撬掉。提示:可根据主板接口情况,将机箱后相应位
置的挡板去掉。这些挡板与机箱是直接连接在一起的,需
要先用螺丝刀将其顶开,然后用尖嘴钳将其扳下。外加插
卡位置的挡板可根据需要决定,不要将所有的挡板都取下。

　　(3) 将主板对准 I/O 接口放入机箱。

　　(4) 将主板固定孔对准螺丝柱和塑料钉,然后用螺钉将

图 2-51　固定螺丝柱

主板固定好,如图 2-52 所示。

(5) 把 ATX 电源插头插入主板上的相应插口中,如图 2-53 所示。

(6) 连接机箱面板连接线,如图 2-54 所示。在安装主板时,难点不是将主板放入机箱中,并固定好,而是主板与机箱面板的连接线,这部分内容在后面的章节中详细介绍。

图 2-52　固定主板　　　　图 2-53　连接主板电源插头　　　图 2-54　连接机箱面板连接线

2. 拆卸主板

如果要把主板从机箱中取出来,首先要把插在主板上的显示卡、声卡、网卡等扩展卡取出来,并且把硬盘信号线、软驱信号线从主板上拔下来,然后把固定主板的螺钉拧下,这样就可以很容易地取出主板了。在拔掉信号线时,要细心查看主板上的印刷标记,最好用笔记下个信号线插头的位置和方向,以备安装时查看。

实习 2——安装主板驱动程序

如果想让操作系统认识并使用某个硬件,就需要安装驱动程序。所以,新安装上一个硬件时,一般都必须安装相应的驱动程序(如果操作系统是在硬件推出之后发行的,操作系统一般会把相应的驱动程序包含其中,这时就不需要安装了),以便使用该硬件。目前,所有的主板都提供向导方式安装驱动程序,只要依次按 Enter 键或单击"下一步"按钮即可完成安装。在 Windows 2000/XP/Vista 下,将随主板附带的驱动程序光盘插入光驱,驱动程序将自动运行,进入安装程序窗口。如果没有自动运行,在 Windows 资源管理器中单击光驱的盘符,找到并双击其中的 Setup.exe,然后按照提示操作,系统在重新启动后自动完成安装。

要注意,不少主板,特别是采用 Intel 芯片组的产品,都要求先安装主板驱动程序,然后才能安装别的驱动程序。

本 章 习 题

一、选择题

1. 主板的核心和灵魂是(　　)。

　　A. CPU 插座　　　　B. 扩展槽　　　　C. 芯片组　　　　D. BIOS 和 CMOS 芯片

2. 前端总线(FSB)是 CPU 与主板(　　)之间连接的通道。

　　A. 北桥芯片　　　　B. 南桥芯片　　　　C. PCI 设备　　　　D. USB 设备

3. 支持 USB 2.0 规范是主板上(　　)的功能。

　　A. DMA 控制器　　　B. 南桥芯片　　　　C. 北桥芯片　　　　D. BIOS

4. 支持 PCI Express 总线技术是主板上(　　)的功能。

A. DMA 控制器　　　B. 南桥芯片　　　C. 北桥芯片　　　D. BIOS

5. 主板上的 AGP 扩展槽是（　　）的专用插槽。

A. 显示卡　　　　　B. 声卡　　　　　C. 网卡　　　　　D. 内置调制解调

6. 芯片组的主要生产厂家有（　　）。

A. Intel 公司　　　B. VIA 公司　　　C. SiS 公司　　　D. 以上都是

7. 主板按 CPU 的架构可以分为（　　）几种类型。

A. Socket 7 主板　　　B. Super 7 主板

C. Socket 370 主板　　　　　　　　　D. 以上都是

8. 内存插槽一般位于（　　）插座下方，（　　）芯片一般位于 CPU 和内存插座之间。

A. PCI,北桥　　　B. AGP,南桥　　　C. CPU,北桥　　　D. PCI,南桥

9. 目前大多数微型计算机中,要想使用 BIOS 对 CMOS 参数进行设置,开机后,应按下的键是（　　）。

A. Ctrl　　　　　B. Shift　　　　　C. 空格　　　　　D. Del

10. AGP 插槽能够保证显卡数据传输的带宽,AGP 8X 传输速度可达到（　　）MBps。

A. 3200　　　　　B. 1066　　　　　C. 2133　　　　　D. 533

11. Pentium 4 分为多个系列,其中 C 系列的 FSB 是（　　）。

A. 400MHz　　　B. 533MHz　　　C. 677MHz　　　D. 800MHz

12. Socket 939 代表（　　）。

A. 主板总线有 939 条

B. CPU 主频为 939MHz

C. 主板 CPU 插槽具有 939 根 CPU 针脚

D. AMD CPU 的代号

13. （　　）用于与 CPU、内存及 AGP 联系。

A. 南桥芯片　　　B. 中央处理器　　　C. 北桥芯片　　　D. BIOS

二、简答题

1. 主板的主要组成部分有哪些?

2. 主板的核心部分是什么?

3. 如何区分南北桥芯片?

4. 南北桥芯片的主要作用是什么?

5. 简述主板的新技术。

6. 选购主板首先要考虑哪些主要因素?

7. 选购主板的步骤。

三、判断题

1. 主板按外形结构可以分为 ATX 主板和 AT 主板,当前的主流是 AT 主板。（　　）

2. 目前的大部分主板上都至少有 10 个扩展插槽。（　　）

3. BIOS 芯片是一块可读写的 RAM 芯片,由主板上的电池供电,关机后其中的信息也不会丢失。（　　）

4. 主板性能的好坏直接影响整个系统的性能。（　　）

第3章 中央处理器

本章内容主要包括CPU的发展历史、CPU的分类、结构和主要性能指标、常见CPU的型号(Intel 系列 CPU、AMD 系列 CPU)、CPU 散热器。实训内容为 Socket A/Socket 370 架构 CPU 的安装、Socket 478 架构 CPU 的安装和 CPU 的检测。

要求了解 CPU 的发展历史,掌握 CPU 的分类、结构和主要性能指标、常见 CPU 的型号,熟练掌握 CPU 的安装方法。

中央处理器(CPU)是微型计算机系统的内核,决定着微型计算机系统整体性能的高低。人们常以 CPU 来判定微型计算机的档次,例如装有 Pentium 4 CPU 的微型计算机称之为 Pentium 4 机型,装有 Athlon XP CPU 的微型计算机称之为 Athlon XP 机型。

3.1 CPU 的发展历史

1968 年,摩尔(Grodon E. Moore)、诺伊斯(Robert N. Noyce)、葛鲁夫(Andrew S. Grove)三人离开原来的仙童公司,成立了 Intel 公司。Intel 是由集成电子(Integrated Electronics)两个英文单词的前几个字母组合而成的。初期,其业务以生产半导体存储器芯片为主。

1971 年,Intel 公司首次引入了 CPU 的概念,把传统的运算器和控制器集成在一块大规模集成电路芯片上,发布了第一款微处理器(Micro Processor Unit)芯片。下面以 Intel 公司为主线,介绍 CPU 的发展历史。

1. 4 位处理器——Intel 4004

初期,Intel 公司虽然将研究发展重点放在半导体存储器上,但仍然接受了一家日本公司订制用于计算器的芯片的业务。1971 年,Intel 公司成功地把传统的运算器和控制器集成在一块大规模集成电路芯片上,发布了第一款微处理器芯片 4004,如图 3-1 所示。4004 的字长为 4 位,采用 $10\mu m$ 工艺制造,16 针 DIP 封装,芯片内核尺寸 3mm×4mm,共集成有 2300 个晶体管,时钟频率为 1MHz,每秒运算能力为 6 万次,包括寄存器、累加器、算术逻辑部件、控制部件、时钟发生器及内部总线等。

2. 8 位处理器——Intel 8008/8080/8085

1972 年,Intel 公司研制出的 8008 处理器,字长为 8 位,如图 3-2 所示。1974 年,研制出

图 3-1   Intel 4004 处理器图

图 3-2   Intel 8008 处理器

8008 的改进型号 8080。8080 主要应用于控制交通信号灯。当年,爱德华·罗伯茨用 8080 作为 CPU 制造了第一台"牛郎星"个人计算机,不过严格来说这样的计算机根本没用,只是个玩具。

由于微处理器可用来完成很多以前需要用较大设备完成的计算任务,价格又便宜,于是各半导体公司开始竞相生产微处理器。Zilog 公司生产了 8080 的增强型 Z80,摩托罗拉公司推出了 MC 6800,Intel 公司自己也在 1976 年推出了增强型 8085。但这些芯片并没有改变 8080 的基本特点,字长都是 8 位,都属于第二代处理器产品。它们均采用 NMOS 制造工艺,集成有约 9000 个晶体管,平均指令执行时间为 $1 \sim 2\mu s$,采用汇编语言、BASIC、FORTRAN 编程,使用单用户操作系统。而摩托罗拉的 MC 6800 系列成就了以 Apple 机为代表的另外一派个人微型计算机。

3. 16 位处理器——Intel 8086/8088/80286

(1) Intel 8086/8088 处理器

1978 年,Intel 公司推出了首枚 16 位微处理器 i8086,如图 3-3 所示。i8086 集成 2.9 万个晶体管,时钟频率为 4.77MHz,内部数据总线(CPU 内部传输数据的总线)、外部数据总线(CPU 外部传输数据的总线)位宽均为 16 位,地址总线位宽为 20 位,可寻址 1MB 内存。

现在的 CPU 都内建有数学协处理器,但在 20 世纪七八十年代,受技术限制,一般只能将数学协处理器做成另外一个芯片,供用户选择。这样的好处是降低了制造的成本,减少了不需要大量数学运算用户的支出。数学协处理器是负责协同 CPU 进行对数、指数和三角函数等数学运算(俗称浮点运算)的附加处理器,CPU 的浮点运算能力主要取决于协处理器,而浮点运算对于计算机处理 3D 数据至关重要。在 i8086/8088、i80286 和 i80386 时代,CPU 和数学协处理器分别安装在主板的不同位置,分别对应为 i8087、i80287 和 i80387。

1979 年,Intel 公司开发出 8088 处理器,如图 3-4 所示。8086 和 8088 内部数据总线位宽均为 16 位,而 8088 的外部数据总线位宽为 8 位。因为当时的大部分设备和芯片都是 8 位的,8088 的外部数据总线传送、接收 8 位数据,能与这些设备相兼容。8088 采用 40 针的 DIP 封装,工作频率为 6.66MHz、7.16MHz 或 8MHz,处理器内核集成了大约 2.9 万个晶体管。在 8086 的架构上,已经可以运行较复杂的软件,因此使研制商用微型计算机成为可能。

图 3-3　i8086 处理器

图 3-4　Intel 8088 处理器

1981 年,IBM 公司将 8088 处理器用于其研制的 IBM PC 中,从而开创了全新的微型计算机时代。

(2) Intel 80286 处理器

1982 年,Intel 推出了 80286 处理器,其内部包含 13.4 万个晶体管,时钟频率由最初的

6MHz 逐步提高到 20MHz。其内部和外部数据总线位宽皆为 16 位,地址总线位宽为 24 位,可寻址 16MB 内存。80286 有两种工作方式:实模式和保护模式。图 3-5 所示是 Intel 80286 的外观。

IBM 公司将 Intel 80286 处理器用在 IBM PC/AT 机中。

4. 32 位处理器——Intel 80386/80486

(1) Intel 80386 处理器

1985 年,Intel 发布了 80386 DX 处理器,如图 3-6 所示。其内部包含 27.5 万个晶体管,工作频率为 12.5MHz,后来逐步提高到 20MHz、25MHz、33MHz 和 40MHz。80386 DX 的内部和外部数据总线位宽都为 32 位,地址总线位宽也为 32 位,可以寻址到 4GB 内存,并可以管理 64TB 的虚拟存储空间,除具有实模式和保护模式以外,还增加了一种“虚拟 86”的工作方式,可以通过同时模拟多个 8086 处理器来提供多任务能力。

图 3-5　Intel 80286 处理器　　　　　　　图 3-6　Intel 80386DX 处理器

1989 年,Intel 公司又推出了一款准 32 位处理器 80386 SX,它是 Intel 公司为了扩大市场份额而推出的廉价版 386 处理器,它的内部数据总线位宽为 32 位,外部数据总线位宽为 16 位,它可以兼容为 80286 开发的 16 位输入输出接口芯片,降低整机成本。

除 Inter 公司生产 386 芯片外,还有 AMD、Cyrix、IBM、Ti 等公司也生产与 80386 兼容的芯片,如图 3-7 所示。

摩托罗拉公司在此期间开发出了 68030 CPU,用于 Apple 机。

(2) Inter 80486 处理机

1989 年,Intel 推出了 80486 芯片,最初类型是 80486 DX,如图 3-8 所示。80486 为 32 位微处理器,集成了 120 万个晶体管,其时钟频率从 25MHz 逐步提高到 33MHz、50MHz。80486 将 80386 和数学协处理器 80387 以及一个 8KB 的高速缓存集成在一个芯片内,并且在 80x86 系列中首次采用了 RISC 技术,可以在一个时钟周期内执行一条指令。它还采用了突发总线方式,大大提高了与内存的数据交换速度。由于这些改进,80486 的性能比带有 80387 数学协处理器的 80386 DX 提高了 4 倍。

图 3-7　其他 386 CPU 芯片　　　　　　图 3-8　Intel 80486DX 处理器

80486 和 80386 一样,也陆续出现了几种类型。1990 年,推出了 80486 SX,它是 486 类型中的一种低价格类型,与 80486 DX 的区别在于它没有数学协处理器。其他公司也推出了与 80486 兼容的 CPU 芯片,如图 3-9 所示。

图 3-9　其他 486 CPU 芯片

随着芯片技术的不断发展,处理器的频率越来越快,而 PC 外部设备受工艺限制,能够承受的工作频率有限,这就阻碍了处理器主频的进一步提高。在这种情况下,从 80486 开始首次出现了处理器倍频技术,该技术使处理器内部工作频率为处理器外部总线运行频率的 2 倍或 4 倍,486 DX2 与 486 DX4 的名字便是由此而来的,如图 3-10 所示。例如 80486 DX2-66,处理器的频率是 66MHz,而主板的外频是 33MHz,即 CPU 内频是外频的 2 倍。

486 处理器首次采用 Socket 处理器架构,通过主板上的处理器接口插座与处理器的插针接触。不过由于是第一次采用这种架构,所以 486 处理器时代存在着多种 Socket 处理器架构,如 Socket 1、Socket 2 与 Socket 3 等,不同频率的 486 所采用的处理器架构不同。所以从那时开始就可以升级 CPU 了,而不是像以前那样,将 CPU 直接焊接在主板上而没有任何选择余地。也是自从那时开始,DIY(DO It Yourself)也成为可能。

（3）Intel Pentium 处理器

1993 年,Intel 公司发布了 Pentium(奔腾)处理器。Pentium 处理器集成了 310 万个晶体管,最初推出的初始频率是 60MHz 与 66MHz,后来提升到 200MHz 以上。第一代的 Pentium 代号为 P54C,如图 3-11 所示。其后又发布了代号为 P55C,内建 MMX(多媒体指令集)的新版 Pentium 处理器,如图 3-12 所示。Pentium 处理器同样采用自 486 开始的 Socket 处理器架构。但要注意的是,最初的 60MHz 与 66MHz Pentium 处理器采用 Socket 6 架构,后来改为 Socket 7。

图 3-10　Intel 80486DX4　　　图 3-11　Pentium　　　图 3-12　Pentium MMX

与 Pentium MMX 属于同一级别的 CPU 有 AMD K6 与 Cyrix 6x86 MX 等,如图 3-13、图 3-14 所示。

(4) Intel Pentium Ⅱ 处理器

1997 年,Intel 公司发布了 Pentium Ⅱ 处理器,集成了 750 万个晶体管,并整合了 MMX 指令集技术,时钟频率为 233～333MHz,采用 Slot 1 处理器架构,如图 3-15 所示。

图 3-13　AMD K6　　　图 3-14　Cyrix 6x86MX　　　图 3-15　Pentium Ⅱ

同期,AMD 公司和 Cyrix 公司分别推出了同档次的 AMD K6-2 和 Cyrix M Ⅱ,如图 3-16、图 3-17 所示。

虽然 Pentium Ⅱ 的性能不错,但是其昂贵的价格使不少人投向了 Socket 7 阵营,为了抢回失去的低端市场,1998 年 4 月,Intel 推出了 Celeron(赛扬)处理器,其中最为成功的是 Socket 370 接口 Celeron 333 和 Celeron 366,如图 3-18 所示。

图 3-16　AMD K6-2　　　图 3-17　Cyrix M Ⅱ　　　图 3-18　Socket 370 架构 Celeron

(5) Intel Pentium Ⅲ 处理器

1999 年,Intel 公司发布了 Pentium Ⅲ 处理器。它采用 $0.25\mu m$ 工艺制造,内部集成 950 万个晶体管,采用 Slot 1 架构,系统总线频率为 100MHz 或 133MHz,新增加了 SSE 指令集,初始主频为 450MHz。其后 Intel 相继发布了主频为 500～600MHz 的多个不同版本。Pentium Ⅲ 处理器如图 3-19 所示。

2000 年 3 月,AMD 公司领先于 Intel 公司率先推出了 1GHz 的 Athlon 微处理器,其性能超过了 Pentium Ⅲ,如图 3-20 所示。

图 3-19　Pentium Ⅲ　　　　　图 3-20　AMD Athlon(K7)

为了降低成本,后来的 Pentium Ⅲ 都改为 Socket 370 架构,时钟频率有 667MHz,733MHz,800MHz,933MHz 和 1GHz 等,其外观如图 3-21 所示。

2000 年,Intel 公司推出了简化 Pentium Ⅲ 的 Celeron 处理器。为了与 Pentium Ⅱ 时代的 Celeron 相区别,把 Pentium Ⅲ 时代的 Celeron 称为 Celeron Ⅱ。Celeron Ⅱ 与 Pentium Ⅲ 的最主要区别还是 L2 Cache 减少了一半,只有 128KB。但它仍采用 Pentium Ⅲ 处理器的内核,主要性能与 Pentium Ⅲ 没有太大差别,其时钟频率有 600MHz 与 800MHz 等,也采用 Socket 370 处理器架构,其外观如图 3-22 所示。

同期,AMD 公司推出了 Athlon(速龙),如图 3-23 所示。它采用 462 针的 Socket A 架构,时钟频率为 700MHz~1.4GHz,内建 MMX 和增强型 3D Now!技术。

图 3-21 Pentium Ⅲ　　　　图 3-22 Celeron Ⅱ　　　　图 3-23 Athlon

AMD 公司还推出了 Athlon(速龙)的简化版本 Duron(钻龙),如图 3-24 所示,也采用 Socket A 架构,时钟频率为 600~950MHz。

(6) Intel Pentium 4 处理器

Intel 公司在 2000 年 11 月发布了 Pentium 4 处理器。Pentium 4 没有沿用 Pentium Ⅲ 的架构,是基于全新的 Socket 423 架构,采用 Willamette 核心,$0.18\mu m$ 制造工艺,集成了 4200 万个晶体管,主频为 1.4~2.0GHz,如图 3-25(a)所示。

(a) Socket 423　　　　(b) Socket 478

图 3-24 Duron　　　　　　图 3-25 Pentium 4

后期的 Pentium 4 处理器均基于 Socket 478 架构,采用 Northwood 核心,$0.13\mu m$ 制造工艺,集成了 5500 万个晶体管,主频为 1.8~2.4GHz,如图 3-25(b)所示。

同样,Pentium 4 的简化版本 Pentium 4 Celeron 也采用了 Socket 478 架构,主频频率为 1.4GHz 以上,Pentium 4 Celeron CPU 的外观如图 3-26 所示。

Intel 公司在 2004 年 2 月发布了代号为 Prescott 的 Pentium 4E 处理器。它采用 Socket 478 封装,800MHz 前端总线,1MB L2 Cache,时钟频率为 2.8~3.4GHz,采用 90nm 工艺制造,包含了 13 条可以大幅提高视频编码译码及浮点运算性能的新指令。

图 3-26　Pentium 4 Celeron

同期，AMD 公司推出了 Athlon XP（速龙 XP），如图 3-27 所示，仍采用 Socket A 架构，以全面对抗 Pentium 4。Athlon XP 具有当时最大的浮点单元设计和优秀的整数计算单元，广泛测试显示，Pentium 4 需要多付出 300～400MHz 的工作频率才可以获得与 Athlon XP 相当的性能。

图 3-27　Athlon XP 3200＋

对于普通的微型计算机使用者来说，现在已经不能简单地用处理器的频率来衡量微型计算机性能的高低了，因此"高频率不再意味着高性能！"用主频衡量微型计算机性能高低的观念需要改变了。所以，Athlon XP 引入了全新的命名方式，就是以处理器的效能表现值（PR）来命名，而"XP"则代表"eXtreme Performance"（额外的高性能）。Athlon XP 处理器的型号分别命名为 1500＋、2700＋、3200＋等，实际时钟频率为 1.33～2.25GHz 或更高。经测试，1900＋ 的性能表现不仅超过 Pentium 4 1.9GHz，而且超过了 Pentium 4 2GHz。因此，Athlon XP 顺利地取代 Athlon 成为了新一代主流产品。

5. 64 位处理器——AMD Athlon 64

2003 年 4 月，AMD 公司发布了面向服务器与工作站的 AMD Opteron 64 位处理器，AMD Opteron 与目前的 x86 ISA（Instruction Set Architecture，指令集架构）完全兼容，同时又可发挥最新 64 位的卓越性能。

2003 年 9 月，AMD 公司发布了面向台式机的 64 位处理器：Athlon 64 和 Athlon 64 FX，如图 3-28 和图 3-29 所示。它们的初始实际频率为 2.0GHz，PR 值为 3200＋，晶体管数目为 1.059 亿个，采用 0.13μm 制造工艺。

图 3-28　Athlon 64

图 3-29　Athlon 64 FX

2004 年，AMD 公司发布了最新的 2.4GHz Athlon 64 FX-53 和 Socket 939 处理器，如图 3-30 和图 3-31 所示。这是 2004 年 AMD 的另一壮举，过去 AMD 的处理器产品线混乱，服务器用的 Opteron 采用 Socket 940 针脚设计，而 Athlon 64 则采用 Socket 754 针脚设计，对此 AMD 果断做出应对措施，K8 处理器将统一采用 Socket 939 接口，这无疑是 AMD 一次成功的市场竞争策略，采用 Socket 939 针脚封装技术的 CPU 可以支持双通道存取，使用 Unbuffered DDR 内存模块，并且为了使 Socket 939 系列处理器能够更好的兼容不同品牌、类型的内存模块，AMD 引入独特的"2T DRAM Timing"模式，降低了 Athlon 64 整合的内存控制器对 DDR 内存模块设定要求的门槛。这也是 AMD 的一次重大技术革新。

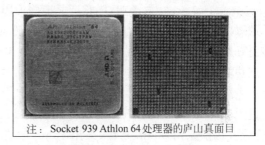

注：Socket 939 Athlon 64 处理器的庐山真面目

图 3-30 2.4GHz Athlon 64 FX-53　　　　　图 3-31 Socket 939 处理器

2005 年，64 位闪龙 2500＋（如图 3-32 所示）超频是众多用户选择它的重要理由。原本 Socket 754 平台的前途并不被人看好，然而 64 位闪龙的出现却力挽狂澜。在采用新核心之后，64 位闪龙的超频能力再加上 64 位计算功能以及低廉的价格，其整体性价比自然令人非常满意，立即成为市场热点。

其中 Sempron 2500＋是 Sempron 系列中的最低型号，该款产品主频略低于 64 位 Sempron 2600＋为 1.40GHz，一级缓存 128KB，二级缓存则为 256KB，采用 Socket 754 接口，90nm 工艺制程，支持 SSE3 和 x86-64，同样在处理器上集成 PC 3200 内存控制器。由于低频处理器往往具有出色的超频性能，因此采用 E6 核心的闪龙 64 2500＋处理器的超频能力是它所具有的最大优势。不少玩家可以轻易将它超到 2.4GHz 甚至更高的水准，性能直逼高端的 S939 Athlon64，这也使今年 CPU 市场刮起了一阵闪龙 2500＋旋风。

除闪龙 2500＋外，来自 Intel 的 Celeron D331 也是一款在低端处理器市场中较受玩家青睐的产品，如图 3-33 所示。

图 3-32 64 位闪龙 2500＋　　　　　　　　图 3-33 Celeron D331

Celeron D331 是第一款支持 EM64T 技术的赛扬 D 处理器，该处理器采用 LGA 775 接口，具有 2.8GHz 实际频率。虽然赛扬 D331 处理器在赛扬 D330J 的基础上增加了 64 位处理功能，但它的价格却比赛扬 D330J 还要便宜，这一点出乎很多 DIY 玩家的预料。

不过,真正吸引玩家的是 Celeron D331 不俗的超频性能。

图 3-34　双核心处理器

2007 年 CPU 市场,双核心处理器成为市场最风光的产品,而 65nm 制造工艺也取代了 90nm 制造工艺的位置成为 CPU 市场的主流制造工艺水平,如图 3-34 所示。

2006 年,CPU 市场从昔日的处理器频率方面转变成双核心处理器之争,而 Intel、AMD 也不再只用频率来做为产品的主要卖点,它们旗下的双核心处理器不约而同地成为两大芯片巨人在今后重点推广的产品。当然,双核心处理器的出现也对后来计算机发展产生重大影响,毕竟产品能将 CPU 性能朝向多任务处理方面发展。当处理器采用双内核设计之后,其性能将有着脱胎换骨的改变。例如产品与单处理器相比,双内核能够更好地利用缓存,新核心的特点,从而表现出更为出色的性能,而且还具备出色的多任务处理功能。在双内核处理器越来越成熟的时候,真正适应多任务处理功能的 CPU 也逐步进入主流市场。

进入 2007 年,PS3 的 CPU CELL 将转为 65nm 制程,现在的 CELL 由 IBM 和 SONY 联合制造,目前采用 90nm 制程,采用 65nm 制成之后可以减少成本,从而进一步减低 PS3 的成本。另外久多暗示,在除 PS3 以外的其他采用 CELL 的产品,可能只采用 2 个 SPE 就足够,计划将 CELL 普及为通用的 CPU,CELL 的并行处理单元使其具备强大的计算能力。PS3 采用的 CELL 为 8 SPE,7 个为可用,1 个为备用,如图 3-35 所示。

Intel 下一代移动处理器 Core 在 2007 年第三季度发布,这款处理器与桌面处理器采用统一的品牌——Core 2 Duo,根据当时的中文命名规则,新处理器的中文名称为酷睿 2 Duo。在 Core 2 Duo 这个名字叫响之前,这款移动处理器还有个比较另类的叫法——Merom。而之后,为了统一以及更好的管理产品线,这款处理器遂改名叫做 Core 2 Duo,如图 3-36 所示。

图 3-35　PS3 的 CPU CEL

图 3-36　Core 2 Duo

性能是移动处理技术的最主要宗旨,但是随着性能的提高,其发热量也会随之提高,因此如何降低功耗是必须解决的问题。Merom 推出的目标在于为用户提供一流的性能的同时,具备更出色的能耗。据 Intel 方面介绍,基于 Napa 平台的 Core 2 Duo 性能比 Napa 平台提升 20% 左右,而比之前的 Sonoma 平台性能提高两倍,但其热量和功耗则却更低。

Merom 处理器主要被分为 7000 系列和 5000 系列,它们的主要区别在于二级缓存的数目。7000 系列将拥有 4MB 共享二级缓存架构,而 5000 系列则减至只有 2MB 容量;Merom 移动 CPU 支持虚拟化技术、EIST 省电功能和 XD 安全功能,当然,更重要的,支持 64 位扩展,并将全部采用 Intel 最新的 65nm 制成工艺。

Merom 处理器在推出初期仍旧采用 Mobile Intel 945 Express 芯片组,Merom 的针脚

将与 Yonah 兼容,因此 Napa 平台在升级 CPU 的时候只需更新 BIOS 即可,与 Napa 平台进行了无缝连接,这个时期的平台被称为 Centrino Napa Refresh 平台。

这样做法的好处在于使各大笔记本厂商非常乐意接受,它们无须花费更多的成本对现有产品进行更深入的升级,如图 3-37 所示。

在随后的 2007 年,Intel 分别推出了更新的 Santa Rosa 平台,已完全取代先前的 Centrino Napa Refresh 平台。最新的 Santa Rosa 平台采用全新的 Crestline 北桥搭配 ICH8M 南桥,配备全新的 Merom 处理器、全新的芯片组(Crestline 和 ICH8M)以及新的无线网卡方案 Kedron,如图 3-38 所示。

图 3-37　Merom 处理器

图 3-38　Santa Rosa

而在 Santa Rosa 平台中,Merom 处理器提供了更高的性能和更低的功耗,Crestline 芯片组配备了 Intel 公司新一代的集成显卡以及新的 ICH8M,ICH8M 能够同时支持 10 个 USB 2.0 接口以及 3 个 SATA 接口,此外新的无线网卡会完全支持 802.11n 以及 802.11b/g。最新的 Intel 系列 CPU,如图 3-39 所示。Intel Core 2 Duo E6300 1.86GHz 台式 CPU,CPU 内核:Allendale;主频:1860MHz;插槽类型:Socket 775;制作工艺:0.065 微米;L2 缓存:2MB;总线频率:1066MHz 和 Intel Core 2 Duo E6600 2.40GHz:Intel 奔腾 4 3.0GHz (Socket 478 1M 盒),如图 3-40 所示。

图 3-39　Intel Core 2 Duo E6300 1.86GHz

图 3-40　Intel 奔腾 4 3.0GHz(Socket 478 1M 盒)

Intel 奔腾 4 630 3.0GHz(盒)，台式 CPU，CPU 内核：Prescott；主频：3GHz；插槽类型：Socket 478；制作工艺：0.09μm；L2 缓存：1MB；总线频率：800MHz，如图 3-41 所示。

图 3-41　Intel 奔腾 4 630 3.0GHz(盒)

AMD 系列 CPU——AMD AM2 Athlon 64 3000＋(盒)AM2 3000＋在规格上与 939 3000＋基本一样，1.8GHz 主频，512KB L2 缓存，90nm 工艺 Windsor 核心，支持 SSE3 指令集。AM2 接口单核心 Athlon 64 和 Sempron 系列处理器将支持 DDR2 667 内存，双核 Athlon 64 X2 和 FX 系列支持 DDR2 800 内存。

Athlon 64 AM2 X2 4200＋和 AMD Athlon 64 FX-55(盒)同样支持 200MHz 外频，但是其实已经从 FX-53 的 2.4GHz 提升到了 2.6GHz。在技术上，AMD 在 FX-55 上应用了应变 SOI 技术，应变 SOI 技术可以增加 N 级和 P 级晶体管之间的驱动电流，从而提高晶体管的切换速度。除此之外，FX-55 使用 1MB L2 Cache，Socket 939 封装，倍频为 13，OPGA 封装模式，如图 3-42 和图 3-43 所示。

图 3-42　AMD Athlon 64 AM2 X2 4200＋　　　　图 3-43　AMD Athlon 64 FX-55(盒)

3.2　CPU 的分类、结构和主要性能指标

1. CPU 的分类

CPU 有多种分类方法。

（1）按 CPU 的生产厂家分

按 CPU 的生产厂家分，CPU 可分为 Intel、AMD 等。

（2）按 CPU 的接口分

按 CPU 的接口分，Intel 系列分为 Socket 7、Socket 370、Socket 478 等，AMD 系列分为：Socket 7、Socket A(462)等。

（3）按标称频率分

同一型号 CPU 按照其标称频率又可分为不同档次，如 Pentium 4 有 1.6GHz、2.0GHz、2.4GHz、3.2GHz 等；Athlon XP 有 1600＋,2200＋,2800＋,3200＋等；Athlon 64 有 2800＋,3200＋,3700＋等。

（4）按 CPU 的内核分

同一档次的 CPU,按其制造内核技术的不同,又分为多种类型或版本。不同的内核采用不同的制造技术,将直接影响到 CPU 的性能。例如,Pentium 4 有 Willamette 内核,Northwood 内核之分。Willamette 内核采用 0.18μm 制造工艺,Northwood 内核采用 0.13μm 制造工艺。Athlon XP 有 Palomino、Thoroughbred 和 Barton 等内核,Palomino 内核采用 0.18μm 制造工艺,Thoroughbred 内核采用 0.13μm 制造工艺,Barton 内核采用第三代 0.13μm 制造工艺。

2. CPU 的外部结构

从外部看 CPU 的结构,主要由两个部分组成：一个是内核,另一个是基板。下面分别以 Athlon XP（见图 3-44）和 Pentium 4（见图 3-45）为例,介绍其外部结构。

图 3-44 Athlon XP 的外观

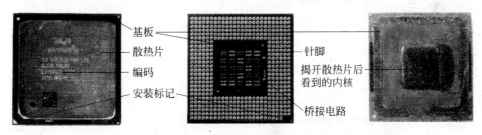

图 3-45 Pentium 4 的外观

（1）CPU 的内核

CPU 中间凸起部分是内核芯片或 CPU 内核,是 CPU 集成电路所在的地方。目前,绝大多数 CPU 都采用了一种翻转内核的封装形式;也就是说,CPU 内核在硅芯片的底部被翻转后封装在陶瓷电路基板上,这样能够使 CPU 内核直接与散热装置接触。

CPU 内核的另一面通过覆盖在陶瓷电路基板上的引脚与外界电路连接。

（2）CPU 的基板

CPU 基板就是承载 CPU 内核用的电路板,它负责内核芯片和外界的数据传输。在它上面常焊接有电容、电阻,还有决定 CPU 时钟频率的桥接电路。在基板的背面或者下沿,有用于与主板连接的针脚或者卡式接口。

比较早期的 CPU 基板都是采用陶瓷制成的,而最新的 CPU 有些已改用有机物制造,它能提供更好的电气和散热性能。

(3) CPU 的编码

在 CPU 编码中,都会注明 CPU 的名称、时钟频率、二级缓存、前端总线、内核电压、封装方式、产地、生产日期等信息,但是 AMD 公司与 Intel 公司标记的形式和含义有所不同。

(4) CPU 的接口

CPU 的封装形式主要分为两大类:一类是针脚式的 Socket 类型,另一类是插卡式的 Slot 类型。其中插卡式的 Intel 公司的 Slot 1 和 AMD 公司的 Slot A 已经退出市场。

PC 从 486 时代开始普遍使用 Socket 插座来安装 CPU。Socket 插座是方形多针脚孔 ZIF(Zero Insert Force,零插拔力)插座,插座上有一根拉杆,在安装和更换 CPU 时只要将拉杆向上拉出,就可以轻易地插进或取出 CPU 芯片。

(1) Socket 7 插座

Socket 7 插座不但可以安装 Intel 公司的 Pentium、Pentium MMX,还能安装 AMD 公司的 K5、K6 和 K6-2,Cyrix 公司的 6x86、6x86 MX、6x86 MII,IDT 公司的 WinChip C6 等,适用范围非常广。Socket 7 CPU 插座如图 3-46 所示。

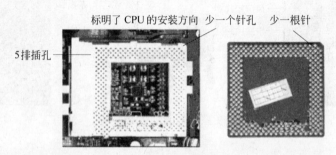

图 3-46　Socket CPU 插座

(2) Socket 370 插座

Intel 公司的 Socket 370 插座支持 Celeron Ⅱ、Pentium Ⅲ、VIA C3。Socket 370 插座如图 3-47 所示。

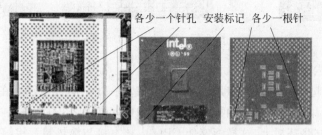

图 3-47　Socket 370 插座

(3) Socket A 插座

AMD 公司的 Socket A(Socket 462)插座是为 Socket A 架构的 Athlon 处理器而设计的接口标准。AMD 公司的 Athlon、Duron 和 Athlon XP 处理器都采用相同的 Socket A 接口。Socket A 插座如图 3-48 所示。

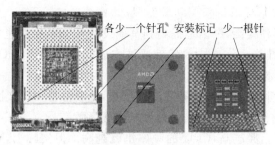

各少一个针孔　安装标记　少一根针

图 3-48　Socket A 插座

（4）Socket 478 插座

Intel 公司的 Socket 478 插座支持 Pentium 4 CPU，如图 3-49 所示。

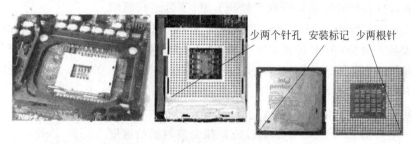

少两个针孔　安装标记　少两根针

图 3-49　Socket 478 插座

3. CPU 的主要技术参数

CPU 常用下面的技术参数或指标表示其性能。

（1）主频

主频也叫时钟频率（CPU Clock Speed），单位是 MHz、GHz，它是 CPU 内数字脉冲信号振荡的速度，用来表示 CPU 的工作频率。一直以来，人们最关心的恐怕就是 CPU 的主频了，例如，Pentium 4 2.4GHz、Athlon XP 2700＋等。主频无疑是显示 CPU 性能的最根本的指标。CPU 的主频一般标记在 CPU 芯片上。一般说来，一个时钟周期完成的指令数是固定的，所以主频越高，CPU 的速度也就越快。不过由于各种 CPU 的内部结构不尽相同，主频并不直接代表运算速度，所以并不能完全用主频来概括 CPU 的性能。所以在一定情况下，很可能会出现主频较高的 CPU 实际运算速度较低的现象。因此主频仅仅是 CPU 性能表现的一个方面，而不能代表 CPU 整体性能。为此，AMD 提出了真实性能标准（True Performance Initiative，TPI）："频率并不是一切，性能才是关键"。

（2）外频

外频又称外部时钟频率，单位是兆赫兹（MHz），是由主板提供的系统总线的工作频率，是 CPU 与主板之间同步运行的时钟频率。实际运行过程中的主板系统总线速度、内存数据总线速度不但由 CPU 的速度决定，而且还受到主板和内存速度的限制。由于主板和内存速度大大低于 CPU 的主频，因此为了能够与主板、内存的速度保持一致，就要降低 CPU 的速度，即无论 CPU 内部的主频有多高，数据一出 CPU，都将降到与主板系统总线、内存数据总线相同的速度。例如，早先的 Pentium 4 的外频为 100MHz、133MHz，最新的 Pentium 4 外频为 200MHz，Athlon XP 的外频都是 133MHz。

（3）倍数系数

由于 CPU 主频不断提高，渐渐地提高到其他设备无法承受的速度，因此出现了分频技术（主板北桥芯片的功能）。分频技术就是通过主板的北桥芯片将 CPU 主频降低，然后再提供给各插卡、硬盘等设备。

倍频就是 CPU 的运行频率与外频之间的倍数，也就降低 CPU 主频的倍数。三者的关系为：CPU 的主频（内部运行的频率）＝外频×倍频系数。

在相同的外频下，倍频越高，CPU 的频率也就越高。但实际上，在相同外频的前提下，高倍频的 CPU 本身意义不大。因为 CPU 与系统之间数据传输的速度是有限的，这将会造成 CPU 从系统中得到数据的极限速度不能够满足 CPU 运算的速度。如果在外频一定的情况下，提高倍频系数也是可以的，但是对于锁频的 CPU，不能提高倍频系数。所谓"超频"，就是通过提高外频或倍频系数来提高 CPU 实际运行频率。

早期主板的外频是 66MHz，PCI 设备为 2 分频，AGP 设备不分频；对于 100MHz 外频，则是 PCI 设备 3 分频，AGP 设备 2/3 分频。目前的北桥芯片都支持 133MHz 外频，即 PCI 设备 4 分频，AGP 设备 2 分频。总之，在标准外频（66MHz、100MHz、133MHz）下，北桥芯片必须使 PCI 设备工作在 33MHz 下，AGP 设备工作在 66MHz 下。

（4）前端总线（Front Side Bus，FSB）频率

FSB 频率是指 CPU 与内存数据总线直接交换数据的速度。例如，Pentium 4 的 FSB 有 400MHz、533MHz 和 800MHz 几种，Athlon XP 的 FSB 有 266MHz、333MHz 和 400MHz 几种。今后，FSB 的工作频率将进一步提高。由于 Athlon XP 使用 EV6 总线，其等效频率为标称频率的两倍。

数据传输最大带宽取决于所有同时传输的数据的宽度和传输频率，内存带宽必须要满足 CPU 的带宽需求：

$$CPU 需求带宽＝[CPU 前端总线位宽（主流 CPU、内存均为 64 位）$$
$$×CPU 前端总线频率]/8$$

各种 FSB 的 Pentium 4 带宽需求见表 3-1。

表 3-1　带宽需求

前端总线/MHz	带　宽　需　求	前端总线/MHz	带　宽　需　求
400	(64b×400MHz)/8＝3.2GBps	800	(64b×800MHz)/8＝6.4GBps
533	(64b×533MHz)/8＝4.2GBps		

（5）高速缓存（Cache）

Cache（高速缓冲存储器，简称高速缓存）是一种速度比主存更快的存储器，其功能是减少 CPU 因等待低速主存所导致的延迟，以改进系统的性能。Cache 在 CPU 和主存之间起缓冲作用，Cache 可以减少 CPU 等待数据传输的时间。CPU 需要访问主存中的数据时，首先访问速度很快的 Cache，当 Cache 中有 CPU 所需的数据时，CPU 将不用等待，直接从 Cache 中读取。因此 Cache 技术直接关系到 CPU 的整体性能。当然，Cache 并不是越大越好，当其大小达一定水平后，如果不及时更新 Cache 算法，CPU 性能将没有本质上的提高。

高速缓存一般分为 L1 Cache（一级缓存），L2 Cache（二级缓存），及 L3 Cache（三级缓存）。L1 Cache 建立在 CPU 内部，与 CPU 同步工作，CPU 工作时首先调用其中的数据，对

CPU 性能影响较大。高速缓存均由静态 RAM 组成,结构较复杂。在 CPU 内核面积不能太大的情况下,L1 Cache 的容量不可能做得太大,其容量通常为 32~256KB。

L2 Cache 是 CPU 的第二层高速缓存,分内部和外部两种。内部二级缓存的运行速度与主频相同,而外部二级缓存的速度则只有主频的一半。L2 Cache 的容量也会影响 CPU 的性能,其容量通常为 512KB~1MB。L1 Cache 的级别高于 L2 Cache,CPU 在读取数据时,如果要调用的数据不在 L1 Cache 内,则到 L2 Cache 中调用。

为了进一步降低内存延迟,同时提升数据量计算时处理器的性能,有些 CPU 内部集成了 L3 Cache。例如,Pentium 4 Extreme Edition(P4EE)在其内部集成了 2MB L3 Cache。

不同等级高速缓存及主存、外存、网络在存取延迟时间和容量上的差别,如图 3-50 所示。

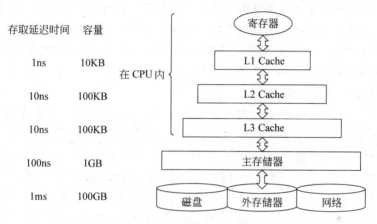

图 3-50　内存层次结构图

(6) 内核(Core)电压和 I/O 工作电压

CPU 的工作电压分为内核电压和 I/O 工作电压两种。其中内核电压的大小是根据 CPU 的制造工艺而定的,一般制造工艺数值越小,内核电压越低;I/O 电压一般都在 1.6~3V。低电压能解决耗电过大和发热过高的问题。

(7) 制造工艺

制造工艺是指在硅材料上生产 CPU 时内部各元器件的连接线宽度,一般用微米(μm)表示。制造工艺可以极大地影响 CPU 的集成度和工作频率,连接线宽度值越小制造工艺越先进,CPU 可以达到的频率越高,集成的晶体管就可以更多。目前,Pentium 4 和 Athlon XP 都已经达到了 0.13μm 的制造工艺,即将采用 0.09μm 的制造工艺。

同一档次的 CPU 往往是系列产品,按其制造内核的工艺,分为多个档次。例如,Pentium 4 有早先采用 0.18μm 制造工艺的 Willamette 内核和后来采用 0.13μm 的 Northwood 内核之分,而同是 Pentium 4(Northwood 内核)也有 B0 版本和 C1 版本之分。

Athlon XP 的 Palomino 内核采用 0.18μm 制造工艺,Thoroughbred 内核采用 0.13μm 制造工艺,Barton 内核采用第三代 0.13μm 制造工艺。

选择 CPU 时,普遍存在的误区是认为速度越快越好,其实这种想法是片面的。而且现在的 CPU 除了频率不断增加以外,连内核也在更新。内核版本的变更是为了修正上一版存在的一些错误并提升一定的性能,而这些变化普通消费者是很少去注意的。

（8）字长

CPU 在单位时间内能一次同时处理的二进制数的位数叫字长或位宽。所以能处理32 位字长的 CPU 就能在单位时间内处理字长为 32 位的二进制数据，Pentium 4 和 Athlon XP 都是 32 位的 CPU，AMD 最新的 Athlon 64 位字长为 64 位。字长的增加是 CPU 发展的一个趋势。

（9）x86 指令集

x86 指令集是 Intel 公司为其第一块 16 位 CPU i8086 专门开发的指令集，其简化版i8088 使用的也是 x86 指令，同时为提高浮点数据处理能力而增加了 x87 芯片，以后就将x86 指令集和 x87 指令集统称为 x86 指令集。

虽然，随着 CPU 技术的不断发展，Intel 陆续研制出更多新型的 i80386、i80486，直到今天的 Pentium 4 系列。但为了保证能继续运行以前开发的各类应用程序以保护和继承丰富的软件资源，Intel 公司所产生的所有 CPU 仍然继续使用 x86 指令集，所以它的 CPU 仍属于 x86 系列。由于 Intel x86 系列及其兼容 CPU（如 AMD Athlon）都使用 x86 指令集，所以就形成了今天庞大的 x86 系列及兼容 CPU 阵容。

（10）流水线与超流水线

流水线（Pipeline）是 Intel 公司首次在 486 芯片中开始使用的。流水线的工作方式就像工业生产上的装配流水线。在 CPU 中，有 5～6 个不同功能的电路单元组成一条指令处理流水线，然后将一条 x86 指令分成 5～6 步后再由这些电路单元分别执行，这样就能实现在一个 CPU 时钟周期内完成一条指令，因此提高了 CPU 的运算速度。

超流水线（Super Pipeline）是指某种 CPU 内部的流水线的步数超过通常的 5～6 步，例如 Pentium 4 的流水线就长达 20 步。流水线设计的步（级）数越多，其完成一条指令的速度就越快，因此才能适应工作主频更高的 CPU。超标量是指在一个时钟周期内 CPU 可以执行一条以上的指令。但是流水线过长也带来了一定副作用，很可能会出现主频较高的 CPU实际运算速度较低的现象，Intel 的 Pentium 4 就出现了这种情况，虽然它的主频可以高达1.4GHz 以上，但其运算性能却远远比不上 AMD Athlon 1.2GHz，甚至 Pentium Ⅲ。

（11）CPU 扩展指令集

CPU 扩展指令集指的是 CPU 增加的多媒体或者 3D 处理指令。这些扩展指令集可以提高 CPU 处理多媒体和 3D 图形的能力，有 MMX（MultiMedia Extension，多媒体扩展指令）、SSE（Streaming SIMD Extension，因特网数据流单指令扩展）、SSE2（新增加了 144 条SSE 指令，因而称为 SSE2）和 3Dnow! 指令集。

目前市场可以买到的 PC 的 CPU 只有 Intel 和 AMD 两家公司提供的产品。Intel 公司是 x86 体系 CPU 最大的生产厂家，AMD 公司是仅次于 Intel 公司的第二大 x86 处理器制造商。

1）Intel 系列 CPU

自从 Intel 公司于 2000 年 11 月发布 Pentium 4 处理器以来，Pentium 4 处理器的性能不断改进和提升，已经经历了 4 代，各代技术参数见表 3-2。下面介绍典型的 Pentium 4。

（1）Pentium 4 2.4GHz（FSB 400MHz）

Pentium 4 2.4GHz（FSB 400MHz）是 Intel 公司于 2002 年 4 月发布的产品，是 Pentium 4的第二代产品，属中端市场产品，不仅在频率上可以满足大部分人的需要，而且其优秀的超

表 3-2　Pentium 4 各代技术参数

参 数 名 称	第一代(Socket 423 Willamette)	第二代(Socket 478 Northwood)	第三代(533MHz FSB and HT)	第四代(800MHz FSB and HT)
发布时间	2000 年 11 月	2002 年 4 月	2002 年 11 月	2003 年 4 月
制造工艺/μm	0.18	0.13	0.13	0.13
内核版本	Willamette	Northwood	Northwood	Northwood
晶体管数量/万	4200	5500	5500	5500
时钟频率/GHz	1.4~2.0	1.8~2.4	2.4~3.06	2.4~3.0
前端总线频率/MHz	400(Quad Pumped 100MHz)	400(Quad Pumped 100)	533(Quad Pumped 133MHz)	800(Quad Pumped 200MHz)
高速缓存	8KB L1,256KB L2	8KB L1,512KB L2	8KB L1,512KB L2	8KB L1,512KB L2
针脚类型	Socket 423	Socket 478	Socket 478	Socket 478
超线程	不支持	不支持	只有 3.06GHz 型号支持	所有型号都支持

频性能还能够满足部分 DIY 发烧友的需要。它采用 Northwood 内核，0.13μm 制造工艺，内核电压 1.5V，设计功耗为 59.8W，8KB L1 Cache，512KB 全速 L2 Cache，400MHz 前端总线，Socket 478 架构。

（2）Pentium 4 2.4GHz(FSB 533MHz)

Pentium 4 2.4GHz（FSB 533MHz）是 Intel 公司于 2002 年 11 月发布的产品，是 Pentium 4 的第三代产品，属中高端市场产品。其外频提高到 133MHz，前端总线频率提高到 533MHz，外观如图 3-51 所示。它采用 Northwood 内核，0.13μm 制造工艺，内核电压 1.5V，8KB L1 Cache，512KB 全速 L2 Cache，533MHz 前端总线，Socket 478 架构。

图 3-51　Pentium 4 2.4 GHz(FSB 533MHz)

（3）Pentium 4 3.2GHz(FSB 800MHz)

2003 年 4 月，Intel 公司将 Pentium 4 的前端总线频率提升到 800MHz。对于 800MHz FSB 处理器，在命名上以后缀"C"来标记。2.4C 和 3.0C 是 Pentium 4 的第四代，属高端市场产品，与以前的 Pentium 4 显著改进就是引入了超线程技术(Hyper Threading Technology，HTT)。超线程技术是利用特殊的硬件指令，把两个逻辑内核模拟成两个物理芯片，让单个处理器都能使用线程级并行计算，从而兼容多线程操作系统和软件，提高处理器的性能。

2003 年 6 月，Intel 公司发布了 3.2GHz 的 Pentium 4 处理器，其规格参数为：Socket 478 接口，实际频率 3.2GHz，FSB 800MHz，L1 Cache 容量 20KB(12KB 指令缓存，8KB 数据缓存)，L2 Cache 容量 512KB，0.13μm 铜互连的制造工艺，工作电压 1.55V，指令集支持 MMX、SSE、SSE2、传统 x86 指令，支持 Hyper Threading 超线程技术，设计功耗为 82W，如图 3-52 所示。

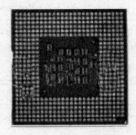

图 3-52　Pentium 4 3.2GHz(FSB 800MHz)

(4) Celeron 2.0GHz(FSB 400MHz)

Celeron 系列是 Intel 公司的低端产品。这款 Celeron 2.0GHz 更是采用了与以往不同的设计,拥有比以往所有 Celeron 都强大的超频性能,唯一不足的就是二级缓存仍然只有128KB,这无疑会影响它的性能发挥。它采用 Northwood 内核,0.13μm 制造工艺,内核电压 1.5V,8KB L1 Cache,128KB 全速 L2 Cache,400MHz 的前端总线,Socket 478 架构,如图 3-53 所示。

图 3-53　Celeron 2.0GHz(FSB 400MHz)

2) AMD 系列 CPU

自从 AMD 公司于 2001 年 9 月推出 Athlon XP 处理器以来,Athlon XP 的内核不断更换,性能不断提高,其内核经历了 Morgan、Thoroughbred(A、B)和 Barton 三代。2003 年 9月,AMD 公司发布了面向台式机和笔记本的 64 位处理器 Athlon 64(ClawHammer)和Athlon 64 FX。Athlon XP 和 Athlon 64 的技术参数见表 3-3。下面介绍市场上常见的Athlon 处理器。

表 3-3　Athlon XP 和 Athlon 64 各代技术参数

参 数 名 称	第一代 Athlon XP (Palomino)	第二代 Athlon XP (Thoroughbred A,B)	第三代 Athlon XP (Barton)	Athlon 64 (ClawHammer)
发布时间	2001 年 9 月	2002 年 4 月	2002 年 11 月	2003 年 9 月
制造工艺/μm	0.18	0.13	0.13	0.13
内核版本	Palomino	Thoroughbred A,B	Barton	ClawHammer
晶体管数量/万	3750	3750	5430	1 万
高速缓存	128KB L1, 256KB L2	128KB L1, 256KB L2	128KB L1, 512KB L2	128KB L1, 256/512/1024KB L2
PR 值	1500～2100	1600～2800	2500～3200	2800～3700

参 数 名 称	第一代 Athlon XP (Palomino)	第二代 Athlon XP (Thoroughbred A,B)	第三代 Athlon XP (Barton)	Athlon64 (ClawHammer)
实际频率/MHz	1333～1733	1400～2250	1833～2250	1600～2400
默认倍频	10～13	10.5～13.5	11～13/11	9.5～14.5
前端总线频率/MHz	266(Double Pumped 133MHz)	266/333(Double Pumped 133/166MHz)	333/400(Double Pumped 166/200MHz)	333(Double Pumped 166MHz)
针脚类型	Socket A/462	Socket A/462	Socket A/462	Socket 754

(1) Athlon XP 2700＋

2002 年 11 月,AMD 公司推出 Athlon XP 2700＋,属市场主流产品,如图 3-54 所示。
它采用 Thoroughbred-B 内核,0.13μm 制造工艺,
内核电压 1.65V, 实际主频 2.16GHz, 外频
166MHz,13.5 倍频,333MHz 前端总线频率,
128KB L1 Cache,256KB L2 Cache,Socket A
架构。

(2) Athlon XP 3200＋

2003 年 6 月,AMD 公司推出 Athlon XP 3200＋,
属市场高端产品,如图 3-55 所示。它采用 Barton

图 3-54　Athlon XP 2700＋

内核,0.13μm 制造工艺,内核电压 1.65V,实际主频 2.2GHz,外频 200MHz,11 倍频,
400MHz FSB,128KB L1 Cache,512KB L2 Cache,Socket A 架构。

(3) 新 Duron(钻龙)

上一款 Duron 处理器是 2002 年 1 月推出的。2003 年 8 月,推出了新 Duron 处理器,有
1.4GHz、1.6GHz 和 1.8GHz 等版本,属市场低端产品,如图 3-56 所示。新 Duron 采用
Applebred (基于 Thoroughbred-A)内核,0.13μm 制造工艺,内核电压为 1.50V,最大功耗
为 57W,133MHz 外频,266MHz FSB,拥有 128KB L1 Cache 及 64KB L2 Cache,具备所有
Athlon XP 具备的 SSE 多媒体指令集、动态分支预取技术、嵌入感温二极管和 Barton 内容
当中的总线断开等技术。

图 3-55　Athlon XP 3200＋

图 3-56　新 Duron

(4) Athlon 64 和 Athlon 64 FX

2003 年 9 月,AMD 公司发布了 64 位处理器,分为 Athlon 64 和 Athlon 64 FX 两个系
列。它们的区别在于前者采用 Socket 754 接口,只支持单通道内存;后者采用 Socket 940

接口,并支持双通道内存。相比之下,Athlon 64 性能稍低,Athlon 64 FX 拥有更为强大的性能。

AMD 64 ISA(x86-64)是 AMD 公司专门为 AMD 64 平台开发的 64 位架构,它是基于目前的 x86-32 架构的。这就意味着 AMD 64 处理器可以直接运行目前的 32 位应用程序,而且不需要模拟转换,AMD 64 处理器可以实现全速运行。

所有 AMD 的 64 位处理器均采用 $0.13\mu m$ 制造工艺,1.059 亿个晶体管,128KB L1 Cache,1MB/512KB L2 Cache,并且支持 AMD 最新的 Hyper Transport 技术。其中,最先推出的 Athlon FX-51 的运行频率为 2.2GHz,Athlon 64 3200＋和 Althon 64 3000＋的运行频率分别为 2.0GHz 和 1.8GHz。另外,Athlon 64 FX 以后将改为 Socket 939 接口。

Athlon 64 4000＋采用 ClawHammer 内核,$0.13\mu m$(以后将采用 $0.09\mu m$)制造工艺,主频 2.4GHz,1GHz Hyper-Transport 总线,L1(Data 64KB＋Code 64KB)＋L2 1MB Cache,电压 1.5V,Socket 939 架构,内存控制器支持双通道 PC 1600、PC 2100、PC 2700 和 PC 3200 DDR SDRAM,如图 3-57 所示。虽然 Athlon 64 4000＋的主频仅有 2.4GHz,但相当于 Pentium 4 4GHz 的运算速度。Athlon 64 系列属于高端处理器。

Athlon 64 FX-55 采用 ClawHammer 内核,$0.13\mu m$(以后将采用 $0.09\mu m$)制造工艺,PR 值为 4000＋,主频 2.6GHz,1GHz Hyper-Transport 总线,L1(Data 64KB＋Code 64KB)＋L2 1MB Cache,电压 1.5V,Socket 939 架构,内存控制器支持双通道 PC 1600、PC 2100、PC 2700 和 PC 3200 DDR SDRAM,如图 3-58 所示。Athlon 64 FX 系列属于顶级处理器,主要是为游戏玩家及发烧友们定制的产品。

图 3-57　Athlon 64 4000＋

图 3-58　Athlon 64 FX-55

3.3　CPU 散热器

随着 CPU 的频率不断提高,CPU 的发热量也在不断上升,CPU 的散热问题变得越来越重要。经过近几年的发展,散热器的产品除了不断丰富之外,在技术上也逐渐成熟,各大散热器厂家更是不断地开发出有自己特色的散热技术。虽然 CPU 散热器根据工作原理不同可以分为:风冷式、热管散热式、水冷式、半导体制冷和液态氮制冷等几种,但常用的散热器仍然是风冷式。几种常见的风冷式散热器外观如图 3-59 所示。

风冷散热方式的工作原理是,CPU 产生的热量通过热传导传递到散热片,风扇高速转动将绝大部分热量通过对流(强制对流和自然对流)的方式带走,只有极少部分的热量通过辐射方式直接散发。风冷散热器的成本低,可操作性强,使用起来也方便安全,所以成为现

(a) Socket A/462 架构   (b) Socket 478 架构

图 3-59　常见的风冷式散热器

在最常用的散热方式。风冷散热器主要由散热片、风扇和扣具构成。风冷式散热器的主要技术参数介绍如下。

1. 散热片

散热片由底座和鳍片(或称鳃片)两个部分组成。CPU 的内核面积通常不到 $2cm^2$,但功耗却达到几十瓦。通过散热片的底座把 CPU 内核处的热量传导到巨大面积的鳍片上,最终将热量散发到空气中。散热效果与散热片的底座表面积、鳍片与空气的接触面积有关。热交换面积越大,散热效果就越好。尽管设计者都想方设法地改进设计以增大散热面积,但这种做法会受到散热片制造工艺的制约。

(1) 散热片的材料

散热片的材料主要分为铜、铝两种。由于铝材质价廉,延展性好,易于成形,所以早期多为铝质散热器,但其缺点是导热性能不高。在高端散热器产品上多选用纯铜材质,但由于铜比铝较难以挤压成形,工艺要求更加严格,因此,铜制散热片的成本要远远高于铝制散热片。为此,目前中、高端产品中,普遍采用铜铝结合的散热器技术,即底部镶铜,CPU 散发的热量通过铜散热片传递给铝质鳍片,再通过风扇的对流作用散发到空气中,完成热传导过程。图 3-60 所示就是采用铜铝结合材料的散热器。

图 3-60　采用铜铝结合材料的散热器

有些散热块底部会粘贴一块导热硅胶,第一次使用时,导热硅胶被 CPU 高温熔化后均匀地黏合 CPU 和散热片,然后在散热片的作用下温度很快降下来,于是 CPU 就和散热片通过导热硅胶紧密地连接起来了。

(2) 散热片设计和工艺

散热片体积越大,其吸收和传递的热量就越多,散热效率就越高。但受空间(主板上其他元器件的排列)和成本所限,散热器的体积到达一定程度后,就难以再继续增大了。因此,为了继续提升散热片的散热效果,不得不在散热鳍片的造型和数量上下工夫。目前,散热片多采用挤压技术、切割技术、折叶技术和锻造技术,各种铝质散热片外观如图 3-61 所示。

图 3-61 采用不同工艺生产的铝质散热片

散热片与 CPU 接触面应尽可能平滑,这有利于降低 CPU 内核与散热片之间的热阻。为使 CPU 运转时散发出的热量得到良好的传递,Intel 公司和 AMD 公司对其 CPU 产品配套的散热片平整度有严格的要求,目前,只有少数实力雄厚的散热器厂商才能通过 Intel 公司与 AMD 公司的认证。

2. 风扇

对于风冷散热器,要通过风扇的强制对流来加快热量的散失,因此,风扇对整个散热效果起到了决定性的作用,它的质量好坏往往决定了散热器效果和使用寿命。评价一款风扇的好坏主要通过考察风量、噪声、风压大小,采用何种轴承,使用寿命长短等因素。各种风扇外观如图 3-62 所示。

图 3-62 风扇

(1)风扇口径

风扇口径就是风扇的通风面积,这是一个很重要的指标,它关系到风扇的排风量。风扇的口径越大,排风量也就越大,风力效果的作用面也就越大。但要注意,在使用 Micro ATX 型主板时,风扇的口径不能太大,以防止出现无法安装的情况。

(2)风扇转速

风扇转速是衡量风扇能力的重要指标,有些风扇转速已达 4000rpm 以上。一般来说,同样尺寸的风扇,转速越高,风量也越大,CPU 获得的冷却效果就越好。风扇的转速与风扇的功率是密不可分的。功率越高,风扇的转速也就越高,向 CPU 传送的进风量就越大,但其噪声也会随之增加,所以应权衡考虑。

(3)风扇排风量

风扇排风量即体积流量,是指单位时间内流过的气体的体积。这当然是越大越好。一般而言,风扇尺寸变大,转速提高,都会增加其风量。测量一个风扇排风量大小的方法很简单,只要将手放在散热片附近感受一下吹出的风的强度即可。通常质量好的风扇,即使在离它较远的位置,也可以感到有风。

(4)风扇的噪声

除了散热效果之处,风扇的工作噪声也是人们普遍关注的问题。风扇噪声与摩擦力、空气流动有关。风扇转速越高、风量越大,产生的噪声也会越大,另外,风扇自身的振动也是不可忽视的因素。要解决这个问题,可以尝试使用尺寸较大的风扇。在风量相同的情况下,大风扇在较低转速时的工作噪声要小于小风扇在高转速时的工作噪声。因此,从解决噪声的角度来说,风扇是越大越好。风扇高速转动时,转轴和轴承之间会摩擦碰撞,这也是风扇噪声的一个主要来源。

（5）风扇轴承

风扇的轴承是散热器的关键部件。目前,风扇采用的轴承主要有油封轴承（Sleeve Bearing）、单滚珠轴承（1Ball＋1Sleeve Bearing 或 One Ball One Sleeve Bearing）、双滚珠轴承（2 Ball Bearing 或 Two Ball Bearing）、液压轴承（Hydraulic Bearing）、磁悬浮轴承（Magnetic Bearing）、汽化轴承（VAPO Bearing）和流体保护系统轴承（Hypro Bearing）等。它们都有自身的优缺点,价格也有较大差异。如果对常用的油封轴承、单滚珠轴承和双滚珠轴承进行比较,从噪声大小来说:双滚珠轴承＞单滚珠轴承＞油封轴承,但使用寿命却恰恰相反。后面几种轴承都是新近采用的技术,虽然优点相当明显,但价格很贵。采用油封轴承、单滚珠轴承、双滚珠轴承和磁悬浮液压轴承风扇标签,如图 3-63 所示。

图 3-63　采用油封轴承、单滚珠轴承、双滚珠轴承和磁悬浮液压轴承风扇的标签

3. 扣具

扣具是固定散热器与 CPU 接口的工具,它的好坏直接影响到安装的难易、散热的效果。CPU 的封装不同,对散热器扣具力量也有不同要求,扣具设计是随 CPU 类型而定的。一般来说,扣具扣得越紧,向下的压力就越大,散热片与 CPU 内核的接触面积就越大,热阻就越小,最终影响到散热效果。但无论压力有多大,对于两个刚体表面而言,它们的接触实际只是点与点的接触,所以要在接触面之间涂上导热硅脂。

目前,主流扣具是根据 Intel Socket 478 架构及 AMD Socket A/462 架构设计而成的,后者又可分为单孔、三孔两种。Pentium 4 表面被耐磨耐热金属材料覆盖,且主板上配有散热支架,对扣具的要求不高。而配合 Athlon XP 扣具则要承担整个散热器的重量,特别是追求超强散热效果的纯铜散热器,因此只能使用受力更为均衡的三孔扣具,这也正是 AMD 建议的扣具设计方式。而且三孔式扣具密合度更高,受力更均衡,能避免因过大压力而导致的 Socket 插座断裂,因此这种扣具安装更为简易。散热器扣具采用的材料为金属或塑料。常见扣具的外观如图 3-64 所示。

4. 适用范围

由于 CPU 的架构有 Intel Socket 370、Intel Socket 478、AMD Socket A 等几种,所以散热器也有适应不同 CPU 架构的不同类型。Socket A/Socket 370 采用卡簧将散热器与CPU 压紧进行固定,而 Socket 478 必须先固定托架,之后才能安装散热风扇。

图 3-64　常见扣具

另外,因为 CPU 的发热量不同,同一种架构的散热器,又分为几种不同的规格。表 3-4 中列出了一款散热器提供的产品技术参数。

表 3-4　CPU 散热器产品技术参数

类　　型	CPU 散热器
适用范围	Duron 主频最高为 1.4GHz,Athlon XP 主频最高为 2800＋
风扇转数/rpm	(1400～2500)±10%
轴承类型	双滚珠轴承
最大风量/cpm	29.5～43.6
电流/A	(0.12～0.18)±10%
电压/V	额定电压 12V DC,启动电压 7V DC
噪声/dB	23.2～28.1
功率/W	1.44～2.16
风扇尺寸/mm	92×92×25
散热片尺寸/mm	80×69×45
使用寿命/h	大于等于 50 000(25℃),大于等于 35 000(40℃)
重量/g	290

另外,有些散热器还附带有一支备用的含银导热硅胶棒,为用户安装 CPU 和风扇提供方便。选购一款好的散热器时要全面考虑,从用料到电动机再到扣具,一个都不能少。在诸多厂商中,Foxconn、Coolermaster、AVC、ADDA 等大厂的产品经过 CPU 厂家认证,做工精良,散热效果好,厂家拥有自主研发能力,且测试设备齐全,值得用户考虑。此外,这些大厂的散热器标称都很客观,按照其指标即可方便选购,并且售后服务完善。

3.4　CPU 的安装与维护

1. Socket A/Socket 370 架构 CPU 的安装

在将主板装进机箱前最好先将 CPU 和内存安装好,以免将主板安装好后机箱内狭窄的空间影响 CPU 等的顺利安装。当然,如果机箱空间很小或者设计不合理,安装好 CPU 风扇后再将主板放入机箱可能造成硬件安装不便,也有的主板内存插槽与显卡插槽的放置不合理,装了内存可能不方便安装显卡,遇到这样的情况时只好改变安装顺序了。

对 Socket 370(Intel Pentium Ⅲ 或 VIA C3),Socket A/462 与 Socket 7 使用相同的方式安装散热装置。其安装方法如下。

(1) 将 CPU 插槽的拉杆轻轻地撬起来,如图 3-65(a)所示,然后把 CPU 有斜角的方向对准插槽相应的位置,插入插槽。将 CPU 插槽的拉杆放平,固定好,如图 3-68(b)所示。

(a) 抬起拉杆　　　　　　　　　　　(b) 放下拉杆

图 3-65　抬起拉杆放入 CPU

(2) 在 CPU 的核心上涂上导热硅胶,不需要太多,涂上一层就可以了,如图 3-66 所示。

(3) 使散热器与 CPU 的核心接触在一起,先把没有扶手的一侧扣具扣在 CPU 插槽的突出的位置上,如图 3-67(a)所示。用手或螺丝刀将另一头扣具扣入 CPU 插座,如图 3-67(b)所示。

(a) 涂在核心上　　　　(b) 涂后的效果　　　　　(a) 没有扶手一侧　　　(b) 另一侧

图 3-66　涂上导热硅胶　　　　　　　　图 3-67　扣上锁扣

(4) 通常主板上会有至少 3 个以上适用于风扇使用的 3 PIN 供电插针。将 CPU 风扇的电源插头插在主板的风扇插座上,如图 3-68 所示。这样主板会检测 CPU 风扇转速,如果出现风扇停转的现象,将会报警,以防止 CPU 烧毁。

安装完毕后,应先检查风扇底座是否完全接触好,然后再通电。通电后,若风扇工作正常,再加装机箱盖;如发现风扇没有工作,应立刻断电。最好能定期拆下风扇清理灰尘,以延长风扇的使用寿命,也可以减少故障的发生。

图 3-68　连接 CPU 风扇
电源接头

必须要注意的是,许多 CPU 的内核是完全暴露在外的,在安装风扇的时候一定要均匀用力,不可硬扣,否则可能压坏 CPU。

现在,几乎所有主板都会自动识别 CPU 以及设置电压,但为了以防万一,最好在安装前先阅读主板说明书,了解 CPU 安装的有关细节,确定是否需要设置跳线。

如果要拆卸 CPU,与安装 CPU 步骤相反。先取下散热器与 CPU 插座一边的扣子,把散热风扇取下。然后,把 CPU 插槽的拉杆撬起来,就可以取出 CPU 了。

2. Socket 478 架构 CPU 的安装

Socket 478 架构的 Pentium 4 系统的安装有些不同。Intel 指定的主板制造商应该提供一个塑料导轨,以确定散热装置能平滑地架设在处理器的表面。此外,散热装置并非用夹子来固定,而是采用锁杆系统。Socket 478 架构 CPU 的安装方法如下。

(1) 稍向外、向上拉开 CPU 插座上的拉杆,到与插座垂直的位置,如图 3-69 所示。

(2) 然后将 CPU 上针脚有缺针的部位对准插座上的缺口,如图 3-70 所示。

(3) CPU 只能在方向正确时才能够被插入插座中,然后按下拉杆,如图 3-71 所示。

将拉杆从插槽上拉起,与
插槽呈 90°

图　3-69

寻找 CPU 上的圆点/切边。
此圆点/切边应指向拉杆的
旋轴,只有方向正确,CPU
才能插入

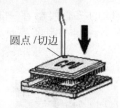

图　3-70

将 CPU 插入稳固后,压下
拉杆完成安装。

图　3-71

(4) 在 CPU 的核心上均匀涂上足够的导热硅胶。但要注意不要涂得太多,只要均匀地涂上薄薄一层即可。值得注意的是,导热硅胶决不能省去,否则可能导致无法正常运行甚至烧毁 CPU。

(5) CPU 的安装很简单,但 CPU 风扇的安装较复杂。将散热片妥善定位在支撑机构上。

(6) 将散热风扇安装在散热片的顶部,向下压风扇直到它的 4 个卡子嵌入支撑机构对应的孔中。再将两个压杆压下以固定风扇,如图 3-72 所示。需要注意的是,每个压杆都只能沿一个方向压下。

(7) 最后将 CPU 风扇的电源线接到主板的 3 针接头上,如图 3-73 所示。

图 3-72　固定风扇

图 3-73　连接 CPU 风扇的电源接头

3. 实习——CPU 的检测

虽然从处理器的外观以及 CPU 编号上,可以分辨出 CPU 的大致情况,但是如果希望知道某块 CPU 更详细的参数,尤其为了避免受到一些不法商家蒙骗,则需要检测 CPU。检测方法有两种:一种是在安装了需检测 CPU 的微型计算机中运行检测程序,另一种是根据CPU 上的编号,在互联网上查询。

WCPUID(Windows CPU ID)是一个通过 CPU 的 ID 号来检测 CPU 详细信息的免费工具软件,可以支持目前市场上所有的 CPU 产品,它提供给用户的信息包括:CPU 的生产厂商、名称、接口模式、ID 码、工作频率、外频、倍频、L1 cache 和 L2 cache 的容量及读取模式、扩展指令集的支持情况等信息,可准确的检测出 CPU 是否被超频。

WCPUID 可以在 Windows 9x/Me/2000/XP 下直接运行,不需要安装。该软件也是一款真正的"绿色"软件,运行该软件不会对系统进行任何更改。执行 WCPUID 后,显示一个窗口,如图 3-74 所示,其中列出了当前 CPU 的主要参数,分为 4 部分。

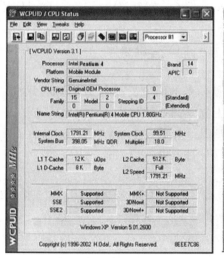
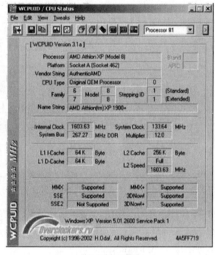

(a) Pentium 4   (b) Athlon XP

图 3-74　WCPUID 主窗口

第一部分为处理器的类型,有 Processor(处理器)、Platform(封装)、Vendor String(厂商)、Family(系列)、Model(型号)、Stepping ID(分级 ID)、Name String(名称)。

第二部分为处理器的频率参数,有 Internal Clock(内部时钟,即 CPU 的主频)、System Bus(前端总线)、System Clock(外频)、Multiplier(倍频)。

第三部分为处理器的缓存情况,有 L1 T-cache(Trace cache)、L1 D-cache(Data cache)、L2 cache、L2 Speed(与 CPU 的主频一样)。

第四部分为处理器所支持的多媒体扩展指令集,有 MMX、SSE、SSE2、MMX+、3D NOW! 和 3D NOW!+。WCPUID 主窗口右上方有一排工具按钮。单击 Standard Feature Flags 按钮,将显示包括是否具有片内协处理器 FPU,以及是否支持虚拟模式扩展等项目在内的多达 20 余种特殊项目测试。单击 Cache Info 按钮可以观察系统 cache 的详细信息,包括 cache 的大小,工作速度、模式、结构,支持的线程和缓存空间大小等。单击 Chipset Info 按钮可以查看主板使用的主芯片组型号、显示卡芯片型号和 AGP 信息。

使用 WCPUID 可以检测所安装 CPU 的所有信息和工作状态,更可以登录 Intel 公司和 AMD 公司的网站查阅产品详细资料,结合 WCPUID 软件给出的 CPU ID,如 Family、Model、Stepping ID 参数来辨别 CPU。

另外,如果微型计算机安装的是 AMD 的 CPU,使用 AMD CPU Information Display Utility,检测内容会更丰富。

本章习题

一、选择题

1. Pentium 4 赛扬 D 的二级缓存为(　　)。
    A. 128KB　　　　　B. 256KB　　　　　C. 512KB　　　　　D. 1MB

2. 当前 CPU 市场上,知名的生产厂家是(　　)和(　　)。
    A. Intel 公司　　　B. IBM 公司　　　　C. AMD 公司　　　D. HP 公司

3. CPU 的内部结构不包括(　　)。
    A. 控制单元　　　　B. I/O 接口单元　　C. 运算单元　　　　D. 存储单元

4. 下列说法正确的是(　　)。
    A. 超线程技术 HT 是把多线程处理器内部的两个逻辑内核模拟成两个物理芯片
    B. 超线程技术 HT 依赖于两个物理上独立的处理芯片
    C. 超线程技术 HT 与多核心技术本质是一样的
    D. "硬件防毒"技术只有 Intel 系列 CPU 才具有

5. SSE 是一种(　　)。
    A. 防火墙技术　　　B. 硬件防毒技术　　C. CPU 封装技术　　D. 多媒体指令集

6. 目前 CPU 中的缓存分为(　　)级。
    A. 1　　　　　　　B. 2　　　　　　　C. 3　　　　　　　D. 4

7. CPU 核心的封装方式不包括(　　)。
    A. BGA　　　　　　B. DIP　　　　　　C. PGA　　　　　　D. SECC

8. CPU 的主频由(　　)和(　　)决定,在倍频一定的情况下,通过(　　)提高 CPU 的运行速度,称之为超频。
    A. 外频　　　　　　B. 倍频　　　　　　C. 内存　　　　　　D. 提高内频

9. CPU 的三大生产厂商是 Intel、AMD 和(　　)。
    A. 华硕　　　　　　B. UIA　　　　　　C. 联想　　　　　　D. 赛扬

10. (　　)用于与 CPU、内存及 AGP 联系。
    A. 南桥芯片　　　　B. 中央处理器　　　C. 北桥芯片　　　　D. BIOS

11. Pentium 4 willamette 核心处理器,采用的制造工艺是(　　)。
    A. $0.18\mu m$　　　B. $0.13\mu m$　　　C. $0.09\mu m$　　　D. $0.35\mu m$

12. Pentium 4 Northwood 的核心电压是(　　)。
    A. 1.75V　　　　　B. 1.5V　　　　　　C. 1.6V　　　　　　D. 1.85V

13. Pentium 4 分为多个系列,其中 C 系列的 FSB 是(　　)。
    A. 400MHz　　　　B. 533MHz　　　　C. 667MHz　　　　D. 800MHz

14. 前端总线 FSB 是（　　　）和主板的北桥芯片或者 MCH（内存控制集线器）之间的数据通道。

      A. CPU   B. 主板南桥芯片   C. 硬盘   D. USB

15. 存放计算机硬盘、软盘及其他系统参数的是（　　　）。

      A. BIOS   B. CMOS   C. AMR   D. RAM

二、填空题

1. CPU 是_____的缩写，它由_____和_____组成。

2. 目前使用的处理器主要是由_____和_____两大公司生产的。

3. 主频是 CPU 的_____。

4. 目前 CPU 标准外频主要有_____ MHz、_____ MHz 和_____ MHz 等几种。

5. L2 高速缓存的容量和频率对 CPU 的性能影响较大，它的作用就是为了协调 CPU 运行速度与_____存取速度之间的差异。

6. CPU 制造工艺越高，可以达到的主频就_____。

7. 现在 CPU 的 L1 cache 与 L2 cache 唯一的区别在于_____。CPU 在 cache 中找到有用的数据被称为命中，为了提高命中率，cache 中的内容应该按一定的算法替换。常用的算法是_____。

8. Sempron 是_____公司面向_____（高端、低端）的 CPU 产品。

9. CPU 主频＝_____×倍频。

10. Intel 公司先后推出了_____、_____、_____、_____等款 CPU。

11. Intel 公司 CPU 的接口方式主要有_____、_____等。

三、简答题

1. CPU 主要的性能参数有哪些？简要说明各个参数对 CPU 的影响。

2. 什么是 CPU 的倍频？

3. 盒装 CPU 与散装 CPU 的区别是什么？

4. CPU 的作用是什么，它是由哪几部分组成？

5. 简述 CPU 的主要性能指标，请列出常用的 CPU 指令集。

6. 请列出常用的 CPU 厂商和主流 CPU 类型。

7. 简述 CPU 和缓存的关系。

8. 请分别举出 16 位、32 位、64 位处理器常见的代表，并说明 CPU 的位数是由什么决定的。

9. CPU 频率的单位是什么？外频、主频、倍频、FSB 的关系是怎样的？

10. CPU 的新技术有哪些？如何看待 CPU 的发展趋势和方向。

11. Intel 和 AMD 的 CPU 有哪些不同？

12. 什么是 CPU 的主频？

13. 选购 CPU 时，是不是频率越高越好？

14. 可以不安装 CPU 风扇吗？

15. 北桥芯片和南桥芯片有什么区别，它们分别承担哪些功能？

16. 选购 CPU 应注意哪些主要问题？

17. 简述 AMD 公司 CPU 的标识"A1000AMT3C"的含义。

第 4 章 存 储 器

本章内容主要包括存储器的分类、内存的工作原理、硬盘的发展历史、硬盘的主要参数和新技术。

要求了解硬盘发展的新技术,掌握内存的工作原理、硬盘的分类、硬盘的主要参数和技术指标,熟练掌握硬盘的安装,硬盘的分区方法。

4.1 内 存

在计算机的组成结构中,内存是用于存储运行的程序和数据的,它由内存芯片和 PCB 板组成。下面从内存的工作原理、分类、性能指标和优化几个方面予以介绍。

4.1.1 内存的工作原理

1. 内存寻址

首先,内存从 CPU 获得查找某个数据的指令,然后再找出存取资料的位置时(这个动作称为"寻址"),它先定出横坐标(也就是"列地址")再定出纵坐标(也就是"行地址"),这就好像在地图上画个十字标记一样,非常准确地定出这个地方。对于计算机系统而言,找出这个地方时还必须确定是否位置正确,因此计算机还必须判读该地址的信号,横坐标有横坐标的信号(也就是 RAS 信号,Row Address Strobe)纵坐标有纵坐标的信号(也就是 CAS 信号,Column Address Strobe),最后再进行读或写的动作。因此,内存在读写时至少必须有5 个步骤:分别是画个十字(内有定地址两个操作以及判读地址两个信号,共 4 个操作)以及或读或写的操作,才能完成内存的存取操作。

2. 内存传输

为了储存资料,或者是从内存内部读取资料,CPU 都会为这些读取或写入的资料编上地址(也就是我们所说的十字寻址方式),这个时候,CPU 会通过地址总线(Address Bus)将地址送到内存,然后数据总线(Data Bus)就会把对应的正确数据送往微处理器,传回去给CPU 使用。

3. 存取时间

所谓存取时间,指的是 CPU 读或写内存内资料的过程时间,也称为总线循环(bus cycle)。以读取为例,从 CPU 发出指令给内存时,便会要求内存取用特定地址的特定资料,内存响应 CPU 后便会将 CPU 所需要的资料送给 CPU,一直到 CPU 收到数据为止,便成为一个读取的流程。因此,这整个过程简单地说便是 CPU 给出读取指令,内存回复指令,并丢出资料给 CPU 的过程。人们常说的 6ns(纳秒)就是指上述的过程所花费的时间,其中 ns便是计算运算过程的时间单位。我们平时习惯用存取时间的倒数来表示速度,比如 6ns 的内存实际频率为 1/6ns=166MHz(如果是 DDR 就标 DDR 333,DDR2 就标 DDR2 667)。

4. 内存延迟

内存的延迟时间（也就是所谓的潜伏期，从 FSB 到 DRAM）等于下列时间的综合：FSB 同主板芯片组之间的延迟时间（±1 个时钟周期），芯片组同 DRAM 之间的延迟时间（±1 个时钟周期），RAS 到 CAS 延迟时间：RAS（2 或 3 个时钟周期，用于决定正确的行地址），CAS 延迟时间（2 或 3 时钟周期，用于决定正确的列地址），另外还需要 1 个时钟周期来传送数据，数据从 DRAM 输出缓存通过芯片组到 CPU 的延迟时间（±2 个时钟周期）。一般的说明内存延迟涉及 4 个参数：CAS（Column Address Strobe，行地址控制器）延迟，RAS（Row Address Strobe 列地址控制器)-to-CAS 延迟，RAS Precharge（RAS 预冲电压）延迟，Act-to-Precharge（相对于时钟下沿的数据读取时间）延迟。其中 CAS 延迟比较重要，它反映了内存从接受指令到完成传输结果的过程中的延迟。大家平时见到的数据 3-3-3-6 中，第一参数就是 CAS 延迟（CL＝3）。当然，延迟越小速度越快。

4.1.2　内存分类

内存常分为只读存储器、随机存储器和高速缓冲存储器。由于整个计算机系统的内存容量主要由随机存储器的容量来决定，习惯上常将随机存储器直接称为内存。在实际使用中，应注意区分它们的各自特点。

1. 只读存储器

只读存储器（Read Only Memory，ROM），主要用于存储计算机系统配置和提供最基本的 I/O 控制程序。目前，计算机中大多采用 Flash Memory，属于电可擦除可编程 ROM 的一种，其特点是：计算机断电后，仍能长期保存存储的信息，具有很高的存取速度，功耗很小，集成度高，易于擦写，支持在线刷新，使 BIOS 升级非常方便。

2. 随机存储器

随机存储器（Random Access Memory，RAM），有静态和动态两种，其特点是：一旦断电，存储的信息将全部丢失。静态随机存储器（Static RAM，SRAM）不必周期性地刷新就可以保持数据，它与计算机的接口很简单，需要的附加硬件很少，使用方便，速度快。但功耗较大，集成度低，成本高，常作为 cache 用。动态随机存储器（Dynamic RAM，DRAM）需要周期性地刷新才能保持数据。通常说的内存就是指 DRAM，有 SDRAM、DDR SDRAM（简称 DDR）、Rambus DRAM、DDR2 等。目前，主流应用是 DDR。DDR2 由于其优越的性能，逐步取代 DDR 而成为新的主流应用。

（1）SDRAM。SDRAM（Synchronous DRAM）是同步动态随机存储器的简称，常用的有 PC 100 和 PC 133 两种规范，采用 DIMM 架构，引脚为 168 针，数据位宽为 64 位，工作电压 3.3V，如图 4-1 所示。SDRAM 采用双存储体结构，也就是有两个储存阵列，一个被 CPU

图 4-1　SDRAM 内存条

读取数据的时候,另一个已经做好被读取数据的准备,两者相互自动切换,使得存取效率成倍提高。SDRAM 与 CPU 外频同步,数据交换时不存在延时。

(2) DDR。DDR(Double Data Rate Synchronized DRAM)是双倍速率同步动态随机存储器的简称,有 DDR 200/266/333/400 等规范,仍采用 DIMM 架构,引脚为 184 针,数据位宽为 64 位,工作电压为 2.5V,如图 4-2 所示。DDR 与传统的 SDRAM 本质区别在于,它可以在一个时钟周期的波峰及波谷(也就是上升与下降沿)传送数据,达到 SDRAM 二倍的数据量,例如,以 133MHz 内存总线频率设计的 DDR,可达到 266MHz 的实际数据传输频率。因此,DDR 266 的含义是,当内存总线频率(实际工作频率)为 133MHz 时,等效的数据传输频率为 266MHz。依此类推 DDR 333 的实际工作频率为 166MHz,DDR 400 的实际工作频率为 200MHz。

图 4-2　DDR 内存条

(3) RDRAM。RambusDRAM 是 Intel 为 Pentium 4 刚推出时高端应用配套的内存,由于成本高,得不到主板厂商的大力支持,没能成为主流应用。

(4) DDR2。随着 CPU 频率的不断提高,DDR 内存技术在架构上存在的不足逐步显现出来,制约了其数据传输频率的进一步提高,例如,当数据传输频率达到 400MHz 以上时,内存产品的良品率就开始下降,导致 DDR 400 以上的内存根本无法成为市场主流。为了适应高频 CPU 对内存的新要求,DDR2 内存模组技术诞生了。

DDR2 内存条长度与 DDR 内存基本相当,但引脚增加到 240 针,工作电压为 1.8V,功耗更低,两者不能换用,如图 4-3 所示。DDR2 的命名规则与 DDR 一样,目前有 DDR2 400/533/667 三种规范。DDR2 采用 4 位数据预取架构,使核心频率为 100MHz 的 DDR2 可等效于 400MHz 的数据传输频率,而核心频率为 133MHz 的 DDR2 等效为 533MHz 的数据传输频率。由此可见,DDR2 的数据传输频率比核心频率相同的 DDR 高一倍,将成为高频 CPU 搭配的主流内存。

图 4-3　DDR2 内存条

(5) DDR 和 DDR2 的区别。DDR2(Double Data Rate 2)SDRAM 是由 JEDEC(电子设备工程联合委员会)进行开发的新生代内存技术标准,它与上一代 DDR 内存技术标准最大的不同就是,虽然同是采用了在时钟的上升/下降延同时进行数据传输的基本方式,但 DDR2 内存却拥有两倍于上一代 DDR 内存预读取能力(即:4 位数据读预取)。换句话说,DDR2 内存每个时钟能够以 4 倍外部总线的速度读/写数据,并且能够以内部控制总线 4 倍的速度运行。

此外,由于 DDR2 标准规定所有 DDR2 内存均采用 FBGA 封装形式,而不同于目前广泛应用的 TSOP/TSOP-Ⅱ封装形式,FBGA 封装能提供更为良好的电气性能与散热性能,为 DDR2 内存的稳定工作与未来频率的发展提供了坚实的基础。回想起 DDR 的发展历程,从第一代应用到个人计算机的 DDR 200 经过 DDR 266、DDR 333 到今天的双通道 DDR 400 技术,第一代 DDR 的发展也走到了技术的极限,已经很难通过常规办法提高内存的工作速度;随着 Intel 最新处理器技术的发展,前端总线对内存带宽的要求是越来越高,拥有更高更稳定运行频率的 DDR2 内存将是大势所趋。

(1) 延迟问题

在同等核心频率下,DDR2 的实际工作频率是 DDR 的两倍。这得益于 DDR2 内存拥有两倍于标准 DDR 内存的 4 位预读取能力。4 位 Prefetch 可以认为是端口数据传输率和内存 Cell 之间数据读写之间的倍率,也就是把几个 Cell 送来的数据进行排序。Prefetch 的实现机制中,数据先输入到 I/O 缓冲寄存器,再从 I/O 寄存器输出。换句话说,虽然 DDR2 和 DDR 一样,都采用了在时钟的上升延和下降延同时进行数据传输的基本方式,但 DDR2 拥有两倍于 DDR 的预读取系统命令数据的能力。也就是说,在同样 100MHz 的工作频率下,DDR 的实际频率为 200MHz,而 DDR2 则可以达到 400MHz。

这样也就出现了另一个问题:在同等工作频率的 DDR 和 DDR2 内存中,后者的内存延时要慢于前者。举例来说,DDR 200 和 DDR2 400 具有相同的延迟,而后者具有高一倍的带宽。实际上,DDR2 400 和 DDR 400 具有相同的带宽,它们都是 3.2GBps,但是 DDR 400 的核心工作频率是 200MHz,而 DDR2 400 的核心工作频率是 100MHz,也就是说 DDR2 400 的延迟要高于 DDR 400。

(2) 封装和发热量

DDR2 内存技术最大的突破点其实不在于用户们所认为的两倍于 DDR 的传输能力,而是在采用更低发热量、更低功耗的情况下,DDR2 可以获得更快的频率提升,突破标准 DDR 的 400MHz 限制。

DDR 内存通常采用 TSOP 芯片封装形式,这种封装形式可以很好地工作在 200MHz 上,当频率更高时,它过长的管脚就会产生很高的阻抗和寄生电阻,这会影响它的稳定性和频率提升的难度。这也就是 DDR 的核心频率很难突破 275MHz 的原因。而 DDR2 内存均采用 FBGA 封装形式。不同于目前广泛应用的 TSOP 封装形式,FBGA 封装提供了更好的电气性能与散热性,为 DDR2 内存的稳定工作与未来频率的发展提供了良好的保障。

DDR2 内存采用 1.8V 电压,相对于 DDR 标准的 2.5V,降低了约 50%,从而明显降低了功耗和发热量,这一点变化是意义重大的。想想看,谁不愿意让自己计算机内的硬件又凉快又省电呢?

除了以上所说的区别外,DDR2 还引入了三项新的技术,它们是 OCD、ODT 和 Post CAS。

(1) OCD(Off-Chip Driver)也就是所谓的离线驱动调整。它是一些调整电压而平衡的 I/O 驱动电阻。DDR2 通过调整上拉(Pull-up)/下拉(Pull-down)的电阻值使两者电压相等。也就是 Pull-up=Pull-down。实现最少 DQ-DQS 畸变,改进了信号的完整性,并且通过控制 overshoot、undershoot 和 I/O 驱动电压校验,改进信号的质量。使用 OCD 通过减少 DQ-DQS 的倾斜来提高信号的完整性;通过控制电压来提高信号品质。

(2) ODT 是内建核心的终结电阻器。使用 DDR SDRAM 的主板上面为了防止数据线终端反射信号需要大量的终结电阻。它大大增加了主板的制造成本。实际上,不同的内存模组对终结电路的要求是不一样的,终结电阻的大小决定了数据线的信号比和反射率,终结电阻小则数据线信号反射低但是信噪比也较低;终结电阻高,则数据线的信噪比高,但是信号反射也会增加。因此主板上的终结电阻并不能非常好的匹配内存模组,还会在一定程度上影响信号品质。DDR2 可以根据自己的特点内建合适的终结电阻,这样可以保证最佳的信号波形。使用 DDR2 不但可以降低主板成本,还得到了最佳的信号品质,这是 DDR 不能比拟的。

(3) Post CAS。它是为了提高 DDR2 内存的利用效率而设定的。在 Post CAS 操作中,CAS 信号(读写/命令)能够被插到 RAS 信号后面的一个时钟周期,CAS 命令可以在附加延迟(Additive Latency)后面保持有效。原来的 tRCD(RAS 到 CAS 和延迟)被 AL(Additive Latency)所取代,AL 可以在 0,1,2,3,4 中进行设置。由于 CAS 信号放在了RAS 信号后面一个时钟周期,因此 ACT 和 CAS 信号永远也不会产生碰撞冲突。

使用 Post CAS 加 Additive Latency 会带来三个好处:可以很容易的取消掉命令总线上的 Collision(碰撞)现象;提高了命令和数据总线的效率;没有了 Bubble,可以提高实际的内存带宽。

3. 高速缓冲存储器

高速缓冲存储器即 Cache,基本上被集成到 CPU 内部,具体内容参阅 CPU 部分。目前,只有极少数高端应用仍在主板上保留外部高速缓冲存储器。

4.1.3 内存的性能指标

1. 内存容量

内存容量是指内存的存储单元数量,单位有字节(Byte)、千字节(KB)、兆字节(MB)和吉字节(GB)。它们的换算关系如下:

$$1KB = 2^{10}B = 1024B$$
$$1GB = 1024MB = 1024 \times 1024KB = 1024 \times 1024 \times 1024B$$

2. 内存速度

内存速度取决于内存芯片的存取速度、内存总线的速度和数据传输延时。

(1) 内存芯片存取速度。内存芯片的存取速度反映读、写内存单元数据的快慢,通常用时间来衡量,单位是纳秒(ns),如 10ns、7.5ns、5ns 等,数值越小表示内存芯片存取速度越快。内存芯片存取速度的倒数称为内存芯片的额定工作频率,如 7.5ns 的额定工作频率为133MHz。额定频率又称核心频率。

(2) 内存总线速度。内存总线的速度指 CPU 到内存之间的总线速度,由总线工作时钟决定,通常用频率来表示,如 100MHz、133MHz、200MHz 等,数值越大速度越快。内存芯片的存取速度应支持内存总线的速度,即内存芯片的额定工作频率不小于内存总线频率。因此,在实际使用中内存总线的频率就是内存芯片的实际工作频率。

(3) 数据传输延时。内存的数据单元是以矩阵方式,由行与列交错排列而成的,每一个交叉点即代表一个内存位,数据便是储存在这个内存位上。换句话说,可以把整个内存看成一个窗体,数据就储存在窗体中的表格内,循序储存。内存的运作方式是:首先内存控制器送出单元的列地址信号,作为模块逻辑寻址用,经过一段时间,列地址会被送去暂存区;接着内存控制器又送出行地址信号,一直到选择单元的内容送至内存芯片的输出寄存器(Output Register)里,再进行下一次动作。所以,在数据被真正传输前,传送方必须花费一定时间去等待传输请求的响应,这种等待即数据传输延时,主要由 CAS Latency(列地址控制器延时,简称 CL)、RAS-to-CAS Delay(列地址控制器至行地址控制器延迟)以及 Row Active Time(行动态时间)决定。CL 指 CPU 在接到读取某内存地址上数据指令后,到行地址信号送出的时间。RAS-to-CAS Delay 指列地址暂存后,到行地址执行的这段时间。行动态时间指的是行与行更换的时间。由于数据存储遵循邻近储存原则,大多数情况下数据刚好相邻,因此,只需变更行地址信息即可(因内存控制器已经知道列地址)。这样,CL 在衡量内存性能中就扮演着相当重要的角色,也是一般内存上最常标注的项目,如图 4-4 所示。在实际使用中,CL 用总线周期个数来度量,例如 CL=2,即表示读取数据的延迟时间是 2 个总线周期。该数值可以根据不同规范的内存来设置,一般来说,数值小点儿较好,但不是越小越好。

图 4-4　数据传输延时的标注

综上所述,内存存取的快慢可用内存总延时来衡量,总延时=总线时钟周期×CL 模式数+内存芯片存取时间。比如某 DDR333 内存的芯片存取时间为 6ns,当 CL 模式数设定为 2.5(即 CAS Latency=2.5)时,总延时=6ns×2.5+6ns=21ns,而将 CL 设为 2 的时候,则总延时=6ns×2+6ns=18ns,足足减少了 3ns。

3. 数据位宽和带宽

内存数据位宽即内存总线的位宽,指内存同时传输数据的位数,以位(bit,b)为单位。内存带宽指内存的数据传输速率。内存数据传输速率不仅与内存数据位宽有关,而且与内存数据传输频率有关,它们的关系是:内存数据传输速率=内存数据传输频率×内存数据位宽/8。例如,DDR 400 的数据传输频率为 400MHz,数据位宽为 64 位,则数据传输速率为:400(MHz)×64/8(byte)=3200Mbps。在实际使用中,常常用数据传输速率来表述内存,如 DDR 400 又称 PC 3200,依此类推,PC 2700 即是 DDR 333、PC 2100 即是 DDR 266。

内存带宽是衡量内存性能的重要指标之一,提高内存带宽有两种方式,一是增加内存数据位宽,另一是提高内存核心频率。目前,单通道内存的数据位宽为 64 位,支持双通道内存的数据位宽为 128 位。由于数据位宽增加会导致成本陡增,而提高内存核心频率又比较困难,所以只能从内存模组的架构上想办法加以解决。例如与 DDR 400 核心频率相同的 DDR2 内存,其内存数据传输速率为 400×2×64/8GBps=6.4GBps,是 DDR 400 的两倍。

4.1.4　内存优化

内存负责向 CPU 提供运算所需的原始数据,现在 CPU 运行速度超过内存数据传输速度很多,因此就造成了 CPU 很多时候都在等待内存提供数据的情况。这就是通常所说的"CPU 等待时间",或所谓的"内存瓶颈"。内存传输速度越慢,CPU 等待时间就会越长,系统整体性能受到的影响就越大。因此,快速的内存是有效提升 CPU 效率和整机性能的关键之一。通常情况之下,购买新的、更快速的内存是解决内存瓶颈最直接的办法。不过,利用现有的内存,做一番优化设置,也能收到相同的效果。

目前主流内存分为 SDRAM、DDR SDRAM 和 DDR Ⅱ SDRAM 三种。这三种内存有一个共同点,就是它们都以与系统 CPU 的外部频率相同的频率工作,这个频率也就是常说的一个术语——FSB(Front Side Bus,前端总线)频率。现在的主板都具有比较高的"智能",这三种内存在插到相对应的主板后,都能自动设置正确的运行频率。因此,即使不进行任何设置或调整,绝大多数内存都能实现"即插即用"。不过,几乎所有主板的内存相关参数出厂初始设置都比较保守,并不能将内存的性能充分发挥。下面,针对三种内存来分别介绍其各自的优化方法。

(注:以下所谈到的内存优化都限于在主板 BIOS 提供的功能上。开机时按住 Del 键就可以进入 BIOS 的设定界面,具体设置菜单项一般是 Chipset Features Setup 或 Advanced Chipset Features。修改参数通常是用 PageUp/PageDown 键或更为直观的回车选择菜单两种方式,修改完成后,一定记住按 F10 键保存。所有修改在系统重新启动之后生效。)

DDR SDRAM 和 DDRⅡ SDRAM 的设置与 SDRAM 大致相同,因此就以 SDRAM 为例一并介绍。

SDRAM 有 3 个正式的规格——PC 66、PC 100 和 PC 133;DDR SDRAM 则有 PC 1600 和 PC 2100 两种规格。个别厂商针对超频爱好者的需要,也提供了 PC 150 和 PC 166 这两种非正式规格的 SDRAM 内存条,DDR SDRAM 也有 PC 2700 的非正式规格产品出现。而 DDRⅡ SDRAM 也会推出三种不同的标准:PC 3200、PC 4300、PC 5400。这些数值其实代表了这些内存能稳定运行的最大频率,如 PC 133 内存的最大稳定运行频率就应该为 133MHz,如图 4-5 所示。但在 BIOS 设置选项中,很少可以直接选择内存规格。更多的是以设置 FSB 频率或内存的运行时钟周期来间接设置内存规格。

System Performance	[Normal]
Current FBS Frequency	133MHz
Current DRAM Frequency	133MHz
DRAM Clock	[By SPD]
DRAM Timing	[By SPD]
* SDRAM Cycle Length	2.5
* Bank Interleave	Disabled
DRAM PreChrg to Act CMD	[3T]

图 4-5　BIOS 中 FSB 设置

图 4-5 前面已经说过了,内存的运行频率与 FSB 相同。FSB 设置选项往往在 BIOS 中与 CPU 频率的设置在一起,其实就是以设置 CPU 运行频率(倍频和外频)的方式来实现的。

图 4-6 这块主板则是通过内存的存取时钟周期来设置内存运行频率的。计算内存时钟周期与运行频率关系的简化公式是:1/内存时钟周期×1000MHz。如 7.5ns 的 SDRAM,它的运行频率就是 1/7.5×1000MHz≈133MHz。图中的内存设置为 8ns,其实它只能算是 PC 100 的内存。

图 4-7 SDRAM 和 DDR SDRAM 在内存芯片上都标注了该内存的存取时钟周期,不仅可以根据这个数值来正确设置内存,还可以用它来判断内存是否符合标称的规格。

正确设置内存运行频率仅仅只是优化内存的第一步,想要获得更好的性能,调节 FSB 是最有效的手段。但由于这会使 CPU 运行频率随之上升,因此并不见得 CPU 就能稳定运行。一旦 CPU 的超频能力足够,那么内存的最大稳定运行频率也就至关重要了,这也就是为什么发烧友们总是对 PC 150、PC 166 内存情有独钟的原因。

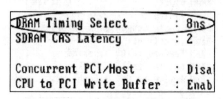

图 4-6　BIOS 中的内存存取时钟周期

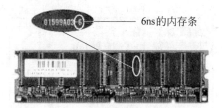

图 4-7　内存的存取时钟周期

目前绝大多数主板的 BIOS 都提供了对内存参数进行微调的功能,但厂商不同、具体主板采用的芯片组不同,可以调节的项目也不相同。由于内存运行参数微调涉及到非常专业的知识,这里只告诉大家该调节一些什么项目,以及怎样调节。

CL 值是调节最频繁的内存参数(图 4-8)。CL 是 CAS Latency(CAS 延时)的简写,该参数对内存性能的影响最大,CL 值越小表明内存的性能越高。按 PC 133 规范的技术文档说明,只有运行频率为 133MHz、CL=2 的内存,才真正符合 PC 133 标准。目前市面上的很多所谓的 PC 133 内存都不能做到 CL=2。DDR SDRAM 内存的 CL 目前大多为 2.5 或 2(图 4-9)。

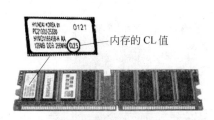

图 4-8　内存的 CL 值

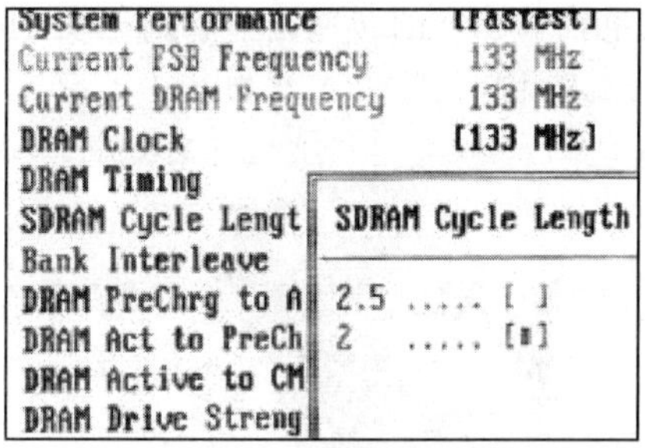

图 4-9　CL 值的设置

大多数主板 BIOS 都可以设置 CL 参数的值(在主板 BIOS 中该参数有的表示为 CAS Latency,有的为 SDRAM CAS Latency Time,也有如图 4-10 表示为 SDRAM Cycle Length 的),这个参数理论上可以随便设置,因此可以尽量尝试减小该值。但此举如导致系统无法启动或运行中死机,就应该及时还原该参数。

部分主板提供了更为详细的三个内存参数选择——SDRAM RAS Precharge Time、SDRAM RAS To CAS Delay 和 SDRAM CAS Latency Time。这几个数值都可以慢慢尝试将其减小。

从 VIA 693 芯片组开始,VIA 公司的所有芯片组还支持一个比较特殊的设置,这就是 SDRAM 的四路交错(4 Way Interleave)。该参数可以大大提高 SDRAM 的预充电效率,从而提升内存性能。目前很多采用 VIA 芯片组的主板都有这个设置,它们在菜单中的选项往往被称为 Bank Interleave。在设置时,只要将其更改为 4 Bank 或 4 Way Interleave 即可,如图 4-11 所示。

以上是内存在 BIOS 下的优化设置,而在 Windows 下的内存优化设置见以后 Windows 使用章节内容。

System Performance	[Fastest]
Current FSB Frequency	133 MHz
Current DRAM Frequency	133 MHz
DRAM Clock	[133 MHz]
DRAM Timing	
SDRAM Cycle Lengt	
Bank Interleave	
DRAM PreChrg to A	
DRAM Act to PreCh	
DRAM Active to CM	
DRAM Drive Streng	

Bank Interleave

Disabled	..... [ ]
2 Bank	..... [ ]
4 Bank	..... [■]

SDRAM CAS Latency	: 3 T
SDRAM RAS# to CAS# Delay	: 3 T
SDRAM RAS# Precharge	: 3 T
SDRAM Precharge Control	: Disabled
DRAM ECC Function	: Disabled
System BIOS Cacheable	: Disabled

图 4-10　CAS 设置　　　　　　　　　　图 4-11　Bank 设置

4.2　硬盘存储器

硬盘存储器是计算机中非常重要的一个配件,用户所有的数据都将保存在硬盘存储器里面。硬盘存储器包括硬盘、驱动程序和硬盘接口几个部分。硬盘是硬盘驱动器、硬质合金做的硬盘片、硬盘控制器的统称,可驱动盘片实现数据的存取,如图 4-12 所示。驱动程序包含在系统 BIOS 程序中,内部 ROM 固化的控制软件,可实现加电时的自我诊断、运动状态检测、主轴电动机的转速调节和对磁头的位置控制等功能。硬盘接口集成在主板上,主要有ATA(IDE)接口、SATA 接口等。

图 4-12　硬盘

图 4-13　IBM 350 RAMAC

4.2.1　硬盘的诞生和发展

在发明磁盘系统之前,计算机使用穿孔纸带、磁带等来存储程序与数据,这些存储方式不仅容量低、速度慢,而且有个大缺陷,它们都是顺序存储,为了读取后面的数据,必须从头开始读,无法实现随机存取数据。

1956 年 9 月,第一块硬盘诞生。

IBM 的一个工程小组向世界展示了第一台磁盘存储系统 IBM 350 RAMAC(图 4-13 Random Access Method of Accounting and Control),它的总容量只有 5MB,却使用了50 个直径为 24in 的磁盘。这些盘片表面都涂有一层磁性物质,被叠起来固定在一起,绕着同一个轴旋转。它的磁头可以直接移动到盘片上的任何一块存储区域,从而成功地实现了随机存储。盘片上每平方英寸的数据密度只有 2000b(8b=1B),数据吞吐能力不高于1.1KBps。此款 RAMAC 在那时主要用于飞机预约、自动银行、医学诊断及太空领域内。和现在主流硬盘动辄 100GB 的容量、100MBps 的最大数据传输率相比,真是小得可怜。尽管如此,作为世界上第一款硬盘,它还是为硬盘发展打下了坚实的基础,开创了数据存储的一个新时代。

第一块硬盘的庞大的体积及低效的性能,让使用者或者制造者都甚感不便。

1968 年,"温彻斯特"技术横空出世。

在 1968 年 IBM 公司再接再厉,开发了"温彻斯特"(Winchester)技术,对硬盘技术做重大改革。"温彻斯特"技术的特点是部件全部密封、固定并高速旋转的镀磁盘片,磁头沿盘片径向移动,磁头悬浮在高速转动的盘片上方,而不与盘片直接接触。

这也是现代绝大多数硬盘的原型。

1973 年,第一块"温彻斯特"硬盘诞生。

在这一年,IBM 公司制造出第一台采用"温彻斯特"技术的硬盘,成功实现技术到产品的转换,实现硬盘制造的一大突破,奠定硬盘技术的发展有了正确的结构基础。它仍是 2in 的规格,由两个分离的盘片构成(一个固定的和一个可移动的),每张碟片容量为 30MB。温彻斯特硬盘首次使用了封闭的内部环境,并进一步发展了气动学磁头技术,将磁头与盘片之间的距离缩短到 17μin。今天的硬盘容量虽然高达上百吉字节,但仍没有脱离"温彻斯特"硬盘的工作模式,依然使用着当时的许多技术,因此"温彻斯特硬盘"可称为"现代硬盘之父"。

现在大家所用的硬盘大多是此技术的延伸。

1979 年,IBM 发明薄膜磁头。

IBM 公司再次走在硬盘开发技术的前列,发明了薄膜磁头(Thinfilm Head),为进一步减小硬盘体积、增大容量、提高读写速度提供了可能。

同年,IBM 的两位员工 Alan Shugart 和 Finis Conner 离开 IBM 后组建了希捷公司,开发了像 4.35in 软驱那样大小的硬盘驱动器。次年,希捷发布了第一款适合于微型计算机使用的硬盘,容量为 5MB,体积与软驱相仿,如图 4-14 所示。

图 4-14　硬盘的内部构造

20 世纪 80 年代末期,IBM 发明了 MR 磁头。

这是 IBM 对硬盘发展的又一项重大贡献,这种磁头在读取数据时对信号变化相当敏感,使得盘片的存储密度能够比以往 20MB 每英寸提高了数十倍。

1991 年,IBM 生产 3.5in 的硬盘,硬盘的容量首次达到了 1GB。

IBM 生产的 3.5in 的硬盘(使用 MR 磁头),使硬盘的容量首次达到了 1GB,从此硬盘容量开始进入了吉字节数量级。

1999 年,单碟容量高达 10GB 的 ATA 硬盘面世。

该年 9 月 7 日,Maxtor 宣布了首块单碟容量高达 10.2GB 的 ATA 硬盘,从而把硬盘的容量引入了一个新里程碑。

图 4-15　希捷 Cheetah X15
　　　　硬盘

2000 年,高速硬盘问世;新材质硬盘诞生。

2000 年,希捷发布了转速高达 15 000rpm 的 Cheetah X15 系列硬盘(如图 4-15 所示),其平均寻道时间只有 3.9ms,同时它也是当时转速最高的硬盘;其性能相当于阅读一整部 Shakespeare 只用 0.15s。此系列产品的内部数据传输率高达 48MBps,数据缓存为 4～16MB,支持 Ultra 160/m SCSI 及 Fiber Channel(光纤通道),这将硬盘外部数据传输率提高到了 160～200MBps。总的来说,希捷的此款("捷豹")Cheetah X15 系列将硬盘的性能提高到了一个新的里程碑。

2000 年 3 月 16 日,硬盘领域又有新突破,第一款"玻璃硬盘"问世,这就是 IBM 推出的 Deskstar 75GXP 及 Deskstar 40GV,此两款硬盘均使用玻璃取代传统的铝作为盘片材料,这能为硬盘带来更大的平滑性及更高的坚固性。另外玻璃材料在高转速时具有更高的稳定性。此外 Deskstar 75GXP 系列产品的最高容量达 75GB,是当时最大容量的硬盘,而 Deskstar 40GV 的数据存储密度则高达 14.3 吉位/每平方英寸,这再次刷新数据存储密度世界纪录。

2001 年,新的磁头技术。

此时的全部硬盘几乎均采用 GMR,该技术目前最新的为第四代 GMR 磁头技术。另外还有一种叫做 TMR(Tunneling Magneto Resisitive)磁头技术,该技术是由 TDK 公司采用 TMR 薄膜试制成功的,并制造出了硬盘设备。据悉,该 TMR 磁头的再生输出以及面密度均与 GMR 磁头相同。

2002 年,真正意义上的伟大技术革命。

IBM AFC 技术(俗称"仙尘")真正走向实用,打破了每平方英寸 100GB 的存储密度极限。这也就意味着未来 10 年内硬盘容量的提升不会再遇到什么大麻烦。

串行 ATA(Serial ATA)技术走向实用,继希捷率先推出 Serial ATA 接口的酷鱼 V 后,迈拓,IBM,西部数据也纷纷推出同类产品。到 2003 年,Serial ATA 已快速取代传统硬盘成为主流。

4.2.2　硬盘的分类

1. 按盘片尺寸分类

按盘片尺寸分类有 3.5in、2.5in、1.8in 和 0.85in 等。3.5in 的硬盘主要用于桌面系统,2.5in、1.8in 的硬盘主要用于笔记本系统,0.85in 的硬盘是最新研发的产品,主要用于小型移动设备中。

2. 按接口类型分类

按接口类型分类有 ATA、SATA、SCSI 和 USB 等。接口技术与硬盘的主控制电路、使用的传输协议有关,是硬盘综合技术的外部表现。硬盘的接口传输率越来越体现出它在整个计算机系统的瓶颈效应,因此接口技术越来越受到技术人员的重视。

(1) ST-506/412 接口

最早的硬盘接口是 ST-506/412 接口,它是由希捷开发的,首先使用这种接口的硬盘为希捷的 ST-506 及 ST-412。ST-506 接口使用起来相当简便,它不需要任何特殊的电缆及接头,但是它支持的传输速度很低,因此到了 1987 年左右这种接口就基本上被淘汰了,采用该接口的老硬盘容量多数都低于 200MB。早期 IBM PC/XT 和 PC/AT 机器使用的硬盘就是 ST-506/412 硬盘或称 MFM 硬盘,MFM(Modified Frequency Modulation)是指一种编码方案。

(2) ESDI 接口

紧随是 ST-506/412 接口后发布的是:ESDI(Enhanced Small Drive Interface)接口,它是迈拓公司于 1983 年开发的。其特点是将编解码器放在硬盘本身之中,而不是在控制卡上,理论传输速度是前面所述的 ST-506 的 2~4 倍,一般可达到 10MBps。但其成本较高,与后来产生的 IDE 接口相比无优势可言,因此在 20 世纪 90 年代后被淘汰了。

(3) IDE 与 EIDE 接口

此技术的本意实际上是指把控制器与盘体集成在一起的硬盘驱动器,就是常说的 IDE接口,也叫 ATA(Advanced Technology Attachment)接口,现在 PC 使用的硬盘大多数都是 IDE 兼容的,只需用一根电缆(图 4-16)将它们与主板或接口卡连起来就可以了。把盘体与控制器集成在一起的做法减少了硬盘接口的电缆数目与长度,数据传输的可靠性得到了增强,硬盘制造起来变得更容易,因为厂商不需要再担心自己的硬盘是否与其他厂商生产的控制器兼容,对用户而言,硬盘安装起来也更为方便。因此,这技术得到广泛的应用。

图 4-16　连接线

(4) ATA-1(俗称 ATA/IDE)

1994 年制定的 ATA-1 是所有 IDE 规格之祖。ATA-1 提供一个通道供 2 个硬盘使用(主盘 master 和从盘 slave)。ATA-1 支持 PIO(程序化输出入,Programmed I/O)模式 0、1、2,DMA(直接内存存取,Direct Memory Access)模式 0、1、2 以及 Multiword-DMA 模式 0。由于它已经是老旧的规格,ATA-1 并无法支持采用 ATAPI 规格(ATA-4 起)的光驱。它不支持大幅提升性能的区块传送模式(block mode)或是 LBA(逻辑区块寻址,logical block addressing),这也导致它的可用最大硬盘容量被限制在 528MB。

(5) ATA-2(俗称 ATA/IDE)

由于规格的进步速度对硬盘厂商来说实在太慢,所以 Seagate(希捷)和 Western Digital(西部数据)分别决定推出自己的规格,Seagate 称为 Fast-ATA,而 Western Digital 则命名为加强型 IDE(Enhanced IDE)。到了 1996 年,ANSI 正式制定 ATA-2 规格,这项(扩充版的 ATA 接口)规格包括下列的改良。

追加 PIO 模式 3、4 以及 Multiword-DMA 模式 1、2。另外 ATA-2 还支持区块传送模式与 LBA 硬盘寻址功能。ATA-2 也首次内建了对磁盘驱动器的简单识别功能,让 BIOS 能够独立检测硬盘以及硬盘的各项参数。

不过由不同厂商所提出的不同名词,就这样残留在市面上了。

(6) ATA-3(俗称 ATA/IDE)

这项规格是在 1997 年制定的(X3.298-1997),不过追加的改良点并不多。这些大多数是用来改善高速传输模式(Multiword-DMA 2 与 PIO 4)下的数据可靠性,因为传统的

40针IDE数据线是造成数据错误的主要因素。ATA-3规格中首次加入了改善数据可靠性的功能：自1998年起，SMART（自我检测分析与报告技术，Self-Monitoring Analysis And Reporting Technology）功能让硬盘能够自我检测，并将错误回报给BIOS。

这项规格本身由于缺乏更快的传输模式，所以正式采用的厂商很少。相对的厂商决定只采用像SMART这类的功能，而不完全遵守ATA-3的规格，这也是兼容性问题仍旧存在的原因。

(7) ATA/ATAPI-4（俗称UltraDMA/33）

1998年ANSI将ATAPI规格纳入最新版的ATA规格当中，让ATA-4能够连接光驱与其他储存媒体。另外改良点还包括UltraDMA模式0、1、2的采用，以及建议使用80针的IDE数据线（见图4-17）以大幅提高资料可靠性等部分。不过要使用更高速的传输模式（ATA-4），较高等级的数据线也是不可或缺的一部分。

图4-17　80针IDE数据线

(8) ATA-4（UltraATA，UltraDMA，UltraDMA/33，UltraDMA/66/100/133）

为了维持资料的完整性，传输协议也获得扩充，加入了CRC（循环冗余检查，Cyclical Redundancy Checking）功能，并且定义了额外的指令，包括命令队列（Command Queuing）以及指令多任务（command overlapping）的可能性。由于UltraDMA模式2的最大传输速率为33MBps，所以通常称做UltraDMA/33。另一方面模式0与1则从来没有厂商采用过。

(9) ATA/ATAPI-5（俗称UltraDMA/66、ATA/66）

ATA-5是在2000年以NCITS 340之名制定的。这项规格当中以UltraDMA模式3、4最让人感兴趣。为了达到44MBps或66MBps的带宽速度，必须使用80针的IDE数据线。

在ATA-5规格中部分老旧的ATA指令已经废止，另外其他指令则经过修改，以适应更高的性能需求。

(10) ATA/ATAPI-6（俗称UltraDMA/100、ATA/100）

这项目前相当普遍的ATA规格，包括了UltraDMA模式5，以及将LBA模式的寻址能力由28位（每个硬盘最大可用容量为137GB）扩充到48位。ATA-6也加入了噪声管理（Acoustic Management）功能，可以藉由软件来控制今日硬盘的存取速度，以有效降低运转中的噪声。这可以说是头一次在ATA规格内加入了符合人体工学的重要设计。另外针对影音流式数据所需的高速处理内建指令，也已经在研发阶段。

(11) ATA 133

2001年7月，迈拓发布了新一代的硬盘规范，这个由整个存储设备工业联盟认可的规范，标准名称ATA 133，或者是迈拓口中的FastDrive。

目前在ATA 133硬盘和控制器之间最大理论传输速率是133MBps，在以前的测试中表明，磁盘控制器和硬盘之间的内部传输速率是非常不足的，单纯依靠增加外部传输速率对性能的提升并没有真正意义，对于现在的硬盘来说，可能UDMA66就足以满足它们的需要。当然，如果把两个硬盘接在同一个接口时，66MBps或者100MBps的数据通道也可能不能确保两个硬盘平常连接时的需要。

ATA 133 规范带来的重大改变是增加了扇区地址长度,从原来 28 位增加到 48 位,使得现在研究中的硬盘容量可以高达 144PB(1PB＝1024TB＝1 048 576GB),这是一个难以想象的数字。

(12) ATA-7

这项规格尚未存在,因为序列 ATA(Serial ATA)的产品很快就将问世,所以 ATA-7 并未受到大部分厂商的支持。不过要是 ATA-7 将来正式获得制定,那将会支持 UltraDMA 模式 6。

(13) Serial ATA 接口

新的 Serial ATA(即串行 ATA),是英特尔公司在 2000 年 2 月 IDF(Intel Developer Forum,英特尔开发者论坛)首次提出的。并联合业内众多有影响的公司,如 IBM、Dell、APT、Maxtor、Quantum(其硬盘部门已与 Maxtor 公司合并)和 Seagate 公司,合作开发了取代并行 ATA 的新技术: Serial ATA(串行 ATA)。

2001 年 8 月,Seagate 在 IDF Fall 2001 大会上宣布了 Serial ATA 1.0 标准,Serial ATA 规范正式确立。在 1.0 版规范中规定的 Serial ATA 数据传输速度为 150MBps,比目前主流的并行 ATA 标准 ATA 100 高出 50%,比最新的 ATA 133 还要高出约 13%。而且随着未来后续版本的发展,其接口速率还可扩展到 2X 和 4X(300MBps 和 600MBps)。从其发展计划来看,未来 Serial ATA 也将通过提升时钟频率来提高接口传输速率。串行 ATA 在系统复杂程度及拓展性方面,是并行 ATA 所无法比拟的。因为在 Serial ATA 标准中,实际只需要 4 个针脚就能够完成所有工作,第 1 针供电,第 2 针接地,第 3 针作为数据发送端,第 4 针充当数据接收端,由于 Serial ATA 使用这样的点对点传输协议,所以不存在主/从问题,并且每个驱动器是独享数据带宽,如图 4-18 所示。从此来看,它的优点是显而易见的。第一、用户不需要再为设置硬盘主从跳线器而苦恼;第二、由于串行 ATA 采用点对点的传输模式,所以串行系统将不再受限于单通道只能连接两块硬盘,这对于想连接多硬盘的用户来说,非常实用。

此外,Serial ATA 的硬盘将不再有主从盘之分,这个新的规范是一种点对点协议,它将每个硬盘直接连接到了 IDE 控制器上,这样可以让 IDE 控制器对硬盘提供更好的控制能力,由于采用了点对点模式,Serial ATA 将能非常方便地提升性能规范。

目前 Intel 一直在大力推崇着 Serial ATA(串行 ATA),并且在新产品中所有的芯片组中对应支持 Serial ATA 规范,图 4-19 所示为串行连接线。

而且通过对现在实际产品的测试比较,Serial ATA 也确实已经体现出了可观的性能优势。目前 Serial ATA 硬盘已经成为市场主流。

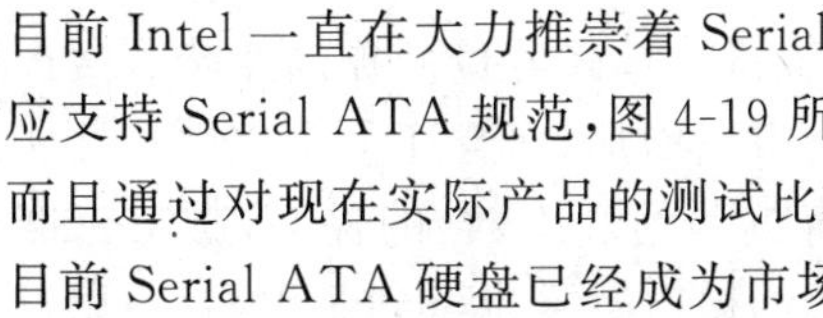

图 4-18　接口对比

图 4-19　串行连接线

4.2.3　硬盘的参数和技术指标

1. 磁头及磁头数

硬盘的磁头数与硬盘体内的盘片数有关,由于每个盘片均有两个磁面,每面应有一个磁头,所以,磁头数一般为盘片数的两倍。

硬盘的磁头经历了电磁感应式磁头、磁阻磁头、巨型磁阻磁头发展过程。电磁感应式磁头是读写合一结构,必须要同时兼顾读写两种能力,对硬盘设计不利。磁阻磁头是读写分离结构,写入磁头部分仍用电磁感应磁头,而读取磁头部分则采用磁阻技术的磁阻磁头,使读性能得以提高。磁阻磁头是基于磁致电阻效应工作的,核心是一片金属材料,其电阻随周围磁场的变化而变化。磁阻元件连着一个放大电路,它可以测出微小的电阻变化。所以先进的磁阻技术可以提高记录密度来增加单碟容量,从而提高了硬盘的最高容量,也提高了数据传输率。巨型磁阻磁头是另一种采用多层结构和磁阻效应更好的材料制作的磁头,这种磁头比磁阻磁头对微弱信号更加敏感,灵敏度是磁阻磁头的 4 倍,因此它能感应更加细微的磁场信号。采用巨型磁阻磁头可以在相同的盘面做更大的单碟容量,当然也就有更大的硬盘容量。

2. 柱面、磁道及扇区

硬盘通常由重叠的一组盘片构成,每个盘面都被划分为数目相等的磁道,并从外沿的"0"开始编号,具有相同编号的磁道形成一个圆柱,称为磁盘的柱面。磁盘的柱面数与一个盘面上的磁道数是相等的。在硬盘中磁道被进一步划分为扇区,每一扇区有 512B。这些参数一般标注在硬盘的标签上,供安装时参考。

3. 容量

容量的单位为兆字节(MB)或千兆字节(GB)。目前的主流硬盘容量为 120GB、160GB,市场上也有 100GB 和 120GB 的硬盘产品。有时,计算机中显示出来的容量往往比硬盘上标称的容量小,这是由于不同的单位转换关系造成的。在计算机中 1GB＝1024MB,而硬盘厂家通常按照 1GB＝1000MB 进行换算。影响硬盘容量的因素有单碟容量和盘片数量。

单碟容量指包括正反两面在内的一个盘片的总容量。单碟容量的提高意味着生产厂商研发技术的提高,这所带来的好处不仅是使硬盘容量得以增加,而且还会带来硬盘性能的相应提升。因为单碟容量的提高就是盘片磁道密度(每英寸的磁道数)的提高,磁道密度的提高不但意味着提高了盘片的磁道数量,而且在磁道上的扇区数量也得到了提高,所以盘片转动一周,就会有更多的扇区经过磁头而被读出来,这也是相同转速的硬盘单碟容量越大内部数据传输率就越快的一个重要原因。此外单碟容量的提高使线性密度(每英寸磁道上的位数)也得以提高,有利于硬盘寻道时间的缩短。

硬盘的容量可由下式计算

$$硬盘容量＝磁头数×柱面数×扇区数×512B$$

在老式硬盘中采用 CHS 寻址方式,磁头数用 8 位二进制数表示(最大值为 255),柱面数用 10 位二进制数表示(最大值为 1 023),扇区数用 6 位二进制数表示(最大值为 63),硬盘 $256×1024×64×512/1024^3$B＝8GB,或按硬盘厂商的计算方法为 $256×1024$ 的极限容量为 $256×1024×64×512/1024^3$B＝8.6GB。为了突破 8.6GB 的容量极限,现在采用一种全新的"线性寻址"方式,用 4 位表示磁头编号、16 位表示柱面编号、8 位表示扇区编号,但它们不具有独立存在的意义,而是作为一个整体的 $4+16+8=28$ 位 LBA 扇区地址,扇区总数为 $2^{28}=268\ 435\ 456\times512/1000^3\mathrm{B}=137.4\mathrm{GB}$。例如 Maxtor 32049U3 硬盘的参数为 16 磁头、39 704 柱面、63 扇区,则 LBA 扇区总数为 $16\times39\ 704\times63=40\ 021\ 632$,对应的容量为 $40\ 021\ 632\times512\div1000^3\mathrm{B}=20.4\mathrm{GB}$。

4. 硬盘转速

硬盘的转速指硬盘电动机主轴的转速,转速是决定硬盘内部传输率的关键因素之一,它的快慢在很大程度上影响了硬盘的速度,同时转速的快慢也是区分硬盘档次的重要标志之一。硬盘的主轴电动机带动盘片高速旋转,产生浮力使磁头飘浮在盘片上方。要将所要存取资料的扇区带到磁头下方,转速越快,等待时间也就越短。因此转速在很大程度上决定了硬盘的速度。理论上,转速越快越好。因为较高的转速可缩短硬盘的平均寻道时间和实际读写时间。可是转速越快发热量越大,不利于散热。现在主流 IDE 硬盘转速一般为 5400rpm 和 7200rpm,而 SCSI 硬盘的转速为 10 000rpm 甚至 15 000rpm,笔记本硬盘则以 4200rpm 和 5400rpm 为主。随着硬盘容量的不断增大,硬盘的转速也在不断提高。然而,转速的提高也带来了磨损加剧、温度升高、噪声增大等一系列负面影响。

5. 平均寻道时间(Average Seek Time)

平均寻道时间指硬盘在盘面上移动读写头至指定磁道寻找相应目标数据所用的时间,它描述硬盘读取数据的能力,单位为毫秒。当单碟容量增大时,磁头的寻道动作和移动距离减少,从而使平均寻道时间减少,加快硬盘速度。目前主流硬盘的平均寻道时间一般为 4~10ms,大于 10ms 的硬盘不宜购买。

6. 平均延迟时间(Average Latency Time)

平均延迟时间指磁头移动到数据所在的磁道以后,等待指定的数据扇区转动到磁头下方的时间,单位为毫秒(ms)。平均延迟时间是越小越好,目前主流硬盘的平均延迟时间一般为 1~6ms。

7. 平均访问时间(Average Access Time)

平均访问时间指磁头从起始位置到达目标磁道位置,并且从目标磁道上找到指定的数据扇区所需的时间,单位为毫秒(ms)。平均访问时间体现了硬盘的读写速度,它包括了硬盘的平均寻道时间和平均延迟时间,即平均访问时间=平均寻道时间+平均延迟时间。

8. 数据传输率(Data Transfer Rate)

数据传输率分为外部传输率(External Transfer Rate)和内部传输率(Internal Transfer Rate)。计算机通过 IDE 接口从硬盘的缓存中将数据读出交给相应控制器的速度与硬盘将数据从盘片上读取出交给硬盘上的缓冲存储器的速度相比,前者要比后者快得多。前者是外部数据传输率,而后者是内部数据传输率,两者之间用一块缓冲存储器作为桥梁来缓解速度的差距。通常也把外部数据传输率称为突发数据传输率(Burst data Transfer Rate),指从硬盘缓冲区读取数据的速度。目前采用 ATA 133 规范的 IDE 硬盘理论上外部传输率已经达到 133MBps,而采用 SATA 的硬盘外部传输率可达 150MBps。内部数据传输率也称为硬盘的持续传输率(Sustained Transfer Rate),通常取决于硬盘的转速和盘片线性密度。一般来说,在硬盘的转速相同时,单碟容量越大则硬盘的内部数据传输率越大;在单碟容量相同时,转速高的硬盘内部数据传输率也高。在目前 PC 中,硬盘的内部数据传输率已逐渐成为影响系统速度的瓶颈,所以各硬盘厂商都努力提高硬盘的内部传输率。除改进信号处理技术、提高转速以外,最主要的就是不断提高单碟容量以提高线性密度。由于单碟容量越大的硬盘线性密度越高,磁头的寻道次数与移动距离可以相应的减少,从而减少了平均寻道时间,内部传输速率也就提高了。

9. 数据缓冲存储器(cache buffer)

数据缓冲存储器是硬盘与外部总线交换数据的场所。硬盘读数据的过程是将磁信号转化为电信号后,通过缓存一次次地填充与清空,再填充,再清空,一步步地按照 PCI 总线的周期送出。可见,缓存的作用是相当重要的。在接口技术已经发展到一个相对成熟阶段的时候,缓存的大小与速度是直接关系到硬盘传输速度的重要因素。目前主流 IDE 硬盘的数据缓存都是 2MB,类型一般以 SDRAM 为主。

10. 平均无故障时间

平均无故障时间(Mean Time Between Failures,MTBF)指硬盘从开始运行到出现故障的间隔时间,单位为小时。一般硬盘的 MTBF 都在 30 000～50 000 小时,算下来如果一个硬盘每天工作 10 小时,一年工作 365 天,它的寿命至少也有 8 年,所以用户大可不必为硬盘的寿命而担心。不过出于对数据安全方面的考虑,最好将硬盘的使用寿命控制在 5 年以内。

4.2.4 硬盘新技术及优化

1. S. M. A. R. T. 技术

S. M. A. R. T. (Self-Monitor Analysis and Reporting Technology,自我监控分析和报告技术)最早由 IBM 公司提出。它不仅具有错误监控功能,而且还提供了有效的数据保护措施。目前该技术可以自动降低硬盘的运行速度,把重要数据文件转存到其他安全扇区,甚至把文件备份到其他存储设备上。通过 S. M. A. R. T. 技术还可以对硬盘潜在故障进行有效预测,提高了数据的安全性。

2. 光纤通道技术

光纤通道(Fiber Channel)技术具有数据传输速率高、数据传输距离远以及可简化大型存储系统设计的优点。目前,光纤通道支持每秒 200MB 的数据传输速率,可以在一个环路上容纳多达 127 个驱动器,局域电缆可在 25m 范围内运行,远程电缆可在 10km 范围内运行。某些专门的存储应用领域,例如小型存储区域网络(SAN)以及数码摄像应用,往往需要高达 200MBps 的数据传输速率和强劲的联网能力,光纤通道技术正适应了这一需求。同时,其超长的数据传输距离,大大方便了远程通信技术的实施。由于光纤通道技术的优越性,支持光纤界面的硬盘产品开始在市场上出现。这些产品一般是大容量硬盘,平均寻道时间短,适应于高速、高数据量的应用需求,将为中高端存储应用提供良好保证。

3. 等密度扇区及记录区

目前,硬盘的线性寻址方式为扇区分布带来了更大灵活性。为了提高磁盘利用率,大多数厂商在硬盘产品中采用"等密度扇区"分配法,即每个扇区的物理尺寸相等。由于内圈和外圈磁道上扇区密度相等,在写内圈磁道时不再需要对写入信号进行预补偿处理,可以省去写预补偿电路,并缩短了写信号的处理时间。

随着磁道密度的增加,寻道系统的控制也变得越来越复杂。为了在提高性能的同时使硬盘管理变得简单,厂商根据硬盘容量大小,将盘面划分成若干个记录区,每个记录区内各磁道采用相同的扇区数,在内圈和外圈的记录区内,磁道内包含的扇区数相差一倍左右。硬盘划分成若干记录区后,处于同一记录区的各个磁道的数据传输率相同,不同记录区之间数据传输率存在差异。

4. 系统保留区

许多硬盘在磁盘上划分出一个"系统保留区",用来存储硬盘的控制程序和主引导记录等重要参数,保留区设置为只读属性,防止因错误执行低级格式化而使关键数据被破坏。在硬盘低格时,多数情况下没有修改扇区 ID,只是对数据区的每一位清零。

5. 音圈电动机及液态轴承电动机

为了提高数据传输率,硬盘中引进了音圈电动机缩短寻道时间、液态轴承电动机提高硬盘转速。采用音圈电动机的硬盘磁头定位机构如图 4-20

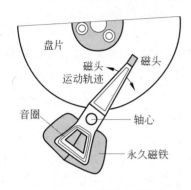

图 4-20 音圈电动机的磁头
定位机构

所示,音圈与磁头可围绕轴心转过一定角度。音圈中有电流通过时会产生磁场,与靠近音圈的永久磁铁磁场相互作用,发生位移,带动另一端的磁头在盘片上移动,实现定位。音圈电动机的驱动电流由硬盘控制器提供,控制器将盘面上的磁头位置信息编码转换为音圈中对应的驱动电流,电流强度决定了音圈相对于固定磁场的位置,从而也决定了磁头在盘片上的位置。信息编码、电流强度和磁头位置三者之间所存在的对应关系,保证了磁头定位的准确性。音圈电动机将寻道时间可缩短到几毫秒。

液态轴承电动机使用的是黏膜液油轴承,以油膜代替滚珠。这样可以避免金属面的直接磨擦,将噪声及温度减至最低;同时油膜可有效吸收震动,使抗震能力得到提高;更可减少磨损,提高寿命。使用液态轴承电动机作为硬盘电动机,不仅可以提高硬盘的转速,而且能延长硬盘的平均无故障时间。

音圈电动机和液态轴承电动机是通过硬件改进来提高硬盘速度的。在实际使用中,还可以借助硬盘加速软件来提升硬盘的存取速度,如 VIA Hyperion 4in 1 4.51、Intel IAA、Maxtor Maxboost 等。

4.2.5 主流硬盘特点简介

目前在市面上主流的硬盘一般有 IBM、希捷、西部数据和迈拓 4 个传统品牌,著名的韩国品牌三星的硬盘也开始大规模进入中国内地市场,所以消费者在硬盘上还是很有选择的余地的。不同品牌的硬盘都有自己的专利技术,这也是造成各方面表现差异的主要因素。下面就这些厂商的系列产品进行逐一的介绍。

1. Seagate(希捷)硬盘

目前 Seagate 在国内 IDE 硬盘市场的占有率非常大,如图 4-21 所示,产品线也十分丰富。酷鱼 V 在 7200rpm 产品中拥有一定的价格优势。虽说酷鱼 V 的性能在同转速产品中显得中规中矩,但是其最大的特色在于安静。由于采用了 SoftSonic 流体轴承电动机(FDB)设计,因此工作时十分安静,几乎让人感觉不到。目前的酷鱼 7200.7 则在性能上突飞猛进,在 7200rpm 产品中处于领先地位。更加值得注意

图 4-21 希捷硬盘

的是,酷鱼7200.7有采用Serial-ATA接口的版本,而且内置8MB缓存,性能出类拔萃,只是价格稍高。然而遗憾的是,酷鱼7200.7的噪音略有提高,而且发热量十分大。如果用户需要追求安静与性价比,那么酷鱼5400.7值得考虑,将转速减少到5400rpm之后,这款采用超薄设计的产品发热量大大减小,令人对其稳定性十分有信心。现在市场上Seagate的主流硬盘就是酷鱼4代产品,它在单碟容量,转速,噪音及稳定方面都表现优异。酷鱼4代同样为7200rpm硬盘,并且单碟容量为40GB,平均寻道时间为8.9ms。酷鱼4系列硬盘全部配置2MB缓存。采用了新的SoftSonic液压轴承系统Seagate的产品的噪音已经相对于过去的产品有了更加优异的表现。酷鱼Ⅳ使用ATA 100接口,而不是新的ATA 133,不过即将推出的新一代产品酷鱼5代即将完全采用ATA 133接口。早期的Seagate硬盘由于噪声比较大,价格低廉给广大用户造成了类似阴影的心理影响,不过新的Seagate产品却一改往日的风格,而且正在被市场逐渐认可,在现在的市场上的占有率也不断地攀升,Seagate的面向低端用户的U6系列硬盘是5400rpm的低速硬盘。但其表现也是非常优异的,它的单碟容量为40GB,平均寻址时间为8.9ms,采用ATA 100接口形式,整合2MB高速数据缓存,内部数据传输率降到了54.5MBps,在性能上U6表现相当出众,几乎能和大部分7200rpm硬盘相媲美。

2. WD(西部数据)硬盘

西部数据由于价格平易近人,品质和服务都有比较充分的保障,如图4-22所示,所以在市场上口碑一直不错,最近又推出了很多新品。目前市场上销售最为火爆的硬盘莫过于西部数据推出的JB系列了,它采用了8MB缓冲的大缓存结构,开创了PC缓存数量的先河。WD是目前唯一生产8MB缓存IDE硬盘的厂商,事实也证明大容量缓存帮助它成为同类产品中的性能王者。在价格上8MB缓存的产品确实贵不少,而追求性价比的用户可以选择2MB缓存的7200rpm产品。在众多7200rpm IDE硬盘中,WD的表现处于中游水准,无论是性能、容量价格比,还是发热量、噪声等都是如此。近几年里,WD基本上已经停产5400rpm硬盘,转而将所有的精力放在7200rpm市场。

图4-22　西部数据硬盘

西部数据WDXXXXBB系列产品是7200rpm、单碟40GB的产品,缓存容量2MB。西部数据WDXXXXJB系列产品是7200rpm、单碟40GB的产品,它的平均寻道时间为8.9ms,8MB高速缓存。西部数据WDXXXAB系列产品是低端的5400rpm硬盘,单碟容量40GB,平均寻道时间是9.5ms,磁盘缓存2MB。

3. Maxtor(迈拓)硬盘

Maxtor是现今全球最大的硬盘生产商,也是目前市场上价格较高的硬盘产品,如图4-23所示。Maxtor硬盘在内地市场由建达蓝德全权代理。Maxtor的钻石系列硬盘,采用了其一些独特的技术,如Shock Block,在性能方面有其独到之处。

Maxtor的产品线也十分丰富。高端的金钻九代在性能、噪声、发热量等方面都控制得不错,特别是性能表现,令人刮目相看。由于金钻九代的单碟容量达到80GB,因此内部传输率很高。此外,金钻九代延续了Maxtor在寻道时间方面的优势。

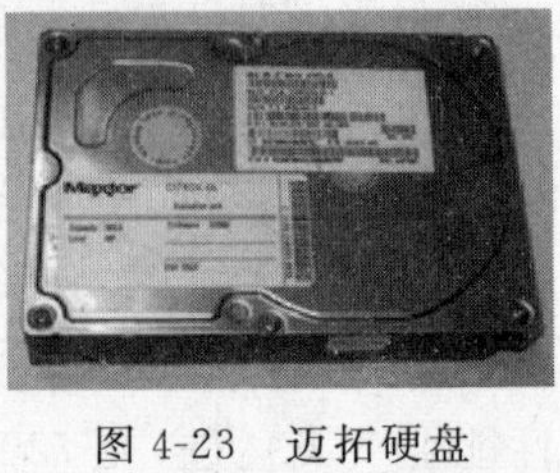

图4-23　迈拓硬盘

为了保证良好的稳定性,Maxtor 专门开发了 ShockBlock 和 MaxSafe 二项专利技术,这也是这款金钻九代的精髓所在。值得注意的是,金钻九代也有采用 Serial-ATA 接口和 8MB 缓存的版本,只不过国内暂时买不到。在 5400rpm 产品中,Maxtor 分为美钻三代和星钻四代这两个系列。美钻三代采用超薄设计,发热量很低,但是性能让人难以满意,适合小型化 PC;而星钻四代则在容量价格比、噪声、发热量等方面拥有不错的综合表现。

Maxtor 的主打产品是 Diamond Max Plus D740X,即所谓的金钻七代系列产品,它是继希捷之后的第二款单碟 40GB 硬盘。金钻七代是第一款支持 ATA 133 接口的 IDE 硬盘产品。作为 Maxtor 公司最新的 7200rpm 硬盘产品,D740X 面向的是高端用户。Maxtor 金钻七代转速为 7200rpm,内置了 2MB 缓存,支持硬盘静音技术,具备有 ShockBlock 防震和 Maxsafe 数据保护技术。在硬盘的背面还有一颗硬盘指示灯,系统读取数据时指示灯就会闪动。

4. Samsung(三星)硬盘

三星硬盘(图 4-24)是最近才开始进入中国内地市场的硬盘产品,由于 Maxtor 硬盘已经不再进行三年质量保证,现在只有它还是三年质量保证的产品,因此市场接受度相当不错。从性能来看,三星的 IDE 硬盘无论是在 5400rpm 还是 7200rpm 领域都不具备优势,同时价格也略显昂贵。然而更为重要的是,三星硬盘具有极低的噪音,甚至表现好于以此而著称的酷鱼 V。或许是产品的市场定位不同,性能并不是三星硬盘的主攻点,对于那些追求稳定性的用户而言,三星硬盘值得考虑。三星硬盘采用了 Noise Guard 噪声控制技术、Silent Seek 磁头寻道静音技术、ImpacGuard 硬盘磁头抗震技术、SSB 震动技术、缓冲数据安全保护技术和双 DSP 快速寻道技术等新技术,的确是不错的产品。

三星的硬盘产品分为 V 系列和 P 系列,其中 V 系列是低速 5200rpm 硬盘,P 系列是 7200rpm 高速硬盘,从三星在电子业一贯的表现看其硬盘也应该是高品质的代言人。

5. IBM 主流硬盘

IBM 作为现代硬盘技术的主要发明者,自然首先介绍 IBM。目前市场上 IBM 的硬盘主要是腾龙 4 系列 120GXP(图 4-25),至于受到广大用户投诉的腾龙 3 代硬盘已经淡出市场了。紧接着 IBM 又推出了现在的腾龙 4 系列产品,希望以此来夺回失去的市场份额和用户认可程度。腾龙 4 系列硬盘产品的编号为 IC35LXXXVVA07,其中 XXX 同样为硬盘的容量。

图 4-24　三星硬盘

图 4-25　腾龙硬盘

IBM 腾龙 4 系列产品的特点在于：它的运转的时候可以短时间内承受一定的外力冲击，而且盘内数据不丢失，另外腾龙 4 的耗电量在睡眠时只有 6.7W，可以说是硬盘产品中耗电功率最小的一款产品了。腾龙 4 硬盘的内部传输率为 75MBps，平均寻道时间为 4.17ms，其工作噪声有 3.0dB 左右，最值得注意的是腾龙 4 系列产品全部是采用玻璃盘片制造，适度区数据的准确性得到了大规模提升。

4.3 软盘存储器

软盘存储器包括软盘、软盘驱动器、驱动程序和软驱控制器几个部分。软盘是永久保存信息和交换信息的重要外部存储介质。软盘驱动器（FDD）是对软盘进行读写的机电一体化设备。驱动程序是软驱的配套程序，包含在系统 BIOS 程序中。软驱控制器提供主机对软驱的控制信号，也是软驱设备的接口，做在主板上。

4.3.1 软盘及软盘驱动器

目前，使用的软盘规格为直径 3.5in，容量 1.44MB。它的盘片外面有塑料外壳保护，不易污染和损坏。若将它的写保护片拨到封住写保护孔位置时，软盘处于可以读写的状态。反之为写保护状态，此时软盘上的信息不会被改写。

软盘驱动器如图 4-26 所示，有数据读写系统、磁头定位系统、软盘驱动系统和控制电路等组成。有两个插座：一是电源插座，4 针脚，分别为 +12V 输入（供电动机）、两个接地线和 +5V 输入（供电路）；二是控制及数据电缆插座，34 针脚，用一根 34 芯电缆与主板上软驱接口相连接。

图 4-26　软盘与软驱

4.3.2 主流软驱简介

目前主流软盘驱动器主要有索尼、三菱和 NEC 等，软盘以 SONY 1.44MB 最常用。由于 U 盘价格降低，U 盘的诸多优点使之已经取代软盘。

4.4 光盘存储器

随着多媒体计算机的普及，光盘存储器已成为标准配置之一。光盘存储器包括光盘驱动器、光盘和驱动程序等几个部分。光盘驱动器是对光盘进行读写的机电一体化设备。光盘是永久保存信息和交换信息的存储介质。驱动程序是光盘驱动器的配套程序。

4.4.1 光盘驱动器

光盘驱动器简称为光驱，其外部构造如图 4-27 所示。光驱的正面通常是一个控制面板，中间为一道防尘门与托盘，左边是耳机插孔（只能用来听 CD）、音量控制键及工作指示灯，右边有一个用于关闭和弹开光驱托盘的按键。不少光驱的前面板上还有一个很小的手动退盘孔,当托盘由于某种原因不能弹开时,可用细针插入此孔使托盘强行退出。光驱的背面从左到右是电源线接口、数据线接口、主从跳线和音频线接口。光驱可分为 CD-ROM 光驱、DVD 光驱(DVD-ROM)、刻录机和康宝(Combo)等。

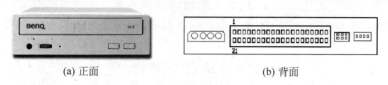

(a) 正面　　　　　　　　　　　　　　　(b) 背面

图 4-27　光驱的外部构造

1. CD-ROM 光驱

CD-ROM 光驱是目前成熟的光存储技术的根基。一台普通的光驱主要由主体支架、光盘托架、激光头组件、电路控制板等组成。其中,激光头组件的地位最为重要,可以说是光驱的"心脏"。

激光头组件包含主轴电动机、伺服电动机、激光头和机械运动部件等。而激光头又由一组透镜和光电二极管组成。在激光头组件中,有一个设计精密的平面反射棱镜。当光驱在读光盘时,电平信号经过发光二极管的转换,变成激光束,再由平面棱镜发射到光盘上。由于光盘是以凹凸不平的小坑代表"0"和"1"来记录数据的,因此光盘受到激光束照射时所反射的光有强弱之分,而反射回来的光经过平面棱镜的折射,由光电二极管将之转变成电信号,再由控制电路的电平转换,变成只含"0"、"1"的数字信号,这样,计算机就能够读出光盘中的内容了。

2. DVD-ROM 光驱

DVD-ROM 是在 CD-ROM 所支持的光盘品质无法满足日益提高的视觉要求时应运而生的产品。它所支持的 DVD 盘片容量是普通 CD 盘片的数倍,而且向下兼容 CD-ROM 所支持的盘片。此外,DVD 格式支持高清晰度的画面和 AC3 环绕立体声输出。从外观上看 DVD 盘片和 CD 盘片基本没有区别,其容量的增加依靠于相邻区两个数据轨道间更短的距离、轨道上更小的凹坑,这需要更细的激光束。光盘的数据密度越高,存储容量越大,所需激光的波长越短。读取 VCD 和 CD,激光束波长是 780nm,而读取 DVD 激光束波长则为 650nm。

为了产生不同波长的激光束读取不同的盘片,DVD-ROM 光驱采用了以下几种方法:使用两个独立完整的光头结构,其优点是兼容性及读盘性能较好,但成本高、需要机械转换、速度较慢;使用同一个激光发射及接收器,用两个焦距不同的镜片切换,其优点是读取质量较高,但启动速度慢、寻道时间长、机械故障率和成本都较高;使用同一组镜头和同一个激光发射器,利用液晶快门技术控制焦距,读取不同的光盘,其优点是读盘稳定且速度较快、机芯寿命较长。

3. 刻录机

CD 和 DVD 盘片都是事先将数据信息压制在透光性非常好的特殊材料制成的塑料基板上,只能读不能写,在实际使用中仍觉得不方便,于是引入了刻录机。刻录机包括 CD-R、CD-RW 和 DVD 刻录机等,其中 DVD 刻录机又分为 DVD＋R、DVD-R、DVD＋RW、DVD-RW(W 代表可反复擦写)和 DVD-RAM。刻录机的外观和普通光驱差不多,只是其前面板通常标有写入、复写和读取三种速度，如图 4-28 所示。

图 4-28　刻录机

CD-R/RW 盘片中的数据是由光驱写入的，必须在盘片上加入一个记录层。CD-R 是一次性写入，它通过刻录机发出不同强度的光束，改变记录层染料的状态，进而在盘片上"刻蚀"凹坑以保存数据。CD-RW 的刻录原理与 CD-R 大致相同，只不过盘片上镀了一层 200～500 埃（1 埃 $=10^{-8}$ cm）的薄膜，这种薄膜的材质通常为银、铟或硒的结晶层，能够呈现结晶和非结晶两种状态，等同于 CD-R 的平面和凹坑。通过刻录机激光束的照射，可以在两种状态之间相互转换，所以 CD-RW 盘片可以重复写入。CD-RW 光驱的激光头要求高、中、低三种强度的激光，写入激光为高功率，擦除激光为中功率，读出激光为低功率。由于 CD-R/RW 光驱要向下兼容 CD-ROM 盘片，而 CD-ROM 光驱也要读取刻录好的 CD-R/RW 盘片，因此 CD-R/RW 所用的激光波长也在 780nm 左右，约在 775～795nm 之间。但其激光束的功率要大得多，这也是刻录机工作时温度较高的原因。

至于 DVD 刻录机，其基本结构和功能原理与 CD-R/RW 大体一致，只是数据格式和激光束波长不同。

4. 康宝

Combo 光驱＝CD-RW＋DVD-ROM。以三星的 Combo 光驱为例，采用两组激光发生器兼容 DVD、CD 读盘工作，在同一镜头实现不同波长的激光聚焦，是 Combo 使用一个光头拥有两项功能的核心所在，即：这种设计具备了单光头技术上的机械稳定性和双光头技术上的激光管寿命长的特点。而对于这个被称做环纹聚焦镜的激光拾取头来讲，在波长为 650nm 的 DVDLD 管功率为 10mW，而功率为 85mW、波长为 780nm 的 LD 管负责刻录 CD-R/RW 和读取 CD-ROM。也有一种康宝的光头中有两个激光管分别负责 DVD 读取和 CDRW 刻录。在不同的情况下，它们分别工作。

另外 Combo 光驱的指标中一般会有多个速度表示，如 40X/12X/48X/16X，这一指标就表示这款 Combo 光驱具有 40 倍速的写入速度、12 倍速的 CDRW 复写速度以及 48 倍速的 CD 读取速度和 16X 的 DVD 读些速度。写入速度与复写速度通常与刻录盘片有关，而读取速度就是指将 Combo 作为光驱时读取数据的速度，我们一般称多少倍速的刻录机通常是称它的写入速度。

其实无论是什么光驱，在结构和原理上都是相似的，都是通过独特的指令程序控制，产生特定波长和能量的激光作用于特定光盘实现信息读取和备份。光驱的质量主要取决于纠错能力和稳定性，与此相关的主要技术是寻迹和聚焦。光盘是以连续的螺旋形轨道来存放数据的，其轨道的各个区域的尺寸和密度都一样，这样可以保证数据的存储空间分配更加合理。为了保证激光头总能够准确的寻迹，要求光头能够始终对准螺旋形轨道的轨迹。如果激光束与光盘轨迹正好重合，则偏差为"0"。但大多数情况下，都不可能达到这样理想的状态，寻迹时总会产生一些偏差，这时光驱就需要进行调整。若光驱能调整的偏差范围大，则光驱纠错性能好，否则，纠错性能不好。聚焦就是激光束能够精确射在光盘上的轨道并得到最强的信号。当光束从光盘上返回的时候，需要经过几个光电二极管多次转换，每个光电二极管所发出的信号叠加时，会形成聚焦误差信号，只有当这个误差信号为零时，聚焦才准确。

如果聚焦不准确,显然将不能顺利地读取光盘。在光驱中,为保证寻迹和聚焦的实现,采用了一系列辅助技术,如:内圈数据以 CAV(恒定角速度)方式读取,外圈数据以 CLV(恒定线速度)方式读取的 PCAV(区域恒定角速度)技术;金属机芯技术;人工智能纠错(AIEC)技术;ABS(Auto Balance System)自动平衡系统;双动态抗震悬吊系统(DDSS)技术;数字伺服系统技术以及最新的 True X 技术。

4.4.2 光驱的技术指标

1. 数据传输率

数据传输率指光驱每秒在光盘上可读取多少千字节的数据量,它是衡量光驱速度最基本的指标。普通 CD-ROM 光驱的单倍速传输率是 150KBps,DVD-ROM 光驱的单倍传输率是 1350KBps。

2. 平均寻道时间

平均寻道时间指光驱的激光头从初始的位置移动到指定的预读取数据扇区,并把该扇区上的第一块数据读入高速缓存所花费的时间。根据 MPC3 标准(国际多媒体 PC 市场学会)的要求,光驱的平均寻道时间应小于 250ms,4 倍速以上的光驱一般都能达到这个要求。

3. 缓存

缓存是光驱内部的数据存储区,主要用于存放读出的数据。缓存可以有效减少读取盘片的次数,提高数据传输率。现在 8 倍速以上的光驱大多有 256KB 或 512KB,甚至更多的缓存。

4. CPU 占用时间

CPU 占用时间指光驱在保持一定的转速和数据传输率时所占用 CPU 的时间。这是衡量光驱性能的一个重要指标,光驱的 CPU 占用时间越小,系统整体性能的发挥就越好。根据 MPC3 标准,4 倍速光驱的 CPU 占用时间不应超过 40%。

5. 接口

光驱的接口与硬盘的接口一样,目前主要是 IDE 接口。

4.4.3 光盘

根据光盘采用的规范不同,目前主要有以下几种光盘。

1. CD-ROM

CD-ROM 是 Compact Disc-Read Only Memory 的简称,CD-ROM 光驱支持的光盘容量为 650MB。1986 年索尼和飞利浦一起制定的黄皮书标准,定义了用于计算机数据存储的 MODE 1 和用于压缩视频图像存储的 MODE 2 两种类型的档案资料格式,使 CD 成为通用的存储介质,并加上侦错码及更正码等以确保能够完整读取。

2. CD-Audio

CD-Audio 即 CD-DA,是用来存储数字音效的光盘,以音轨方式存储声音资料。CD-ROM 都兼容此格式音乐盘片。

3. DVD

DVD 是 Digital Video Disc 或 Digital Versatile Disc 的简称,有 D5、D9、D10、D18 等。

D5 是 DVD-5 的简写,即单面单层,最大容量为 4.7GB。D9 是 DVD-9 的简写,即单面双层,最大容量为 8.5GB。D10 是 DVD-10 的简写,即双面单层,最大容量为 9.7GB。D18 是 DVD-18 的简写,即双面双层,最大容量为 17GB。

4. CD-R/RW

CD-R 是一次写多次读光盘,而 CD-RW 是可重复擦写光盘。它们的信息存储格式与 CD-ROM 盘相同。区别仅在于可用刻录机向 CD-R/RW 盘片中写入数据。

4.4.4 主流光驱简介

目前,光驱的生产厂商很多,国内外主流厂商有明基、华硕、微星、索尼、三星等。标配选择是 16 倍速的 DVD-ROM。若选择刻录机,除注意上述技术指标外,还要留意是否有防刻死保护技术等。

4.5 移动存储器

移动存储器主要有移动硬盘和 U 盘两类。移动硬盘与普通硬盘没有本质区别,一般以 2.5in 或 1.8in 硬盘存储部件,经防震处理以后,通过移动硬盘盒内 IDE 转 USB(或 IEEE 1394)的桥接芯片将硬盘转为 USB 接口(或 IEEE 1394 接口),实现即插即用,如图 4-29(a)所示。U 盘属于移动半导体存储器,大多采用 USB 接口,容量有 32MB、64MB、128MB、256MB、512MB、1GB 和 2GB 等的容量,如图 4-29(b)所示。由于使用便捷,加之计算机上 USB 接口的普及、操作系统的支持,U 盘将逐步代替软盘存储器。

(a) 移动硬盘　　　　　(b) U 盘

图 4-29　移动存储器

本 章 习 题

一、选择题

1. 内存按工作原理可以分为 ROM 和(　　　)。
   A. RAM　　　　B. DRAM　　　　C. SRAM　　　　D. RDRAM
2. 按存储器在计算机中位置的不同分为(　　　)和外存储器。
   A. 主存储器　　B. 内存储器　　C. CMOS　　　　D. 随机存储器
3. DDR 400 的数据传输率是(　　　)。
   A. 400Mps　　　B. 6.4GBps　　C. 1.6GBps　　D. 3.2GBps
4. (　　　)内记录着内存时序信息。
   A. BIOS　　　　B. CMOS　　　　C. RAM　　　　D. SPD
5. 下列哪一种内存必须成对使用(　　　)。
   A. SDRAM　　　B. DDRAM　　　C. RDRAM　　　D. EDO
6. DDR 内存的插脚数(金手指)有(　　　)线。
   A. 168　　　　　B. 184　　　　　C. 186　　　　　D. 148

7. 微型计算机存储系统中,EPROM 是(　　)。

    A. 可读写存储器　　　　　　　　　B. 动态随机存储器

    C. 只读存储器　　　　　　　　　　D. 可擦可编程只读存储器

8. 下列几种存储器中,存取周期最短的是(　　)。

    A. 内存储器　　　　　　　　　　　B. 光盘存储器

    C. 硬盘存储器　　　　　　　　　　D. 软盘存储器

9. 计算机的内存储器与 CPU(　　)交换信息。

    A. 不　　　　　　B. 直接　　　　　　C. 部分　　　　　　D. 间接

10. 从软件角度看,常规内存的容量为(　　)。

    A. 640KB　　　　B. 384KB　　　　　C. 64KB　　　　　D. 1MB

二、填空题

1. SDRAM PC 133、DDR PC 2100、RDRAM PC 800 内存理论上的数据传输速度分别为_____ MBps、_____ MBps、_____ MBps。

2. 随机存取存储器,是用来暂时存放程序和数据,其不足之处_____。

3. 内存的物理结构可分为九面方分别是_____、_____、_____、_____、_____、_____、_____、_____。

4. ECC 校验是在_____基础上开发的校验。

5. 计算机中运行速度由快到慢分别为_____、_____、_____、_____、_____、_____。

6. 在 256MB 内存中扩展内存的容量为_____。

7. 内存条上标有-6、-7、-8 等字样,表示的是存取速度,单位用 ns,即_____,该数值越小,说明内存速度_____。

8. 工作电压是指内存_____,不同类型的内存电压也不同,各有各的规格,不能超出规格,否则会损坏内存。

三、简答题

1. RAM 分为哪些接口?

2. 简述 DDR 的特点?

3. 什么是内存的 BANK?

4. 影响内存延迟的性能参数有哪些?

第 5 章 输 入 设 备

输入设备是向计算机中输入信息(程序、数据、声音、文字、图形、图像等)的设备。输入设备可以将外部信息(如文字、数字、声音、图像、程序、指令等)转变为数据输入到计算机中,以便加工、处理。输入设备是人们和计算机系统之间进行信息交换的主要装置之一。键盘、鼠标、扫描仪、光笔、压感笔、手写输入板、游戏杆、语音输入装置、数码照相机、触摸屏、数码录像机、光电阅读器等都属于输入设备。常用的输入设备是键盘和鼠标。

5.1 键   盘

键盘和鼠标都是微型计算机的输入设备,但是,键盘是字符输入设备,而鼠标是点设备。

5.1.1 键盘的基本结构

键盘由外壳、按键和电路板组成。

(1) 外壳

键盘和主机连为一体,键盘和主机的相对位置固定不变,采用这种连接方式的键盘称为固定式键盘,固定式键盘没有自己专用的外壳,而是借用主机的外壳,如笔记本计算机的键盘。绝大多数键盘独立于主机之外,通过一根活动电缆与主机相连,因为这种键盘和主机的位置可以在一定范围内移动调整,所以采用这种连接方式的键盘称为活动式键盘。显然,活动式键盘均拥有自己的外壳。

(2) 按键

键盘上的所有按键都是结构相同的按键开关,按键开关分为触点式(机械式)和无触点式(电容式)两大类,与之相对应,人们也习惯上把计算机键盘简单分为机械式键盘和电容式键盘两大类。

机械式键盘上,按键全部为触点式,其结构为,按键的下部有两个触点,和电路板上的电路焊接在一起,平时两个触点没有接触,相当于断路,当该键被按下后两触点导通。

电容式(无触点)开关。这种按键是利用电容器的电极间距离变化产生电容量变化的一种按键开关。

(3) 电路板

电路板是整个计算机键盘的核心,主要由逻辑电路和控制电路所组成。逻辑电路排列成矩阵形状,每一个按键都安装在矩阵的一个交叉点上。电路板上的控制电路由按键识别扫描电路、编码电路、接口电路组成。

5.1.2 键盘的基本工作原理

在键盘的内部设计中有定位按键位置的键位扫描电路、产生被按下键代码的编码电路以及将产生代码送入计算机的接口电路,这些电路实时监视按键是否被按下,将按下的按键信息送入计算机。计算机将该信息处理后,识别出该按键。

5.1.3 键盘的分类

键盘的类型有很多,图 5-1 所示,为形形色色的键盘。下面简要介绍其基本种类。

(a) 无线键盘　　　　　(b) 有线键盘接口 PS/2　　　　(c) 人体工程学键盘

图 5-1　形形色色的键盘

(1) 按照键盘的结构来分类,可以分为触点式(机械式)键盘和无触点式(电容式)键盘两种。

触点式按键构成的机械式键盘具有如下特点:击键响声大,手感较差,击键时用力较大,容易使手指疲劳,键盘磨损较快,故障率较高,但维修比较方便容易。早期的键盘几乎全部是机械式键盘。

由电容式无触点按键构成的电容式键盘具有如下特点:击键声音小,手感较好,寿命较长,但维修起来稍感困难。目前使用的计算机键盘多为电容式无触点键盘。

(2) 按照键盘的接口来分,键盘可分为 AT 接口(俗称大口)和 PS/2 接口键盘(俗称小口)以及 USB 接口键盘、无线键盘。

(3) 按照功能可以分成标准键盘、多媒体键盘、人体工程学键盘、防水键盘。

多媒体键盘大多是标准的 104 键位,在键盘上方增设了播放、快进、后退等多媒体键位,还有重新启动计算机和关机等按键。人体工程学键盘,其字符和功能键是分体的。其分体角度是严格参照人体结构学中手部水平放置最佳角度。这样,用户不必收肩、夹臂,手腕自然放于键盘之上,敲击的方向也自然随势而动,有效消除长时间使用的疲劳感。

按照应用可以分为台式机键盘、笔记本计算机键盘、工程机键盘三大类。

按照按键的个数分类分为 83 键、93 键、101 键、108 键等。

5.1.4 键盘的选购原则

键盘选购原则如下:
(1) 选择键盘的类型;
(2) 验看键盘的品质;
(3) 注意键盘的手感;
(4) 考虑按键的排列习惯;
(5) 检查键盘的插头类型。

5.2 鼠　　标

鼠标是一种电子计算机输入设备,它可以对当前屏幕上的光标进行定位。并通过按键和滚轮装置对光标所经过位置的屏幕元素进行操作。

5.2.1 鼠标的结构

从历史来说,鼠标的出现次序为机械式鼠标、光电机械式鼠标和光电式鼠标。由于机械式鼠标精度有限、传输速度慢及寿命低,所以基本上已被淘汰,并以同样价廉的光机式鼠标取而代之。光机式鼠标已经普及到我们生活中的每一台计算机中,但它无法避免机械磨损造成的损害。光电式鼠标诞生最晚,其中又分两种:旧式的光电鼠标需要使用专门的光栅做鼠标垫,不够方便,光栅磨损后也会影响精度;新式的鼠标采用一种名为"光眼"的新型光学引擎,精确度更高、可靠性更好。配除了这些标准应用鼠标之外,鼠标家族还有几位兄弟,其中包括专业应用中的轨迹球(Track ball)以及其他用于不同用途的专业鼠标。

5.2.2 鼠标的工作原理

鼠标多为机械式、光电式、激光鼠标。机械式鼠标又叫半光学鼠标,其工作原理是,在机械式鼠标底部有一个可以自由滚动的球,在球的前方及右方装置两个支成 90° 的内部编码器滚轴,移动鼠标时小球随之滚动,便会带动旁边的编码器滚轴,前方的滚轴代表前后滑动,右方的滚轴代表左右滑动,两轴一起移动则代表非垂直及水平方向的滑动。编码器由此识别鼠标移动的距离和方位,产生相应的电信号传给计算机,以确定光标在屏幕上的正确位置。若按下鼠标按键,则会将按下的次数及按下时光标的位置传给计算机。计算机及软件接收到此信号后,可依此进行工作。其中机械鼠标编码器的形式又有机电式和光电式两种。机电式编码器采用机械接触式触点,精度低,易磨损。目前大量使用的是光电式编码器,这样的鼠标也就是常说的光机鼠标。

光电式鼠标,它的工作原理是利用一块特制的光栅板作为位移检测元件,光栅板上方格之间的距离为 0.5mm。鼠标器内部有一个发光元件和两个聚焦透镜,发射光经过透镜聚焦后从底部的小孔向下射出,照在鼠标器下面的光栅板上,再反射回鼠标器内。当在光栅板上移动鼠标器时,由于光栅板上明暗相间的条纹反射光有强弱变化,鼠标器内部将强弱变化的反射光变成电脉冲,对电脉冲进行计数即可测出鼠标器移动的距离。

光电式鼠标必须在专配板上使用,移动的范围受到限制,但其定位精度较高,防尘性能好,有利于工程绘图,只是价格较贵。

激光鼠标的工作原理其实与光电鼠标大同小异,只是用激光替代了原来的发光二极管(LED)射出的光线。由于激光是一种同调光源,因此能够直接反射出物体表面的细节,也就是说激光照在物体表面所产生各种形式的光斑点会直接反射到感应器上,而无须利用物体表面的阴影来识别。所呈现的每个影像也就更为精细,而感应器在对比影像时,就能更精确的判断鼠标移动的方向。

此外,还有一种称之为"轨迹球"的鼠标器,其工作原理与机械式鼠标相同,内部结构也类似。不同的是轨迹球工作时球在上面,直接用手拨动,而球座固定不动。因而轨迹球占用空间小,多用于便携机。轨迹球有两个按钮,一个用于用户单击或双击,而另一个提供为选择菜单和拖动对象后需要的动作。

5.2.3 鼠标的分类

(1) 按接口来分类,可以分为串口鼠标、PS/2 端口鼠标、和 USB 鼠标三类(如图 5-2 所示)。

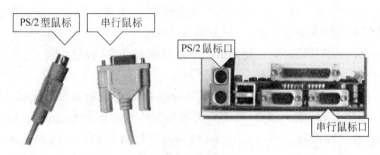

图 5-2　鼠标的接口

串行鼠标利用串行口,在计算机上为 COM1 或 COM2。PS/2 鼠标使用一个 6 芯的圆形接口,它需要主板提供一个 PS/2 的端口。

(2) 按原理分类有机械式鼠标、光学机械式鼠标、光电鼠标、激光鼠标、无线鼠标和轨迹球鼠标(如图 5-3 所示)。

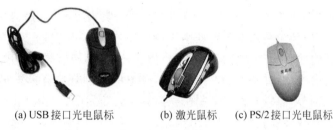

(a) USB 接口光电鼠标　　(b) 激光鼠标　(c) PS/2 接口光电鼠标

图 5-3　形形色色的鼠标

光电鼠标并不等于激光鼠标,两者的显示原理有所区别。比如,光电鼠标需要透镜支持,而部分激光鼠标则不需要。这类激光鼠标的成像原理是将激光照射在物体表面,产生的干涉条纹可直接产生光斑点反射到传感器上,因此省略了传统的光学透镜系统,理论上这样反馈的图像更精确。

另外,人造红宝石激光发生器和特制的半导体二极管都可产生激光。前者可生成可见激光,但成本高昂,很少会使用在鼠标领域中;后者可生成不可见激光,成本相对低廉,市面上出售的激光鼠标大多采用这种方式。所以说,工作时底部是否发光,也可作为光电鼠标和激光鼠标的一个明显区别。

(3) 按按键分类分为两键鼠标、单纯的三键鼠标、滚轮鼠标。

5.2.4　鼠标的选购

随着社会的飞速发展,计算机已经进入寻常百姓家,鼠标可谓是日常接触最为频繁的配件之一,经过长期的技术革新并在设计中融入潮流以及舒适性元素,鼠标已经成为使用简单功能强劲且富有个性色彩的产品。伴随着计算机在当今数字生活中重要性的不断提升,对鼠标的选择也将更为直接深入地影响人们的数字生活的质量。

现在市面上鼠标种类很多,按其结构可分为机械式、半光电式、光电式、轨迹球式、网鼠等。机械式已经基本淘汰,当前激光鼠标已经成为市场的潮流,激光鼠标由一个发光的二极管和两个相互垂直的光敏管组成,价格也持续走低,赢得广大消费者的信赖和喜爱。网鼠相对于普通鼠标多了一个或两个滚轮按键,在浏览网页或处理文档的时候只需拨动滚轮即可实现翻页功能,不必再拖动滚动条,十分方便。

面对市场名目繁多的鼠标品牌,如何从中选择称心如意的鼠标呢?

1. 有的放矢　根据用途选择

如果是一般的用户,那么标准的二键、三键鼠标就足够。但如果对于那些有"特殊要求"的用户(如 CAD 设计、三维图像处理、超级游戏玩家等),那么最好选择轨迹球或专业鼠标。如果能有四键、带滚轮可定义多个宏命令的鼠标,自然是最理想。这种高级鼠标可以带来"过人"的高效率。如果用的是笔记本计算机,或需要用投影仪做演讲,那么就应该使用那种遥控轨迹球,这种无线鼠标往往能发挥有线鼠标难以企及的作用。

2. 内外并用　详查质量环节

现在市场上的鼠标品牌众目繁多,让眼花缭乱,要想选择一款称心如意的鼠标,真有些困难,有的鼠标尽管便宜,但用三个月就出问题;有的鼠标价格虽然贵了点,但却已经用了四年,而且还在"健康"地使用。这两种鼠标哪种更合算,相信大家都明白。价格在此只是一个考虑因素,衡量质量还有许多的指标。首先要看外观,因为制作亚光的要比全光的工艺难度大,而多数伪劣产品都达不到这种工艺要求,可以首先被排除在外。

别忘了看鼠标的品牌。现在各行业都在讲质量认证,鼠标厂家也不例外,讲究市场和质量的厂家都通过了国际认证(如 ISO9000),这些都有明确的标志。这类鼠标厂商往往能提供 1~3 年的质保,而有的鼠标厂商则只保 3 个月。

5.3　摄　像　头

网络发展到今天,远程视频聊天已经成为身处异地的人们最好的通信方式,这时,一款高性能的数码摄像头就成了必备之物。但纵观整个摄像头卖场,琳琅满目的摄像头产品往往会使人无从下手,而虚标至 130 万像素的摄像头产品更是比比皆是。当然,并不是所有的摄像头产品都进行了虚标,真正 130 万像素的产品也还是有不少的。

5.3.1　摄像头的技术规格

1. 感光器

一般的摄像头可分为两类,一是 CCD(Charge Coupled Device)它具有灵敏度高,抗震动,体积小等优点,但价格方面也相对较高;二是 CMOS(Complementary Metal Oxide Semiconductor)它具有低功耗、低成本的特点,但分辨率,动态范围和噪声等方面就差强人意了。虽然 CCD 成像水平和质量要高于 CMOS,但摄像头的使用目的不同于数字照相机,数字照相机用于拍摄高清晰度照片,因此多使用 CCD 图像传感器,而摄像头在网络聊天的过程中需要网络带宽的支持,目前中国的网络情况并不能支持高清晰视频的流畅传送,所以目前的摄像头无论是使用 CCD 图像传感器还是 CMOS 图像传感器,在最终的屏幕显示效果上不会有太大的差异。从另一方面讲,使用 CCD 的摄像头往往在价格上会比 CMOS 摄像头昂贵很多。因此在选择摄像头的时候,不要苛求摄像头是否使用了 CCD 图像传感器。而且现在的很多 CMOS 摄像头也加入影像光源自动增益补强、自动亮度调节、白平衡控制、饱和度对比度调节等等影像控制技术,完全可以达到与 CCD 摄像头相媲美的效果。

2. 像素

无论是摄像头还是数字照相机,像素都是主要性能指标之一。所谓像素,是指摄像头感光元件上的光敏单元的数量,光敏单元越多,摄像头捕捉到的图像信息就越多,图像分辨率也就越高,相应的屏幕图像就越清晰。利用像素值,就可以计算出最大像分辨率,例如一款摄像头的最大分辨率为 640×480,那么像素就是 $640 \times 480 = 307\ 200$,即 30 万像素。目前常见的摄像头像素有:10 万、30 万、48 万、50 万甚至是 80 万、130 万。

3. 成像速度与帧数

由于摄像头用于网络聊天,所以成像速度快也很重要,而成像速度取决于摄像头的整体配置,所以不单镜头,摄像头其他元件的配置也决定了摄像头的好坏。摄像头构造主要部分除了镜头重要就是感应器、数据处理器和外围电路。整体配置如果选用劣质配件,则镜头多好成像效果也不可能好,因为其中涉及到元器件品质和外围电路的合理设计,但是用户往往在这个环节上忽略了,通常一味地追求低价位而忽略了整体性能。与成像速度有关的另一因素就是帧数了,帧数就是每秒传输图片的帧数,也可以理解为图形处理器每秒能够刷新几次,通常用 fps 表示。如果视频播放速度达到 30fps(30 帧/秒),肉眼就不会感到画面的停顿,而当图像分辨率增加时,由于网络带宽的限制,视频速度会急剧下降。不同的画面要求捕获能力也不一样,主流的数字摄像头捕获画面的最大分辨率为 640×480,但在这种分辨率下画面会产生跳动现象,无法达到 30fps 的捕获效果。当在 320×240 分辨率下时,依靠硬件与软件的结合有可能达到标准速率的捕获指标,所以对于完全的视频捕获速度,只是一种理论指标。对于帧率,大家可以用一本书在摄像头前上下晃动(摆动速度不要过快),看看图像延迟是否严重,如果图像基本可以连贯显示的话,基本可以达到 30fps 的水准。

4. 色深

摄像头的色深通常为 24 位,也就是对 Red、Green、Blue 三原色,各使用 8 位来表示图像中的颜色(即 2^8,为 256 种颜色),也就是说摄像头可以显示 $256 \times 256 \times 256 = 16\ 777\ 216$ 种颜色。

5. 调节

摄像头的调节参数主要有亮度、白平衡、色彩补偿和调焦。其中白平衡的含义是摄像头调节颜色的能力,质量好的摄像头具有较佳的自动白平衡调整功能,也就是在光源颜色并非纯白的时候,摄像头调整三原色的比例而达到色彩的平衡,使被拍摄对象不至于因为光源颜色而产生偏色。

6. 噪点

图像噪点是指图像中的杂点与正常像素的比例。通常来说图像噪点越多,摄像头所捕捉到的图像所含有的杂点就越多。

7. 数据传输速度

数据传输速度是指摄像头在一定分辨率下,单位时间中能够传输的图像张数。

8. 输出接口

输出接口是指摄像头与计算机连接的接口类型,目前的摄像头主要是 USB 接口,不过要注意 USB 接口的版本。USB 1.1 可提供 12Mbps 的数据传输率,USB 2.0 则可以提供 480Mbps 的传输率。

9. 具备调焦功能

质量好的摄像头镜头是可以通过手动的方式调节焦距,这样无论将摄像头置于哪一个位置,通过调节焦距后都能获得清晰的图像,通常可以利用能够镜头外侧的调节装置进行调节。

5.3.2 摄像头的选购

目前数码摄像头的品种太多(如图 5-4 所示),面对良莠不齐的混乱市场,找到不同品牌、不同型号、不同设计的各种摄像头,当然,价格也是不一样,从几十元到几百元,产品十分丰富。正因为摄像头品牌众多,产品性能参差不齐,价格不一,因此如何选择摄像头注意以下几个摄像头的技术参数。

图 5-4　形形色色的摄像头

1. 感光材料

一般市场上的感光材料可以分为:CCD(电荷耦合)和 CMOS(金属氧化物)两种。前一种的优点是成像像素高,清晰度高,色彩还原系数高,经常应用在高档次数码摄像机、数码照相机中,但是这种产品的造价却非常昂贵,耗功较大,这让一些消费者望而却步。不过CMOS 价格相对低廉,耗功也较小,但是,在成像方面要差一些。如果是需要效果好点的话,那么就选购 CCD 元件的,但是如果对成像的要求不是很高那就选购 CMOS 感光摄像头。

2. 像素

现在市面上主流产品一般在 35 万像素左右,早些时候也出了一些约 10 万像素的产品,由于技术含量相对较低效果不是很好,现在已处于淘汰的边缘。一味的考虑像素值也是不必要的。因为像素值越高的产品其解析图像的能力也就越强,这样,在摄像头进行工作的时候,其必须有更宽的和计算机进行数据交换的通道,否则就必定会造成系统的延迟。另外,为了获得高分辨率的图像或画面,它记录的数据量也必然大得多,对于存储设备的要求也就高得多,因而在选择时应注意相关的存储设备。

3. 分辨率

摄像头的分辨率可不完全等同于显示器,确切地说,摄像头分辨率就是摄像头解析图像的能力。现在市面上较多的 CMOS 的分辨率一般在 640×480,有的也会在 800×600。但是如果是 CCD 的一般还要高。

4. 比较摄像的效果

摄像头的视频捕获能力是用户最关心的,目前计算机摄像头所能够捕捉都是通过软件来实现的,因此对计算机要求比较高,一般情况下 640×480 它的速度可以到达 30fps,但当分辨率在 320×240 的状态下,速度稍微快点。因而,按照自己的用途选择一个合适的。

5. 品牌

虽然说,现在的应用程序比较多,也比较好找,但是一个名牌产品,它里面的东西都很到位,通常会有拍照、摄像、影像文件管理、设置,有的摄像头带有 MIR 功能,那么软件方面还需要有音频方面的设置。

5.4　数字照相机

5.4.1　什么是数字照相机

数字照相机区别于传统照相机的主要特征是应用新型感光元件代替了原来的胶片,通过数字影像处理芯片将影像以数字化文件形式存储到新型存储介质,如图 5-5 所示。

图 5-5　形形色色的数字照相机

5.4.2　接口方式

串口 、USB 端口、红外线端口、PCMCIA 卡 、IEEE 1394 口。

5.4.3　主要部件

- 镜头:主要功能是把光线汇聚到 CCD 上。
- CCD:主要功能是把光信号转换为电信号。
- ADC:(模数转换器)把模拟信号转换为数字信号。
- DSP(数字信号处理器):把数字信号转换为图像。
- JPEG 编码压缩器:把得到的图像转换成 JPEG 格式。
- LCD(液晶显示器):取景或查看得到的图像。
- 端口:把相机连接到电视机或 PC 或其他设备上。
- 存储器:用于保存图像。
- 电池或稳压电源:为数字照相机提供电源。
- 闪光灯:提供光源。
- 辅助设备:PC,打印机,存储设备。

5.4.4　数字照相机的工作原理

1. 工作原理

数字照相机用快门来激活包含光敏栅格的电荷耦合器件传感器。栅格由许多单元(也叫做像素)组成,它们把光信号转换成电信号。然后电信号被转换成数字信号并进行处理,最后,把得到的数字图像保存在存储器中。对大多数数字照相机来说,拍摄的整个处理过程大概需要几秒。它不是实时的,所以不能照完一张后紧接着就照另一张。

2. 取景方式

普通光学取景、LCD(液晶显示屏)取景和 TTL(Through The Lens)单反取景器取景方式。

5.4.5　数字照相机的存储方案

数字照相机的存储介质有软盘、CF 卡、SM 卡、PC 卡、硬盘卡、艾美加(Iomega)的 Click 盘和 Sony 独有的记忆棒。

- 闪存卡:数字照相机中常用的是 CF 卡和 SM 卡主要特点是体积小,非易失性存储器,耗电少,读写速度快。
- 记忆棒:Sony 公司独自采用用于 Sony 公司的笔记本计算机,数字相机、数字摄像机等。
- 软盘:优点是兼容性好,成本低。缺点是容量小、速度慢、体积大。
- 硬盘卡:实际就是小硬盘,接口符合 ATA/IDE 标准。主要用于三洋产品中。

5.5　条码阅读器

条码阅读器是用于读取条码所包含的信息的设备,条码阅读器的结构通常为以下几部分光源、接收装置、光电转换部件、译码电路、计算机接口。

基本工作原理为,由光源发出的光线经过光学系统照射到条码符号上面,被反射回来的光经过光学系统成像在光电转换器上,使之产生电信号,信号经过电路放大后产生一模拟电压,它与照射到条码符号上被反射回来的光成正比,再经过滤波、整形,形成与模拟信号对应的方波信号,经译码器解释为计算机可以直接接受的数字信号。

普通的条码阅读器通常采用以下 3 种技术:光笔、CCD、激光。

光笔的工作原理为,操作者需将光笔接触到条码表面,通过光笔的镜头发出一个很小的光点,当这个光点从左到右划过条码时,在"空"部分,光线被反射,"条"的部分,光线将被吸收,因此在光笔内部产生一个变化的电压,这个电压通过放大、整形后用于译码。

光笔的优点主要是,与条码接触阅读,能够明确哪一个是被阅读的条码;阅读条码的长度可以不受限制;与其他的阅读器相比成本较低;内部没有移动部件,比较坚固;体积小,重量轻。缺点是,使用光笔会受到各种限制。

CCD 阅读器的工作原理,CCD 为电子耦合器件(Charge Couple Device),比较适合近距离和接触阅读。CCD 阅读器使用一个或多个 LED,发出的光线能够覆盖整个条码,条码的图像被传到一排光探测器上,被每个单独的光电二极管采样,由邻近的探测器的探测结果为"黑"或"白"区分每一个条或空,从而确定条码的字符,CCD 阅读器是条码的整个部分,并转换成可以译码的电信号。

优点是,与其他阅读器相比,CCD 阅读器的价格较便宜,但同样有阅读条码的密度广泛,容易使用。它的重量比激光阅读器轻,而且不像光笔一样只能接触阅读。

缺点是,CCD 阅读器的局限在于它的阅读景深和阅读宽度,在需要阅读印在弧型表面的条码(如饮料罐)时候会有困难;在一些需要远距离阅读的场合,也不是很适合。

5.6 扫描仪的简介与分类

5.6.1 扫描仪简介

于 20 世纪 80 年代初诞生的扫描仪,是一种光机电一体化的高科技产品,是继键盘和鼠标之后的又一代计算机输入设备。人们通常将扫描仪用于各种形式的计算机图像、文稿的输入,从最直接的图片、照片、胶片到各类图纸图形以及各类文稿资料都可以用扫描仪输入到计算机中进而实现对这些图像形式的信息的处理、管理、使用、存储、输出等。目前扫描仪已广泛应用于各类图形图像处理、出版、印刷、广告制作、办公自动化、多媒体、图文数据库、图文通信、工程图纸输入等许多领域极大地促进了这些领域的技术进步甚至使一些领域的工作方式发生了革命性的变革。一台扫描仪的介入,会改善工作形象、提升工作效率。

对于家用计算机,扫描仪也开辟出了许多新的应用领域,例如文字录入、图像输入处理、制作电子相册、挂历、明信片等个性化作品、资料存储、家政管理、结合 Internet 进行多媒体通信等等,极大地丰富了家用计算机的应用范畴。扫描仪已成为数字化时代的必选输入设备。而目前不少扫描仪厂商也已经推出了适合个人、家庭使用的扫描仪产品,扫描仪走向家庭成为了现实。

5.6.2 扫描仪的类型

扫描仪有很多种,按不同的标准可分成不同的类型。按扫描原理可将扫描仪分为以 CCD 为核心的平板式扫描仪、手持式扫描仪和以光电倍增管为核心的滚筒式扫描仪;按扫描图像幅面的大小可分为小幅面的手持式扫描仪,中等幅面的台式扫描仪和大幅面的工程图扫描仪;按扫描图稿的介质可分为反射式(纸材料)扫描仪和透射式(胶片)扫描仪以及既可扫反射稿又可扫透射稿的多用途扫描仪;按用途可将扫描仪分为可用于各种图稿输入的通用型扫描仪和专门用于特殊图像输入的专用型扫描仪加条码读入器、卡片阅读机等等。

手持式扫描仪体积较小、重量较轻、携带比较方便,但扫描精度较低、扫描质量和扫描幅面与平板式扫描仪相比都有较大的差距,曾一度拥有的价格优势,也随着价格大战引起的平板式扫描仪价格下降而不复存在,已处在被淘汰的边缘。

滚筒式扫描仪一般应用在大幅面扫描领域上,因为图稿幅面大,为节省机器体积多半会采用滚筒式走纸机构。滚筒式扫描仪主要用于大幅面工程图纸的输入,为 CAD、工程图纸管理等应用提供了输入手段,另外在测绘、勘探、地理信息系统等方面也有许多应用方面。滚筒式扫描仪近年来发展很快,产品种类和用户都在迅速增加。目前国内的 CAD 应用正在飞速发展,各生产、设计、研究部门都有大量的图纸要输入计算机处理,加上近年来滚筒式扫描仪的性能有了很大的进步,与工程图纸输入配套的矢量化软件的功能也有了很大的改进,再加上新出现了一些在光栅方式下对工程图进行编辑处理的软件,都将促使对滚筒式扫描仪的需求进一步扩大。滚筒式扫描仪市场将稳步发展。

平板式扫描仪主要应用在 A4 和 A3 幅面,其中又以 A4 幅面的扫描仪用途最广、功能最强、种类最多、销量最大,是扫描仪家族的代表性产品。经过多年来的发展,目前平板式扫描仪的性能已经达到了很高的水平。分辨率通常为 600～1200dpi 左右,高的可达 2400dpi。色彩数一般为 30 位,高的可达 36 位。扫描时将图稿放在扫描台上由软件控制自动完成扫描过程,速度快、精度高。有些平板扫描仪还可以加上透明胶片适配器,使其既可以扫反射稿又可以扫透明胶片实现一机两用。平板扫描仪已广泛应用于各类图形图像处理、电子出版、印前处理、广告制作、办公自动化等许多方面其性能几乎可以满足所用应用领域的要求。由于目前扫描仪无论是在商用、个人或是家庭方面,均以平板式扫描仪的应用为最常见、最主要的应用,因此本文以下内容将不再介绍除平板式扫描仪以外其他类型的扫描仪。

5.6.3 平板式扫描仪常见性能指标与技术分析

扫描仪的性能指标主要有表示扫描仪精度的分辨率、表示扫描图像灰度层次范围的灰度级、表示扫描图像彩色范围的色彩数,以及扫描速度和扫描幅面等。分辨率表示了扫描仪对图像细节的表现能力,通常用每英寸长度上扫描图像所含有的像素点的个数表示记做 dpi(Dot Per Inch)目前,多数扫描仪的分辨率在 300～2400dpi 之间。灰度级表示灰度图像的亮度层次范围,级数越多扫描图像的亮度范围越大层次越丰富,目前多数扫描仪的灰度为 256 级。色彩数表示彩色扫描仪所能产生的颜色范围,通常用表示每个像素点上颜色的数据位数(bit)表示,比如常说的真彩色图像指的是每个像素点的颜色用 24 位二进制数表示,共可表示 $2^{24}=16.8M$ 种颜色,通常称这种扫描仪为 24bit 真彩色扫描仪。色彩数越多扫描图像越鲜艳真实。扫描速度有多种表示方法,通常用在指定的分辨率和图像尺寸下的扫描时间表示。扫描幅面表示可扫描图稿的最大尺寸,常见的有 A4、A3 幅面等。

这里要说明的是,扫描仪的精度经常用每英寸扫描图像所含像素点的多少表示,即所谓的 dpi,这是生产厂家常用的精度指标。但许多权威测试结果表明,这种指标与扫描仪实际精度并不成正比,并不是 dpi 值越高扫描仪的精度就越高。扫描仪的实际精度应是扫描仪对图像细节的实际分辨能力。国际上通常用标准测试图测试扫描仪在每英寸长度上所实际能分辨出的线条的个数来表示扫描仪的实际精度。一般记做 lpi(Line Per lnch),影响扫描仪精度的因素很多,并不唯一决定于厂家所报的 dpi 数,有些 dpi 数高的产品其实际精度比一些 dpi 数较低的产品还差,分辨率为 300～2400dpi 的扫描仪的实际精度一般为 200～400lpi。扫描仪的分辨率越高,对应的图像数据量越大,以几何级数增长。选购扫描仪时不应盲目追求高分辨率,而应根据实际工作的需要和输出设备的精度进行选择。比如目前彩色输出设备的精度一般不超过 3000dpi。若采用这类设备输出,只要扫描图像的放大输出倍数不超过 4 倍,则选用流行的 1200dpi 的扫描仪就足够了。

5.6.4 板式扫描仪的新技术层出不穷

首先是 CIS(Contact Image Sensor)技术的出现。目前扫描仪多采用一种叫做 CCD(电荷耦合器件)的微型半导体感光芯片作为扫描仪的核心。使用 CCD 进行扫描,要求有一套精密的光学系统配合,这使得扫描仪结构复杂、成本昂贵。而 CIS 采用一种触点式图像感光元件——光敏传感器来进行感光,在扫描平台下 1～2mm 处,一排由 300 或 600 个紧密排列的红、蓝、绿三色 LED 传感器所发的光混合在一起产生白色光源,取代了 CCD 扫描仪中的 CCD 阵列、透镜、荧光管或冷阴极射线管等复杂的结构,变 CCD 扫描仪光、机、电一体为

CIS 扫描仪的机、电一体,使扫描仪可以做得像笔记本计算机一样薄,甚至还要更薄一些。使用 CIS 技术还有一个优点,其所用的 LED 光敏传感器耗电量远远低于 CCD 扫描仪中使用的灯泡,这使得 CIS 扫描仪可以依靠电池供电或使用 USB 接口供电,能提供更好的便携性及易用性,利用 USB 接口传输比起 EPP 接口来得也更快一些,能提高扫描速度。

但是 CIS 技术也有不足之处:由于 CIS 固有的感光特性,决定了其依然需要一次扫描、三次曝光,所以扫描速度较慢;由于 CIS 没有景深的概念,原稿必须与感光元件靠得很近,无法进行实物扫描;由于目前 CIS 感光元件的性能决定了 CIS 扫描仪的分辨率只能达到 300dpi 或 600dpi,加之 CIS 光源的均匀性不够好,使得 CIS 扫描仪的扫描图像质量和色彩真实度不是太好,甚至比不上一些低价位的 CCD 扫描仪。

总的来说,CCD 与 CIS 相比而言,CCD 发展了这么长时间,技术及制造工艺都已相当成熟,CCD 扫描仪的图像质量相当突出,几乎能满足所有方面的要求,但精密的光学系统使扫描仪的设计庞大而复杂,体积大、成本高;而 CIS 虽然限于部件性能和工艺水平的阻碍,扫描质量还需进一步提高完善,但其代表的小、轻、薄,却是扫描仪未来的发展趋势。如果大多数扫描工作都是文稿输入,可以选择最新的 CIS 扫描仪;但如果经常扫描图像或照片,恐怕目前还是只能选择 CCD 扫描仪了。

USB 是计算机传输接口的新技术,现在也已经应用到扫描仪身上来了。目前 USB 接口多用在 CIS 扫描仪上,也有不少传统 CCD 扫描仪的新机型采用。扫描仪使用 USB 接口,能充分利用 USB 的即插即用等易用性,方便初学者安装使用。而且因为 USB 接口传输速度高于 EPP 接口,使用还能提高扫描速度,但仍然比 SCSI 扫描仪要慢一些。

第6章 输出设备

输出设备是把计算机内部的二进制信息转换成人们能够识别的媒体信息的设备。常见的输出设备有显示器、打印机、绘图仪、语言输出设备等,常用的输出设备是显示器和打印机。

6.1 显 示 器

显示器是人与计算机打交道的主要界面,也是直接关系到用户的身体健康和使用感受的重要部件。

6.1.1 显示器的基本介绍

目前,主流显示器所采用的显示技术分为球面 CRT、平面直角 CRT、纯平 CRT、液晶(LCD)4 种类型(如图 6-1 所示)。其中,CRT 是阴极射线管的英文缩写。

CRT 显示器　　　　　　　　　液晶显示器

图 6-1　形形色色的显示器

（1）球面 CRT

球面 CRT 显示器的原理与电视机相似,其主要显示部件是一个与彩电显像管类似的显像管。显像管的荧光屏上涂有一层薄薄的发光涂层,电子枪发射的电子束轰击发光涂层就能产生光信号,通过控制电子束就可在屏幕上显示出不同的图像。因此,球面 CRT 显示器的显示品质就主要取决于显像管的品质。这种显示器的显像管断面就是一个球面,它在水平和垂直方向都是弯曲的,而且显示图像也随着屏幕的形态而弯曲。

（2）平面直角显示器

平面直角显示器本质上仍是一种球面 CRT 显示器,只不过其显像管的曲率相对球面显像管比较小,其屏幕表面接近平面,而且 4 个角都是直角。因此,除了能够比传统球面管获得一个更平坦的画面外,还可获得比较低的眩光和反射,再配合屏幕涂层等新技术的采用,显示器的显示质量有了明显的提高。

（3）纯平显示器

与球面 CRT 显示器相比,纯平显示器的技术水平和显示效果有了质的提高。纯平显示技术一般又分为柱面和完全平面两种。柱面显像管以索尼和三菱为代表。柱面显像管的屏幕在垂直方向已经实现了完全的笔直,在水平方向仍然有一点点弧度。因此采用柱面显像管的显示器实现的是"视觉纯平",而不是真正的"物理纯平"。由于采用了栅状设计等多种革新技术,使得显示器的显示质量很好,其画面更细腻、鲜艳,失真也很小,因此亮度高,色彩鲜明,适合对色彩表现要求高的场合,如平面设计等专业领域完全平面显像管又使显示水平达到了一个崭新的境地,完全平面显像管以三星的 IFT 丹娜显像管和 LG 的"未来窗"为代表。完全平面显像管的屏幕在水平和垂直方向都是笔直的,因此显示器的失真和反光,被减小到了最低限度。这是因为完全平面显像管平整的表面使光发生定向反射,反射光很难射入人眼中,从而降低了眩目感,长时间工作,眼睛也不会感到疲劳,而且视觉效果非常舒展,从任何角度看画面均无扭曲现象发生,显示效果极佳。

纯平显示器画面清晰度高、扭曲度小、边缘图像无变形、色彩更真实、减少光反射降低视觉疲劳、可视角度增大。因此,随着显示技术的不断发展,曲面型的显示器将会从市场上消失,取而代之的是最新科技的完全平面显示器。

(4) 液晶显示器

液晶显示器(LCD)是利用液晶的物理特性,通电时导通,排列变得有秩序,使光线容易通过;不通电时排列混乱,阻止光线通过。通过和不通过的组合就可以在屏幕上显示出图像来。由于 LCD 本身的工作原理,也就决定了液晶显示具有厚度薄、适于大规模集成电路直接驱动、易于实现全彩色显示的特点,目前已经被广泛地应用在便携式计算机、数字摄(录)像机、PDA、移动通信工具等众多领域。与传统的显示技术相比,LCD 具有很多重要的优越性。首先 LCD 不使用电子束轰击方式来成像,因此辐射较小,同时 LCD 不闪烁;而且 LCD 具有工作电压低、功耗小、重量轻、体积小等优点,而这些优点都是 CRT 显示器所无法实现的。

6.1.2 CRT 及液晶显示器的技术指标

1. CRT 显示器的技术指标

CRT 显示器说明书上一般给出了点距、行频、场频及带宽等技术指标。例如,Philips 105A 15in 显示器的点距为 0.28mm、行频(水平扫描频率)为 30～70kHz、场频(垂直扫描频率)为 55～120Hz,带宽为 108MHz 等。这些参数反映了显示器的内在质量,了解这些参数所代表的意义,弄清它们相互之间的关系,对维修显示器大有帮助。

(1) 扫描方式

显示器的扫描方式分为"逐行扫描"和"隔行扫描"两种。采用在水平回扫时只扫描奇(偶)数行,垂直回扫时只扫描偶(奇)数行扫描方式的显示器被称为隔行扫描显示器,这种显示器会明显地感到闪烁,目前已被淘汰。逐行扫描即每次水平扫描,垂直扫描都逐行进行,没有奇偶之分。逐行扫描使视觉闪烁感降到最小,长时间观察屏幕也不会感到疲劳。

(2) 刷新频率

从显示器原理上讲,在屏幕上看到的任何字符、图像等全都是由垂直方向和水平方向排列的点阵组成。由于显像管荧光粉受电子束的击打而发光的延时很短,所以此扫描显示点阵必须得到不断的刷新,刷新频率便是指屏幕刷新的速度。刷新频率越低,图像的闪烁和抖动就越厉害,眼睛疲劳得就越快。而当采用 75Hz 以上的刷新频率时,可基本消除闪烁。因此,75Hz 的刷新频率应是显示器稳定工作的最低要求。

（3）行频

行频即水平扫描频率，是指电子枪每秒在屏幕上扫描过的水平点数，以赫兹（Hz）为单位。它的值也是越大越好，至少要达到 50Hz。

（4）点距

点距是同一像素中两个颜色相近的磷光体间的距离。点距越小，显示出来的图像越细腻。大多数显示器采用的是 0.28mm 的点距。另外某些显示器采用更小的点距来提高分辨率和图像质量，如采用 0.25mm 点距的柱面管。

（5）分辨率

简单地说，分辨率就是指屏幕上水平方向和垂直方向所显示的点数。比如，1024×768，其中 1024 表示屏幕上水平方向显示的点数，768 表示垂直方向显示的点数。分辨率越高，图像也就越清晰，且能增加屏幕上的信息容量。

在实际应用中分辨率是与刷新频率密切相关的，严格地说，只有当刷新频率为"无闪烁刷新频率"时显示器达到的分辨率才算是最高可使用分辨率。

（6）带宽

带宽是衡量显示器综合性能的最重要的指标之一，以兆赫兹（MHz）为单位，值越高越好。带宽是造成显示器性能差异的一个比较重要的因素，带宽越大，在高分辨率下就越稳定。带宽决定着一台显示器可以处理的信息范围，就是指特定电子装置能处理的频率范围。工作频率范围早在电路设计时就已经被限定下来了，由于高频会产生辐射，因此高频处理电路的设计更为困难，成本也高得多。但增强高频处理能力可以使图像更清晰。所以，宽带越大能处理的频率就越高，图像也更好。每种分辨率都对应着一个最小可接受的带宽。一般情况下，可接受带宽的一般公式为：

$$可接受带宽＝水平像素×垂直像素×刷新频率×额外开销$$

（7）亮度和对比度

亮度指屏幕显示白色图形时白块的最大亮度。对比度是指显示画面或字符与屏幕背景底色的亮度之比。对比度越大，则显示的字符或画面越清晰，一般要求显示器在正常显示时其底色可以调到基本看不见。

（8）尺寸和屏幕可视区域

平常所说的 17in，15in 实际上指显像管的尺寸。而实际可视区域（就是屏幕）远远达不到这个尺寸。14in 的显示器可视范围往往只有 12in；15in 显示器的可视范围在 13.8in 左右；17in 显示器的可视范围大多在 15～16in 之间。购买显示器时挑可视范围大的自然合算。

（9）辐射和环保

由于显示器在工作时产生的辐射对人体有不良影响，有时甚至会导致一些可怕的疾病。因此各厂商都在不断想办法降低辐射，从而也产生了几个低辐射的标准。由早期的 EM 工到现在的 MPRII 以及 TCO，一个比一个严格。如今市场上的低辐射显示器多指通过 MPRI 工标准的显示器，而通过 TCO 标准的还寥寥无几。一台符合能源之星标准的显示器往往具有以下功能：在待机状态下，功率不超过 30W，在屏幕长时间没有新的显示时，显示器会自动断电等。

（10）调节方式

从早期的模拟式到现在的数码式调节，调节方式越来越方便，功能也越来越强大。数码式调节与模拟式调节相比,对图像的控制更加精确,操作更加简便,界面也更加友好。另外可以存储多个应用程序的屏幕参数也采用了十分体贴用户的设计。因此它已经取代了模拟式调节而成为调节方式的主流。数码式调节按调节界面分类主要有三种:普通数码式、屏幕菜单式和飞梭单键式。

(11) 眩光防护

一些显示器采用蚀刻屏幕的方法来使光折射,这样看上去不像非折射光那样集中,从而减弱了眩光。

(12) 抗静电覆膜

当电子打到屏幕上后,显示屏表面常聚集起电荷。这些电荷会将灰尘吸附到屏幕表面,屏幕经常会被一层尘土覆盖,而采用了抗静电覆膜的显示器减少了屏幕表面的电荷,显示屏保持洁净。

2. LCD 显示器的技术指标

LCD 的液晶屏包含了两片玻璃材料,中间夹着一层液晶。通过控制液晶的分子扭向产生不同的阻隔光线的透明度,从而能够显示不同灰阶的亮度。LCD 可分为扭曲向列型(TN-LCD)、超扭曲向列型(STN-LCD)和薄膜晶体管(TFT-LCD)等几种。其中,TFT-LCD已成为 LCD 发展的主要方向,它使 LCD 进入高画质真彩图像显示的新阶段。液晶显示是一种数字显示技术,可以通过液晶和彩色过滤器过滤光源,在平面面板上产生图像与传统的阴极射线管(CRT)相比,LCD 占用空间小、功耗低、辐射小、无闪烁、降低了视觉疲劳。

(1) 点距与扫描频率

LCD 的像素间距(Pixelpitch),其意义类似于 CRT 的点距(Dotpitch)。不过前者对于产品性能的重要性却没有后者那样高。CRT 的点距会因为遮罩或光栅的设计、视频卡的种类、垂直或水平扫描频率的不同而有所改变。LCD 的像素数量则是固定的因此,只要在尺寸与分辨率都相同的情况下,所有产品的像素间距都应该是相同的。例如,分辨率为1024×768的15in LCD,其像素间距皆为 0.30mm。画面扫描频率对于 LCD 的重要性也低于 CRT。由于像素的亮灭状态只有在画面内容改变时才会有所变化,所以即使扫描频率很低,画面也根本没有所谓的闪烁问题。

(2) 分辨率

LCD 所支持的显示模式没有 CRT 多。LCD 只支持所谓的真实分辨率,可比喻为一般CRT 显示器的最高分辨率。其主要的不同点是,LCD 只有在真实分辨率下,才能显现最佳影像。LCD 呈现分辨率较低的显示模式时,有两种方式显现。第一种为居中显示。例如,想在 XGA 1024×768 的屏幕显示 SVGA 800×600 的分辨率时,只有 1024 居中的 800 个像素,768 居中的 600 条网线,可以被呈现出来其他没有被呈现出来的像素与网线,就只好维持黑暗。整个画面看起来好像是影像居中缩小,外围还有阴影环绕另一种为扩展显示。此种显示方法的好处是,不论您使用的分辨率是多少,所显示的影像一定会运用到屏幕上的每一个像素,而不至于产生阴影边缘环绕然而,由于影像是被扩展至屏幕上的每一个像素,因此影像难免会受扭曲,清晰准确度也会受到影响。

(3) 视角大小

可视角度是评估 LCD 的主要项目之一。虽然用户能够从各种角度观赏 CRT 显示器所呈现的影像,但是 LCD 去口必须从正前方观赏才能够获得最佳的视觉效果如果从其他角度看,则画面的亮度会变暗(亮度减退)、颜色改变、甚至某些产品会由正像变为负像。有源矩阵式 TFT-LCD 的这种现象就比较轻微。某些较新型的桌上型产品,尤其是 17in 以上的机种,采用 in-plane 交换技术来扩大画面的观赏角度如此一来,效果最好的桌上型液晶显示器,其观赏角度已经能够逼近 CRT 显示器,约为左右两侧各 800,也就是水平观赏角度为 1600,几乎能够从任何角度看到画面的内容。

(4) 亮度与对比度

台式 LCD 显示器画面亮度高于笔记本计算机。这是因为笔记本计算机一般只用一根灯管作为光源(可节省电力),而台式产品所使用的灯管较多。LCD 的画面亮度以平方米烛光 cd/m² (其中 cd 为发光强度单位坎德拉)或 nits 为测量单位。目前大多数台式显示器的亮度介于 150～200nits 之间,也有少数机种高达 250nits。相比之下,笔记本计算机的画面亮度介于 100～130nits 之间,而 CRT 的最大亮度只有 100nits 而已。亮度与对比度要搭配得恰到好处,才能够呈现美观的画质。大多数液晶屏的对比度介于 100∶1～300∶1,不过某些机种的对比可高达 600∶1 和亮度规格一样,现今尚无一套有效又公正的标准来衡量对比度,最好的辨识方式还是用眼睛。

(5) 反应速度

反应速度是指个别像素由亮转暗并由暗转亮所需的时间。测量反应速度或回复时间的单位是毫秒(ms),大多数 LCD 的反应速度为 50～100ms 之间,不过也有少数机种可以做到 30ms。数值越小,代表反应速度越快。使用 in-plane 交换技术以便扩大观赏角度的大尺寸显示器,其反应速度通常较慢。

如果执行一般的商业应用软件(如文书处理),则不必太在意显示器的反应速度,因为大多数显示器都能够胜任。不过如果想要用于观赏全动态视频,则显示器的反应速度就会变得非常重要(越接近 30ms 越好)。因为反应速度不够快,则画面便可能会出现尾迹或鬼影即使是最高级的 LCD,也无法在全动视频领域与 CRT 相提并论。因为 CRT 的反应速度只有 lms 而已,所以视频播放的效果必然会显得较为顺畅。

(6) 色阶数

谈到色阶,LCD 也比不上 CRT。LCD 只能够呈现 260 000 种颜色,某些产品宣称能够呈现 1600 万种颜色尽管如此,这种产品通常都是用抖动(Dithering)算法来呈现这么多种的颜色,所以在色阶的平滑程度方面仍然不及 CRT。LCD 呈现灰阶的能力也不及 CRT(理由与上述抖动算法相同)。

6.1.3 显示器的新技术

1. 其他新型显示器简介

在液晶显示器不断发展的同时,其他平面显示器也在发展之中,等离子显示器(PDP)、场致显示器(FED)等都在其列。

(1) 等离子显示器

等离子显示器(PDP)又称电浆显示器,基于利用稀有气体(惰性气体)放电产生的真空紫外线激励荧光粉发光的显示技术,是继 CRT、LCD 后的最新一代显示器,其特点是厚度极小,解析度佳,可以当家中的壁挂电视使用,占用极少的空间,代表了未来显示器的发展趋势。作为平板显示器,PDP 比 LCD 的视野角更宽一些。PDP 厚度为 75mm,仅为 CRT 厚度的 1/10,重量为 18kg,约为 CRT 的 1/8 左右。另外,PDP 不受磁场影响,而且不像 CRT 辐射那样强,堪称为一种较为理想的显示器。

(2) 场致发射显示器

场致发射显示器(FED)的原理是,使用电场自发射阴极(Cathode emitter)材料的尖端放出电子,而非使用热能,使得场发射电子束的能量分布范围较传统热电子束窄而且具有较高亮度,用场致发射技术作为电子来源以取代传统 CRT 显像管中的热电子枪,因而可以用于平面显示器并带来了很多优秀特色。

(3) 投影仪

随着 0.9in 液晶板投入使用、光路设计的改进和液晶板成品率提高等一系列技术的日趋成熟使得投影仪的性价比大大提高,投影仪将会被越来越多的行业、越来越多的人所认同和接收。由于体积小、亮度高、即插即用、不需施工与校正的特色,它更理所当然地成为时下流行的"家庭影院"的设备首选。投影仪技术在不断进步,现有的许多产品性能已能让人非常满意,在许多场合和需求方面,它已足以代替传统的显示设备。当然,比起 CRT 显示器来说,投影仪仍有一些缺点,例如分辨率和对比度、亮度还远未到完美的地步,但这一切都无法阻挡投影仪的迅速发展,将来,投影仪会成为背投电视、等离子显示器的重要竞争对手。

投影仪按显示技术可分为 CRT 投影仪、LCD 投影仪和 DLP 投影仪,其中 LCD 投影仪又可分为液晶板投影仪和液晶光阀投影仪。

投影仪主要有两项参数:亮度和分辨率。按照现有国际标准认为,亮度在 500lm(其中 lm 光通量单位——流明)以上的投影仪才可以在白天正常光线下使用而不影响效果,而 600lm 流明的亮度在一般明亮的会议室中就已经足够了。分辨率方面,投影仪的分辨率呈逐步上升趋势,XGA 替代 SVGA 将成为主流。分辨率的提高不仅意味着能获取更精细的画面,还可以显示更多的数据如果没有特殊用途,投影仪的分辨率至少也要达到 SVGA(800×600)才行。

2. 显示器新技术

(1) USB 接口技术

在显示器使用方便性的变革方面,最显著的革新在于 USB 接口技术的采用。USB 接口技术,虽然不是专为显示器开发出来的接口标准,但依然给包括显示器在内的计算机外部设备带来了极大的方便。

大多数显示器厂商都看到了 USB 接口技术应用在显示器方面的好处,并在新型号的显示器产品上内置了 USB 接口或预留了升级到 USB 接口的余地。有些厂商还随显示器提供了 USB Hub,包括上行、下行或二者皆有的 USB 接口通道。上行通道可接到机箱内的主板 USB 接口或另外的 USB Hub,下行通道可连接其他 USB 外部设备。不少有眼光的厂商迅速生产出了专门的 USB Hub 产品,以扩充 USB 接口的数量。随着操作系统以及应用软件对 USB 更完善的支持,USB 接口技术将会得到更大的发展,给计算机使用者带来方便。

(2) 健康、环保意识

随着对视力和健康投入更多的关注,人们对显示器的辐射、节电、环保等各方面的要求也越来越苛刻,在客观上也带动了各种认证标准的发展,各种计算机和显示器的认证标准诞生、升级,越来越严格,也越来越挑剔。最初的低辐射标准有著名的 MPRII 和 TC092,其中的 MPRII 已经过时,而由瑞典专家联盟(TCO)提出的 TO 系列标准,却在不断扩充和改进,并逐渐演变成了现在通用的世界性标准,引起了显示器生产厂商的广泛重视。

现在的显示器基本上都能满足辐射、节电、环保等各方面的世界标准,通过 TCO' 95 标准的显示器目前在市场上几乎成为最低的标准线而部分显示器大厂商如飞利浦、SONY、LG、美格、优派等多家公司的很多新机型也都纷纷满足了 TCO'99 极其严格的要求。在这些严格认证标准的控制下,显示器对人体健康的影响会越来越小,使人们的健康更有保障。

6.2 打 印 机

打印机(Printer)是计算机的输出设备,用于把文字或图形在纸上输出,供用户阅读和保存。

6.2.1 打印机的种类

打印机按工作机构可粗分为两类:击打式打印机和非击打式印字机。其中微型计算机系统常用的点阵打印机属于击打式打印机。非击打式的喷墨打印机(如图 6-2 所示)和激光打印机(如图 6-3 所示),目前应用越来越广。

图 6-2 喷墨打印机

图 6-3 激光打印机

打印机分击打式和非击打式两大类,击打式打印机有活字式、点阵式(针式),非击打式(印字机)有激光打印机、喷墨打印机、静电打印机、热升华打印机等。

6.2.2 激光打印机的工作原理

随着黑白和彩色激光打印机在商务办公和个人桌面办公领域应用的普及,越来越多的用户开始将激光打印机作为自己办公输出的首选打印机。无论是黑白激光打印机还是彩色激光打印机,其基本工作原理是相同的,它们都采用了类似复印机的静电照相技术,将打印内容转变为感光鼓上的以像素点为单位的点阵位图图像,再转印到打印纸上形成打印内容。与复印机唯一不同的是光源,复印机采用的是普通白色光源,而激光打印机则采用的是激光束。以下将以最简单的黑白激光打印机为例,详细介绍激光打印机的工作原理。

从功能结构上,激光打印机分为打印引擎和打印控制器两大部分。激光打印机的打印引擎由 Canon、Minolta、Xerox、Brother、Samsung、Hitachi 等少数几个引擎生产厂商提供。而打印机厂商则是向引擎厂商购买或者定制打印引擎,根据引擎设计控制器和打印驱动,从而完成整个打印机的设计和生产。这就是形成目前激光打印机领域的打印引擎和打印整机 2 级市场的原因。

在激光打印机中,打印控制器的作用是与计算机通过接口或网络进行通信,接收计算机发送的控制和打印信息,同时向计算机传送打印机的状态。打印引擎在打印控制器的控制下将接收到的打印内容转印到打印纸上。因此打印控制器和打印引擎的性能和质量影响了整个打印机的性能和质量,这也是目前市场上采用相同引擎的激光打印机产品出现性能差异的重要原因。

所有的打印控制器都是一台功能完整的计算机,它基本都包括了通信接口、处理器、内存和控制接口4个基本功能模块,一些高端机型还配置了硬盘等大容量存储器。通信接口负责与计算机进行数据通信;内存用以存储接收到的打印信息和解释生成的位图图像信息;控制接口负责引擎中的激光扫描器、电动机等部件的控制和打印机面板的输入输出信息控制;而处理器是控制器的核心,所有的数据通信、图像解释和引擎控制工作都由处理器完成。

由于各打印机采用的控制方式和控制语言不同,对打印控制器的配置和性能要求也不同,如采用 PCL 和 PostScript 语言的打印机,由于计算机和打印机之间采用了标准的页面描述语言进行打印信息的传送,在打印机中要将接收到的来自计算机的使用标准语言描述的打印信息解释成打印引擎可以接收的光栅位图图像信息,打印控制器的性能和内存大小直接会对整个打印机的性能产生影响,因此这样的打印机对打印控制器中的处理器的速度和内存大小要求非常高。

而 GDI 打印机与采用页面描述语言的打印机有所不同,其在打印过程中,在计算机中完成打印内容到光栅位图图像信息的解释并直接传送到打印机中,因此打印机中的打印控制器主要是存储接收到的光栅位图图像,并控制打印引擎完成打印。由于不需要承担复杂的图像解释工作,GDI 打印机对打印控制器的性能要求相对比较低。

打印引擎的结构,它包括了激光扫描器、反射棱镜、感光鼓、碳粉盒、热转印单元和走纸机构等几大部分组成。

在工作过程中,打印控制器中光栅位图图像数据转换为激光扫描器的激光束信息,通过反射棱镜对感光鼓充电,感光鼓表面就形成了以正电荷表示的与打印图像完全相同的图像信息,然后吸附碳粉盒中的碳粉颗粒,形成了感光鼓表面的碳粉图像。而打印纸在与感光鼓接触前被一充电单元充满负电荷,当打印纸走过感光鼓时,由于正负电荷相互吸引,感光鼓的碳粉图像就转印到打印纸上。经过热转印单元加热使碳粉颗粒完全与纸张纤维吸附,形成了打印图像。

特点:打印效果好,打印速度快,价格相对较高。得到更加逼真的色彩,极高的纸张容量,当走纸比较困难时,该特性更显重要。方便的内置式双面打印通道设计,更换墨盒简单、方便。

6.2.3　喷墨打印机工作原理

一台喷墨打印机是利用墨水成像技术的打印机。简单地说,喷墨打印机就是通过控制指令来控制喷墨打印头上的喷嘴孔,让喷嘴孔喷出定量的墨水,进而打印在纸张上。所以决定喷墨打印机优劣的主要因素这一在于喷墨的控制方法,也就是将墨水均匀且精确地喷在纸上的能力。

由于各厂商开发出的喷墨打印头的不同,其喷墨的控制方法也有所不同,主要有热气泡式和压电式两种,热气泡式喷墨打印机以惠普、佳能、利盟为代表,此种类型的打印机喷嘴上会有许多的微加热元件,利用加热空气后产生膨胀的方式,让喷嘴中的墨水迅速达到沸点,墨水沸腾时所产生的气泡产生极大压力,将墨水的喷头挤压而出,落在需要打印的纸张上。此种打印机还是有高喷嘴密度以及成本低的优点,但相对机器,由于喷嘴时冷时热,容易造成喷墨打印头老化的现象。因此这种类型打印机的将喷嘴内建在墨水盒中,更换墨水盒的同时,也更换掉墨嘴。

6.2.4 打印机的选购

现在市场上的打印机品种繁多,而且各有特色,很容易看花眼,那到底怎样挑选一台合适的打印机呢?

首先要分清自己的打印要求,只有准确定位,明白自己需要什么功能档次的打印机,才不会没有目的地乱挑打印机。购买打印机的用户对打印大体分为下面几种要求。

普通要求:多数的家庭用户和企业都是这种要求,能够打印普通质量的文件或照片就可以了。这种一般性能的普及型打印机也是市场上最多见的,通常价格便宜,样式美观,比如一些针式、喷墨打印机,可以挑选的余地比较大。

专业要求:少数的专业公司因为要打印非常专业的图片或文档,一般的打印机无法满足,所以挑选专业的打印机来满足专业的要求,这种专业级别的打印机打印质量非常高,比如彩色激光打印机,热升华打印机,高分辨率的喷墨打印机等,同时价格也非常高,往往在出版印刷、报刊杂志图片社等单位得到应用。

特殊要求:某些特殊型号的打印机几乎就是专门为某个特殊要求而开发的,比如说打印多层票据的打印机、超市打印购物明细的小型打印机,自动柜员机打印取款明细的小型打印机等等,这种打印机一般都在某些行业广泛应用,不具备通用性。

明白了自己的需要,挑选起来目的就明确了,买的时候除了考虑打印机的样式、价格以外,还要考虑下面这些方面。

1. 分辨率

打印机的分辨率用 dpi(dot per inch,每英寸范围内包含的点数)来表示。通常分辨率越高,那么打印出来的文档或图片也就越清晰。现在黑白激光打印机一般打印分辨率在 600dpi 以上,普通喷墨打印机打印分辨率通常在 1200dpi 以上,高的可以达到 5760dpi。普通家庭和企业的普遍使用,没有必要选择非常高分辨率的喷墨打印机。

2. 接口

打印机的接口一般有 LPT、USB 和 SCSI 等几种接口。

LPT 接口非常普及,通用性高,但是因为接口速度慢,并且不支持热插拔,所以现在尽量不要买这种接口的打印机。

SCSI 接口的打印机因为多了一块 SCSI 卡,所以成本高了一些,尽管速度还可以,但是安装麻烦,通用性不高,也尽量不要买。

USB 接口因为速度快,通用性好,并且支持热插拔,即插即用,安装简单方便等优点,推荐大家购买 USB 接口的打印机。

3. 耗材

买打印机,在其他条件大体差不多的情况下,耗材是购买打印机的一个决定性的方面。

因为在后期的使用过程中,如果耗材价格高,那么买耗材的成本远远高于购买一个打印机的成本,这样就造成打印成本的增加。所以在购买打印机的时候一定要考虑耗材的问题。

通常针式打印机的耗材是最便宜的,只要购买非常便宜的色带和打印纸张就可以了。若不介意噪声,只打印文本且对打印质量没有更高要求的用户,可以购买针式打印机。

黑白激光打印机的耗材是硒鼓,如图 6-4 所示。

虽然一个硒鼓价格比较高,但是打印的张数比较多,相对来说打印成本中等,对于需要大量打印文本的用户,推荐购买黑白激光打印机。

最贵的就是喷墨打印机的打印成本了,通常一台普通的喷墨打印机的价格和一个原装墨盒的价格相差无几,并且墨水的含量比较少,如图 6-5 是一个爱普生的黑墨盒。

图 6-4　打印机硒鼓

图 6-5　爱普生的黑墨盒

因为墨水少,很快就会打完,这就导致打印成本的高昂。要买喷墨打印机,推荐买可以方便地加墨水的打印机,比如惠普。

4. 功能

除了正常的打印功能外,某些打印机还有一些附加功能,也许非常有用。比如打印机可以支持数字照相机的存储卡,把存储卡插到打印机上,就可以直接打印出照片来,不用通过计算机打印。或者支持跟数字照相机的直接连接,通过一根数据线把数字照相机里面的照片直接打印出来。或者某些打印机是多功能一体机,不光有打印功能,还可以扫描文档,复印文档等功能,买的时候可以根据需要考虑。

如图 6-6 所示 PSC 2510 打印机是一台集无线网络打印和自带打印服务器的多功能一体机。该打印机的打印分辨率达

图 6-6　多功能一体机

到 4800×1200,同时支持直接插入多种存储卡打印照片,打印机里面还采用了 CCD 作为感光组件,可以扫描文档,扫描分辨率达到 1200×1200。

6.2.5　打印机的维护

1. 打印机常见故障现象

(1) 接通电源后打印机无任何反应。

(2) 卡纸不进纸。

(3) 计算机不识别打印机。

(4) 打印的字迹发虚。

(5) 打印时出现提示"通信错误"等。

2. 打印机故障产生的原因

(1) 灰尘积聚在电路板上造成的故障假象。

（2）病毒造成的故障。

（3）驱动程序问题。

（4）打印电缆线松脱、损坏。

（5）接口电路故障。

（6）打印机内部机械故障。

（7）打印头故障等。

3. 打印机的维护方法

不论打印机是否需要修理，都要定期检查和清洗。下面以激光打印机为主介绍打印机的一般维护方法。

（1）针式打印机中打印头故障最多，一般都是需清洗打印头或更换打印针。

清洗打印头前，需先卸下打印头，将打印头针部位浸泡在酒精中。浸入深度 $1.5\sim 2cm$ 为宜，浸泡时间视使用程度而定，通常为 $4\sim 8$ 小时即可。清除杂物后，用棉球吸干酒精，不要直接安装打印，应先进行几次空打（以免断针）。空打几次后将打印头安装到打印机上。然后还应清洗打印头架导标，并加注润滑油以保证打印头的灵活运动。

（2）传送电晕

使用干净的、不掉毛的毛刷轻轻沾点儿酒精，在传送电晕轨上和周围清洗。轨上产生的高压吸引大量尘埃聚集在电晕上，可能造成传送到纸上的图像质量低劣。在清洗时应特别注意，不要搞坏电晕线，如果坏了，必须更换。要保证传送轨、传送电晕的周围无任何尘埃杂物。

（3）传输引导

使用干净的、不起毛的棉布沾干净的软化水，清洗传输引导区。传输引导区位于传送电晕组件之前。纸张通过引导区进入打印机，并从电子照相（EP）鼓上获得图像。清除该区中的碎纸、粉尘及残余墨粉。

（4）送纸导引

使用干净的、不起毛的棉布沾干净的软化水，擦去送纸导引区的灰尘及杂物。

（5）静电消除器齿

在传送电晕与送纸导引之间有一组金属齿，一旦在传送电晕得到带电荷的纸张，从 EP 鼓上得到墨粉图像，就必须被放电。如果不放电，纸张会保留静电而相互粘在一起，堵塞打印机的送纸通路。因此需用软刷子刷去灰尘及碎纸屑。

（6）主电晕

从打印机上取出装在 EP 组件中的主电晕，清除上面的杂物。清洗时要特别注意，别把线搞断了，如果线坏了，整个 EP 盒都得更换。

（7）分离爪和清洁垫

打开位于出纸区内的打印溶结器（通常在 EP 盒后面），会看到一些大的塑料爪在通向溶结辊组件的通道上，清洗每一个爪的导引边。不要触摸溶结辊组件。溶结辊不应残留任何墨粉，但长期使用会消耗辊子的润滑剂，使墨粉颗粒滞留在辊子上，残留的墨粉会粘在下次的打印纸上，使纸上出现斑点。安装在溶结辊对面的清洁垫，会清除掉可能粘在辊子上的任何残留墨粉，并帮助润滑溶结辊，使墨粉不会粘在溶结辊上。

第7章　多媒体和网络设备

计算机显示系统是由显示器、显卡和显示驱动程序组成。屏幕画面的形成过程大致为：主机通过系统 I/O 总线将图像数据发送给显卡；显卡将这些数据暂存于显示缓存中并加以处理，再转换成模拟视频信号，同时形成同步信号，经 VGA 插座输出到显示器；显示器对输入的视频和同步信号进行处理，最终形成屏幕画面。

7.1　显　卡

显卡是主机与显示器之间的接口电路，又称显示适配器，PC 显示系统性能的高低主要由选用的显卡性能决定。显卡的作用是，在 CPU 的控制下，将主机送来的显示数据转换为视频和同步信号送到显示器，再由显示器形成屏幕画面。目前，显卡大多自带图形处理芯片、高速大容量显示存储器等，有很强的图形图像处理能力，能实现三维图像加速、纹理过滤、存储各种图形元素并直接送到显示器等功能，有的显卡还支持双屏输出。显卡有独立显卡和板载显卡两种。独立显卡应用于高端配置，通过 AGP 插槽(或 PCI Express 插槽)安装在主板上。板载显卡应用于低端配置，在制造主板时将图形芯片整合到主板上，工作中需要占用主机内存。

7.1.1　显卡的组成

一块显卡由 GPU、显示内存、BIOS、VGA 插座、总线接口、数模转换器等关键部分和一些贴片电阻、电容、稳压 MOS 管、扼流线圈、视频输出以及实现某些特殊功能的处理芯片等辅助部分组成。一块典型的 AGP 显卡的结构如图 7-1 所示。

图 7-1　显卡结构

1. GPU

GPU(Graphic Processing Unit，图形处理芯片)是显卡的"心脏"，相当于计算机中 CPU 的作用。它决定了该显卡的档次和大部分性能，同时也是 2D 显卡和 3D 显卡的区别依据。2D 显示芯片在处理 3D 图像和特效时主要依赖 CPU 的处理能力，称为"软加速"。3D 显示芯片是将三维图像和特效处理功能集成在显示芯片内，称为"硬件加速"。显示芯片通常是显卡上最大的芯片(也是引脚最多的)。目前，显卡大多采用 nVIDIA 和 ATI 两家公司的图形处理芯片。nVIDIA 的主流型号有 GeForce FX 5700LE、GeForce FX 5700、ATI 的主流型号有 Radeon 9550、GeForce FX 59xx 和最近发布的标志性芯片 GeForce 6800。Radeon 9600、Radeon 9800 和最近发布的标志芯片 Radeon X800。它们分别用于低、中、高端显卡。主流 GPU 的核心频率，搭配显存的主要参数如表 7-1 所示。

表 7-1　GPU、显存的主要参数

型　号	GeForce FX 5700LE	Radeon 9550	GeForce FX 5700	Radeon 9600	GeForce FX 59XX	Radeon 9800
核心频率/MHz	250	250	425	325	475	412
显存位宽/位	128	128	128	128	128	128
显存频率/MHz	400	400	550	500	950	730
显存带宽/Gbps	6.4	6.4	8.8	8	30.4	23.4

2. 显示内存

显示内存简称显存,显存是显卡上的关键核心部件之一,它的优劣和容量大小会直接关系到显卡的最终性能表现。可以说显示芯片决定了显卡所能提供的功能和其基本性能,而显卡性能的发挥则很大程度上取决于显存。无论显示芯片的性能如何出众,最终其性能都要通过配套的显存来发挥。

显存,也被叫做帧缓存,它的作用是用来存储显卡芯片处理过或者即将提取的渲染数据。如同计算机的内存一样,显存是用来存储要处理的图形信息的部件。人们在显示屏上看到的画面是由一个个的像素点构成的,而每个像素点都以 4~32 甚至 64 位的数据来控制它的亮度和色彩,这些数据必须通过显存来保存,再交由显示芯片和 CPU 调配,最后把运算结果转化为图形输出到显示器上。

作为显示卡的重要组成部分,显存一直随着显示芯片的发展而逐步改变着。从早期的 EDORAM、MDRAM、SDRAM、SGRAM、VRAM、WRAM 等到今天广泛采用的 DDR SDRAM 显存经历了很多代的进步。

目前市场中所采用的显存类型主要有 SDRAM、DDR SDRAM 和 DDR SGRAM 三种。SDRAM 目前主要应用在低端显卡上,频率一般不超过 200MHz,在价格和性能上它比 DDR 都没有什么优势,因此逐渐被 DDR 取代。DDR SDRAM 是市场中的主流,一方面是工艺的成熟,批量的生产导致成本下跌,使得它的价格便宜;另一方面它能提供较高的工作频率,带来优异的数据处理性能。至于 DDR SGRAM,它是显卡厂商特别针对绘图者需求,为了加强图形的存取处理以及绘图控制效率,从同步动态随机存取内存(SDRAM)所改良而得的产品。SGRAM 允许以方块(Blocks)为单位个别修改或者存取内存中的资料,它能够与中央处理器(CPU)同步工作,可以减少内存读取次数,增加绘图控制器的效率,尽管它稳定性不错,而且性能表现也很好,但是它的超频性能很差劲。

(1) FPM 显存

FPM DRAM(Fast Page Mode RAM)。快速页面模式内存。是一种在 486 时期被普遍应用的内存(也曾应用为显存)。72 线、5V 电压、带宽 32 位、基本速度 60ns 以上。它的读取周期是从 DRAM 阵列中某一行的触发开始,然后移至内存地址所指位置,即包含所需要的数据。第一条信息必须被证实有效后存至系统,才能为下一个周期做好准备。这样就引入了"等待状态",因为 CPU 必须等待内存完成一个周期。FPM 之所以被广泛应用,一个重要原因就是它是种标准而且安全的产品,而且很便宜。但其性能上的缺陷导致其不久就被 EDO DRAM 所取代,此种显存的显卡已不存在了。

(2) EDO 显存

EDO(Extended Data Out)DRAM,与 FPM 相比 EDO DRAM 的速度要快 5%,这是因

为 EDO 内设置了一个逻辑电路,借此 EDO 可以在上一个内存数据读取结束前将下一个数据读入内存。设计为系统内存的 EDODRAM 原本是非常昂贵的,只是因为 PC 市场急需一种替代 FPM DRAM 的产品,所以被广泛应用在第五代 PC 上。EDO 显存可以工作在 75MHz 或更高,但是其标准工作频率为 66MHz,不过其速度还是无法满足显示芯片的需要,也早成为"古董级"产品上才有的显存。

(3) SDRAM 显存

SDRAM,即 Synchronous DRAM(同步动态随机存储器),曾经是 PC 计算机上最为广泛应用的一种内存类型,即便在今天 SDRAM 仍旧还在市场占有一席之地。既然是"同步动态随机存储器",那就代表着它的工作速度是与系统总线速度同步的。SDRAM 内存又分为 PC 66、PC 100、PC 133 等不同规格,而规格后面的数字就代表着该内存最大所能正常工作系统总线速度,比如 PC 100,那就说明此内存可以在系统总线为 100MHz 的计算机中同步工作。

与系统总线速度同步,也就是与系统时钟同步,这样就避免了不必要的等待周期,减少数据存储时间。同步还使存储控制器知道在哪一个时钟脉冲期由数据请求使用,因此数据可在脉冲上升期便开始传输。SDRAM 采用 3.3V 工作电压,168 针的 DIMM 接口,带宽为 64 位。SDRAM 不仅应用在内存上,在显存上也较为常见。

SDRAM 可以与 CPU 同步工作,无等待周期,减少数据传输延迟。优点:价格低廉,曾在中低端显卡上得到了广泛的应用。SDRAM 在 DDR SDRAM 成为主流之后,就风光不再,目前则只能在最低端的产品或旧货市场才能看到此类显存的产品了。

(4) SGRAM 显存

SGRAM 是 Synchronous Graphics DRAM 的缩写,意思是同步图形 RAM 是种专为显卡设计的显存,是一种图形读写能力较强的显存,由 SDRAM 改良而成。它改进了过去低效能显存传输率较低的缺点,为显示卡性能的提高创造了条件。SGRAM 读写数据时不是一一读取,而是以"块"(Block)为单位,从而减少了内存整体读写的次数,提高了图形控制器的效率。但其设计制造成本较高,更多的是应用于当时较为高端的显卡。目前此类显存也已基本不被厂商采用,被 DDR 显存所取代。

(5) DDR 显存

DDR 显存分为两种,一种是大家习惯上的 DDR 内存,严格地说 DDR 应该叫 DDR SDRAM。另外一种则是 DDR SGRAM,此类显存应用较少、不多见。

① DDR SDRAM。人们习惯称 DDR SDRAM 为 DDR。DDR SDRAM 是 Double Data Rate SDRAM 的缩写,是双倍速率同步动态随机存储器的意思。DDR SDRAM 是在 SDRAM 基础上发展而来的,仍然沿用 SDRAM 生产体系,因此对于内存厂商而言,只需对制造普通 SDRAM 的设备稍加改进,即可实现 DDR 内存的生产,可有效的降低成本。

SDRAM 在一个时钟周期内只传输一次数据,它是在时钟的上升期进行数据传输;而 DDR 内存则是一个时钟周期内传输两次数据,它能够在时钟的上升期和下降期各传输一次数据,因此称为双倍速率同步动态随机存储器。DDR 内存可以在与 SDRAM 相同的总线频率下达到更高的数据传输率。

与 SDRAM 相比:DDR 运用了更先进的同步电路,使指定地址、数据的输送和输出主要步骤既独立执行,又保持与 CPU 完全同步;DDR 使用了 DLL(Delay Locked Loop,延时锁定回路提供一个数据滤波信号)技术,当数据有效时,存储控制器可使用这个数据滤波信号来精确定位数据,每16次输出一次,并重新同步来自不同存储器模块的数据。DDL本质上不需要提高时钟频率就能加倍提高SDRAM的速度,它允许在时钟脉冲的上升沿和下降沿读出数据,因而其速度是标准SDRA的两倍。DDR SDRAM是目前应用最为广泛的显存类型,90%以上的显卡都采用此类显存。

② DDR SGRAM。DDR SGRAM是从SGRAM发展而来,同样也是在一个时钟周期内传输两次数据,它能够在时钟的上升期和下降期各传输一次数据。可以在不增加频率的情况下把数据传输率提高一倍。DDR SGRAM在性能上要强于DDR SDRAM,但其仍旧在成本上要高于DDR SDRAM,只在较少的产品上得到应用。而且其超频能力较弱,因其结构问题超频容易损坏。

显存的性能指标主要有数据位宽和显存带宽。数据位宽指在一个时钟周期内能传送的Bit数,它是决定显存带宽的重要因素,与显卡性能息息相关。当显存种类相同并且工作频率一致时,数据位宽度越大,它的性能就越高。显存带宽的计算方法与内存带宽计算方法一样,但显存的工作频率高,计算出的带宽要比内存的带宽宽。在显卡工作过程中,Z缓冲器、帧缓冲器和纹理缓冲器会大幅占用显存带宽。在3D处理时,显存容量的重要性并不突出,相同显存带宽的显卡采用64MB和32MB显存容量在性能上区别不大,因为这时在显存带宽上。当碰到大量像素渲染工作时,显存带宽不足会造成数据传输堵塞,导致显示芯片等待而影响速度。在相同的工作频率下,64位显存的带宽只有128位显存的一半,此时,尽管显卡的显存容量相同,性能也会相差很大。

3. VGA BIOS

VGA BIOS,主要用于存放显示芯片与驱动程序之间的控制程序,另外还存有显卡的型号、规格、生产厂家及出厂时间等信息。打开计算机时,通过显示BIOS内的一段控制程序,将这些信息反馈到屏幕上。早期显示BIOS是固化在ROM中的,不可以修改,而现在的多数显卡则采用了大容量的Flash-BIOS,可以通过专用的程序进行改写或升级。

4. 数模转换器

数模转换的作用是将显存中的数字信号转换为显示器能够显示出来的模拟信号。数模转换器的转换速率以兆赫兹(MHz)表示,它决定了刷新频率的高低(与显示器的"带宽"意义近似)。其工作速度越高,频带越宽,高分辨率时的画面质量越好。该数值决定了在足够的显存下,显卡最高支持的分辨率和刷新率。如果要在1024×768的分辨率下达到85Hz的分辨率,数模转换器的速率至少是$1024 \times 768 \times 85 \times 1.344$(折算系数)/$106Hz\approx 90$MHz。

5. AGP接口

AGP接口是一种专用的显示接口,具有独占总线的特点,只有图像数据才能通过AGP端口。AGP是在1997年的秋季,Intel为应付PC处理3D图形中潜在的数据流瓶颈而提出的解决方案。当时三维图形技术发展正方兴未艾,快速更新换代的图形处理器开始越来越多地需要多边形和纹理数据来填充它,然而问题是数据的流量最终受制于PCI总线的上限。AGP总线的出现一下子解决了所有问题,它提供一个独占通道与系统芯片组打交道,完全脱离了PCI总线的束缚。AGP接口和PCI接口很容易区分,前者的引线(俗称"金手指")上下宽度错开,后者的引线上下一般齐。

6. VGA 插座

主机所处理的信息最终都要输出到显示器上,显卡的 VGA 插座就是主机与显示器之间的桥梁,它负责向显示器输出相应的图像信号和同步信号,常用的 15 针 D 型插座,如图 7-2 所示。插座各针脚的输出信号为:针 1 是红色模拟视频信号 R,针 2 是绿色模拟视频信号 G,针 3 是蓝色模拟视频信号 B,针 6 是红色模拟视频信号的地线,针 7 是绿色模拟视频信号的地线,针 8 是蓝色模拟视频信号的地线,针 10 是同步信号的地线,针

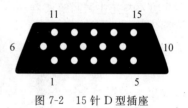

图 7-2　15 针 D 型插座

11 是系统地线,针 13 是行同步信号,针 14 是场同步信号,其他针脚未用。随着液晶显示器(LCD)使用增多,显卡上增加了用于连接 LCD 的输出接口(如图 7-1 中的灰色长插座);用于连接电视机的 S 端子输出接口(如图 7-1 中的黑圆孔插座)。有的显卡还加上了用于接电视机的视频输出(TV 输出)接口插座。

7.1.2　显卡的重要性能指标

1. 刷新频率

显卡的刷新频率指数模转换器(RAMDAC)向显示器传送信号,使其每秒刷新屏幕的次数。影响刷新频率的因素有两个:显卡每秒可产生的像素数目和显示器每秒能接收并显示的像素数目。刷新频率可分为 56～120Hz 等许多档次,目前规定的无闪烁刷新频率为 85Hz。

2. 分辨率

显卡的分辨率指显卡在显示器上所能描绘的像素数目,数×垂直行点数,如 1024×768。常用的典型分辨率有 640×480、800×600、1024×768、1280×1024、1600×1200 等。

3. 色彩深度

显卡的色彩深度指显卡在一定分辨率下可以同屏显示的最大颜色数,可以直接用颜色表示(如 16 色、256 色等),也可用代表颜色数的二进制位数来表示(如 4 位色、8 位色等)。目前,色彩深度通常设定为 16 位色或 24 位色。当色彩深度设为 24 位色时,称之为真彩色,此时可显示 16M 种颜色。色彩深度的位数越多,同屏显示的颜色数就越多,图像质量越好,但需要显存容量也越大。

7.1.3　主流显卡简介

目前,显卡的品牌繁多,使用时主要考虑 GPU 和显存颗粒。独立显卡的 GPU 可选择 nVIDIA 和 ATI,显存颗粒可选择钰创、现代、三星,产品有铭瑄、耕升等。整合显卡可选择 SiS、Intel 等图形处理芯片,产品有华硕、微星等整合主板。

7.2　电话调制解调器

调制解调器的作用是将计算机中的数字信号转成电话线上的模拟信号(这个过程称为调制),载入到电话线路中的连续的载波频率上。也可以将电话线上的模拟信号转换成计算机中的数字信号(这个过程称为解调)。

调制解调器除了数据传输和接收功能之外,还具有传真和语音功能。

1. 调制解调器的种类

(1) 内置式调制解调器和外置式调制解调器(图 7-3)。

图 7-3　内置式调制解调器和外置式调制解调器

① 内置式调制解调器。

② 外置式调制解调器。

(2) PCMCIA 卡式 Modem。

(3) USB 接口的 Modem。

(4) 机架式调制解调器。

除此之外,Modem 根据硬件构架、芯片的功能分类可分为软 Modem 和硬 Modem 两种,通常也把这两种 Modem 称为软"猫"和硬"猫"。其中软"猫"的出发点是利用系统处理器强劲的运算能力,替代 Modem 中 DSP,如果 Modem 具有数据泵和控制器芯片,那么它就属于硬"猫",这种性能最好。

2. Modem 的选购

(1) 高速的联机速率

当前市场以 56Kbps 的产品为主。

(2) 选择主流芯片

Rockwell、TI 和 ESS 芯片。

(3) 对 V.90 协议和其他协议的支持

V.90 协议的支持是衡量 56K Modem 产品的重要标准。

3. 结合实际情况决定调制解调器的类型

外置 Modem 有着连接简单,安装方便,不占用任何中断的优点,内置卡式不占空间且价格便宜,但安装设置要复杂一些。

4. 良好的升级性驱动程序的升级和 Fireware(固件)的升级

5. 其他

工艺制差和元件、良好的售后服务、合理的保换保修期等,总之应考虑到以下因素:

(1) 结合实际情况决定调制解调器的类型,是选购外置式还是内置式。

(2) 在选择产品时,一般较理想的品牌有联想、实达、创新、3COM 等。

(3) 了解解调 ISP 所能支持的协议,56K 连接协议有 V.90 及 K56 两种,挑选时要注意。

(4) 在看清楚是 HSF 还是 HCF 之后,才能购买。

(5) 是否有入网许可证,调制解调器一律都要有国家信息产业部的入网许可证。

7.3 ADSL Modem

1. ADSL 概述

（1）ADSL 的发展状况

ADSL 的全称是 Asymmetric Digital Subscriber Line，即"非对称数字用户线路"。它以现有普通电话线为传输介质，能够在普通电话线，即铜双绞线上提供高达 8Mbit/s 的高速下行速率，而且上行速率有 1Mbit/s，传输距离则达到 3~5km。语音与调制信号分离，不影响通话。

（2）ADSL 原理与标准

ADSL 利用其特有的调制解调硬件在铜质电话线上创建了三个信道，该管道具有一个高速下传信道（到用户端），一个中速双工信道和一个 POTS 信道（4kHz），POTS 信道用以保证即使 ADSL 连接失败了，标准语音通信仍能正常运转。高速和中速信道均可以复用以创建多个低速通道。

（3）ADSL 的调制解调技术

目前被广泛应用的 ADSL 调制解调技术标准有两种：抑制载波幅度和相位技术（carrier-less amplitude and phase，CAP）和离散多音复用技术（discrete multimode，DMT），除此之外还有一项被宣传为"不分离（splitterless）"技术标准——G. lite。

（4）ADSL 的接入方式

① 专线入网方式：用户拥有固定的静态 IP 地址，24 小时在线。

② 虚拟拨号入网方式：并非是真正的电话拨号，而是用户输入账号、密码，通过身份验证，获得一个动态的 IP 地址，可以掌握上网的主动性。

（5）ADSL 的安装

ADSL 安装包括局端线路调整和用户端设备安装。在局端方面，由服务商将用户原有的电话线中串接入 ADSL 局端设备，只需两三分钟；一般用户只需安装用户端 ADSL Modem。

2. ADSL Modem 的选购

（1）ADSL Modem 的类型

① 外置的 ADSL Modem 安装设置使用较为方便，但价格稍贵，需多加一张网卡。

② 内置 PCI 接口的 ADSL Modem 具备价格便宜，不占外部空间等特点。

③ USB 接口的优点是安装使用方便，支持热插拔，接口速度较快等特点。

（2）ADSL Modem 的选购

① 名牌的 Modem 做工肯定要好于假冒品或其他杂牌的 Modem。

② ADSL Modem 的产品包装也是判别一款产品真伪的重要手段。

③ 在交款前讲清并在购货单上注明产品的型号规格包换包修事宜。

（3）ADSL Modem 的主流产品

① 3Com U. S. Robotics ADSL 调制解调器。

② 3Com Home Connect ADSL Modem PCI。

③ 力宜 PCI 2000 型 ADSL Modem。

④ 力宜 E 2000 型外置式 ADSL Modem。

⑤ 联想 ADSL Modem。

⑥ 阿尔卡特 SPEED TOUCHTM HOME ADSL Modem。

7.4 网　卡

1. 网卡概述

（1）网卡的概念

网卡又称网络适配器或网络接口卡（NIC），英文名 Network Interface Card。网卡是网上设备（如服务器、工作站）到网络传输介质（媒体）的通信枢纽，是完成网络数据传输的关键部件。

（2）网卡的基本功能

① 网卡实现工作站与局域网传输介质之间的物理连接和电信号匹配，接收和执行工作站与服务器送来的各种控制命令，完成物理层的功能。

② 网卡实现局域网数据链路层的一部分功能，包括网络存取控制，信息帧的发送与接收，差错校验，串并代码转换等。

③ 实现无盘工作站的复位及引导。

④ 网卡提供数据缓存能力。

⑤ 网卡还能实现某些接口功能。

（3）网卡的组成

① 主控制编码芯片。

② 调控元件。

③ BootROM 插槽。

④ 指示灯。

（4）网卡的工作原理

① 与宿主（计算机）通信。

② 数据缓存。

③ 数据帧的格式化。

④ 并行数据——串行数据转换。

⑤ 数据调制编码和解码。

⑥ 网线通信。

⑦ 信号握手。

⑧ 数据传送和接收。

（5）网卡的基本参数

① 网卡号。

② 中断号（IRQ）。

③ 基本输入输出地址（I/O）。

④ DMA 通道。

（6）网线简介

网线的种类有双绞线、同轴电缆和光缆 3 种。

① 双绞线。由许多对线组成的数据传输线,双绞线有 STP(Shielded Twisted Pair,屏蔽双绞线)和 UTP(Unshielded Twisted Paired,非屏蔽双绞线)两种,常用的是 UTP。

② 同轴电缆。它是由一层层的绝缘线包裹着中央铜导体的电缆线。它的特点是抗干扰能力好,传输数据稳定,价格也便宜,同样被广泛使用,如闭路电视线等。

③ 光缆。它是目前最先进的网线,电磁干扰能力强、保密性好、传输速度快等优势,所以光纤一般用在主干网中,其造价比较昂贵。

2. 网卡的分类

在这里只讨论以太网网卡。

（1）按网卡的应用领域分类

① 服务器专用网卡。服务器专用网卡是为了适应网络服务器的工作特点而专门设计的,它在网卡上采用了专用的控制芯片,大量的工作由这些芯片直接完成,从而减轻了服务器 CPU 的工作负荷。

② 普通工作站网卡。平时在市面上所买到的多为一些适合于普通计算机使用的网卡,这些网卡在 PC 机上是通用的,也称之为"兼容网卡"。

（2）按传输速率分类

按其传输速率（即其支持的带宽）网卡可分为 10Mbps 网卡、100Mbps 网卡、10/100Mbps 自适应网卡以及千兆网卡。

（3）按主板上的总线类型分类

按主板上的总线类型分类,网卡可划分为 ELSA、ISA、PCI、专门应用于笔记本计算机的 PCMCIA 网卡和 USB 5 种。

（4）按端口的类型和数量分类

按与传输介质相连接的端口类型分,有 RJ-45 端口（图 7-4,使用双绞线）网卡、AUI 端口（粗缆）网卡、BNC 端口（图 7-5,使用细缆）网卡和光纤端口网卡。

图 7-4 RJ-45 端口

图 7-5 BNC 端口

3. 无线网卡与 WLAN

（1）无线网卡

目前无线以太网的产品主要兼容 802.11b、802.11b＋和 802.11a 几种标准。802.11b

工作在 2.4GHz 频段上,提供 1MHz、2MHz、5.5MHz 和 11MHz 的自适应速率,用户的实际最高速率可达 5MHz。其无线传输距离可达 50～100m。

无线网卡主要分为 PCMCIA、PCI 和 USB 无线网卡三种类型。

(2) 无线网桥

无线网桥也称无线网关、无线接入点或无线 AP(Access Point),其作用类似于以太网中的集线器,无线 AP 基本上都拥有一个以太网接口,用于实现无线与有线的连接。

(3) 无线天线

当计算机与无线 AP 或其他计算机相距较远时,就必须借助于无线天线对所接收或发送的信号进行增益。

4. 网卡的选购

(1) 网卡的材质和制作工艺。

(2) 选择恰当的品牌。

(3) 根据网络类型选择网卡。

① 端口类型。

② 传输速率。

③ 支持全双工。

④ 总线接口。

⑤ 支持远程唤醒。

⑥ 支持远程引导。

(4) 鉴别网卡的质量。

① 优质网卡的电路板一般采用喷锡板,网卡板材为白色,而劣质网卡为黄色。

② 采用优质的主控制芯片。

③ 大部分采用 SMT 贴片式元件。

④ 镀钛金的金手指。

7.5 集 线 器

集线器(Hub)是对网络进行集中管理的重要设备。如同树的主干,它是各分支的汇集点。集线器是一个共享设备,实质上是一个中继器,中继器的主要功能是,对接收到的信号进行再生放大,以扩大网络中信号的传输距离。

1. 集线器概述

(1) 集线器的分类

① 按速度分类。目前市场上用于小型局域网的集线器可分为 10Mbps,100Mbps 和 10Mbps/100Mbps 自适应三个类型。

② 按配置形式分类。集线器可分为独立型集线器、模块化集线器以及可堆叠式集线器三大类。

③ 按管理方式分类。根据管理方式的不同,集线器可分为智能型和非智能型两类。

④ 按端口数目分类。端口数目的多少一般可分为 8 端口、16 端口和 24 端口等。

（2）集线器的特点

集线器的功能是随机选出局域网中某一端口的设备,并让它独占局域网的全部带宽,与集线器的上联设备(交换机、路由器或服务器等)进行通信。

① 集线器只是一个多端口的信号放大设备。

② 集线器只与它的上联设备(如上层集线器、交换机或服务器)进行通信。

2. 集线器工作原理

集线器实质上是一个多口的中继器,工作在 OSI 参考模型的最低层物理层。其工作原理可以简单归结为:接收某个端口上发送过来的数据;将收到的数据信号放大,还原经过网线中"旅行"后衰减了的信号;把这个信号发送到所有其他端口。集线器不检测信号类型和正确与否,如同一个扩音器。

7.6 交 换 机

1. 交换机概述

交换机实质上是一个具有流量控制能力的多端口网桥。它工作在 OSI 参考模型的链路层,其主要功能是解决共享介质网络的网段微化,即碰撞域的分割问题。它的工作方式与集线器大不一样,每个交换机都将端口上传来的数据信息先储存下来,然后再发往指定的目标端口。

2. 交换机分类及特点

局域网交换机根据使用的网络技术的不同可以分为以太网交换机、令牌环交换机、FDDI 交换机、ATM 交换机、快速以太网交换机等。

按应用领域的不同可分为台式交换机、工作组交换机、主干交换机、企业交换机、分段交换机、端口交换机和网络交换机。

（1）普通交换机(第 2 层交换机)

普通交换机工作在 OSI 七层模型的第 2 层(数据链路层),称为第 2 层交换机,可分为:

① 存储转发方式。

② 直通方式。

③ 无碎片直通方式。

（2）第 3 层交换机

第 3 层交换就是在第 2 层交换的基础上把路由功能集成在交换机中,吸收了路由器在网络中的可扩展性和灵活性等特点,所以将第 3 层交换机又称为路由交换机。

（3）多层交换和第 4 层交换机

随着网络技术的发展,又出现了多层交换和第 4 层交换。可以将多层交换视为在传统交换机(第 2 层交换机)的基础上附加(而非集成)了路由交换功能的设备。

3. 交换机与集线器的比较

（1）共享和交换的概念

共享和交换是网络中两个不同的概念,也代表了两种不同的工作机制。

共享式网络就相当于前面的无序状况,当数据的传输量和用户数量超出一定的限量时,就会造成信息冲突和网络阻塞,使网络性能衰退。

交换技术的作用便是根据传递信息包的目标地址，将每一信息包独立地从源端口送至目标端口，避免了与其他端口发生碰撞。

（2）集线器和交换机的区别

利用共享式连接设备所建立的局域网称为共享式局域网，利用交换式连接设备建立的局域网称为交换式局域网。

共享式局域网中的常用设备主要有共享式集线器（Hub），交换式局域网中常用的设备主要有交换机（或称为交换式 Hub-Switch Hub）。

一般把通过集线器连接的以太网称为共享以太网。所有的网络用户共享相同的网络资源，往往会导致网络速度下降、碰撞率上升，出现网络瓶颈。

① 采用交换机组建的交换式网络则不同，每一个用户都可以独享到交换机端口的带宽。目前绝大多数的交换机都支持全双工模式，允许用户同时进行数据的发送和接受，实际上可以将现有的网络速度成倍提升到 200Mbps。

② 此外，交换机可以保存每一台网络设备的 MAC 地址。当接收到请求时，它可以准确地把数据发送到接收方，最大限度地降低了不必要的网络流量。

交换机只是在工作方式上与集线器不同，其他的如连接方式、速度选择等方面与集线器基本相同，交换机在局域网中主要用于连接工作站、集线器、服务器，或用于分散式主干网络中。

第 8 章　计算机硬件组装与 BIOS 设置

本章介绍了微型计算机硬件系统配置、选购和组装的基本方法及 BIOS 的功能、芯片分类、如何对 BIOS 进行设置、BIOS 自检响铃的含义介绍以及 BIOS 常见错误的解决方法等。

8.1　系统硬件的选择

8.1.1　微型计算机维修、升级与系统硬件配置

无论是对用户的硬件故障进行板级维修，还是进行性能改进（或叫升级换代），还是自己动手组装一台微型计算机，即所谓的 DIY(Do It Yourself)，拆装微型计算机的硬件部件和重新安装系统软件都是经常要做的，这是微型计算机维修的基本技能。

面临的问题是：如何合理地确定微型计算机系统的硬件配置，如何确定新购硬件与老系统的兼容性，如何判断是否值得升级和如何升级，以及如何分析部件的性能价格比等。

在购买品牌机时，不能只比较它的型号和价格，还要了解它的详细配置和各个部件的性能指标。

在维修时，如果发现重要部件损坏，比如，硬盘、CPU、主板和内存条等，由于这些部件的价格较高，型号更新较快，兼容性也常常存在问题，所以首先要判断是否值得维修，是否可以买到合适的维修备件，修理的同时是否可以适当升级，等等。要进行尽可能周到的分析后，才能提出合理的维修和升级方案，作出报价，让用户确认。

8.1.2　系统硬件的选购

1. 主板

在选购部件尤其是整机时，特别要留心主板的品牌和性能。选购一块好的主板，就等于基本定位了微型计算机系统的档次。

名牌微型计算机首先是采用了名牌主板甚至是自制了优秀的主板。反之，性能名不附实、兼容性差或故障频繁的品牌机，问题十之八九也是出在它的主板上。

主板采用的外围芯片组决定着主板的基本性能和功能，应当认真审查。

制作工艺如印刷电路板和接插件等，也应当仔细检查。

主板配备的 ROM BIOS 应当是新版本和具有新功能的系统。

2. CPU

在了解了 CPU 的性能的基础上，选择时不要一味追求高档次和高主频，而要根据实际应用所需，强调其性能价格比。

3. 内存

内存容量的选择主要是根据安装的操作系统和实用软件的要求。内存速度要与主板的总线速度相配合。内存芯片和印刷电路板的质量也要留意。

在维修或对内存进行扩充时,一定要首先搞清楚主板上的内存插槽是何种类型的和支持何种内存芯片,还要搞清楚内存总线的速度差别。

4. 硬盘

应适当选择容量大一些的硬盘,还要注意它的转速(5400rpm 或 7200rpm 等)和采用的接口速度(33MHz、66MHz 或 100MHz 等)等基本指标。

在维修和扩充硬盘时,也要特别注意原系统 BIOS 是否支持 LBA 方式,即是否支持528MB 以上或 8GB 以上大硬盘,以及是否支持 DMA 高速接口的新硬盘等特征。

5. 显示卡

在费用允许的情况下,显示卡应当尽可能配置高一些。

由于许多最新高级图形软件(比如 3D 游戏软件)和 Internet 的特殊需要,目前选用的显示卡大多要求具有 3D 图形加速功能,它的总线接口应为高速 AGP 4X 接口。

应当给显示卡配置高速大容量的显示存储器。

6. 显示器

显示器是人机交互的最主要界面,它是任何水平的用户都看得见摸得着的设备,它的效果如何是整个系统中用户最为敏感的。显示器的点距、行场同步频率范围和带宽是关系到显示器到底支持多高的分辨率和屏幕刷新率的硬指标,希望这些指标尽可能高些。

数字式的屏幕调节对在各种分辨率下实现完美的显示画面非常重要,应对其调节功能加以了解。

一些环保和安全指标也很重要,比如节能、低辐射和抗静电等。

如果是专门从事 2D/3D 图形设计,建议不要选用平板显示器和小屏幕显示器,而应选用 17in 以上的高档 CRT 显示器。

作为计算机的维修者,必须熟悉微型计算机的组装技术,应当成为 DIY 的高手。

8.2　硬件系统的安装

8.2.1　硬件安装须知

微型计算机系统的安装分为硬件系统安装和软件系统安装两大步骤。

硬件系统安装是指严格按照技术要求把各个基本部件和设备连接和组装在一起,构成一个完整的微型计算机硬件系统,并使它开机能进入正常工作状态。

首先要求选用的各个基本部件和设备都是完好无损、性能指标相匹配、有良好的硬件兼容性、与操作系统也具有良好的兼容性等。

目前有些部件仍存在硬、软件兼容性差的问题。在硬件维修时,在对损坏或需要升级的部件进行单独拆装时,同样要求考虑其兼容性。

整个硬件系统的安装连接示意如图 8-1 所示。

在对主板等各个印刷电路的板卡进行安装时,一定要防止手上过强的静电场击穿某些集成电路,造成板卡不知不觉瞬间报废。

千万不要折压板卡和使之受潮受腐蚀。

根据经验,应首先将电源、主板(包括 CPU 和内存)、PC 扬声器、显示卡和显示器这几个最基本部件,在机箱外绝缘的桌面上初步连接,加电测试,证明其工作正常后,再正式装入机箱。基本部件连接如图 8-2 所示。

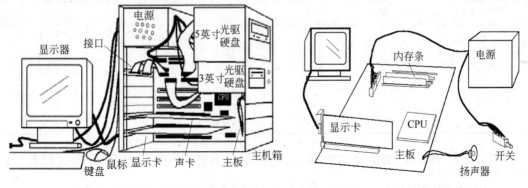

图 8-1　硬件系统安装示意图　　　　　图 8-2　最基本部件的连接测试

在故障比较难以判断的维修中,也可以将这些基本硬件摊在桌面上连接和检查,以避免来回插拔的意外损坏。

8.2.2　主板设置实例

在进行主板、显示卡和声卡等板卡安装之前,应根据说明书的要求进行必要的跳线设置,以保证板卡正确高效的工作状态。

在进行硬件维修时,通常也要核对主板、显卡、声卡和硬盘等的跳线设置是否正确,跳线接触是否良好。

图 8-3 是 GA-6BXC 主板的结构布局,以此主板为例,介绍主板的设置与连接方法。

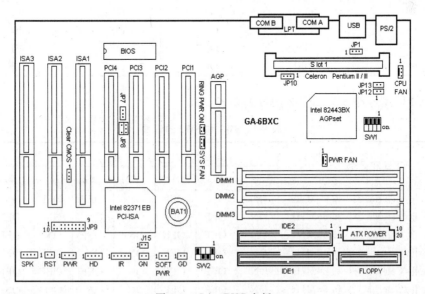

图 8-3　GA-6BXC 主板

1) CPU 主频的设置

(1) 设置 SW1 时,要同时考虑系统 FSB 总线时钟(即 CPU 外频)和 AGP 总线时钟。

SW1 的定义如表 8-1。

表 8-1　SW1 开关定义

CPU/MHz	AGP/MHz	1	2	3	4
100	66	OFF	OFF	OFF	OFF
133	89	OFF	OFF	ON	OFF
112	75	OFF	ON	OFF	OFF
66	66	ON	OFF	OFF	ON
75	75	ON	ON	OFF	ON
83	83	ON	OFF	ON	ON

(2) 设置 SW2 时,要依据 CPU 的不同主频选择其规定的倍率。SW2 的定义如表 8-2。

表 8-2　SW2 开关定义

CLK RATIO	1	2	3	4
×3	ON	OFF	ON	ON
×3.5	OFF	OFF	ON	ON
×4	ON	ON	OFF	ON
×4.5	OFF	ON	OFF	ON
×5	ON	OFF	OFF	ON
×5.5	OFF	OFF	OFF	ON
×6	ON	ON	ON	OFF
×6.5	OFF	ON	ON	OFF
×7	ON	OFF	ON	OFF
×7.5	OFF	OFF	ON	OFF
×8	ON	ON	OFF	OFF
×8.5	OFF	ON	OFF	OFF
×9	ON	OFF	OFF	OFF
×9.5	OFF	OFF	OFF	OFF

(3) CPU 型号与 SW1、SW2 的设置如表 8-3。

表 8-3　SW1 和 SW2 的设置

CPU 和 FSB	SW1				SW2			
	1	2	3	4	1	2	3	4
Pentium Ⅱ/Celeron 233 和 66MHz	ON	OFF	OFF	ON	OFF	OFF	ON	ON
Pentium Ⅱ/Celeron 266 和 66MHz	ON	OFF	OFF	ON	ON	ON	OFF	ON
Pentium Ⅱ/Celeron 300 和 66MHz	ON	OFF	OFF	ON	OFF	ON	OFF	ON
Pentium Ⅱ/Celeron 333 和 66MHz	ON	OFF	OFF	ON	ON	OFF	OFF	ON
Pentium Ⅱ/Celeron 366 和 66MHz	ON	OFF	OFF	ON	OFF	OFF	OFF	ON
Pentium Ⅱ/Celeron 400 和 66MHz	ON	OFF	OFF	ON	ON	ON	ON	OFF
Pentium Ⅱ/Celeron 433 和 66MHz	ON	OFF	OFF	ON	OFF	ON	ON	OFF
Pentium Ⅱ 350 和 100MHz	OFF	OFF	OFF	OFF	OFF	OFF	ON	ON
Pentium Ⅱ 400 和 100MHz	OFF	OFF	OFF	OFF	ON	ON	OFF	ON

CPU 和 FSB	SW1				SW2			
	1	2	3	4	1	2	3	4
Pentium Ⅲ 450 和 100MHz	OFF	OFF	OFF	OFF	OFF	ON	OFF	ON
Pentium Ⅲ 500 和 100MHz	OFF	OFF	OFF	OFF	ON	OFF	OFF	ON
Pentium Ⅲ 550 和 100MHz	OFF	OFF	OFF	OFF	OFF	OFF	OFF	ON
Pentium Ⅲ 600 和 100MHz	OFF	OFF	OFF	OFF	ON	ON	ON	OFF
Pentium Ⅲ 650 和 100MHz	OFF	OFF	OFF	OFF	OFF	ON	ON	OFF

2）机箱面板上的开关（Switch）指示灯（LED）与主板的连接，包括扬声器（Speaker）、系统复位按钮 Reset、电源指示灯 Power LED、硬盘工作指示灯 IDE HDD LED、红外线收发器（IR）、绿色功能开关（Green Function Switch）、绿色功能指示灯 Green LED 和电源开关（Soft Power On/Off Switch）等。

3）其他跳线设置和连接，包括键盘开电源的功能（Enabled KeyBoard Power On）、AC 电源始终打开的功能（AC Back Full On）、选择总线 100MHz 加速（For 100MHz Turbo）和选用 Voodoo 3 VGA 显示卡等设置。

4）如果需要清除 CMOS 的原有设置数据，可以将主板的 Clear CMOS 的 1-2 短路几秒钟。

8.2.3 硬件系统的安装

图 8-4 是机箱内各个部件的安装位置照片。

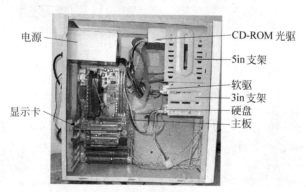

图 8-4 机箱内部各部件的安装位置

一般硬件系统的安装步骤如下。

（1）打开主机箱上盖或侧板。

（2）安装电源部件。

（3）将 CPU、CPU 散热片和风扇正确安装到主板上，连接风扇电源。图 8-5 是 Socket 和 Slot 插座 CPU 的安装示意，图 8-6 是 Socket 插座 CPU 的安装，图 8-7 是 Slot 插座 CPU 的安装。

（4）安装内存条。图 8-8 是 SIMM 和 DIMM 两种内存条的安装示意，图 8-9 是 DIMM 内存条安装的照片。

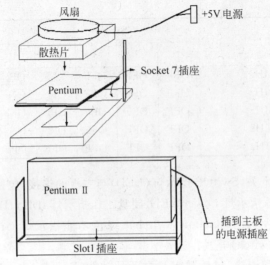

图 8-5　CPU 的安装

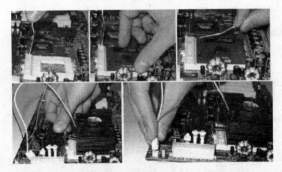

图 8-6　Socket 插座 CPU 的安装

图 8-7　Slot 插座 CPU 的安装

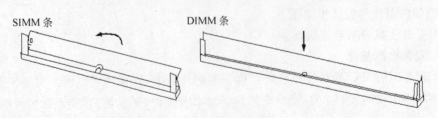

图 8-8　内存条的安装

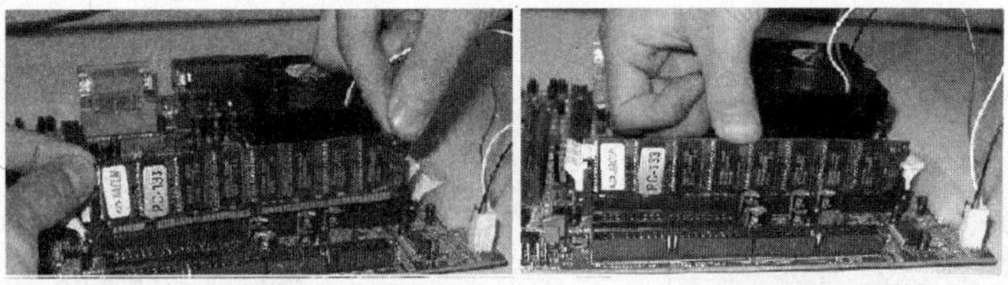

图 8-9　安装 DIMM 内存条

(5) 将主板安装到机箱的主板位置上。主板固定位置如图 8-10 所示。

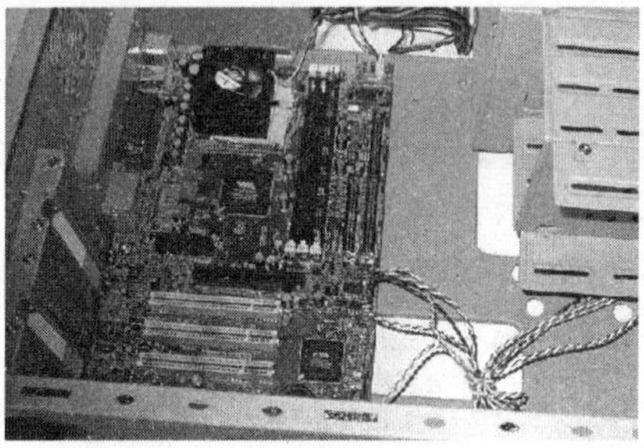

图 8-10　主板的安装

(6) 连接主板电源插头，如图 8-11 所示。

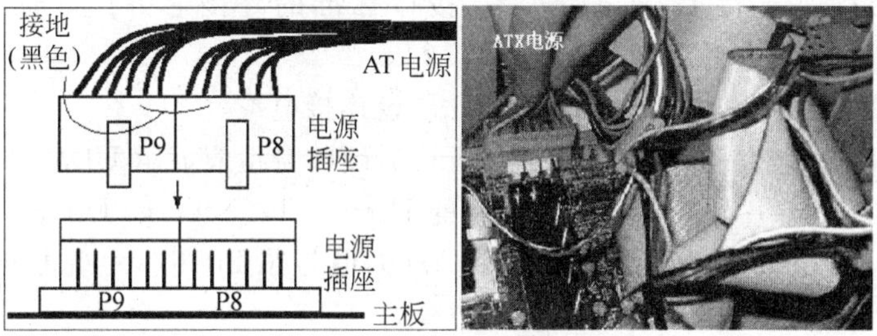

图 8-11　电源的主板连接

(7) 将机箱面板上的各个开关按钮和指示灯与主板相应插针连接，包括 PC 扬声器(SPK)、电源指示灯(PWR LED)、硬盘工作指示灯(HDD LED 或 IDE LED)、系统复位按键(RESET)、加速开关(TB SW)、加速指示灯(TB LED)和键盘锁(KB LOCK)等。ATX 结构主板还有电源开关(PWR)、系统信息指示灯(MSG LED)和睡眠(节电方式)开关(SMI)等。

(8) 安装硬盘、光驱和软盘驱动器，连接电源和信号电缆，见图 8-12。

(9) 安装扩展卡，如显示卡、声卡、Modem 卡和 I/O 多功能卡等，如图 8-13 所示。

(10) 检查一遍各部分安装是否正确。

(11) 连接鼠标和键盘，如图 8-14 所示。连接显示器、音箱等。连接 220V 电源。

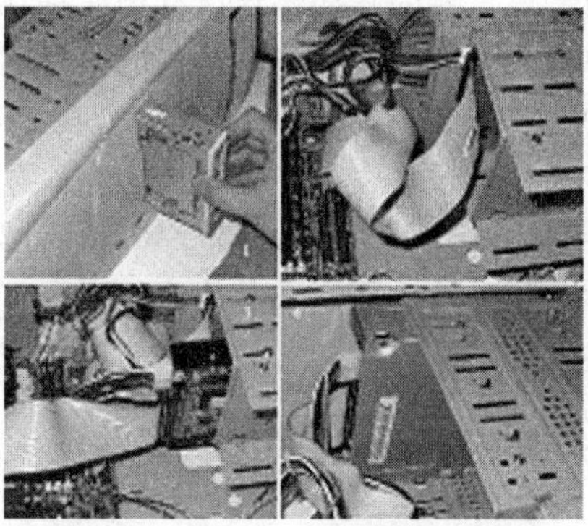

图 8-12　驱动器的安装

图 8-13

图 8-14　鼠标和键盘的连接

（12）打开主机电源开关。检查一下电源风扇和 CPU 风扇都应转动。检查主机面板上电源指示灯应常亮、扬声器应有提示音响、硬盘指示灯应闪亮。

（13）观察显示器的显示，调整显示器的亮度（Brightness）、对比度（Contrast）、行幅（H-Size）、行中心（H-Center）、场幅（V-Size）、场中心（V-Center）和枕形失真（Pincushion）等，使画面和光栅最佳。

（14）如上述工作均正确，则硬件安装成功。关机，装好机箱。

在 PC 中安装的 Ultra DMA-66/100 硬盘是否能真正具有高的数据传输率，应具备以下条件。

（1）主板必须是支持 Ultra DMA/66 接口标准的外围芯片组。也可以选择 Ultra DMA-66/100 硬盘控制卡升级老的主板。

（2）要使用专用的 80 线 Ultra DMA/66 硬盘连接电缆。

（3）ROM BIOS 支持 Ultra DMA/66，开机后硬件自检应显示 UDM A4。

（4）安装主板的专用驱动程序，如 Intel 的 Ultra ATA Storage Driver。

（5）Windows 2000 直接支持 Ultra DMA/66，但与非 Intel 芯片组可能会不兼容，需安装补丁程序。

8.3　BIOS 简介

BIOS 全名为（Basic Input Output System）即基本输入输出系统，是计算机中最基础的而又最重要的程序。这段程序保存在主板上的一个只读存储器（ROM）芯片中，BIOS 程序包括：计算机基本输入输出的程序（控制键盘、显示器、磁盘驱动器和通信端口等基本功能的代码）、系统设置程序、开机上电自检和系统启动自举程序等。BIOS 程序是连接软件程序与硬件设备的接口程序，负责解决硬件的即时要求，并按软件对硬件的操作要求具体执行。简单地说，它是连接计算机硬件与操作系统的桥梁，负责解决硬件的即时需求，并按软件对硬件的操作要求具体执行。计算机用户在使用计算机的过程中，都会接触到 BIOS，它在计算机系统中起着非常重要的作用。

8.3.1　BIOS 的功能

BIOS 的管理功能在很大程度上决定了主板性能是否优越。BIOS 管理功能主要包括以下几个方面。

1. 自检及初始化

开机后 BIOS 最先被启动,这部分负责启动计算机,具体有 3 个部分。

(1)第一个部分是用于计算机刚接通电源时对硬件部分的检测,也叫做加电自检(POST),功能是检查计算机是否良好,例如内存有无故障等。如果自检过程中发现问题,分两种情况处理——严重故障停机,不给出任何提示或信号;非严重故障则给出屏幕提示或声音报警信号,等待用户处理。

(2)第二个部分是初始化,包括创建中断向量、设置寄存器、对一些外部设备进行初始化和检测等,其中很重要的一部分是 BIOS 设置,主要是对硬件设置的一些参数,当计算机启动时会读取这些参数,并和实际硬件设置进行比较,如果不符合,会影响系统的启动。如果未发现问题,则将硬件设置为备用状态。

(3)最后一个部分是引导程序,功能是引导 DOS 或其他操作系统。BIOS 先从软盘或硬盘的开始扇区读取引导记录,如果没有找到,则会在显示器上显示没有引导设备,如果找到引导记录会把计算机的控制权转给引导记录,由引导记录把操作系统装入计算机,把对计算机的控制权交给用户。

2. 程序服务处理

BIOS 直接与计算机的 I/O(Input/Output,即输入输出)设备打交道,通过特定的数据端口发出命令,传送或接收各种外部设备的数据,实现软件程序对硬件的直接操作。BIOS 的服务功能是通过调用中断服务程序来实现的,这些服务分为很多组,每组有一个专门的中断。例如视频服务,中断号为 10H;屏幕打印,中断号为 05H;磁盘及串行口服务,中断 14H 等。每一组又根据具体功能细分为不同的服务号。应用程序需要使用哪些外部设备、进行什么操作只需要在程序中用相应的指令说明即可,无须直接控制。

3. 硬件中断处理

开机时,BIOS 会告诉 CPU 各硬件设备的中断号,当用户发出使用某个设备的指令后,CPU 就根据中断号使用相应的硬件完成工作,再根据中断号跳回原来的工作。

程序服务处理和硬件中断处理这两部分是两个独立的内容,但在使用上密切相关。

程序服务处理程序主要是为应用程序和操作系统服务,这些服务主要与输入输出设备有关,例如读磁盘、文件输出到打印机等。为了完成这些操作,BIOS 必须直接与计算机的 I/O 设备打交道,它通过端口发出命令,向各种外部设备传送数据以及从它们那儿接收数据,使程序能够脱离具体的硬件操作,而硬件中断处理则分别处理 PC 硬件的需求,因此这两部分分别为软件和硬件服务,组合到一起,使计算机系统正常运行。

8.3.2　BIOS 芯片及分类

BIOS 是被固化到计算机主板上的 ROM 芯片中的一组程序。和其他程序不同的是,BIOS 是储存在 BIOS 芯片中的,而不是储存在磁盘中,由于它属于主板的一部分,因此大家有时就称呼它一个既不同于软件也不同于硬件的名字"Firmware"(固件)。BIOS ROM 芯片在主板上很引人注目(图 8-15),一般而言,

图 8-15　主板上的 BIOS 芯片

BIOS ROM 芯片是主板上唯一贴有标签的芯片，上面印有"BIOS"字样，虽然有些主板上的 BIOS 芯片没有明确印出"BIOS"，但凭借外贴的标签也能很容易地将它认出。在 486 计算机之前，很少有人知道并在意 BIOS 的存在，进入 Pentium 时代后，由于 BIOS 芯片采用了 Flash ROM，计算机爱好者才在升级 BIOS 的过程中对 BIOS 有了一个比较直观的认识。CIH 病毒的出现，则给每个人都上了一堂"代价"极大的硬件课，其毁灭性的破坏能力无疑使几乎所有的计算机使用者都对 BIOS 的功能和其重要性有了一个无法磨灭的认识，也从此把一直深藏在后台默默无闻的 BIOS 推到了前台。

由于主板生产厂家不同，采用的 BIOS ROM 也不同，下面从芯片类型、芯片容量、内部烧录的 BIOS、封装形式、生产厂商几个标准看一下它的分类。

1. 以芯片类型区分

在微型计算机的发展初期，BIOS 都存放在 ROM(Read Only Memory，只读存储器)中。ROM 内部的资料是在 ROM 的制造工序中，在工厂里用特殊的方法被烧录进去的，其中的内容只能读不能改，一旦烧录进去，用户只能验证写入的资料是否正确，不能再作任何修改。如果发现资料有任何错误，则只有舍弃不用，重新订做一份。ROM 是在生产线上生产的，由于成本高，一般只用在大批量应用的场合，图 8-16 是 8088 主板上的 BIOS ROM 芯片。

由于 ROM 制造和升级的不便，后来人们发明了 PROM(Programmable ROM，可编程 ROM)。最初从工厂中制作完成的 PROM 内部并没有资料，用户可以用专用的编程器将自己的资料写入，但是这种机会只有一次，一旦写入后也无法修改，若是出了错误，已写入的芯片只能报废。PROM 的特性和 ROM 相同，但是其成本比 ROM 高，而且写入资料的速度比 ROM 的量产速度要慢，一般只适用于少量需求的场合或是 ROM 量产前的验证。

EPROM(Erasable Programmable ROM，可擦除可编程 ROM)芯片可重复擦除和写入，解决了 PROM 芯片只能写入一次的弊端。EPROM 有两种，一种是不带窗口的，其特性和 PROM 类似，在专用编程器上只能写入一次，如果写错了，芯片只能报废，这种芯片在各种显卡、声卡和以前的解压卡上都能见到，如图 8-17 是 S3375 显卡上的这种 EPROM 芯片。

图 8-16　BIOS ROM 芯片

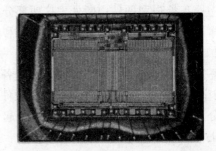

图 8-17　从 EPROM 芯片的窗口看进去的芯片细微图

由于使用不便，人们平常意义上的 EPROM 一般是指带窗口的 EPROM，这种 EPROM 芯片有一个很明显的特征，在其正面的陶瓷封装上，开有一个玻璃窗口，透过该窗口，可以看到其内部的集成电路，紫外线透过该孔照射内部芯片就可以擦除其内的数据，完成芯片擦除的操作要用到 EPROM 擦除器(图 8-18)。

EPROM 内资料的写入要用专用的编程器，并且往芯片中写内容时必须要加一定的编程电压(VPP 为 12～24V，随不同的芯片型号而定)。EPROM 的型号是以 27 开头的，如

图 8-18　紫外线擦除器

图 8-19 所示的 27C020(8×256Kb)是一片 2Mb 容量的 EPROM 芯片。EPROM 芯片在写入资料后,还要以不透光的贴纸或胶布把窗口封住,以免受到周围的紫外线照射而使资料受损。

图 8-19　EPROM 芯片

　　EPROM 虽然已具备了可重复写入的能力,可是还要借助于 EPROM 擦除器和专用编程器擦除与写入程序,在使用时既费时又不便。鉴于 EPROM 操作的不便,后来出的主板上的 BIOS ROM 芯片大部分都采用 EEPROM(Electrically Erasable Programmable ROM,电可擦除可编程 ROM)。EEPROM 的擦除不需要借助于其他设备,它是以电子信号来修改其内容的,而且是以字节(B)为最小修改单位,不必将资料全部洗掉才能写入,彻底摆脱了 EPROM Eraser 和编程器的束缚。不过 EEPROM 在写入数据时,仍要利用一定的编程电压,此时,只需用厂商提供的专用刷新程序就可以轻而易举地改写内容,所以,它属于双电压芯片,借助于 EEPROM 芯片的双电压特性,可以使 BIOS 具有良好的防毒功能,在升级时,把跳线开关打至 ON 的位置,即给芯片加上相应的编程电压,就可以方便地升级;平时使用时,则把跳线开关打至 OFF 的位置,防止 CIH 类的病毒对 BIOS 芯片的非法修改。所以,至今仍有不少主板采用 EEPROM 作为 BIOS 芯片并作为自己主板的一大特色。EEPROM 常见的型号有 28F 系列。

　　Flash ROM 则属于真正的单电压芯片,在使用上很类似 EEPROM,因此,有些人便把 Flash ROM 当做 EEPROM 的一种。事实上,二者还是有差别的。Flash ROM 在擦除时,也要执行专用的刷新程序,但是在删除资料时,并非以 Byte 为基本单位,而是以 Sector(又称 Block)为最小单位,Sector 的大小随厂商的不同而有所不同;只有在写入时,才以 Byte 为最小单位写入;Flash ROM 芯片的读和写操作都是在单电压下进行,不需跳线,只利用专用程序即可方便地修改其内容;Flash ROM 的存储容量普遍大于 EEPROM,约为 512Kb～8Mb,由于大批量生产,价格也比较合适,很适合用来存放程序码,近年来已逐渐取代了 EEPROM,广泛用于主板的 BIOS ROM。Flash Rom 常见的型号有 29、39、49 系列。

2. 以芯片容量区分

　　在 BIOS ROM 芯片的容量方面,现在主板上常用的 Flash ROM 的容量一般多为 1Mb

或 2Mb 一直到 4Mb。在 486 时代,一般只用 512Kb 的 BIOS ROM,从 Pentium 级以后就主要采用 1Mb 的 BIOS ROM 了,随着 BIOS 的功能越来越多,支持的硬件越来越多,因此程序码也越来越长,1Mb 的容量已不使用,目前出的主板上大多采用 2Mb 甚至 4Mb 的 BIOS ROM。

因为各类芯片上的型号标识都严格遵循集成电路编号规则,因此从芯片的编号上就可以得知芯片的类型、容量和读写速度,如 W29C020-12,就是一片 32 脚封装的 Flash ROM 芯片,在芯片上容纳了 256 个存储单元,每个单元占 1B 长度,所以每片的容量为 256K×8 位,其读写速度为 120ns。

3. 以芯片内部烧录的 BIOS 区分

目前市面上较流行的主板 BIOS 主要有 Award BIOS、AMI BIOS、Phoenix BIOS 三种类型。Award BIOS(图 8-20)是由 Award Software 公司开发的 BIOS 产品,在目前的主板中使用最为广泛。Award BIOS 功能较为齐全,支持许多新硬件,目前市面上多数 586 主机板和 Pentium II 主板都采用了这种 BIOS;AMI BIOS(图 8-21)是 AMI 公司出品的 BIOS 系统软件,开发于 20 世纪 80 年代中期,早期的 286、386 大多采用 AMI BIOS,它对各种软、硬件的适应性好,能保证系统性能的稳定,到 20 世纪 90 年代后,绿色节能计算机开始普及,AMI 却没能及时推出新版本来适应市场,使得 AMI BIOS 失去了大半壁江山;Phoenix BIOS 是 Phoenix 公司产品,Phoenix 意为凤凰,有完美之物的含义。Phoenix BIOS 多用于高档的 586 原装品牌机和笔记本计算机上,其画面简洁,便于操作,该公司目前已与 Award 合并。

图 8-20　Award BIOS 芯片

图 8-21　AMI BIOS 芯片

4. 以封装形式区分

早期的 BIOS 芯片大多采用 DIP(双列直插)形式的封装,如图 8-22。随着半导体封装技术的发展,SOJ、TSOP、PSOP、PLCC 等多种封装形式相继出台。目前台式机主板上的 BIOS 大多是 DIP 封装,有的为节省空间,采用了 PLCC 形式的封装,如图 8-23。为了方便更换 BIOS 芯片,现在主板上都安装有插座,使用工具可以取下、更换 BIOS 芯片。

图 8-22　DIP(双列直插)为长方形传统 IC 包装方式,通常插在插座上,一般的主板、大型界面卡上都使用这种芯片

图 8-23　PLCC 为正方形四边都有折弯形接脚,笔记本计算机、数据机、较小型界面卡都使用这种芯片

5. 以芯片的生产厂商区分

生产 ROM 芯片的厂家很多,主要有 Winbond、Intel、ATMEL、SST、MXIC 等品牌。由于 Winbond(华邦)生产 BIOS ROM 芯片时间较早,与主板的原始设计相兼容,因而市场占用量较大。Intel 公司则在 Flash ROM 市场始终占领着领导者的地位,其 586 时代的 I28F001BX 芯片、I810(815)主板上的 N82802AB 芯片,都在 BIOS 的恢复方面给人留下了深刻的印象。

其实,不光主板上有 BIOS,其他设备上如网卡、显卡、Modem、数字相机、硬盘等也有所谓的 BIOS,比如显卡上的 BIOS,来完成显卡和主板之间的通信;硬盘的启动和使用也需要 HDD BIOS 来完成。这些外部设备上的 BIOS 也和主板的 BIOS 一样,采用 Flash ROM 作 BIOS ROM 芯片,同样也可以方便地升级,以修改其缺陷及增强其兼容性。

8.3.3 设置 BIOS

BIOS 的功能很重要,了解其设置可以清楚地掌握计算机的运行状态,准确地分析各种硬件信息。这一节,就着重讲述一下 BIOS 设置程序有哪些功能,以及如何对 BIOS 进行设置及各个设置选项将对计算机产生的影响。

1. BIOS 与 CMOS

在讲述 BIOS 设置之前,先区分两个概念:BIOS 和 CMOS。因为很多人不了解它们的区别,所以常常把它们混淆。

CMOS 是"Complementary Metal Oxide Semiconductor"的缩写,翻译出来的本意是互补金属氧化物半导体存储器,指一种大规模应用于集成电路芯片制造的原料。但在这里 CMOS 的准确含义是指目前绝大多数计算机中都使用的一种用电池供电的可读写的 RAM 芯片。那么,CMOS 与 BIOS 到底有什么关系呢? CMOS 是存储芯片,属于硬件,它具有数据保存功能,但它也只能起到存储的作用,而不能对存储于其中的数据进行设置,要对 CMOS 中各项参数的设置就要通过专门的设置程序。现在多数厂家将 CMOS 的参数设置程序做到了 BIOS 芯片中,在计算机打开电源时按特殊的按键进入设置程序就可以方便地对系统进行设置。也就是说 BIOS 中的系统设置程序是完成 CMOS 参数设置的手段,而 CMOS RAM 是存放设置好的数据的场所,它们都与计算机的系统参数设置有很大关系。正因如此,便有"CMOS 设置"和"BIOS 设置"两种说法,其实,准确的说法应该是"通过 BIOS 设置程序来对 CMOS 参数进行设置"。BIOS 和 CMOS 是既相关联又有区别, "CMOS 设置"和"BIOS 设置"只是大家对设置过程简化的两种叫法,在这种意义上它们指的都是一回事。CMOS 存储芯片可以由主板的电池供电,即使系统掉电,存储的数据也不会丢失。但如果电池没有电,或是突然接触出了问题,或是把它取下来了,那么 CMOS 就会因为断电而丢掉内部存储的所有数据。只不过若真发生了这种情况,也不是什么大问题,可以换电池,或是检查接触不良的原因,总之保证 CMOS 有电。再开机进入 BIOS 程序,选择主菜单中的"LOAD BIOS DEFAULTS"或是"LOAD SETUP DEFAULTS"后按 Enter 键, 最后再确定输入"Y"按 Enter 键即可。大家也许曾遇到过"忘记了开机密码就给 CMOS 放电"的说法,其实也就是把包括密码在内的 CMOS 内的信息全丢掉,开机时就不需要输入密码了,再来重新写入数据。

2. BIOS 设置程序的基本功能

BIOS 的设置程序目前有各种流行的版本,由于每种设置都是针对某一类或几类硬件系统,因此会有一些不同,但对于主要的设置选项来说一般分为下面对几项的设置。

(1) 基本参数设置。包括系统时钟、显示器类型、启动时对自检错误处理的方式。

(2) 磁盘驱动器设置。包括自动检测 IDE 接口、启动顺序、软盘硬盘的型号等。

(3) 键盘设置。包括上电是否检测硬盘、键盘类型、键盘参数等。

(4) 存储器设置。包括存储器容量、读写时序、奇偶校验、ECC 校验、1MB 以上内存测试及音响等。

(5) Cache 设置。包括内/外 Cache、Cache 地址/尺寸、BIOS 显示卡 Cache 设置等。

(6) ROM SHADOW 设置。包括 ROM BIOS SHADOW、VIDEO SHADOW、各种适配卡 SHADOW。

(7) 安全设置。包括硬盘分区表保护、开机口令、Setup 口令等。

(8) 总线周期参数设置。包括 AT 总线时钟(ATBUS Clock)、AT 周期等待状态(AT Cycle Wait State)、内存读写定时、Cache 读写等待、Cache 读写定时、DRAM 刷新周期、刷新方式等。

(9) 电源管理设置。是关于系统的绿色环保节能设置,包括进入节能状态的等待延时时间、唤醒功能、IDE 设备断电方式、显示器断电方式等。

(10) PCI 局部总线参数设置。关于即插即用的功能设置,PCI 插槽 IRQ 中断请求号、PCI IDE 接口 IRQ 中断请求号、CPU 向 PCI 写入缓冲、总线字节合并、PCI IDE 触发方式、PCI 突发写入、CPU 与 PCI 时钟比等。

(11) 板上集成接口设置。包括板上 FDC 软驱接口、串并口、IDE 接口的允许/禁止状态、串并口、I/O 地址、IRQ 及 DMA 设置、USB 接口、IrDA 接口等。

(12) 其他参数设置。包括快速上电自检、A20 地址线选择、上电自检故障提示、系统引导速度等。

3. BIOS 设置程序的进入方法

进入 BIOS 设置程序通常有 3 种方法。

(1) 开机启动时按热键

在开机时按下特定的热键可以进入 BIOS 设置程序,不同类型的机器进入 BIOS 设置程序的按键不同,有的在屏幕上给出提示,有的不给出提示,几种常见的 BIOS 设置程序的进入方式如下。

Award BIOS:按 Ctrl+Alt+Esc,屏幕有提示。

AMI BIOS:按 Del 或 Esc,屏幕有提示。

COMPAQ BIOS:屏幕右上角出现光标时按 F10,屏幕无提示。

AST BIOS:按 Ctrl+Alt+Esc,屏幕无提示。

```
ESC-Toshiba
F1-Toshiba,Phoenix,PS/1
F2-NEC
F10 (when square in top right of screen)-Compaq
INS-PS/2
```

```
ALT+? -PS/2
CTRL+INS-PS/2
RESET (twice)-Dell
ALT+ENTER-Dell
CTRL+ESC-many laptops
CTRL+ALT++-many laptops
CTRL+ALT+ESC-AST,Award,Tandon,Advantage,Acer
CTRL+ALT+S-Phoenix
CTRL+ALT+INS-Zenith,Phoenix
CTRL+S-Phoenix
CTRL+SHIFT+ESC-Tandon
CTRL+SHIFT+ALT+(num pad) DEL Olivetti
```

（2）用系统提供的软件

现在很多主板都提供了在 DOS 下进入 BIOS 设置程序而进行设置的程序，在 Windows 95 的控制面板和注册表中已经包含了部分 BIOS 设置项。

（3）用一些可读写 CMOS 的应用软件

部分应用程序，如 QAPLUS 提供了对 CMOS 的读、写、修改功能，通过它们可以对一些基本系统配置进行修改。

4. 对 BIOS 的各个项进行设置

进入 BIOS 设置程序之后，就可以对它进行需要的操作了。下面分类就设置 BIOS 各个选项的含义及作用进行详细的介绍。

（1）STANDARD CMOS SETUP（标准 CMOS 设置）。

这里是最基本的 CMOS(Complementary Metal Oxide Semiconductor,互补金属氧化物半导体)系统设置，包括日期、驱动器和显示适配器，最重要的一项是 halt on：系统挂起设置，缺省设置为 All Errors，表示在 POST(Power On Self Test,加电自测试)过程中有任何错误都会停止启动，此选择能保证系统的稳定性。如果要加快速度的话，可以把它设为 No Errors，即在任何时候都尽量完成启动，不过加速的后果是有可能造成系统错误，要按需要选择。

- Drive A/Drive B。

选项：360KB, 5.25in; 1.2MB, 5.25in; 720KB, 3.25in; 1.4MB, 3.25in; 2.88MB, 3.25in。设置合适的驱动器，如果没有相应的硬件，尽量设为 None，可以提高系统自检速度。

- Video（视频）。

选项：EGA/VGA,Mono（黑白显示器）。

设成 EGA/VGA，不要尝试改为 Mono，会减慢启动速度的。

（2）BIOS FEATURES SETUP（BIOS 特征设备）。

- Virus Warning/Anti-Virus Protection（病毒警告/反病毒保护）。

选项：Enabled（开启），Disabled（关闭），ChipAway（芯片控制）。

这项设置可防止外部程序对启动区和硬盘分区表的写入，当发生写入操作时，系统会自动产生警告并提示用户中断程序的执行。它并不能保护整个硬盘，而且对于操作系统的安装(例如 Windows 95/98)及某些磁盘诊断程序,甚至对 BIOS 的升级,都可能产生不必要的冲突而引致程序的中断。建议用户将这选项关闭,系统的认值是 Disabled。

某些主板自带有抗病毒内核,它可以提供比普通病毒警告更高一层的防卫,不过,当使用自带 BIOS 的外围控制器(如 SCSI 卡或 UltraDMA 66 控制卡)时,启动区病毒可以绕过系统 BIOS 来进行攻击,保护将完全失效。

• CPU Level 1 Cache/Internal Cache(中央处理器一级缓存/内部缓存)。

选项:Enabled,Disabled。

此设置用于控制 CPU 的主缓存开启/关闭,L1 Cache 对机器的整体性能有很大影响,关闭以后系统的性能会下降几个数量级。在超频的时候,一级缓存往往是成功与否的关键所在,比如你不能超到 500MHz,并不代表 CPU 不能上 500MHz,很可能是 L1 Cache 无法达到,所以关闭一级缓存可以提升超频的成功率。

• CPU Level 2 Cache/External Cache(中央处理器二级缓存/外部缓存)。

选项:Enabled,Disabled。

此设置用于控制 CPU 的主缓存开启/关闭,它对系统和超频的影响如同一级缓存,关闭 L2 Cache 也能够超频的成功率。

• CPU L2 Cache ECC Checking(CPU 二级缓存 ECC 校验)。

选项:Enabled,Disabled。

系统可以启用 CPU 内部 L2 Cache 进行 ECC(Error Checking and Correction,错误检查修正)检测,默认值是 Enabled,它可以侦察并纠正单位信号错误保持资料的准确性,对超频的稳定性有帮助,但不能侦察双位信号错误。这里要注意的是,启用 ECC 检测将会延迟系统自检的时间和降低机器的性能,而且必须内存支持才能开启此特性。

• Quick Power On Self Test(快速加电自检测)。

选项:Enabled,Disabled。

这项设置可加快系统自检的速度,使系统跳过某些自检选项(如内存完全检测),不过开启之后会降低侦错能力,削弱系统的可靠性。

• Boot Sequence。

选项:A,C,SCSI/EXT;

C,A,SCSI/EXT;

C,CD-ROM,A;

CD-ROM,C,A;

D,A,SCSI/EXT (至少拥有 2 个 IDE 硬盘时才会出现);

E,A,SCSI/EXT (至少拥有 3 个 IDE 硬盘时才会出现);

F,A,SCSI (至少拥有 4 个 IDE 硬盘时才会出现);

SCSI/EXT,A,C;

SCSI/EXT,C,A;

A,SCSI/EXT,C;

LS/ZIP,C。

这项设置决定系统引导的驱动器号,若想加快系统自检的速度可设为(C Only),则系统不对其他驱动器自检而直接进入主引导硬盘。某些主板(如 ABIT BE6 和 BP6)拥有额外的 IDE 控制器,可以接入第三或第四组 IDE 设备,这时你应该选择 EXT 启动优先。

• Boot Sequence EXT Means(把启动次序的 EXT 定义为何种类型)。

选项:IDE、SCSI。

当你使用 EXT 设备时,定义使用的设备类型,包括(Integrated Drive Electronics,电子集成驱动器)和 SCSI(Small Computer System Interface,小型计算机系统接口)。

• Swap Floppy Drive(交换软盘驱动器号)。

选项:Enabled,Disabled。

交换磁盘驱动器的位置,适应不同格式的软盘。当系统安装了两台软驱时,若设定为 Enabled,系统将会把 B 驱作为启动盘启动,若设为 Disabled 则相反。

• Boot Up Floppy Seek(启动时寻找软盘驱动器)。

选项:Enabled,Disabled。

开机时测试软驱的存在与否,并检查它的磁道数是 40 轨还是 80 轨,一般 360KB 的都是 40 轨,而 720KB/1.2MB/1.44MB 的则是 80 轨。默认值为 Enabled,注意:当软驱的磁道数是 80 轨时,BIOS 并不能区分其所属的类型。

• Boot Up NumLock Status(启动时键盘上的数字锁定键的状态)。

选项:On(开),Off(关)。

控制小键盘的开/关状态,对性能无影响。

• Gate A20 Option(A20 地址线选择)。

选项:Normal(正常)、Fast(加速)。

设置哪一个控制单元管理 1MB 以上内存地址的 A20 地址线,设为 Normal 用键盘控制器管理,设为 Fast 用芯片组控制器管理,可提高内存存取的速度和系统整体性能,特别是对于 OS/2 和 Windows 等操作系统来说非常有效。因为它们的保护模式经常需要 BIOS A20 地址线来进行切换,而芯片组控制器比键盘控制器更快,所以 Fast 是首选设置。

• IDE HDD Block Mode(IDE 硬盘块模式)。

选项:Enabled,Disabled。

以前的硬盘存取模式是一个个扇区来进行的,块模式把多个扇区组成一个块,每次存取几个扇区,可以增加多扇区存取时的数据传输率。开启此特性后,BIOS 会自动侦察硬盘是否支持块模式(现今的大多数硬盘已有这个功能),而且每中断一次可发出 64KB 资料。如果使用 Windows NT 系统,就要小心啦,它并不支持块模式,很可能导致数据传输出错,所以微软建议 Windows NT 4.0 用户关闭 IDE 硬盘块模式。关闭此特性后,每中断一次只能发出 512Byte 资料,降低了磁盘的综合性能。

• 32-bit Disk Access(32 位磁盘存取)。

选项:Enabled,Disabled。

实际上 32 位磁盘存取并不是真正的 32 位传输,而是用 IDE 控制器联合了两个 16 位操作来达到目的。对了 PCI 总线来说,在同一时间能够传送的数据越多越好,因此假 32 位传输亦可以增加系统性能。Windows NT 系统不支持 32 位磁盘存取,很可能导致数据传输出错,所以微软建议 Windows NT 4.0 用户关闭此特性,当然,16 位是无论如何也快不过 32 位的。

• Typematic Rate Setting(输入速度设置)。

选项:Enabled,Disabled。

是否使用人工设置来控制输入速度,如果你想加快文字处理效率,还是打开的好,只有 Enabled 之后才能调节输入速率和输入延迟。

- Typematic Rate (Chars/Sec)(输入速率,单位:字符/秒)。

选项:6,8,10,12,15,20,24,30。

每秒连续输入的字符数,数值越大速度越快。

- Typematic Rate Delay (Msec)(输入延迟,单位:毫秒)。

选项:250,500,750,1000。

每一次输入字符延迟的时间,数值越小速度越快。

- Security Option(安全选项)。

选项:System,Setup。

只要在 BIOS 中建立了密码,此特性才会开启,设置为 System 时,BIOS 在每一次启动都会输入密码,设置为 Setup 时,在进入 BIOS 菜单时要求输入密码。如果你不想别人乱动你的机器,还是加上密码好。

- PCI/VGA Palette Snoop(PCI/VGA 调色板探测)。

选项:Enabled,Disabled。

此特性仅用于图形卡接口上的附加设备,比如 MPEG 子卡等。通过调色板探测可以纠正帧缓存的数据,并能把它们同步发给附加设备和主显示卡,避免添加子卡后产生黑屏现象。

- Assign IRQ For VGA(给 VGA 设备分配 IRQ:Interrupt Request,中断请求)。

选项:Enabled,Disabled。

目前,许多高端图形卡都需要 IRQ 来增加与主板的数据交换速度,开启之后能大幅提高总体性能。相反的是,低端图形卡并不需要分配 IRQ,在显卡的使用手册中有说明它是否调用中断,不占用中断的好处是节省系统资源。

- MPS Version Control For OS(面向操作系统的 MPS 版本)。

选项:1.1,1.4。

它专用于多处理器主板,用于确定 MPS(MultiProcessor Specification,多重处理器规范)的版本,以便让 PC 制造商构建基于英特尔架构的多处理器系统。与 1.1 标准相比,1.4 增加了扩展型结构表,可用于多重 PCI 总线,并且对未来的升级十分有利。另外,v1.4 拥有第二条 PCI 总线,还无须 PCI 桥连接。新型的 SOS(Server Operating Systems,服务器操作系统)大都支持 1.4 标准,包括 Windows NT 和 Linux SMP(Symmetric Multi-Processing,对称式多重处理架构)。如果可以的话,尽量使用 v1.4。

- OS Select For DRAM>64MB(操作系统怎样处理大于 64MB 的内存)。

选项:OS/2,Non-OS/2。

当内存尺寸大于 64MB 时,IBM 的 OS/2 系统将以不同的方式管理内存,如果不用 OS/2,则设置为 Non-OS/2。

- HDD S. M. A. R. T. Capability(硬盘 S. M. A. R. T. 能力)。

选项:Enabled,Disabled。

SMART(Self-Monitoring,Analysis and Reporting Technology,自动监测、分析和报告技术)是一种硬盘保护技术,开启能增加系统稳定性。

在网络环境中,S.M.A.R.T.可能会自动发送一些未经监督的数据包到硬盘中,它们是不被操作系统允许的操作,经常导致系统重启。如果你打算把计算机作为网络服务器,最好关闭此特性。

- Report No FDD For Win9x(为 Windows 9x 报告找不到软盘驱动器)。

选项:Enabled,Disabled。

在没有 FDD(Floppy Disk Driver,软盘驱动器)的计算机中,关闭此选项和 Intergrated Peripherals 中的 FDC(Floppy Disk Controller,软盘驱动器控制装置)选项,可以在 Windows 9x 中释放 IRQ6,节省系统资源。

- Delay IDE Initial (Sec)(延迟 IDE 初始化,单位:秒)。

选项:0,1,2,3,…。

现今 BIOS 的启动比以前快得多了,在进行设备侦察时,某些旧式 IDE 设备可能还没启动,为了适应这种情况,BIOS 提供了一个延迟选项,可以减慢它的启动时间。设置为"0"时速度最快,BIOS 将不理会 IDE 设备的初始化失败,直接启动。

- Processor Number Feature(处理器号码特性)。

选项:Enabled,Disabled。

专用奔腾Ⅲ等序列号型处理器,开启之后可以通过某些特殊程序读取序列号,提供一种安全保证。实际上,这类保护的级别是相当低的,很容易被别人破解并作攻击之用,还是关闭的好。

- Video BIOS Shadowing(视频 BIOS 映射)。

选项:Enabled,Disabled。

显卡做每一项工作都必须经过 CPU 处理数据,甚至一些硬件与硬件之间的交换(如显示芯片与显示内存),也要动用到中央处理器。为了提高速度,首个解决方案是增加 BIOS 芯片,扩展系统 BIOS 的功能来管理显卡。开启此特性可以把视频 BIOS 的一部分内容复制到系统内存,加快存取速度。在传统的计算机中,CPU 通过 64 位 DRAM 总线读数据比 8 位 XT 总线要快得多,可以大大提高显示子系统的性能。不过,当代的显卡已经包含了一个处理器芯片,所有工作都由显示处理器完成,并用驱动程序的特殊指令和 CPU 直接沟通,在增加速度的同时,亦提供了向后兼容性。另外,大多数操作系统(如:Windows NT 4.0、Linux)可以绕过 BIOS 操作硬件,所以 BIOS 映射已经没有什么用处了,反而会浪费主内存空间或引起系统不稳定。

顺便提一句,大多数显卡用的是 Flash ROM 是 EEPROM(Electrically Erasable Programmable ROM,电擦写可编程只读存储器),它们的速度不仅比旧式 130~150ns EPROM 快,甚至超越了 DRAM,因此视频 BIOS 映射就变得没意义。如果你执意要使用映射,应该把所有区域都映射,不要仅 copy 一个 32KB 的缺省值(C000-C7FF),避免 BIOS 容量过大引起的冲突。视频 BIOS 映射的唯一好处是兼容 DOS 游戏,那些老古董并不能直接存取硬件,非得 BIOS 帮助不可。

- Shadowing address ranges (xxxxx-xxxxx Shadow)(映射地址列)。

选项:Enabled,Disabled。

此选项控制那一个区域的内存将用于映射视频 BIOS。注意,某些附加卡会使用 CXXX-EFFF 作为输入输出,并且内存读/写请求不会经过 ISA 总线执行,映射视频 BIOS

可能导致附加卡不能工作。

(3) Chipset Features Setup(芯片组特性设置)。

• SDRAM RAS-to-CAS Delay(内存行地址控制器到列地址控制器延迟)。

选项：2、3 RAS(Row Address Strobe,行地址控制器)到 CAS(Column Address Strobe,列地址控制器)之间的延迟时间。在 SDRAM 进行读、写、删新时都会出现延迟,减少延迟能够提高性能,反之则降低性能。如果你的内存速度够快,尽量使用"2"。在超频的时候,选择"3"会让系统更稳定,增加 OC 成功率。

• SDRAM RAS Precharge Time(SDRAM RAS 预充电时间)。

选项：2、3。

在 SDRAM 刷新之前,RAS 所需的预充电周期数目,减少时间能够提高性能,反之则降低性能。如果你的内存速度够快,尽量使用"2"。在超频的时候,选择"3"会让系统更稳定,增加 OC 成功率。

• SDRAM CAS Latency Time/SDRAM Cycle Length(SDRAM CAS 等待时间/
  SDRAM 周期长度)。

选项：2、3。

控制 SDRAM 在读取或写入之前的时间,单位是 CLK(Clock Cycle,时钟周期),减少等待时间能够增加突发传输的性能。如果内存速度够快,尽量使用"2"。在超频的时候,选择"3"会让系统更稳定,增加 OC 成功率。

• SDRAM Leadoff Command(SDRAM 初始命令)。

选项：3、4。

调节数据存储在 SDRAM 之前所需的初始化时间,它会影响到突发传输时的第一个数据。如果你的内存速度够快,尽量使用"3"。在超频的时候,选择"4"会让系统更稳定,增加 OC 成功率。

• SDRAM Bank Interleave(SDRAM 组交错)。

选项：2-Bank、4-Bank,Disabled。

调整 SDRAM 的交错模式,让不同组的 SDRAM 轮流删新和存取,当第一组进行删新时,第二组做存取工作,能够大大提高多组内存协同工作时的性能。

每一个 DIMM(Dual In-line Memory Modules,双重内嵌式内存模块)由 2 组或 4 组构成,2 组 SDRAM DIMM 使用 32Mb 或 16Mb 等小容量芯片,4 组 SDRAM DIMM 使用 64Mb 或 256Mb 等大容量芯片。如果用的是单条 2 组 SDRAM 模块,设置为"2-Bank",若是 4 组 SDRAM 模块,可设置为"2-Bank"或"4-Bank"。当然,4 组 SDRAM 比 2 组 SDRAM 要好。另外,Phoenix Technologies 的 Award BIOS 会在采用 16Mb SDRAM 时自动关闭交错存取。

• SDRAM Precharge Control(SDRAM 预充电控制)。

选项：Enabled,Disabled。

Disabled 时由 CPU 发出命令控制 SDRAM 的预充电时间,增加稳定性的同时会降低性能。Enabled 时由 SDRAM 自己控制预充电时间,节省了 CPU 到 SDRAM 控制所花费的时钟周期,提高内存子系统性能。

• DRAM Data Integrity Mode(DRAM 数据完整性模式)。

选项：ECC、Non-ECC。

ECC(Error Checking and Correction,错误检查修正)模式采用额外的 72 位内存检查数据的完整性,能够修正 1 位数据错误,提高系统稳定性,增加超频成功率。如果没有 ECC 内存,设置为 Non-ECC 即可。

- Read-Around-Write(在写附近读取)。

选项：Enabled,Disabled。

当处理器做乱序执行工作时,读命令指向的地址为最近写入的内容,提高 Cache 命中率,建议设为 Enabled。

- System BIOS Cacheable(系统 BIOS 缓冲)。

选项：Enabled,Disabled。

经过二级缓存把系统 BIOS 从 ROM 中映射到主内存 F0000h－FFFFFh,它能加快存取系统 BIOS 的速度,不过,操作系统很少请求 BIOS,Enabled 难以影响总体性能。另外,许多程序都通过这个地址来写入数据,建议大家 Disabled,释放内存空间并减低冲突几率。

- Video BIOS Cacheable(视频 BIOS 缓冲)。

选项：Enabled,Disabled。

经过二级缓存把视频 BIOS 从 ROM 中映射到主内存 C0000h-C7FFFh,它能加快存取视频 BIOS 的速度,不过,操作系统很少请求视频 BIOS,Enabled 难以影响总体性能。另外,许多程序都通过这个地址来写入数据,建议大家 Disabled,释放内存空间并减低冲突几率。

- Video RAM Cacheable(视频内存缓冲)。

选项：Enabled,Disabled。

经过二级缓存把视频内存从显卡映射到主内存 A0000h-AFFFFh,它能加快存取视频内存的速度,不过,操作系统很少请求视频内存,Enabled 难以影响总体性能。目前,大多数显卡的显存带宽已达 1.6GBps(128 位×100MHz/8),接近 P3-500 L2 缓存的 2.0GBps,在内存中增加缓冲区没有太大意义。另外,许多程序都通过这个地址来写入数据,建议大家 Disabled,释放内存空间并减低冲突几率。

- 8-bit I/O Recovery Time(8 位输入输出恢复时间)。

选项：NA、8、1、2、3、4、5、6、7。

由于 PCI 总线比 8 位 ISA 总线快得多,为了保证连续 PCI 到 ISA 输入输出的一致性,BIOS 为它添加了一个恢复时间。缺省值 NA 是 3.5 个时钟周期,可以最大限度地提高 ISA 总线的性能。如果你没有 ISA 插卡,就无须理会此选项。

- 16-bit I/O Recovery Time(16 位输入输出恢复时间)。

选项：NA、4、1、2、3。

由于 PCI 总线比 16 位 ISA 总线快得多,为了保证连续 PCI 到 ISA 输入输出的一致性,BIOS 为它添加了一个恢复时间。缺省值 NA 是 3.5 个时钟周期,可以最大限度地提高 ISA 总线的性能。如果没有 ISA 插卡,就无须理会此选项。

- Memory Hole At 15M-16M(在 15M 到 16M 之间的内存保留区)。

选项：Enabled,Disabled。

某些扩展卡需要一部分内存区域来工作,开启此特性可以把 15M 以上的内存分配给这些设备,但操作系统将不能使用 15M 以外的内存,建议大家 Disabled。

• Passive Release(被动释放)。

选项：Enabled,Disabled。

开启之后，允许 PCI 总线被动释放来打开 CPU 到 PCI 总线存取，那么，处理器就能同时对 PCI 和 ISA 设备进行操作。否则，只能由其他 PCI 主控存取 PCI 总线，不允许 CPU 直接存取。此特性常用于 ISA 总线主控延迟，可以均衡两个总线的速度。Enabled 是性能最优化设置，亦能避免 ISA 扩展卡出现速度跟不上的问题。

• Delayed Transaction/PCI 2.1 Compliance(延迟处理/兼容 PCI 2.1)。

选项：Enabled,Disabled。

它常用于 PCI 与 ISA 总线间的数据交换，由于 ISA 总线比 PCI 慢得多，开启此特性可以提供 32 位写缓冲作为延迟处理空间。如果你不使用 ISA 显卡或与 PCI 2.1 标准不兼容，选择 Disabled。

• AGP Aperture Size(MB)(AGP 区域内存容量，单位：兆字节)。

选项：4、8、16、32、64、128、256。

AGP 的其中一个特性是把系统内存分出部分区域作显示内存，其公式为 AGP 显卡内存容量×2+12MB，其中 12MB 用于虚拟寻址，2 倍内存容量用于组成联合读写内存区。这些空间并不是物理内存，如果要用真正的内存，必须在 Direct3D 中加入一个"Create non-local surface(创建非局域表面内存)"命令。

Windows 9x 在局域内存(包括磁盘虚拟内存)中创建 AGP 虚拟内存，并自动为所有程序进行优化，用完之后才会调用显卡内存和系统内存。虽然增加 AGP 区域的尺寸并不能直接提高性能，但必须有一定空间才能满足 3D 游戏等大型软件的需求。因为 GART (Graphic Address Remappng Table,图形地址重绘表)过大会导致系统出错，建议 AGP 区域内存容量不要超过 64~128MB。

• AGP 2X Mode(开启两倍 AGP 模式)。

选项：Enabled,Disabled。

AGP 标准分成许多个规格，AGP 1X 使用单边上升沿传输数据信号，在 66MHz 总线下拥有 264MBps 的带宽。AGP 2X 使用双边上升沿和下降沿传输数据信号，同样频率下可达到 528MBps。如果要采取此模式，必须要主板芯片组和显卡都支持才能实现。另外，如果你打算把外频超到 75MHz，最好关闭 AGP 2X，防止频率过高产生的不稳定现象。

• AGP Master 1WS Read(AGP 主控 1 个等待读周期)。

选项：Enabled,Disabled。

在缺省的情况下，AGP 主控设备在进行读处理时会等待 2 个时钟周期，开启此特性能够减少等待时间，提高显示子系统的性能。

• AGP Master 1WS Write(AGP 主控 1 个等待写周期)。

选项：Enabled,Disabled。

在缺省的情况下，AGP 主控设备在进行写处理时会等待 2 个时钟周期，开启此特性能够减少等待时间，提高显示子系统的性能。

• USWC Write Posting(UCWC 写置入)。

选项：Enabled,Disabled。

USWC(Uncacheabled Speculative Write Combination,无缓冲随机联合写操作)把每一

个小的写入操作联合成一个 64 位写命令,再发到线性缓冲区,此做法能够减少写入次数,提高奔腾 Pro 芯片的图形性能。不过,USWC 并不适合所有设备,如果显卡不支持此特性,则会造成系统冲突或启动问题。现在的新型主板(BX 级以上),多数无须打开 USWC。

- Spread Spectrum/Auto Detect DIMM/PCI Clk(伸展频谱/自动侦察 DIMM/PCI 时钟)。

选项:Enabled,Disabled,0.25%,0.5%,Smart Clock(智能时钟)。

当主板的时钟发生器达到极限值时,很容易产生 EMI(Electromagnetic Interference,电磁干扰)现象。伸展频谱能够调整时钟发生器脉冲,控制波形的变形,减少与其他设备的冲突。

提高系统稳定性的代价是性能的下降,开启此特性会对时钟敏感设备有很大影响(如:SCSI 卡)。某些主板有智能时钟技术,可以动态地调节频率,当 AGP、PCI、SDRAM 不使用时会自动关闭时钟信号。既能减少 EMI 和能源消耗,又能保证系统性能。

如果没遇到了 EMI 问题,可选择"Disabled",否则请选"Enabled"或"Smart Clock(推荐)"。另外两个百分数选项是时钟发生器的数值,0.25%提供一定的系统稳定性,0.5%能够充分减少 EMI。

- Lash BIOS Protection(可刷写 BIOS 保护)。

选项:Enabled,Disabled。

禁止未授权用户和计算机病毒(如 CIH)对 BIOS 的写入,为了系统安全着想,一般选择 Enabled。要对 BIOS 进行升级时,再选择 Disabled。

- Hardware Reset Protect(硬件重启保护)。

选项:Enabled,Disabled。

服务器和路由器都是 24 小时常用设备,不允许有停顿现象发生。Enabled 能避免系统意外重启。如果不是此类设备,最好设置成 Disabled。

- CPU Warning Temperature(CPU 警告温度)。

选项:35、40、45、50、55、60、65、70。

当 CPU 超过此温度时,主板会发出警告信号,并调用 idle 指令减少 CPU 的负担,降低芯片热量。

- Shutdown Temperature(系统当机温度)。

选项:50、53、56、60、63、66、70。

当整个系统超过此温度时,主板会发出警告信号,并调用即时关机,保护硬件避免过热而烧掉。

- Current CPU Temperature(当前 CPU 的温度)。

如果主板有温度观察装置,就能在此看到当前 CPU 的温度。

- Current CPUFAN1/CPUFAN2 Speed(当前 CPU 风扇的转速)。

如果主板有 CPU 风速探察装置,就能在此看到 CPU 风扇的转速,防止转速过低或风扇停转引起的硬件故障。现在,许多主板的驱动程序中都自带有软件,可在 Windows 中看到这些参数,无须经常进入 BIOS 来查看。

- CPU Host/PCI Clock(CPU 外频/PCI 时钟)。

选项:Default(66/33MHz)、68/34MHz、75/37MHz、83/41MHz、100/33MHz、103/34MHz、112/33MHz、133/33MHz 设置 CPU 的外频,是软超频的一种,尽量不要选择

非标准 PCI 外频(即 33MHz 以外的),避免系统负荷过重而烧掉硬件。

(4) Integrated Peripherals(完整的外围设备设置)。

• Onboard IDE-1 Controller(板上 IDE 第一接口控制器)。

选项:Enabled,Disabled。

激活/禁止主板上的第一个 IDE 控制器,如果有 SCSI 硬盘且不使用 IDE 设备,Disabled 可以释放一个 IRQ,否则还是选择 Enalbed。

• Onboard IDE-2 Controller(板上 IDE 第二接口控制器)。

选项:Enabled,Disabled。

激活/禁止主板上的第二个 IDE 控制器,如果有 SCSI 硬盘且不使用 IDE 设备,Disabled 可以释放一个 IRQ,否则还是选择 Enalbed。

• Master/Slave Drive PIO Mode(主/副驱动器 PIO 模式)如表 8-4 所示。

选项:0、1、2、3、4、Auto(自动)。

开启板上 IDE 第一/二接口控制器后,可以使用此选项调节硬盘的 PIO(programmed input/output,可编程输入输出模式)模式。数值越高,速度越快,超频时采用低速度模式能够增加系统稳定性,提高超频成功率。

表 8-4　硬盘的 PIO 模式

PIO 数据传输	吞吐量/MBps	PIO 数据传输	吞吐量/MBps
PIO Mode 0	3.3	PIO Mode 3	11.1
PIO Mode 1	5.2	PIO Mode 4	16.6
PIO Mode 2	8.3		

• Master/Slave Drive Ultra DMA 如表 8-5 所示。

选项:Auto(自动)、Disabled。

开启板上 IDE 第一/二接口控制器后,可以使用此选项开/关硬盘的 Ultra DMA(Direct Memory Access,直接内存存取)33 模式,不包括 UltraDMA 66。如果设置成 Auto,BIOS 不会把硬盘调为 UltraDMA 模式(当然也不能让非 UltraDMA 硬盘支持 UltraDMA 模式),必须在操作系统中手工打开。

表 8-5　硬盘的 DMA 模式

DMA 数据传输	吞吐量/MBps	DMA 数据传输	吞吐量/MBps
DMA Mode 0	4.16	UltraDMA 33	33.3
DMA Mode 1	13.3	UltraDMA 66	66.7
DMA Mode 2	16.6		

• Ultra DMA-66 IDE Controller(Ultra DMA 66 IDE 控制器)。

选项:Enabled,Disabled。

设置 Ultra DMA-66 IDE 控制器的开/关状态。

• USB Controller(USB 控制器)。

选项:Enabled,Disabled。

设置 USB(Universal Serial Bus,通用串行总线)控制器的开/关状态。

- USB Keyboard Support(USB 键盘支持)。

选项：Enabled,Disabled。

开启/关闭 USB 键盘支持。

- USB Keyboard Support Via(USB 键盘支持模式)。

选项：OS、BIOS 设置为 OS,只能由 Windows 9x 等操作系统控制 USB 键盘。设置为 BIOS,可以在 DOS 实模式下使用 USB 键盘。

- Init Display First(显示适配器选择)。

选项：AGP、PCI。

如果使用一个以上显示适配器,通过此设置选择第一个开启的设备。若是仅有一个 AGP 显卡,选择 AGP 会提高启动速度。

- KBC Input Clock Select(键盘控制器输入时钟选择)。

选项：8MHz、12MHz、16MHz。

选择 KBC(KeyBroad Control,键盘控制器)的频率,时钟越高自然速度越快。

- Power On Function(电源开启功能)。

选项：Button Only(电源开关键)、Keyboard 98(98 型键盘)、Hot Key(热键)、Mouse Left(鼠标左键)、Mouse Right(鼠标右键)。

选择使用何种方式打开计算机,Button Only 是使用机箱上的电源开关键控制; Keyboard 98 是某种有特殊电源开关按钮的键盘;热键是使用如 Ctrl＋F11 或 Alt＋F12 等快捷键启动,如果键盘太旧可能会失效;Mouse Left 和 Mouse Right 是使用鼠标开机,某些 PS/2 鼠标可能不支持此特性。

- Onboard FDD Controller(板上软盘驱动器控制器)。

选项：Enabled,Disabled。

激活/禁止主板上的软盘驱动器控制器;如果不使用软驱,Disabled 可以释放一个 IRQ, 否则还是选择 Enalbed 吧。

- Onboard Serial Port 1/2(板上串行口 1/2)。

选项：Disabled, 3F8h/IRQ4, 2F8h/IRQ3, 3E8h/IRQ4, 2E8h/IRQ3, 3F8h/IRQ10, 2F8h/IRQ11,3E8h/IRQ10,2E8h/IRQ11,Auto 调整串行口的输入/输出地址和 IRQ,选择 Auto 可交给操作系统自动完成,设置成 Disabled 可以节省一个 IRQ。

- Onboard IR Function(板上红外线功能)。

选项：IrDA (HPSIR) mode,ASK IR(Amplitude Shift Keyed Infra-Red,长波形可移动输入红外线)mode,Disabled。

此特性通常创建于第二个板上串行口之下,如果你关闭了第二个串行口,可能会看不见此项设置。选择不同的传送模式可以适应各种外部附加设备,前提是主板上有红外线输出口。

- Duplex Select(红外传输双向选择)。

选项：Full-Duplex(完全双向)、Half-Duplex(半双向)。

选择完全双向传输,可以同时发出和接收数据,加快红外传输的速度。选择半双向,同一时间内只能发出或接收数据。

- RxD,TxD Active(RxD、TxD 激活)。

选项：High、Low。

此特性通常创建于第二个板上串行口之下,如果关闭了第二个串行口,可能会看不见此项设置。至于红外传输的极性,可以按照 IR 外围设备的说明书来作出正确选择。

• Onboard Parallel Port(板上并行口)。

选项:3BCh/IRQ7,278h/IRQ5,378h/IRQ7,Disabled。

调整并行口的输入输出地址和 IRQ,如果不使用并行设备,建议大家设成 Disabled 节省一个 IRQ。

• Parallel Port Mode(并行口模式)。

选项:ECP,EPP,ECP+EPP,Normal (SPP)。

此特性通常创建于并行口之下,如果你关闭了并行口,可能会看不见此项设置。Normal SPP(Standard Parallel Port,标准并行口)模式能够兼容所有并行设备,速度最慢。ECP(Extended Capabilities Port,延长能力端口)使用 DMA 协议发送数据并能提供对称双向通信,速度为 2.5Mbit/秒。在 FIFO(First Input First Output,先入先出队列)的帮助下,ECP 对扫描仪和打印机等大数据量设备十分有利。EPP(Enhanced Parallel Port,增强形平行接口)使用现有并行口提供不对称双向通信,较适合并行口驱动器。

BIOS 还同时支持 ECP+EPP 模式,如果你没有其中一项设备,则会浪费一个 IRQ。所以,按外围设备说明书设置适合的模式(ECP 或 EPP),能够提高总体速度。

• ECP Mode Use DMA(ECP 模式使用的 DMA 通道)。

选项:Channel 1(通道 1),Channel 3(通道 2)。

此特性通常创建于并行口之下,如果你关闭了并行口的 ECP 或 ECP+EPP,可能会看不见此项设置,选择哪一个通道对系统性能都没有影响。

• EPP Mode Select(EPP 模式选择)。

选项:EPP 1.7、EPP 1.9。

此特性通常创建于并行口之下,如果你关闭了并行口的 ECP 或 ECP+EPP,可能会看不见此项设置。1.9 标准比 1.7 标准要快,如果不是遇到兼容性问题,尽量选择新标准。

(5) PNP/PCI Configuration(即插即用/PCI 设置)。

• PNP OS Installed(即插即用操作系统安装)。

选项:Yes(有)、No(无)。

如果计算机中的操作系统支持 PNP(Plug & Play,即插即用),选择 Yes 可以让它更好地管理硬件资源。注意:由于 Windows 2000 支持 ACPI(Advanced Configuration and Power Interface,先进设置和电源管理)特性,因此必须在 BIOS 的能源选项里关掉 APM(Advanced Power Management,高级能源管理)特性。

在不完全 PNP 的 Linux 系统中,安装硬件比较麻烦,如果把 PNP OS 设为"NO",BIOS 让 ISA 扩展卡自己调用资源,很多情况下会发生冲突,必须使用一种名为 ISA PNP TOOLS 的工具设置硬件。即便如此,还会常常发现硬件不能工作,把 PNP OS 设为"Yes"后 ISA PNP TOOLS 的工作就变得容易些。所以,建议各种操作系统的用户,最好都把此特性设成"Yes"。

• Force Update ESCD/Reset Configuration Data(强迫升级 ESCD/重新安排配置数据)。

选项:Enabled,Disabled。

在 PNP BIOS 中,ESCD(Extended System Configuration Data,可扩展系统配置数据)

用于存储各种插卡的 IRQ、DMA、I/O 和内存配置,通常,此特性设成 Disabled。当计算机中加入新设备之后,BIOS 将自动升级 ESCD,重新安排硬件资源,在升级完毕后再把它设成 Disabled,因此我们无须改变此值。

- Resource Controlled By(资源控制)。

选项:Auto(自动),Manual(人工)。

设成 Auto 时,BIOS 自动设置所有 PNP 设备的 IRQ 和 DMA。如果你遇到无法解决的冲突问题时,可设成 Manual,人工改变 ISA 或 PCI 设备所占用的资源。传统型 ISA 卡必须使用特定的 IRQ(如声卡用 IQR 5、7)或 DMA,而新型的 PCI/ISA PNP 卡可使用任意的 IRQ 或 DMA。

- Assign IRQ For USB(给 USB 设备分配 IRQ)。

选项:Enabled,Disabled。

把特定的 IRQ 分给 USB 设备,Disabled 等同于禁止 USB 工作。如果你没有 USB 设备,关闭此选项能够释放一个 IRQ。

- PCI IRQ Activated By(PCI 激活 IRQ)。

选项:Edge(边带),Level(水平)。

ISA 和旧式 PCI 卡使用 Edge 单电压触发方式来激活 IRQ,新型 PCI 卡和 AGP 卡使用 Level 多电压触发方式来激活 IRQ。Edge 为固定性 IRQ,适合老式设备,Level 为共享型 IRQ,适合新型设备。在没有冲突的情况下,尽量使用 Level 模式。

- PIRQ_0 Use IRQ No. ~PIRQ_3 Use IRQ No。

选项:Auto,3,4,5,7,9,10,11,12,14,15。

手工设定已安装设备的 IRQ,注意的事项有几点。

(1) 不能把 IRQ 分给同一个 ISA 设备。

(2) 每个 PCI 槽可通过 4 个中断激活,INT A、INT B、INT C 和 INT D。

(3) 每个 AGP 槽可通过 2 个中断激活,INT A 和 INT B。

(4) 通常,每个插槽都使用 INT A,其他中断预留给 PCI/AGP 设备请求更多的 IRQ 之用。

(5) AGP 槽和 PCI 1 槽共享一个 IRQ,PCI 4 槽和 PCI 5 槽共享一个 IRQ,USB 使用 PIRQ_4。

由于许多槽都使用同一资源,很容易造成冲突,应该尽量避开共享的插槽,如使用 AGP 槽就不要用 PCI 1 槽。通常选择 AUTO,可以让 BIOS 自动设置。如果想手工设置,必须清楚地知道各插槽所占用的 PIRQ 号。举个例子吧,一个 PCI 网卡使用 PCI 3 槽,它会先分配到 INT A,那么对应的 PIRQ 号为 2。如果你的网卡需要 IRQ 7,再把 PIRQ 设成 IRQ 7 即可。如此类推,AGP 和 PCI 1 槽用 PIRQ_0,PCI 2 槽用 PIRQ_1,等等。

(6) POWER MANAGEMENT SETUP(能源管理设置)。

- Power Management(能源管理)。

选项:Enabled,Disabled。

控制能源管理的开/关状态。

- ACPI function Power Management。

选项:Users Define(用户定义)、Min Saving(最小节能)、Max Saving(最大节省)、Disabled(关闭)。

Users Define：系统在一时间内没有执行任何程序则进入电源节能方式，而时间长短则由用户定义。

Min Saving：当系统在 10 秒内没被使用则进入电源节能方式。

Max Saving：当系统在 1 个小时内没被使用则进入电源节能方式。

Disabled：关闭能源管理方式，计算机长期处于正常工作状态，虽然浪费电能，但可以让机器全速运行，避免看 VCD 时突然进入节能状态而中断的问题。

• PM Control by APM（由 APM 控制能源管理）。

选项：Enabled，Disabled。

APM 的执行将可增强电源的省电模式和关掉 CPU 的内部时钟。系统的认值是 Enabled，若设置 Disabled，系统在开启 PM（Power Management，电源管理）时，BIOS 将会略过 APM 的功能。

• Video Off Option（屏幕关闭选项）。

选项：DMPS、Blank Screen（黑屏）、V/H Sync＋Blank。

DPMS（Display Power Management Signaling，显示能源管理信号）关闭向显示器发出的信号；Blank Screen 把屏幕关掉；V/H Sync＋Blank 在黑屏的同时，关掉垂直/水平刷新信号。

• Video off After（VGA 关闭）。

选项：Doze（打盹）、StandBy（待命）、Suspend（睡眠）。

Doze 模式降低 CPU 时钟；StandBy 模式在 Doze 模式之后出现，进一步减低 CPU 速度；Suspend 模式完全停止 CPU 时钟。此设置决定在哪一个状态下开始关闭视频设备。

• MODEM Use IRQ（MODEM 使用的 IRQ 号）。

选项：3、4、5、7、9、10、11。

决定 MODEM 所采用的 IRQ 号，以便远程唤醒时发出合适的中断信号，默认值是 IRQ3。

• Doze Mode（打盹模式）。

选项：1Min（分钟）、2Min、4Min、8Min、12Min、20Min、30Min、40Min、1Hour（小时）、Disabled。当系统在额定的时间内未被使用，进入打盹模式的时间，Disabled 则不进入节能状态。

• Standby Mode（待命模式）。

选项：1Min（分钟）、2Min、4Min、8Min、12Min、20Min、30Min、40Min、1Hour（小时）、Disabled。

当系统在额定的时间内未被使用，进入待命模式的时间，Disabled 则不进入节能状态。

• Suspend Mode（睡眠模式）。

选项：1Min（分钟）、2Min、4Min、8Min、12Min、20Min、30Min、40Min、1Hour（小时）、Disabled。

当系统在额定的时间内未被使用，进入睡眠模式的时间，Disabled 则不进入节能状态。

• HDD Power Down（硬盘关闭控制）。

选项：1～15Min、Disabled。

当系统在额定的时间内未被使用,截断硬盘电源的时间,Disabled 则不进入节能状态。不过在使用此选项时,首先要确保把 Power Management 选项设为 User Define。

· Throttle Duty Cycle(节能周期)。

选项：12.5％、25％、37.5％、50％、62.5％、75.0％。

控制计算机的节能周期,默认值为 62.5％,数值越小节能越少。

· PCI/VGA Active Monitor(PCI/视频激活显示器)。

选项：Enabled,Disabled。

开启此特性后,能通过视频信号来唤醒在节能状态的显示器。

· Soft-Off by PWRBTN(电源按钮关机)。

选项：Delay 4 Sec(延迟 4s)、Instant-Off(立即关闭)。

该项用于设置关机功能。当设置延迟 4 秒时,用户按开机按钮 4s 可关闭系统。如果按开机按钮时间短于 4s 时,系统将会进入挂起状态。当设置为立即关闭后,用户仅按一下即可关闭系统。

· CPUFAN Off In Suspend(在睡眠模式下停止 CPU 风扇)。

选项：Enabled,Disabled。

开启此特性后,能在睡眠状态时关掉 CPU 风扇,进一步降低系统功耗。

· Power On By Ring(响铃开机)。

选项：Enabled,Disabled。

开启此特性后,能用远程软件打开计算机。

· Resume By Alarm(警报恢复)。

选项：Enabled,Disabled。

开启此特性后,满足警告条件就立即恢复原来状态。

· IRQ 8 Break Suspend。

选项：Enabled,Disabled。

开启此特性后,使用 IRQ 8 可以中断节能状态。

· Reload Global Timer Events(系统唤醒事件)。

选项：Enabled,Disabled。

开启了以下特性,当有特定事件发生时,计算机就会从睡眠状态中苏醒。

IRQ[3-7,8-15],NMI;

Primary IDE 0(主 IDE 第一个设备接口);

Primary IDE 1(主 IDE 第二个设备接口);

Secondary IDE 0(副 IDE 第一个设备接口);

Secondary IDE 1(副 IDE 第二个设备接口);

Floppy Disk(软驱);

Serial Port(串行口);

Parallel Port(并行口)。

本章习题

一、选择题

1. 确定微型计算机整体性能的主要部件是（　　　）。

    A. 内存　　　　　　　B. 主板　　　　　　C. 硬盘　　　　　　　D. 显示卡

2. 微型计算机系统安装时首先要考虑的是各个基本部件和设备应当（　　　）。

    A. 性能指标匹配和良好的兼容性　　　B. 速度最优,价格最低

    C. 质量最佳、价格合理　　　　　　　　D. 方便拆装和维护

3. 选购硬盘的主要参数有（　　　）。

    A. 硬盘缓存大小　　　　　　　　　　　B. 是否有 DMA 高速接口

    C. 硬盘接口速度　　　　　　　　　　　D. 硬盘容量、转速及接口速度

4. 最佳的显示卡配置方式主要考虑（　　　）。

    A. 显示效果　　　　　　　　　　　　　B. 性能价格比

    C. 独立显卡　　　　　　　　　　　　　D. 集成显卡

5. Ultra DMA-66/100 硬盘安装时应注意（　　　）。

    A. 可直接装于任意一款主板上

    B. 需使用 80 线的硬盘连接电缆

    C. 主板必须支持 Ultra DMA/66 接口标准

    D. 安装补丁程序

6. 微型计算机硬件安装完成后,必须对 CMOS SETUP（　　　）。

    A. 进行所有项目重新设置　　　　　　B. 最好对常用项目设置即可

    C. 使用默认设置即可　　　　　　　　D. 进行升级

7. 安装 CPU 时一定需注意（　　　）。

    A. 涂抹散热硅胶及加装风扇　　　　　B. 调整电压及电流

    C. 注意 CPU 电极正负　　　　　　　　D. 测量电流、电压

8. 主板、CPU、内存、显卡等部件装入机箱前,最好（　　　）。

    A. 分别测试其性能　　　　　　　　　　B. 整体加电判断是否运行

    C. 观看外观是否正常　　　　　　　　D. 核查其性价比

二、填空题

1. 由于许多最新高级图形软件（比如 3D 游戏软件）和 Internet 的特殊需要,目前选用的显示卡大多要求具有 3D 图形加速功能,它的总线接口应为＿＿＿＿＿＿接口。

2. 显示器的＿＿＿＿＿、＿＿＿＿＿和＿＿＿＿＿＿是关系到显示器到底支持多高的分辨率和屏幕刷新率的硬指标。

3. 微型计算机系统的安装分为＿＿＿＿＿安装和＿＿＿＿＿安装两大步骤。

4. 在进行主板、显示卡和声卡等板卡安装之前,应根据说明书的要求进行必要的＿＿＿＿＿设置,以保证板卡正确高效的工作状态。

5. 对 CPU 的 SW1 进行设置时,要同时考虑＿＿＿＿＿和 AGP 总线时钟。

6. 在硬件安装成功后,首先要设置硬件配置参数,并保存于＿＿＿＿＿中,供 BIOS 使用,

以保证硬件系统能正常和高效地工作。

三、简答题

1. 选择内存时应该注意哪些问题？

2. 硬件系统安装指的是什么？

3. 在 PC 中安装 Ultra DMA-66/100 硬盘应具备什么条件？

四、操作题

1. 练习主板跳线开关的设置方法。

2. 练习系统硬件的安装步骤。

第9章　操作系统的安装

一个完整的计算机系统往往包括两个方面：硬件系统与软件系统。操作系统是最底层的系统软件，是对硬件系统的首次扩充，用来控制和管理计算机硬件资源和软件资源的程序集合。它是计算机系统中极为重要的系统软件。

9.1　Windows XP 中文版的安装

9.1.1　安装类型

1. 升级安装

Windows XP 在升级安装上做得十分出色，如果用户的计算机上安装了 Microsoft 公司其他版本的 Windows 操作系统，可以覆盖原有的系统而升级到 Windows XP 版本。中文版的核心代码是基于 Windows 2000 的，所以从 Windows NT4/2000 上进行升级安装是非常方便的。

2. 全新安装

如果用户新购买的计算机还未安装操作系统，或者机器上原有的操作系统已经被格式化，可以采用这种方式进行安装。在安装时需要在 DOS 状态下进行，用户可先运行 Windows XP 的安装光盘，找到相应的安装文件，然后在 DOS 命令行下执行 Setup 安装命令，在安装系统向导提示下用户可以完成相关的操作。也可以在 BIOS 里设置系统从"CD-ROM"启动，计算机将从光驱引导安装程序。

3. 双系统共存安装

如果用户已经安装了其他的操作系统，它可以在保留现有系统的基础上安装 Windows XP。新安装的 Windows XP 将被安装在一个独立的分区中，与原有的系统共同存在，但不会相互影响（注意选择不同的安装位置）。双系统安装完成以后重新启动计算机，在显示屏上会出现系统选择菜单，用户可以选择要使用的操作系统。

9.1.2　安装要求

中文版 Windows XP 的安装过程是非常简单的，它使用高度自动化的安装程序向导，用户不需要做太多的工作就可以完成整个安装过程。但是 Windows XP 对计算机硬件系统提出了更高的要求。如果 CPU、内存、硬盘空间或视频能力达不到最低要求，Windows XP 会拒绝安装。在安装之前先了解一下 Windows XP 对硬件的要求。

（1）CPU：奔腾 II 300MHz 或更高；最低奔腾 II 233MHz。

（2）内存：128MB 或更高，最低 64MB（可能会影响性能和某些功能）。

（3）硬盘空间：1.5GB 可用硬盘空间。

9.1.3 安装 Windows XP 中文版

下面以 Windows XP Professional 简体中文版操作系统为例，讲解 Windows XP 中文版的全新安装过程。安装过程可分为信息收集、动态更新、准备安装、安装 Windows 以及完成安装 5 个步骤。

1. 从系统盘启动

（1）首先在 BIOS 里设置系统从"CD-ROM"启动，将 Windows XP 安装光盘放入光驱。

（2）重新启动计算机，计算机将从光驱引导，屏幕上提示 Press any key to boot from CD…，按任意键继续（此界面出现事件较短，应及时按下任意键），安装程序将检测计算机的硬件配置，并从安装光盘提取必要的安装文件，之后出现"欢迎使用安装程序"界面，如图 9-1 所示。

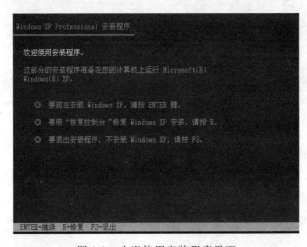

图 9-1　欢迎使用安装程序界面

按 Enter 键即可开始安装。

2. 阅读许可协议

接下来会出现 Windows XP 的许可协议画面，按下 F8 键同意，即可进行下一步操作，如图 9-2 所示。

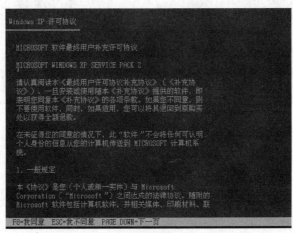

图 9-2　阅读许可协议界面

3. 选择安装分区

这一步会显示硬盘中的现有分区或尚未划分的空间,如图 9-3 所示,可以使用上下键选择要使用的分区,然后按 Enter 键即可。

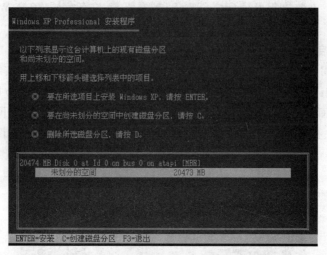

图 9-3　选择安装分区界面

4. 选定文件系统

选定或创建好分区后,需要对磁盘进行格式化,可使用 FAT 或 NTFS 文件系统对磁盘进行格式化,建议使用 NTFS 文件系统,可使用上下光标键进行选择,如图 9-4 所示。

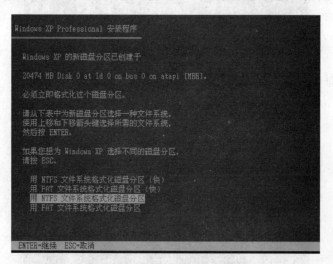

图 9-4　选择文件系统界面

选择完成按 Enter 键即可开始进行格式化。

5. 文件复制

格式化完成以后,安装程序开始从光盘中向硬盘复制安装文件,复制完成后会自动重启,如图 9-5 和图 9-6 所示。

图 9-5　复制文件

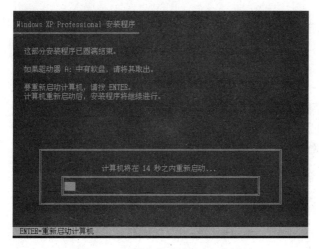

图 9-6　复制文件完成,重新启动

6. Windows XP 启动界面以及进入安装过程

重新启动后会看到熟悉的 Windows XP 启动界面,如图 9-7 所示,随后进入 Windows XP 的安装过程,如图 9-8 所示,接下来的安装过程即可自动进行。

7. 区域与语言设置

安装设备的进度条完成后,会弹出"区域和语言选项"对话框,如图 9-9 所示。可使用默认设置,单击"下一步"按钮即可。也可以单击"自定义"按钮来进行改变。

8. 填写相关信息

区域和语言设置完成以后,会出现"自定义软件"对话框,如图 9-10 所示。根据自己的需要填写姓名和单位。

9. 填写产品密钥

接着显示输入密钥对话框,要求填入一个 25 位的产品密钥,如图 9-11 所示,这个密钥一般会附带在软件的光盘或说明书中,如实填写就行了。

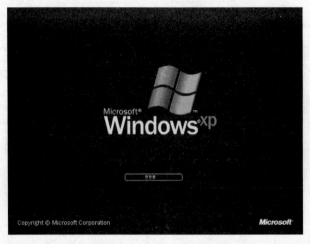

图 9-7　Windows XP 启动界面

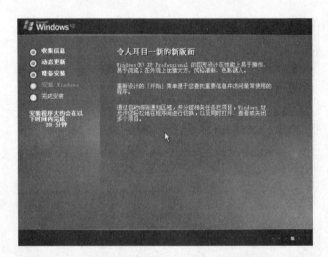

图 9-8　Windows 安装界面

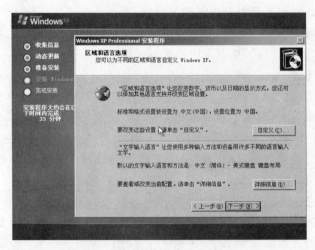

图 9-9　区域和语言选项设置

图 9-10 自定义软件

图 9-11 填写产品密钥

10. 为系统管理员设置密码

随后弹出"计算机名和系统管理员密码"对话框,如图 9-12,在此对话框中要求填入计算机名和系统管理员密码,如果计算机不在网络中可自行设定计算机名和密码。

11. 设置日期时间和时区

接下来要求设置日期和时间,可直接单击"下一步"按钮,如图 9-13 所示。

12. 设置网络

第一个部分安装网络完成以后进行网络的安装,在"网络设置"对话框中可对网络进行设置,如图 9-14。一般使用"典型设置",单击"下一步"按钮即可,如果有其他需要,可进行"自定义"设置。然后弹出"工作组和计算机域"对话框,如图 9-15,如果不在局域网中,可使用默认设置,如果在局域网中,可在网络管理员指导下进行设置。

图 9-12　更换计算机名和管理员密码

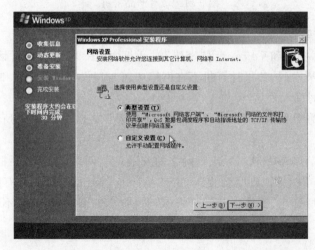

图 9-13　日期和时间设置

图 9-14　网络设置

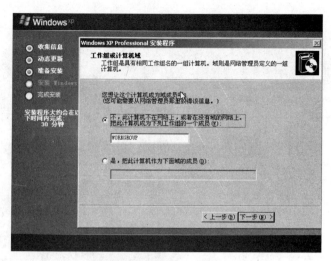

图 9-15　工作组或计算机域

13. 继续安装

接着安装程序会进行"文件复制"、"安装开始菜单"、"注册组件"、"保存设置"几步,如图 9-16 所示,安装完成后系统会重新启动计算机。

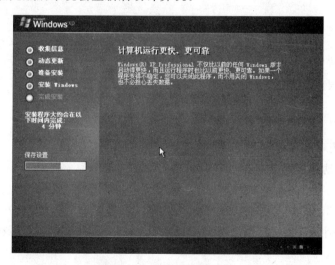

图 9-16　继续安装的过程

14. 安装完成,进行计算机设置

计算机重新启动后安装基本完成,安装程序会进行操作系统的设置,一般单击"下一步"按钮即可。在"注册"界面一般选择不注册,在"谁会使用这台计算机"界面可设置几个用户,随后即可使用计算机了。

15. 操作系统安装成功,进入 Windows XP 的桌面

操作系统最终完成,即可看到 Windows XP 的桌面。可在开始菜单中使用进行计算机的其他设置,如图 9-17 所示。

图 9-17　Windows XP 启动界面

9.2　安装驱动程序

操作系统安装完成以后,部分性能还不能发挥作用,只有安装各种板卡的驱动程序,系统性能才能得到很好的发挥,并且安全、稳定地使用上该硬件的所有功能。

9.2.1　驱动程序安装的方法

下面来看看几种安装驱动程序的方法。

1. 可执行驱动程序安装法

可执行的驱动程序一般有两种,一种是单独一个驱动程序文件,只需要双击它就会自动安装相应的硬件驱动,另一种则是一个现成目录(或者是压缩文件解开为一个目录)中有很多文件,其中有一个 setup. exe 或者 install. exe 可执行程序,双击这类可执行文件,程序也会自动将驱动装入计算机中。

2. 手动安装驱动法

由于可执行文件往往有相当复杂的执行指令,体积较大,有些硬件的驱动程序并非有一个可执行文件,而采用了 inf 格式手动安装驱动的方式。这里以在 Windows 98 下安装 ESS1938 声卡驱动为例演示以下手动安装驱动的方法。

执行"开始"|"所有程序"|"控制面板"菜单命令,打开"控制面板"对话框,然后双击"系统",打开"设备管理器",就会发现几个项目前面标着一个黄色的问号,还打上一个感叹号。由于 Windows 无法识别该声卡,或者没有相应的驱动程序,所以 Windows 就用这样的符号把设备来标示出来,以便用户能及时发现未装驱动的硬件,安装驱动程序就比较方便了。

一般常见的未知声卡设备名为"PCI Multimedia Audio Device",未知网卡则是"PCI Network Adapter Device",未知 USB 设备则是"未知 USB 设备"。双击该设备,并选择升级驱动程序。选择安装的途径,直接使用推荐方法并单击"下一步"按钮。选择安装程序的位置,选择"指定位置",单击"浏览"按钮,从光盘上找到声卡驱动,也可以手动输入文件位置。然后就找到了一个设备的驱动程序,正好是声卡的,单击"下一步"按钮。随后经过一些文件的复制,并自动安装了一些相应驱动之后,声卡就安装完毕了。

3. 其他设备驱动安装方式

除了以上一些常见通用设备的驱动一般采用上述两种驱动安装方式以外,还有一些设备,如调制解调器(Modem)和打印机需采用特殊的驱动安装方式,读者可以自己去摸索一下。

9.2.2 驱动程序安装实例

1. 安装主板驱动程序

下面以安装 nVIDIA nForce2 芯片组主板驱动程序为例,简单介绍安装方法。把该主板驱动程序光盘插入光驱,将自动运行,显示如图 9-18 所示,只需依次安装。

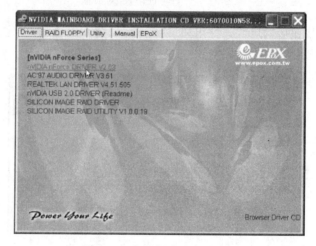

图 9-18　主板驱动程序对话框

2. 安装显卡驱动程序

(1) 执行 Setup 程序,显示欢迎对话框,如图 9-19 所示。

图 9-19　欢迎对话框

（2）单击"下一步"按钮，显示"许可证协议"对话框，如图 9-20 所示。

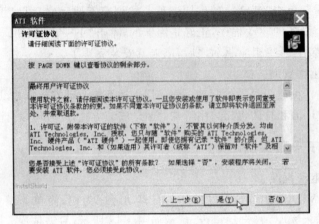

图 9-20　"许可证协议"对话框

（3）单击"是"按钮后，显示"选择组建"对话框，如图 9-21 所示，单击"快速安装"按钮，开始复制所需的驱动程序。

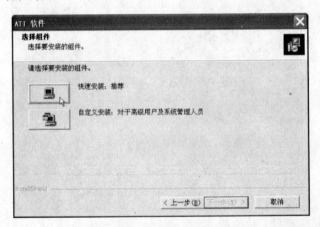

图 9-21　"选择组建"对话框

（4）文件复制完成后，显示完成对话框，如图 9-22 所示，单击"结束"按钮，重新启动计

图 9-22　完成对话框

算机。重新启动后,显卡的驱动程序安装完成。

3. 安装打印机驱动程序

(1) 执行"开始"|"打印机和传真"菜单命令,显示如图 9-23 所示。

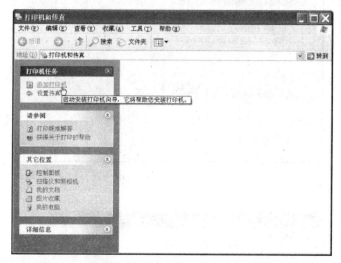

图 9-23 "打印机和传真"窗口

(2) 在"打印机和传真"窗口左侧单击"添加打印机",启动"添加打印机"向导,如图 9-24 所示。

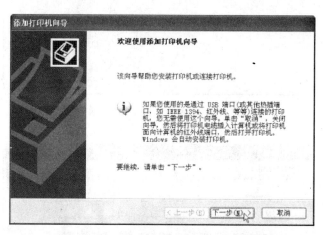

图 9-24 "欢迎使用添加打印机向导"对话框

(3) 单击"下一步"按钮,显示"本地或网络打印机"对话框,如图 9-25 所示,这里我们选择"连接到此计算机的本地打印机"。

(4) 在此之前应该把打印机连接到计算机,并打开电源。单击"下一步"按钮后,将自动检测打印机,并安装相应的驱动程序。如果没有连接好,将需要手动安装驱动程序,显示如图 9-26 所示的"新打印机检测"对话框。

(5) 单击"下一步"按钮后,显示"选择打印机端口"对话框,如图 9-27 所示。一般打印机都使用"LPT1",不用更改。

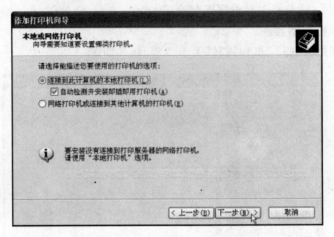

图 9-25 "本地或网络打印机"对话框

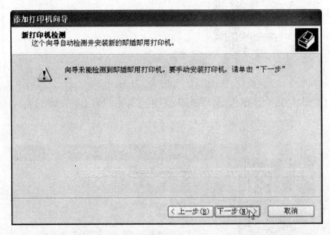

图 9-26 "新打印机检测"对话框

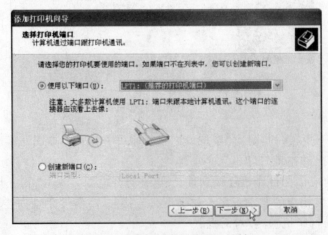

图 9-27 "选择打印机端口"对话框

(6)单击"下一步"按钮后,显示"安装打印机软件"对话框,如图 9-28 所示。

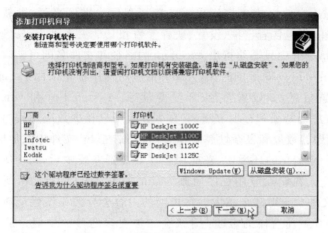

图 9-28 "安装打印机软件"对话框

(7) 单击"下一步"按钮,显示"命名打印机"对话框,如图 9-29 所示,不用更改名称,直接单击"下一步"按钮。

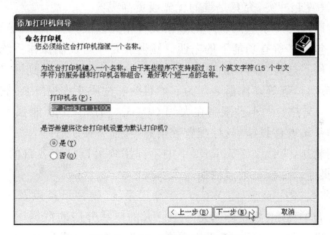

图 9-29 "命名打印机"对话框

9.3 注册表的使用

Windows 注册表是帮助 Windows 控制硬件、软件、用户环境和 Windows 界面的一套数据文件,注册表包含在 Windows 目录下两个文件 system.dat 和 user.dat 里,还有它们的备份 system.da0 和 user.da0。通过 Windows 目录下的 regedit.exe 程序可以存取注册表数据库。在 Windows 95 以前的版本中,这些功能是靠 win.ini,system.ini 与其他和应用程序有关联的.ini 文件来实现的。

在 Windows 操作系统家族中,system.ini 和 win.ini 这两个文件包含了操作系统所有的控制功能和应用程序的信息,system.ini 管理计算机硬件而 win.ini 管理桌面和应用程序。所有驱动、字体、设置和参数会保存在.ini 文件中,任何新程序都会被记录在.ini 文件中。这些记录会在程序代码中被引用。因为受 win.ini 和 system.ini 文件大小的限制,程序员添加辅助的.INI文件以用来控制更多的应用程序。举例来说，微软的Excel有一个office excel.ini文件，它包含着选项、设置、缺省参数和其他关系到Excel运行正常的信息。在system.ini和win.ini中只需要指出excel.ini的路径和文件名即可。

早在DOS和Windows 3.x的时代，大部分的应用程序都是采用了.ini文件（初始化文件）来保存一些配置信息，如设置路径、环境变量等。system.ini和win.ini控制着所有Windows和应用程序的特征和存取方法，它在少数的用户和少数应用程序的环境中工作得很好。随着应用程序的数量和复杂性越来越大，则需要在.ini文件中添加更多的参数项。

这样下来，在一个变化的环境中，在应用程序安装到系统中后，每个人都会更改.ini文件。然而，没有一个人在删除应用程序后删除.ini文件中的相关设置，所以system.ini和win.ini这个两个文件会变得越来越大。每增加的内容会导致系统性能越来越慢。而且每次应用程序的升级都出现这样的难题：升级会增加更多的参数项但是从来不去掉旧的设置。而且还有一个明显的问题，一个.ini文件的最大尺寸是64KB。为了解决这个问题，软件商自己开始支持自己的.ini文件，然后指向特定的.ini文件如win.ini和system.ini文件。这样下来多个.ini文件影响了系统正常的存取级别设置。如果一个应用程序的.ini文件和win.ini文件设置起冲突，究竟是谁的优先级更高呢？

注册表最初被设计为一个应用程序的数据文件相关参考文件，最后扩展成对于32位操作系统和应用程序包括了所有功能下的东西。注册表是一套控制操作系统外表和如何响应外来事件工作的文件。这些"事件"的范围从直接存取一个硬件设备到接口如何响应特定用户到应用程序如何运行，等等。注册表因为它的目的和性质变得很复杂，它被设计为专门为32位应用程序工作，文件的大小被限制在大约40MB。利用一个功能强大的注册表数据库来统一集中地管理系统硬件设施，软件配置等信息，从而方便了管理，增强了系统的稳定性。最直观的一个实例就是，为什么Windows下的不同用户可以拥有各自的个性化设置，如不同的墙纸，不同的桌面。这就是通过注册表来实现的。

由此可见，注册表（Registry）是Windows操作系统、硬件设备以及客户应用程序得以正常运行和保存设置的核心"数据库"；是一个巨大的树状分层的数据库。它记录了用户安装在计算机上的软件和每个程序的相互关联关系；它包含了计算机的硬件配置，包括自动配置的即插即用的设备和已有的各种设备说明、状态属性以及各种状态信息和数据等。

1. 注册表的作用

注册表是为Windows操作系统中所有32位硬件/驱动和32位应用程序设计的数据文件。16位驱动在Windows NT下无法工作，所以所有设备都通过注册表来控制，一般这些是通过BIOS来控制的。在Windows 9x下，16位驱动会继续以实模式方式设备工作，它们使用system.ini来控制。16位应用程序会工作在NT或者Windows 9x下，它们的程序仍然会参考win.ini和system.ini文件获得信息和控制。

在没有注册表的情况下，操作系统不会获得必须的信息来运行和控制附属的设备和应用程序及正确响应用户的输入。

在系统中注册表是一个记录32位驱动的设置和位置的数据库。当操作系统需要存取硬件设备，它使用驱动程序，甚至设备是一个BIOS支持的设备。无BIOS支持的设备安装时必须需要驱动，这个驱动是独立于操作系统的，但是操作系统需要知道从哪里找到它们，文件名、版本号、其他设置和信息，没有注册表对设备的记录，它们就不能被使用。

当一个用户准备运行一个应用程序,注册表提供应用程序信息给操作系统,这样应用程序可以被找到,正确数据文件的位置被规定,其他设置也都可以被使用。

注册表保存关于缺省数据和辅助文件的位置信息、菜单、按钮条、窗口状态和其他可选项。它同样也保存了安装信息(比如说日期),安装软件的用户,软件版本号和日期,序列号等。根据安装软件的不同,它包括的信息也不同。

然而,一般来说,注册表控制所有 32 位应用程序和驱动,控制的方法是基于用户和计算机的,而不依赖于应用程序或驱动,每个注册表的参数项控制了一个用户的功能或者计算机功能。用户功能可能包括了桌面外观和用户目录。所以,计算机功能和安装的硬件和软件有关,对所以用户来说项都是公用的。

有些程序功能对用户有影响,有些是作用于计算机而不是为个人设置的,同样的,驱动可能是用户指定的,但在很多时候,它们在计算机中是通用的。

2. 注册表的结构划分及相互关系

Windows 的注册表有六大根键,相当于一个硬盘被分成了 6 个分区。在"运行"对话框中输入"regedit",然后单击"确定"按钮,则可以运行注册表编辑器。

注册表的根键共 6 个。这些根键都是大写的,并以 HKEY_为前缀;这种命令约定是以 Win32 API 的 Registry 函数的关键字的符号变量为基础的。

在注册表中,6 个根键看上去处于一种并列的地位,彼此毫无关系。但事实上,HKEY_CLASSES_ROOT 和 HKEY_CURRENT_CONFIG 中存放的信息都是 HKEY_LOCAL_MACHINE 中存放的信息的一部分,而 HKEY_CURRENT_USER 中存放的信息只是 HKEY_USERS 存放的信息的一部分。HKEY_LOCAL_MACHINE 包括 HKEY_CLASSES_ROOT 和 HKEY_CURRENT_USER 中所有的信息。在每次系统启动后,系统就映射出 HKEY_CURRENT_USER 中的信息,使得用户可以查看和编辑其中的信息。

HKEY_USERS 中保存了默认用户和当前登录用户的用户信息。HKEY_CURRENT_USER 中保存了当前登录用户的用户信息。

HKEY_DYN_DATA 保存了系统运行时的动态数据,它反映出系统的当前状态,在每次运行时都是不一样的,即便是在同一台计算机上。

综上,注册表中的信息可以分为 HKEY_LOCAL_MACHINE 和 HKEY_USERS 两大类,这两大类的详细内容请看后面的介绍。

3. 六大根键的作用

在注册表中,所有的数据都是通过一种树状结构以键和子键的方式组织起来,十分类似于目录结构。每个键都包含了一组特定的信息,每个键的键名都是和它所包含的信息相关的。如果这个键包含子键,则在注册表编辑器窗口中代表这个键的文件夹的左边将有"+"符号,以表示在这个文件夹中有更多的内容。如果这个文件夹被用户打开了,那么这个"+"就会变成"-"。

(1) HKEY_USERS

该根键保存了存放在本地计算机口令列表中的用户标识和密码列表。每个用户的预配置信息都存储在 HKEY_USERS 根键中。HKEY_USERS 是远程计算机中访问的根键之一。

（2）HKEY_CURRENT_USER

该根键包含本地工作站中存放的当前登录的用户信息，包括用户登录用户名和暂存的密码（注：此密码在输入时是隐藏的）。用户登录 Windows 时，其信息从 HKEY_USERS 中相应的项复制到 HKEY_CURRENT_USER 中。

（3）HKEY_CURRENT_CONFIG

该根键存放着定义当前用户桌面配置（如显示器等）的数据，最后使用的文档列表（MRU）和其他有关当前用户的 Windows 中文版的安装的信息。

（4）HKEY_CLASSES_ROOT

根据在 Windows 中文版中安装的应用程序的扩展名，该根键指明其文件类型的名称。

（5）HKEY_LOCAL_MACHINE

该根键存放本地计算机硬件数据，此根键下的子关键字包括在 SYSTEM. DAT 中，用来提供 HKEY_LOCAL_MACHINE 所需的信息，或者在远程计算机中可访问的一组键中。

该根键中的许多子键与 System. ini 文件中设置项类似。

（6）HKEY_DYN_DATA

该根键存放了系统在运行时动态数据，此数据在每次显示时都是变化的，因此，此根键下的信息没有放在注册表中。

4. 注册表部分重要内容

注册表是一个大型数据库 Registry。下面介绍部分重要内容。

（1）HKEY_CLASS_ROOT

HKEY_CLASS_ROOT/Paint. Pricture/DefaultIcon 双击窗口右侧的默认字符串，在打开的对话框中删除原来的"键值"，输入％1。重新启动后，在"我的电脑"中打开 Windows 目录，选择"大图标"，然后看到的 Bmp 文件的图标再也不是千篇一律的 MSPAINT 图标了，而是每个 Bmp 文件的略图（前提是未安装 ACDSee 等看图软件）。

（2）HKEY_CURRENT_USER

* HKEY_CURRENT_USER\Control Panel\Desktop 中新建串值名 MenuShowDelay＝0 可使"开始"菜单中子菜单的弹出速度提高。

* 在 HKEY_CURRENT_USER\Control Panel\Desktop\WindowsMeterics 中新建串值名 MinAnimate，值为 1 启动动画效果开关窗口，值为 0 取消动画效果。

（3）HKEY_LOCAL_MACHINE

* HKEY_LOCAL_MACHINE\software\microsoft\windows\currentVersion\explorer\user shell folders 保存个人文件夹、收藏夹的路径。

* HKEY_LOCAL_MACHINE\system\CurrentControlSet\control\keyboard Layouts 保存键盘使用的语言以及各种中文输入法。

* HKEY_LOCAL_MACHINE\software\microsoft\windows\currentVersion\uninstall 保存已安装的 Windows 应用程序卸载信息。

* HKEY_LOCAL_MACHINE\system\CurrentControlSet\services\class 保存控制面板-增添硬件设备-设备类型目录。

* HKEY_LOCAL_MACHINE\system\CurrentControlSet\control\update 设置刷新方式。值为 00 设置为自动刷新，01 设置为手工刷新[在资源管理器中按 F5]。

- HKEY_LOCAL_MACHINE\software\microsoft\windows\currentVersion\run 保存由控制面板设定的计算机启动时运行程序的名称,其图标显示在任务条右边。在"启动"文件夹程序运行时图标也在任务条右边。
- HKEY_LOCAL_MACHINE\software\microsoft\windows\currentVersion\Policies\Ratings 保存 IE4.0 中文版"安全"/"分级审查"中设置的口令(数据加密),若遗忘了口令,删除 Ratings 中的数据即可解决问题。
- HKEY_LOCAL_MACHINE\software\microsoft\windows\currentVersion\explorer\desktop\nameSpace 保存桌面中特殊的图标,如回收站、收件箱、MS Network 等。

(4) HKEY_USERS

- HKEY_USERS\.Default\software\microsoft\internet explorer\typeURLs 保存 IE4.0 浏览器地址栏中输入的 URL 地址列表信息。清除文档菜单时将被清空。
- HKEY_USERS\.Default\software\microsoft\windows\currentVersion\ex..\menuOrder\startMenu 保留程序菜单排序信息。
- HKEY_USERS\.Default\software\microsoft\windows\currentVersion\explorer\RunMRU 保存"开始\运行…"中运行的程序列表信息。清除文档菜单时将被清空。
- HKEY_USERS\.Default\software\microsoft\windows\currentVersion\explorer\RecentDocs 保存最近使用的 15 个文档的快捷方式(删除掉可解决文档名称重复的毛病),清除文档菜单时将被清空。
- HKEY_USERS\.Default\software\microsoft\windows\currentVersion\applets 保存 Windows 应用程序的记录数据。
- HKEY_USERS\.Default\software\microsoft\windows\currentVersion\run 保存由用户设定的计算机启动时运行程序的名称,其图标显示在任务条右侧。

(5) 与注册表有关的术语:

① 注册表:是一个树状分层的数据库。从物理上讲,它是 System.dat 和 User.dat 两个文件;从逻辑上讲,它是用户在注册表编辑器中看到的配置数据。

② HKEY:"根键"或"主键",它的图标与资源管理器中文件夹的图标有点儿相像。Windows 98 将注册表分为 6 个部分,并称之为 HKEY_name,它意味着某一键的句柄。

③ key(键):它包含了附加的文件夹和一个或多个值。

④ subkey(子键):在某一个键(父键)下面出现的键(子键)。

⑤ branch(分支):代表一个特定的子键及其所包含的一切。一个分支可以从每个注册表的顶端开始,但通常用以说明一个键和其所有内容。

⑥ value entry(值项):带有一个名称和一个值的有序值。每个键都可包含任何数量的值项。每个值项均由三部分组成:名称,数据类型,数据。

- 名称:不包括反斜杠的字符、数字、代表符、空格的任意组合。同一键中不可有相同的名称。
- 数据类型:包括字符串、二进制、双字 3 种。

字符串(REG_SZ):顾名思义,一串 ASCII 码字符。如"Hello World",是一串文字或词组。在注册表中,字符串值一般用来表示文件的描述、硬件的标识等。通常它由字母和数字组成。注册表总是在引号内显示字符串。

二进制(REG_BINARY)：如 F03D990000BC，是没有长度限制的二进制数值，在注册表编辑器中，二进制数据以十六进制的方式显示出来。

双字(REG_DWORD)：从字面上理解应该是 Double Word，双字节值。由 1～8 个十六进制数据组成，可用十六进制或十进制的方式来编辑。如 D1234567。

• 数据：值项的具体值，它可以占用到 64KB。

⑦ Default(缺省值)：每一个键至少包括一个值项，称为缺省值(Default)，它总是一个字串。

本 章 习 题

一、选择题

1. 要使 Windows XP 能正常安装运行，要求系统内存应为(　　)。

    A. 64MB 或更高　　　　B. 128MB　　　　C. 128MB 或更高　　　D. 96MB

2. 要使 Windows XP 能正常安装运行，要求硬盘空间至少为(　　)。

    A. 500MB　　　　　　　B. 1GB　　　　　　C. 1.2GB　　　　　　D. 1.5GB

3. Windows XP 安装的类型有(　　)。

    A. 升级安装　　　　　　　　　　　　　　B. 全新安装

    C. 双系统共存安装　　　　　　　　　　　D. 前三个都是

4. 打印机的安装一般从(　　)开始进行。

    A. "开始"菜单选择"打印机和传真"

    B. "我的电脑"窗口选择"控制面板"再选择"打印机和传真"

    C. "任务栏"选择"打印机和传真"

    D. 右击"我的电脑"，从右键菜单中选择"属性"命令，再选择"硬件"和设备管理

5. 注册表编辑器的运行可以从(　　)地方进行。

    A. 从"控制面板"选择"运行程序"

    B. system.ini 和 win.ini

    C. "开始"菜单中选择"运行"命令，在弹出的"运行"对话框中输入"regedit"命令

    D. "开始"菜单中选择"运行"命令，在弹出的"运行"对话框中输入"registry"命令

6. 注册表存放在 Windows 目录下的两个文件(　　)里。

    A. system.ini 和 win.ini　　　　　　　　B. system.dat 和 user.dat

    C. win.ini 和 user.ini　　　　　　　　　D. system.ini 和 user.dat

7. Registry 是注册表的一个(　　)。

    A. 可执行命令　　　　　　　　　　　　　B. 可编辑程序

    C. 大型数据库　　　　　　　　　　　　　D. 窗口图表

8. 注册表共包含(　　)大根键。

    A. 8　　　　　　　　　　B. 9　　　　　　　C. 5　　　　　　　　　D. 6

9. HKEY_USERS 保存了本地计算机的(　　)。

    A. 口令列表中的用户标识和密码列表　　　B. 用户姓名及使用日期

C. 当前桌面配置的数据　　　　　　　　D. 计算机的硬件数据

10. HKEY_CURRENT_USER 存放的是(　　　)。

  A. 当前登录的用户信息(登录用户名和暂存密码)

  B. 用户当前的文档列表和 Windows 中文版的安装信息

  C. 应用程序的扩展名和文件类型名称

  D. 用户当前运行程序的动态数据

二、填空题

1. Windows XP 中文版的安装有_____安装、_____安装和_____安装。

2. 安装过程可分为信息收集、_____、_____、安装 Windows 以及完成安装 5 个步骤。

3. 安装系统过程选定或创建好分区后,需要对磁盘进行格式化,可使用 FAT 或 NTFS 文件系统对磁盘进行格式化,建议使用_____文件系统。

4. 操作系统安装完成以后,部分性能还不能发挥作用,只有安装各种板卡的_____,系统性能才能得到很好的发挥,并且安全、稳定地使用上该硬件的所有功能。

5. 一般常见的未知声卡设备名为"PCI Multimedia Audio Device",未知网卡则是_____,未知USB 设备则是"未知 USB 设备"。

6. _____是帮助 Windows 控制硬件、软件、用户环境和 Windows 界面的一套数据文件,包含在 Windows 目录下两个文件 system.dat 和 user.dat 里,还有它们的备份 system.da0 和 user.da0。

7. system.ini 管理计算机硬件而 win.ini 管理_____。

8. 在系统中注册表是一个记录_____位驱动的设置和位置的数据库。

9. Windows 的注册表有六大_____,相当于一个硬盘被分成了六个分区。

10. 如果这个键包含_____,则在注册表编辑器窗口中代表这个键的文件夹的左边将有"+"符号,以表示在这个文件夹中有更多的内容。

二、简答题

1. 操作系统的安装方式有哪些?

2. 安装 Windows XP 操作系统有什么要求?

3. Windows XP 操作系统的安装步骤是什么?

4. 驱动程序的安装方法有哪些?

5. 自己动手安装各种板卡的驱动程序。

6. Windows 注册表有什么作用? 应该如何使用。

第 10 章　应用软件的安装

操作系统安装完毕以后,就要安装常用的应用软件。计算机的使用和维护,不仅是指硬件,更多时候是软件,用户要用好计算机,常用的工具软件不可少。

10.1　应用软件的类型与安装

10.1.1　应用软件的类型

应用软件是计算机用户为了解决某些具体问题而购买、开发或研制的各种程序或软件包,如字处理软件(包括 Word、WPS、Wordstar 等)。

按照提供方式和是否赢利可以分为 4 种类型。

1. 商业软件(Commercial software)

商业软件由开发者出售拷贝并提供技术服务,用户只有使用权,但不得进行非法拷贝、扩散和修改。

2. 共享软件(Shareware)

由开发者提供软件试用程序拷贝授权,用户在试用该程序拷贝一段时间之后,必须向开发者交纳使用费用,开发者则提供相应的升级和技术服务,也不提供源代码。

3. 自由软件(Freeware 或 Freesoftware)

自由软件则由开发者提供软件全部源代码,任何用户都有权使用、拷贝、扩散、修改。但自由软件不一定免费。它可以收费也可以不收费。

4. 免费软件(freeware)

它的英文名称和自由软件一样。所以很多书上都把它归为自由软件。其实那是不确切的。免费软件是不要钱的。但免费软件不一定提供源代码。可以提供可以不提供。只有当自由软件免费的或者免费软件提供源代码的时候才是一样的。

10.1.2　应用程序的安装

应用程序一般分为两种,一种是绿色软件,不用安装,下载解压后就可以直接使用,如图 10-1 所示的计算机咨询网的综合搜索引擎 jsjzx.exe,双击就会运行。

另一种是需要安装的软件,如图 10-2 所示,在安装文件夹中,双击 setup.exe(有的软件双击 install.exe)就可以安装。一般都选择同意协议,单击"下一步"按钮,然后选择安装的路径(除了最常用的软件外,其他软件最好安装在 D 盘),输入用户名和单位,然后输入序列号(也就是密码),如图 10-2 中 sn.txt 文件中就是,一般不区分大小写,有的软件在运行时的时候,才要输入序列号,当然有的不是字符作序列号,而是一个文件作序列号,还有的一些软件,为防止盗版,要加密狗才能运行,还有一些软件,只能在一台计算机上运行安装。然后点"下一步"就行了。有的软件安装好了,可能要重新启动计算机才可以运行。

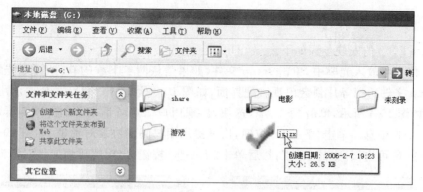

图 10-1 绿色软件运行的示意图

图 10-2 Office 2003 的安装

10.2 Office 2003 中文版的安装

10.2.1 软件介绍

Microsoft Office 是微软公司开发的办公自动化软件,它是当今最流行的办公软件之一,Word、Excel 等应用软件都是 Office 中的组件。Office 2003 是最新的 Office 版本,是第三代办公处理软件的代表产品,可以作为办公和管理的平台,以提高使用者的工作效率和决策能力。"工欲善其事,必先利其器",Office 2003 是一个庞大的办公软件和工具软件的集合体,为适应全球网络化需要,它融合了最先进的 Internet 技术,具有更强大的网络功能;Office 2003 中文版针对汉语的特点,增加了许多中文方面的新功能,如中文断词、添加汉语拼音、中文校对、简繁体转换等。Office 2003 不仅是日常工作的重要工具,也是日常生活中计算机作业不可缺少的得力助手。

10.2.2　Office 2003 的安装

Office 2003 的安装步骤如下。

(1) 将光盘放入光驱中，单击 setup 文件(如果是从网上下载的软件，可以先解压缩，再单击 setup 文件)，稍等片刻会出现欢迎界面，如图 10-3 所示，停一分钟，会提示用户输入产品密钥，如图 10-4 所示，单击"下一步"按钮，出现用户信息对话框，如图 10-5 所示，在对话框中输入个人信息。单击"下一步"按钮，出现提示用户阅读协议对话框，如图 10-6 所示，选择"我接受《许可协议》中的条款"，然后单击"下一步"按钮，出现解压缩文件对话框。

图 10-3　Office 2003 安装界面

图 10-4　填写产品密钥对话框

图 10-5　填写用户信息对话框

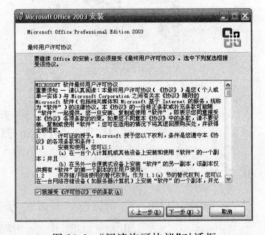

图 10-6　"阅读许可协议"对话框

(2) 阅读完协议以后，出现"安装类型"对话框，如图 10-7 所示，在此对话框中有 4 种安装类型，如果是全部安装，可选择"典型安装"，如果有些工具不想安装，可选择自定义安装，单击"下一步"按钮后出现"自定义安装"对话框，如图 10-8 所示。

(3) 至此安装程序准备就绪，如图 10-9 所示，可进行相关软件的安装，安装过程如图 10-10 所示。

(4) 安装成功，如图 10-11 所示。

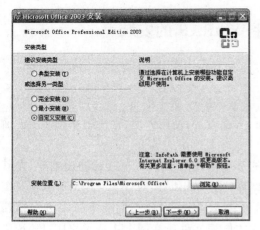

图 10-7　"安装类型"对话框

图 10-8　"自定义安装"对话框

图 10-9　准备安装

图 10-10　"安装过程"对话框

图 10-11　"安装成功"对话框

10.3　文件压缩软件 WinRAR 的安装

10.3.1　软件介绍

WinRAR 是目前流行的压缩工具,它是 32 位 Windows 版本的 RAR 压缩文件管理器。它是一个创建、管理和控制压缩文件的强大工具,界面友好,使用方便,在压缩率和速度方面都有很好的表现。

WinRAR 的 RAR 格式一般要比 WinZIP 的 ZIP 格式高出 10%~30% 的压缩率,尤其是它还提供了可选择的、针对多媒体数据的压缩算法。WinRAR 对 WAV、BMP 声音及图像文件可以用独特的多媒体压缩算法大大提高压缩率,WinRAR 不但能解压多数压缩格式,且不需外挂程序支持就可直接建立 ZIP 格式的压缩文件。在网上下载的 ZIP、RAR 类的文件往往因头部受损的问题导致不能打开,而用 WinRAR 调入后,只需单击界面中的"修复"按钮就可轻松修复,成功率极高。

10.3.2　WinRAR 安装与卸载

目前 WinRAR 的最新版本是 3.6 版,可以从 WinRAR 的主页 http://www.rarlab.com/上下载最新版本。下面先来看 WinRAR 的安装过程。

1. WinRAR 安装

(1) 下载 WinRAR 的安装文件以后,双击 Setup.exe 文件即可进入安装界面,如图 10-12 所示。在目标文件夹中提供了安装路径,可以单击"浏览"按钮改变安装的路径,然后单击"安装"按钮即可进行安装。

(2) 复制相应的安装文件以后进入设置阶段,如图 10-13 所示,默认的是全部选择,可以根据自己的需要进行选择。选择完成以后,单击"确定"按钮,显示"完成"对话框,如图 10-14 所示。在此界面中可根据需要单击按钮。

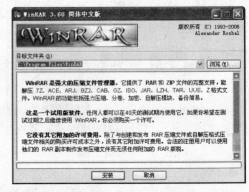

图 10-12　WinRAR 的安装界面

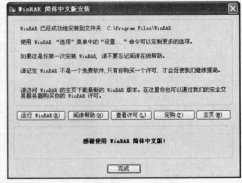

图 10-13　WinRAR 安装设置　　　　图 10-14　WinRAR 安装完成对话框

（3）单击"完成"按钮,安装成功,即可进行使用了。

2. 卸载

如果要卸载 WinRAR 文件,只要打开 WinRAR 文件夹,双击卸载文件 Uninstall. exe 即可卸载 WinRAR。

10.3.3 WinRAR 的使用

1. 启动

启动 WinRAR 的方法很简单,执行"开始"|"程序"|WinRAR 菜单命令,即可启动 WinRAR 程序,或者双击某个压缩文件包,也可以启动该程序,弹出主窗口如图 10-15 所示。

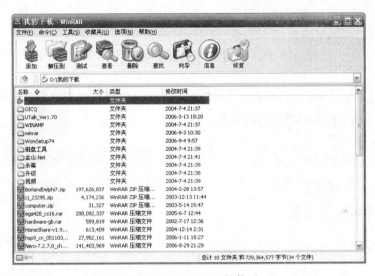

图 10-15 WinRAR 的使用

2. 创建压缩软件

创建压缩软件的方法比较简单,选择所要创建的文件,然后右击,选择添加到压缩文件即可,如图 10-16 所示。

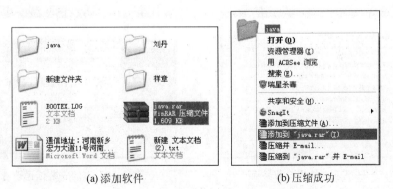

(a)添加软件   (b)压缩成功

图 10-16 创建压缩文件

10.4　杀毒软件——KV2006 的安装

随着计算机和因特网的日益普及与发展,计算机病毒也日益发展起来,并对计算机造成了很大的危害,成为计算机使用者不可回避的问题。目前,对付计算机病毒的常用方法就是使用杀毒软件,本节介绍江民杀毒软件的安装及使用。

10.4.1　软件介绍

KV2006 的安装环境如下。

(1) 硬件要求

处理器:233MHz 或者更高主频的处理器,建议采用 Pentium Ⅱ 系列以上的处理器。

内存:不少于 108MB,建议 256MB 或更大容量内存。

硬盘空间:不少于 150MB 剩余硬盘空间用来安装和使用 KV2006,建议使用更多的硬盘空间。

视频显示:Super VGA(800×600)或者更高分辨率的视频适配器和监视器。

其他外部设备:标准键盘,鼠标,光驱。

(2) 操作系统要求

KV2006 支持的操作系统包括:Windows 98 第 2 版/Windows Me /Windows NT 4.0/ Windows 2000/ Windows XP。

10.4.2　软件的安装与使用

江民杀毒软件目前最新的版本是 KV2006,下面看一下江民杀毒软件的安装过程。

(1) 将 KV2006 安装光盘放入光驱中,自动运行程序会弹出安装光盘导航界面,在其中选择安装江民杀毒软件 KV2006 或者运行 KV2006 安装光盘中的安装导航程序 Setup. exe 文件,出现安装向导界面,如图 10-17 所示。

(2) 单击"下一步"按钮,按照建议关闭其他的正在运行的 Windows 程序,如图 10-18 所示。

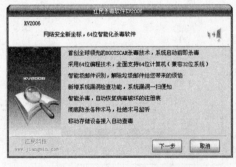 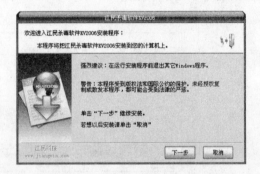

图 10-17　江民杀毒软件安装界面　　　　图 10-18　继续安装江民杀毒软件

(3) 单击"下一步"按钮,阅读《最终用户软件许可协议》,请单击"是"按钮,进行下一步;如果选择"否",将会退出安装程序,如图 10-19 所示。

（4）选择安装方式，KV2006 提供两种安装方式：使用序列号和使用授权文件安装，如图 10-20 所示。

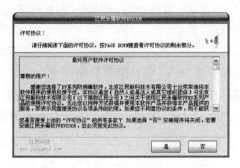

图 10-19　阅读许可协议对话框　　　　　图 10-20　安装方式对话框

（5）输入授权序列号或授权文件后，单击"下一步"按钮，选择安装路径，如图 10-21 所示，KV2006 默认的安装路径是 C:\Program Files\KV2006，可以通过单击图中的"浏览"按钮来改变 KV2006 的安装路径。

（6）单击"下一步"按钮，确认安装路径是否正确，单击"上一步"按钮可以更改安装路径。建议您选中"安装前先扫描系统病毒"选项，这样，KV2006 在安装前会对系统进行扫描，在确认系统没有被病毒感染后，再开始复制文件，如图 10-22 所示。

图 10-21　"选择安装路径"对话框

（7）选中"安装前先扫描系统病毒"选项，单击"下一步"按钮，扫描系统是否感染了病毒，随后开始安装文件。如图 10-23 所示。

图 10-22　"准备复制文件"对话框　　　　图 10-23　"开始安装文件"对话框

10.5　Windows 优化大师的安装

10.5.1　软件介绍

从桌面到网络，从系统信息检测到系统清理、维护，Windows 优化大师都为您提供比较全面的解决方案。

Windows 优化大师主要特点如下。

1. 详尽准确的系统信息检测

Windows 优化大师深入系统底层,分析用户计算机,提供详细准确的硬件、软件信息,并根据检测结果向用户提供系统性能进一步提高的建议。

2. 全面的系统优化选项

磁盘缓存、桌面菜单、文件系统、网络、开机速度、系统安全、后台服务等能够优化的方方面面全面提供。并向用户提供简便的自动优化向导,能够根据检测分析到的用户计算机软、硬件配置信息进行自动优化。所有优化项目均提供恢复功能,用户若对优化结果不满意可以一键恢复。

3. 强大的清理功能

(1) 注册信息清理:快速安全清理注册表。

(2) 磁盘文件管理:清理选中硬盘分区或文件夹中的无用文件;统计选中分区或文件夹空间占用;重复文件分析;重启删除顽固文件。

(3) 冗余 DLL 清理:分析硬盘中冗余动态链接库文件,并在备份后予以清除。

(4) ActiveX 清理:分析系统中冗余的 ActiveX/COM 组件,并在备份后予以清除。

(5) 软件智能卸载:自动分析指定软件在硬盘中关联的文件以及在注册表中登记的相关信息,并在备份后予以清除。

(6) 备份恢复管理:所有被清理删除的项目均可从 Windows 优化大师自带的备份与恢复管理器中进行恢复。

4. 有效的系统维护模块

(1) 驱动智能备份:让用户免受重装系统时寻找驱动程序之苦。

(2) 系统磁盘医生:检测和修复非正常关机、硬盘坏道等磁盘问题。

(3) Windows 内存整理:轻松释放内存。释放过程中 CPU 占用率低,并且可以随时中断整理进程,让应用程序有更多的内存可以使用。

(4) Windows 进程管理:应用程序进程管理工具。

(5) Windows 文件粉碎:彻底删除文件。

(6) Windows 文件加密:文件加密与恢复工具。

10.5.2 软件安装

(1) 首先打开安装文件所在的文件夹,找到 Setup.exe 文件,双击该文件,即可出现 Windows 优化大师的安装界面,如图 10-24 所示。选择安装 Windows 优化大师,单击"下一步"按钮。

(2) 此时出现"阅读许可协议"对话框,阅读协议以后选择"明白了,我接受"选项,然后再单击"下一步"按钮,如图 10-25 所示。

(3) 此时出现"选择路径"对话框,可以自己选择要安装的文件夹。如图 10-26 所示。然后单击"下一步"按钮。

图 10-24　开始安装优化大师对话框

（4）此时出现自定义设置对话框，可以将自己不愿意安装的组建勾去。再单击"下一步"按钮，如图 10-27 所示。

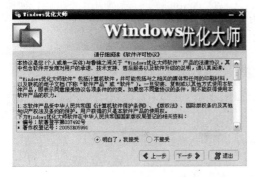

图 10-25　"阅读许可协议"对话框

图 10-26　"选择安装路径"对话框

（5）至此，安装程序已经完成，单击"完成"按钮，即可开始使用 Windows 优化大师了。如图 10-28 所示。

图 10-27　自定义设置对话框

图 10-28　"完成"对话框

本 章 习 题

一、选择题

1. 用 WinRAR 压缩软件对文件进行压后的扩展名有（　　）。

    A. 只能是 RAR　　　　　　　　　　　　B. RAR 和 ZIP

    C. RAR、ZIP 和 EXE　　　　　　　　　D. RAR、CAB

2. 进入注册表的正确方法为（　　）。

    A. 在运行中输入 Regedit　　　　　　　B. 在运行中输入 System

    C. 在运行中输入 User　　　　　　　　D. 在运行中输入 Windows

3. 用克隆软件将分区形成镜像文件的正确选择项为（　　）。

    A. Local-Disk-to Disk　　　　　　　　B. Local-partiion-to partition

    C. Local-partiion-to Image　　　　　　D. Local-partiion-form Image

4. 下列哪个是克隆软件的名称（　　）。

    A. HD　　　　　　　　　　　　　　　　B. GHOST

C. VIRTUAL DRIVER   D. PARTITION

5. 下列选项,(   )不是现在常用的文件系统。

   A. FAT   B. DOS

   C. FAT32   D. NTFS

二、填空题

1. 软件一般分为_____和_____两大类。

2. 目前常见的系统软件有_____、_____、_____等。

3. Windows 操作系统的诞生时间为_____。

4. 虚拟光碟的制作方法有_____和_____两种。

三、简答题

1. 按照提供方式和是否赢利,软件可以分为几种类型?

2. 简述 Office 2003、WinRAR、Windows 优化大师的安装步骤。

3. 有哪些常见的进程?

4. 病毒冒名进程会采取什么样的隐藏方式?

5. 简述如何通过进程发现病毒,发现后采取什么措施?

四、操作题

1. 亲自动手安装 Office 2003、WinRAR、Windows 优化大师。

2. 使用 Windows 优化大师优化 Windows 性能设置。

3. 使用 Windows 优化大师更改 Windows 安全设置。

第11章　计算机性能测试

计算机性能测试基础,使读者了解计算机性能测试的方法。计算机信息查询、计算机性能测试,使读者了解相关软件的使用方法。计算机稳定性测试。

11.1　计算机性能测试基础

计算机组装好以后,这台计算机的性能到底如何是用户都很关心的问题。

计算机的性能主要包括 CPU 运算系统性能、内存子系统性能、磁盘子系统性能、图形系统性能等方面,只有这些方面都搭配得当,才不会出现影响系统性能的瓶颈。

11.2　计算机测试的必要性

随着 IT 设备的增多,如何准确地定位硬件好坏的问题就显得更加突出。要评价其性能高低,就势必要测试其中各个部件的优劣以及组装在一起的整体性能。

近年来,一些专业性的机构开发了评测软件,这些软件通过大量数据的比较分析各项测试内容,进而得出相应的数值。专业的硬件评测一方面具有选购指导的作用,通过阅读评测报告,比较几方面的数值,可以选择理想的产品,另一方面,通过测试,还能更详细地了解硬件各方面的性能,对用户提高技术水准也是大有益处的。

11.3　硬件评测环境

(1) 硬件条件

专业评测需要有高性能的系统平台,专业的辅助设备,对于所评硬件也需要有多种同类产品进行平行测试比较。只有这样,才能排除人为因素和系统误差。

(2) 软件条件

评测必须以专业评测软件为基础,才能将系统误差、人为因素减小到最低,才能对硬件的技术指标得出详细准确可信的数据。

(3) 分析能力

专业评测人员都会对评测数据进行严格周密的分析,而这是建立在对所用评测软件运行机制和硬件知识的深入研究基础上的。

所以,要做比较专业的评测不是件容易的事。但是,评测的关键就是要尽量减少误差,以达到客观准确。

11.4 计算机信息查询

1. CPU-Z 软件

CPU-Z 软件是一款集 CPU、主板、内存等信息查询为一体的软件,通过该软件,可查询到 CPU 的名称、生产厂家、CPU 运算速度、缓存大小、制造工艺和支持的指令集等信息。目前该软件的最新版本是 1.21 版。

① CPU 信息

图 11-1 所示为 CPU-Z 界面。

在 CPU 选项卡下,主要的信息分为 3 栏。分别为 Processor(处理器)栏、Clocks(时钟)栏和 Cache(缓存)栏。其中 Processor 栏中部分选项的含义如下。

Name:CPU 的名称。如图 11-1 所示的 CPU 名称为 Intel Pentium 4。

Code Name:CPU 的代号,即 CPU 的核心类型。

Brand ID:CPU 的品牌号。

Package:CPU 的封装形式。

Technology:CPU 的制造工艺,如图 11-1 中显示该 CPU 的制造工艺为 $0.12\mu m$。

Voltage:CPU 提供的电压值。

structions:扩展指令集。显示了当前 CPU 所支持的多媒体扩展指令集。

Processor 栏的其他参数意义不大,一般只作了解即可。

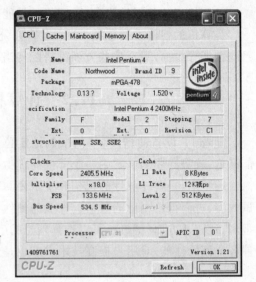

图 11-1 CPU-Z 界面

Clocks 栏中部分选项的含义如下。

Core Speed:CPU 的核心速度。显示当前 CPU 的核心速度大小,如图 11-1 中显示该 CPU 的核心速度为 2405.5MHz。

Multiplier:倍频。当前 CPU 使用的倍频,如图 11-1 显示的倍频数为 18。

FSB:系统外频。

Bus Speed:系统前端总线频率。

Cache 栏各选项的含义如下。

L1 Data:一级数据缓存。

L1 Trace:一级指令缓存。

Level 2:二级高速缓存。

Level 3:三级缓存。从图 11-1 可得知该 CPU 并没有三级缓存。目前只有新型的 Intel CPU 采用了三级缓存,如 Pentium 4 EE 采用了 2MB 的三级缓存。

② 缓存信息

单击 Cache 选项卡(见图 11-2),可以查看 CPU 缓存的具体信息,包括 CPU 的一级数据、指令缓存和二级缓存。

③ 主板信息

单击 Mainboard 选项卡,可查看主板信息。如图 11-3 所示。Motherboard 中各选项的含义如下。

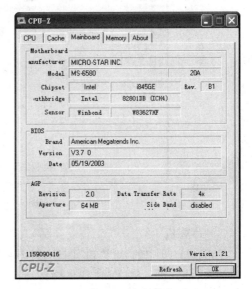

图 11-2　"Cache"选项卡　　　　　　图 11-3　主板信息

Manufacturer：主板的生产厂家。从图所示可看出该主板的生产厂家是微星。

Model：主板型号。

Chipset：主板芯片组。图 11-3 显示主板的芯片组是 Intel 公司的 i845GE。

Southbridge：主板的南桥芯片组。

Sensor：传感器型号。

BIOS 栏中显示了 BIOS 的品牌和版本号等信息。而 AGP 栏则显示了 AGP 显卡的版本和纹理大小等信息。

④ 内存信息

单击 Memory 选项卡,显示内存的相关信息,如图 11-4 所示。General 栏的 Size 显示了内存的大小,可以看出当前计算机中的内存为 256MB。Modules Information 栏中则显示了内存的模块信息,即内存的品牌和速度等信息,如该内存是 Kingmax DDR 内存。而 Timings 栏则显示了内存的延迟时间等信息。

2. AIDA32 软件

AIDA32 软件是一款功能非常强大的计算机测试软件,除了可以检测出计算机的基本信息外,还可对计算机的性能进行简单的测试。目前该软件的版本是 V3.93.5 Preview 版,软件运行界面

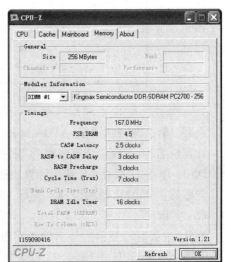

图 11-4　内存信息

如图 11-5 所示。

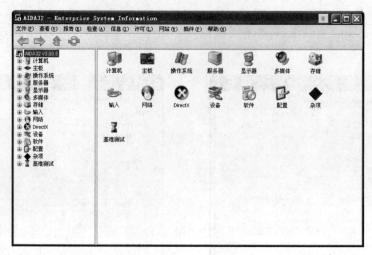

图 11-5　界面信息

（1）计算机

单击图 11-5 中的"计算机"图标，打开如图 11-6 所示的窗口。其中显示了 4 个项目，分别为摘要、计算机名称、DMI 和传感器。

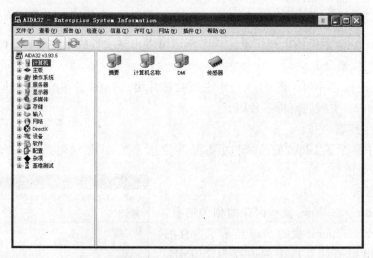

图 11-6　"计算机"中的项目

摘要：单击"摘要"图标，AIDA32 即显示出操作系统、主板和 CPU 等主要信息。

计算机名称：单击"计算机名称"图标，显示计算机的相关名称，如 DNS 域名。

DMI：单击 DMI 图标，显示计算机硬件的信息，包括 CPU 和缓存大小等。

传感器：单击"传感器"图标，显示 CPU 的温度等信息，如图 11-7 所示。

（2）主板

展开"主板"项，显示的分支项为 CPU、CPUID、主板、内存、SPD、芯片组和 BIOS。

CPU：单击 CPU 图标，如图 11-8 所示。"CPU 属性"中显示了 CPU 的类型和原始时钟，通过这两项可看出 CPU 是 Celeron 还是 Pentium 4，是否被标记过，其中，原始时钟显示的是 CPU 的真实核心速度,而 CPU 类型中显示的是 CPU 当前核心速度。

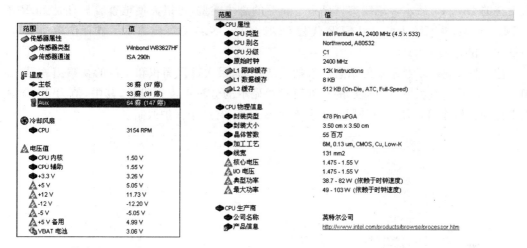

图 11-7 "传感器"中的主板项目 　　　　　　　图 11-8　CPU 属性

CPUID:单击 CPUID 图标,如图 11-9 所示。其中,指令集中显示了 CPU 所支持的指令集。

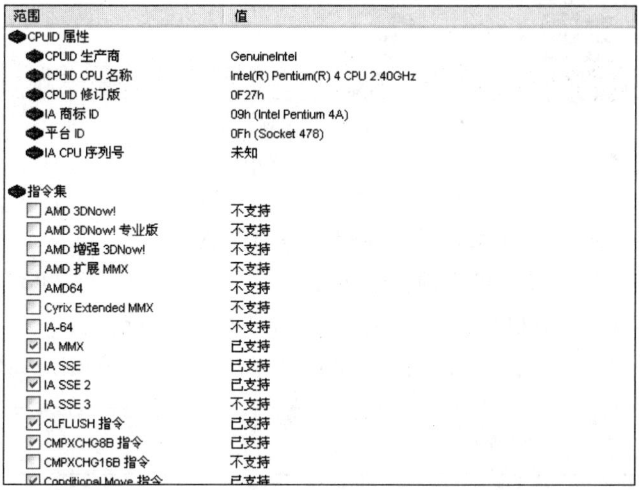

图 11-9　CPUID

内存:单击"内存"图标,显示物理内存的大小、交换空间和虚拟内存等信息。如果内存不足,则会建议用户安装更多的内存。

(3)操作系统

展开图 11-5 中的"操作系统"项,显示分支项,分别为操作系统、进程、系统驱动程序、服务和 DLL。

操作系统:显示了操作系统及其组件的版本,同时显示了当前操作系统已运行的时间。

进程:显示了当前操作系统中的进程名和进程所在的路径等信息。

(4)显示器

显示器在"显示器"项可以查看显示器和显卡的信息。

GPU：显示显卡的相关信息，如图 11-10 所示。其中，DirectX 硬件支持显示了当前显卡支持的 DirectX 版本。总线类型显示了显存的总线类型，可以方便地查看显存是 SDR 还是 DDR 类型，从而防止商家以 SDR 代替 DDR 显存。总线宽度则显示了显存位数是 64 位还是 128 位。

监视器：显示了显示器的信息。包括生产日期、最大可视面积和支持的视频模式等，如图 11-10 所示。可根据这里显示的视频模式对显示的分辨率进行设置，其中，值为 85Hz 或以上值的分辨率可以使用户的眼睛不易产生疲劳感，有助于保护眼睛。

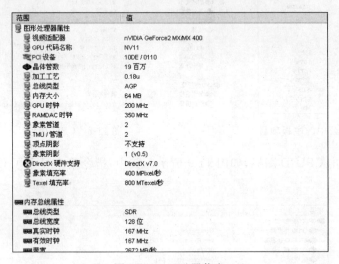

图 11-10　显示器信息

（5）存储

在"存储"项中显示了硬盘和光驱等存储设备的信息。

Windows 存储：显示计算机中的存储设备。

逻辑驱动器：显示计算机中的硬盘和光驱盘符的分配情况。

ATA：显示了硬盘的生产厂商、容量大小、转速及缓存大小等信息，如图 11-11 所示。

设备描述	
ST360015A (3KC2RXBG)	

范围	值
ATA 设备属性	
型号 ID	ST360015A
序列号	3KC2RXBG
修订版	3.33
参数	116301 柱面, 16 磁头, 63 扇区每轨道, 512 字节每扇区
LBA 扇区	117231408
缓冲器	2 MB
多扇区	16
ECC 字节	4
最大 PIO 传输模式	PIO 4
最大 UDMA 传输模式	UDMA 5 (ATA-100)
当前 UDMA 传输模式	UDMA 5 (ATA-100)
未格式化容量	57242 MB
ATA 设备特征	
☑ SMART	已支持
☑ 安全模式	已支持
☑ 电源管理	已支持
☐ 高级电源管理（APM）	不支持
☑ 写入缓存	已支持

图 11-11　硬盘信息

SMART：显示了硬盘具体数据。其中，Power-On Time Count 中的数据 1677 指的是硬盘总的工作时间，以小时为单位。而 Power Cycle Count 中的数据 276 指的是硬盘开关次数，以次为单位。新硬盘中这两项的值应该在个位数之内。如果值较大，则可以肯定是使用过的硬盘或是经过返修的。

（6）基准测试

单击"基准测试"项中，可以对内存的读取或写入时间进行测试。在测试完成后，AIDA32 会显示列表，在该列表中的绿色项表示该计算机的测试结果，而蓝色项表示其他计算机系统的内存读取或写入时间，从而方便用户进行对比，如图 11-12 所示。

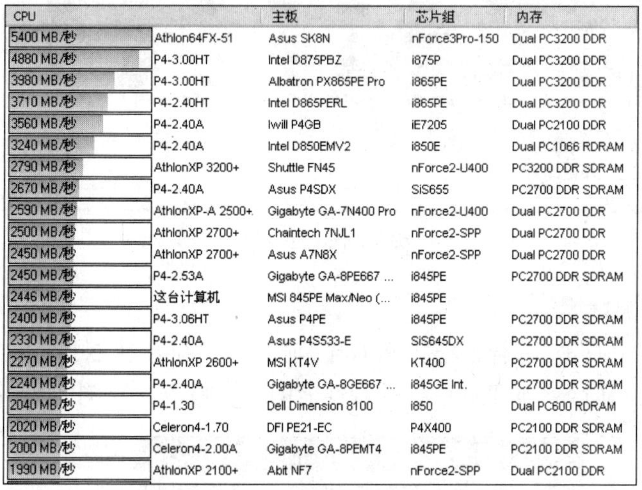

CPU		主板	芯片组	内存
5400 MB/秒	Athlon64FX-51	Asus SK8N	nForce3Pro-150	Dual PC3200 DDR
4880 MB/秒	P4-3.00HT	Intel D875PBZ	i875P	Dual PC3200 DDR
3980 MB/秒	P4-3.00HT	Albatron PX865PE Pro	i865PE	Dual PC3200 DDR
3710 MB/秒	P4-2.40HT	Intel D865PERL	i865PE	Dual PC3200 DDR
3560 MB/秒	P4-2.40A	Iwill P4GB	iE7205	Dual PC2100 DDR
3240 MB/秒	P4-2.40A	Intel D850EMV2	i850E	Dual PC1066 RDRAM
2790 MB/秒	AthlonXP 3200+	Shuttle FN45	nForce2-U400	Dual PC3200 DDR SDRAM
2670 MB/秒	P4-2.40A	Asus P4SDX	SiS655	PC2700 DDR SDRAM
2590 MB/秒	AthlonXP-A 2500+	Gigabyte GA-7N400 Pro	nForce2-U400	Dual PC2700 DDR
2500 MB/秒	AthlonXP 2700+	Chaintech 7NJL1	nForce2-SPP	Dual PC2700 DDR
2450 MB/秒	AthlonXP 2700+	Asus A7N8X	nForce2-SPP	Dual PC2700 DDR
2450 MB/秒	P4-2.53A	Gigabyte GA-8PE667 ...	i845PE	PC2700 DDR SDRAM
2446 MB/秒	这台计算机	MSI 845PE Max/Neo (...	i845PE	
2400 MB/秒	P4-3.06HT	Asus P4PE	i845PE	PC2700 DDR SDRAM
2330 MB/秒	P4-2.40A	Asus P4S533-E	SiS645DX	PC2700 DDR SDRAM
2270 MB/秒	AthlonXP 2600+	MSI KT4V	KT400	PC2700 DDR SDRAM
2240 MB/秒	P4-2.40A	Gigabyte GA-8GE667 ...	i845GE Int.	PC2700 DDR SDRAM
2040 MB/秒	P4-1.30	Dell Dimension 8100	i850	Dual PC600 RDRAM
2020 MB/秒	Celeron4-1.70	DFI PE21-EC	P4X400	PC2100 DDR SDRAM
2000 MB/秒	Celeron4-2.00A	Gigabyte GA-8PEMT4	i845PE	PC2100 DDR SDRAM
1990 MB/秒	AthlonXP 2100+	Abit NF7	nForce2-SPP	Dual PC2100 DDR

图 11-12　基准测试图

11.5　计算机性能测试

1. SiSoftware Sandra 软件

SiSoftware Sandra 软件是一款用于测试计算机性能的软件，包括 CPU 运算、CPU 多媒体、内存宽带和文件系统等，在测试完成后还提供其他配置计算机的测试结果，方便用户进行对比。

（1）SiSoftware Sandra 简介

下面以该软件的汉化版为例进行介绍，在启动 SiSoftware Sandra 后，主界面显示如图 11-13 所示。SiSoftware Sandra 主界面中的项目主要分为了五大类，分别为向导模块、信息模块、对比模块、测试模块和列表模块。

向导模块：提供智能化操作，只需按提示执行即可。这里主要使用"综合性能指标向导"项目，通过该项目，可以检测计算机的综合性能。

信息模块：对计算机硬件和操作系统进行详细的检测，并反馈结果给用户。

对比模块：检测该计算机的性能，并提供其他计算机的性能检测结果进行对比。

测试模块：显示硬件的中断信息和 I/O 设置等相关信息。

列表模块：方便显示 Msdos.sys 等启动文件的内容。

图 11-13　主界面

（2）综合性能测试

在"向导模块"中双击"综合性能指标向导"项，打开"综合性能指标向导"对话框。单击按钮，"综合性能指标向导"项即对系统进行性能的综合检测。检测完成后如图 11-44 所示。

图 11-14　综合性能指标向导

单击"参照 CPU1"或其他下拉列表框，可以选择其他的参照组件，通过对比，用以了解计算机性能在哪方面不足，然后可选购新的组件加强这方面的性能。

（3）CPU 运算对比

在"测试模块"中双击"CPU 运算对比"项，打开"CPU 运算对比"对话框。单击"参照CPU1"等下拉列表框，选择需进行参照的系统。单击下方的按钮，等待一段时间后，即可得到结果，如图 11-15 所示。

图 11-15　结果图

（4）CPU 多媒体对比

在"CPU 运算对比"对话框中单击按钮，切换到"CPU 多媒体对比"对话框。单击按钮，对系统进行检测，显示结果如图 11-16 所示。

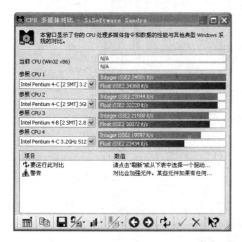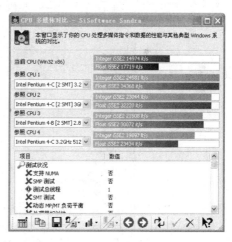

图 11-16　CPU 多媒体对比

（5）可删除存储器/闪存对比

在"CPU 多媒体对比"对话框中单击按钮，切换到"可删除存储器/闪存对比"对话框，如图 11-17 所示。在"驱动器"下拉列表框中，可以选择需进行检测的硬盘和闪存。最后单击按钮，进行存储器和闪存的检测。显示结果如图 11-18 所示。

继续单击按钮可进行下一个检测，由于操作方法相同，这里不再赘述。

（6）其他功能

SiSoftware Sandra 可以对计算机系统进行多方面的检测。同时，还可以通过其菜单命令调用其他 Windows 组件程序。在 SiSoftware Sandra 的主界面中单击"工具"菜单项，即

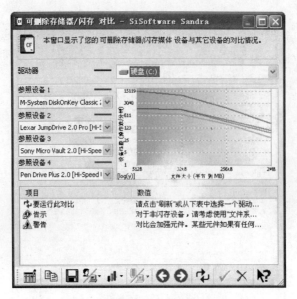

图 11-17　对比

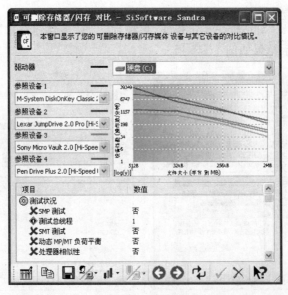

图 11-18　结果图

可看到常用的 Windows 组件程序都在这里,可以很方便地调用。

2. PCMark04 软件

PCMark04 软件也是一款综合性系统性能测试软件,不过该测试软件对计算机的配置要求较高,如操作系统需要 Windows XP,并且需要安装 DirectX 9.0。一般用户只能测试CPU 和内存等几个基本项目,只有注册用户才能测试完整项目。如图 11-19 所示为PCMark04 主界面。

使用 PCMark04 进行测试的具体操作如下。

(1) 单击主界面中的按钮,将打开如图 11-20 所示的对话框,在该对话框中显示了测试的项目和测试进度。

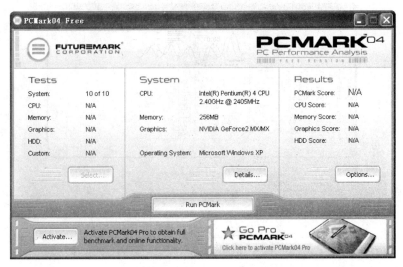

图 11-19　主界面

（2）在测试完毕后，将打开如图 11-21 所示的对话框，在该对话框中可单击按钮连接到 PCMark04 的网站查看测试报告。

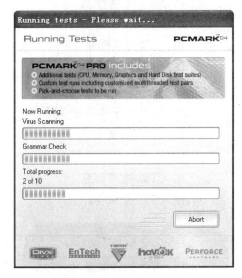

图 11-20　运行测试

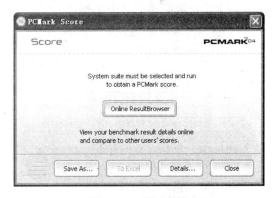

图 11-21　测试报告

3. 计算机稳定性测试

Superπ 是一款计算机性能测试软件，利用 Superπ 计算圆周率的过程判断计算机是否能稳定地工作，其原理是通过考验计算机的复杂运算能力而判断计算机的工作状态。图 11-22 所示为 Superπ 的主界面。选择"开始计算"命令，选择需要计算的 π 的位数，然后单击"开始计算"按钮，即可开始进行计算。

如果能完整的通过所有运算，则表明计算机没有什么问题，可放心地使用。

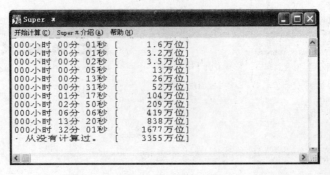

图 11-22　结果图

本 章 习 题

一、选择题

1. 集 CPU、主板、内存为一体的信息查询软件是（　　）。

    A. Defrag 软件

    B. 魔术大师软件

    C. Editor 编辑软件

    D. CPU-Z 软件

2. Pentium 4EE CPU 采用了（　　）技术。

    A. 二级高速缓存

    B. 一级高速缓存

    C. 2MB 的三级高速缓存

    D. 一级数据缓存

3. CPU 一级高速缓存中包括（　　）。

    A. 信息缓存和输入输出缓存

    B. 数据缓存和指令缓存

    C. 总线信息缓存

    D. CPU 类型信息

4. CPUID 指令集中包含的是（　　）。

    A. CPU 所支持的指令集和属性

    B. CPU 物理信息

    C. CPU 生产商信息

    D. CPU 标识符

5. 在"基准测试"中可以对（　　）进行测试。

    A. 硬盘及光驱

    B. 显示卡和 Modem

    C. 主板南北桥芯片

    D. 内存的读取或写入时间

6. SiSoftware Sandra 测试软件的主界面中主要分了（　　）大类。

    A. 5

    B. 3

    C. 8

    D. 4

7. SiSoftware Sandra 测试软件的"测试模块"主要用于（　　）。

    A. 检测计算机性能

    B. 反馈结果

    C. 显示硬件的中断信息和 I/O 设置信息

    D. 比对结果

8. PCMark04 软件要求在（　　）平台上运行。

    A. Windows 2000

    B. Windows XP

    C. Windows XP 和 DirectX 9.0

    D. UNIX OS

二、填空题

1. 计算机的性能主要包括_____、_____、_____、_____等方面。

2. 通过测试软件可检测出计算机内部件的_____、_____、_____等信息。

3. 计算机的性能大体上分为以下几个方面：_____、_____、_____和_____的处理能力。

三、判断题

1. 通过测试软件可检测计算机所用的部件信息。　　　　　　　　　（　　）

2. 测试软件测试出来的信息不一定完全真实。　　　　　　　　　　（　　）

3. 不同的操作系统测试出来的结果有差距。　　　　　　　　　　　（　　）

4. CPU 的频率越高就代表计算机的整体性能越强。　　　　　　　（　　）

四、简答题

1. 怎样使用 CPU-Z 查询 CPU 的信息？

2. 怎样使用 AIDA32 查询整机信息？

3. 怎样使用 SiSoftware Sandra 对整机进行性能测试？

第 12 章　计算机病毒及其防范

本章主要介绍了计算机病毒的特征和种类,要求掌握判断计算机病毒的防护方法和病毒的清除方法。

12.1　计算机病毒简介

自从 1946 年第一台冯·诺依曼型计算机 ENIAC 出世以来,计算机已被应用到人类社会的各个领域。然而,1988 年发生在美国的"蠕虫病毒"事件,给计算机技术的发展罩上了一层阴影。

在国内,最初引起人们注意的病毒是 20 世纪 80 年代末出现的"黑色星期五"、"米氏病毒"、"小球病毒"等。因当时软件种类不多,用户之间的软件交流较为频繁且反病毒软件并不普及,造成病毒的广泛流行。后来出现的 Word 宏病毒及 Windows 95 下的 CIH 病毒,使人们对病毒的认识更加深了一步。

计算机病毒,影响计算机使用。它具有寄生性、隐蔽性、非法性、传染性、破坏性、潜伏性、可触发性等特点。

12.2　计算机病毒的特征和种类

"计算机病毒"为什么叫做病毒。首先,与医学上的"病毒"不同,它不是天然存在的,是某些人利用计算机软、硬件所固有的脆弱性,编制具有特殊功能的程序。由于它与生物医学上的"病毒"同样有传染和破坏的特性,因此这一名词是由生物医学上的"病毒"概念引申而来。

所谓的计算机病毒,是指编制或者在计算机程序中插入的破坏计算机数据,影响计算机使用,并能自我复制的一组计算机指令或者程序代码。计算机病毒是人为制造的,存储在存储介质中的一段程序代码。

计算机病毒的主要特性如下。

(1) 隐蔽性。隐蔽性是指病毒的存在、传染和对数据的破坏过程不易被计算机操作人员发现。表现在两个方面,一是传染过程极快,在其传播时多数没有外部表现,二是病毒程序隐蔽在正常程序中。当病毒发作时,实际病毒已经扩散,系统已经遭到不同程度的破坏。

(2) 传染性。计算机病毒具有强再生机制。病毒程序一旦加到运行的程序体上,就开始搜索能进行感染的其他程序,从而使病毒很快扩散到磁盘存储器和整个计算机系统。这是病毒的最基本特征。

(3) 破坏性。破坏性是指病毒程序一旦加到当前运行的程序上,就开始搜索可进行感染的程序,病毒的破坏情况表现不一,有的干扰计算机的正常工作,有的占用系统资源,有的修改或删除文件及数据……。

(4) 激发性。从本质上讲,它是一个逻辑炸弹,只要系统环境满足一定的条件,通过外界刺激可使病毒程序活跃起来。激发的本质是一种条件控制,不同的病毒受外界控制的激发条件也不一样。

(5) 不可预见性。不可预见性是指病毒相对于防毒软件永远是超前的,理论上讲,没有任何杀毒软件能将所有的病毒清除。

从运作过程来看,计算机病毒可以分为三个部分,即病毒引导程序、病毒传染程序、病毒病发程序。从破坏程度来看,计算机病毒可分为良性病毒和恶性病毒。根据传播方式和传染方式,可分为引导型病毒、分区表病毒、宏病毒、文件型病毒和复合型病毒等。

12.3　病毒感染计算机后的现象

计算机在感染病毒后,总是有一定规律地出现异常现象:如计算机运行比平常迟钝;程序载入时间比平常久;对一个简单的工作,磁盘似乎花了比预期长的时间;不寻常的错误信息出现:如你可能得到以下的信息:write protect error on driver A,表示病毒已经试图去存取软盘并感染之,特别是当这种信息出现频繁时,表示系统已经中毒了。

计算机在感染病毒后的现象一般表现下面几中状态:

(1) 异常死机;

(2) 程序装入时间增长,文件运行速度下降;

(3) 屏幕显示异常,屏幕显示出不是由正常程序产生的画面或字符串;

(4) 系统不进行引导;

(5) 用户并没有访问的设备出现"忙"信号;

(6) 磁盘出现莫名其妙的文件和坏块,卷标发生变化;

(7) 丢失数据或程序,文件字节数发生变化;

(8) 打印出现问题,打印速度变慢或打印异常字符;

(9) 内存空间、磁盘空间减小;

(10) 磁盘访问时间比平时增长;

(11) 出现莫明其妙的隐蔽文件;

(12) 程序或数据神秘丢失了;

(13) 系统引导时间增长;

(14) 可执行文件的大小发生变化等。

12.4　计算机中病毒的查杀方法

计算机病毒主要包括普通以破坏计算机文件等为目的的病毒和通过网络盗取别人秘密的黑客、木马病毒。下面分别介绍它们的查杀方法。

12.4.1　普通病毒的查杀方法

计算机病毒会破坏文件或数据,造成用户数据丢失或毁损;抢占系统网络资源,网络阻塞或系统瘫痪;破坏操作系统等软件或计算机主板等硬件,造成计算机无法运行。因此必须及时发现并杀掉病毒。

计算机病毒的查杀方法为,安装最新版的杀毒软件(如瑞星等),然后查杀病毒;软件会自动检查有无病毒,如有病毒会将其杀掉。

12.4.2　黑客、木马病毒的查杀方法

一般计算机用户可能都听说过黑客和木马,会觉得它们非常的神秘。下面先了解黑客、木马程序的工作过程,继而掌握防范黑客、木马程序的方法。

目前在网络上流行的木马程序基本上都采用的是 C/S(客户端/服务端)结构。即要用木马控制对方的计算机,首先需要在对方的计算机中种植并运行服务端程序,然后运行本地计算机中的客户端程序对对方计算机进行连接进而控制对方计算机。

将服务端植入别人计算机的方法主要有,通过系统或者软件的漏洞入侵别人的计算机并把木马的服务端植入其计算机,或者通过 E-mail 夹带,把服务端作为附件寄给对方,以及把服务端进行伪装后放到自己的共享文件夹,通过 P2P 软件(比如 PP 点点通、百宝等),让网友毫无防范中下载并运行服务端程序。

通过上面所述可知,防范黑客、木马程序的方法如下。

(1) 及时修补 Windows 系统及其他软件的漏洞(安装漏洞补丁)。

(2) 安装杀毒软件及个人防火墙,并及时更新病毒库。

(3) 不打开不明的邮件,特别是不明邮件中的附件。

(4) 尽量不在各种网站下载游戏、软件(特别是各种免费的游戏、软件,天下没有免费的午餐)。

(5) 取消各个分区的共享设置。取消方法为,打开"控制面板"|"管理工具"|"计算机管理",接着在打开的"计算机管理"左边窗口中,单击"系统工具"|"共享文件夹"|"共享",然后在右边窗口中共享的各个分区上右击,选择"停止共享"命令即可。

(6) 停止 guest 用户。有些黑客、木马程序就是通过 guest 用户登录用户计算机的,停止方法为,打开"控制面板"|"管理工具"|"计算机管理",接着在打开的"计算机管理"窗口中,单击"系统工具"|"本地用户和组"|"用户",然后在右边窗口中查看 guest 用户上是否有红色的"×"。如果没有,双击 guest 用户名称,然后在打开的对话框中勾选"账户停用"复选框,再单击"确定"按钮即可。

(7) 设置复杂的用户名和密码。通过设置复杂的用户名和密码让黑客无法破译密码如果计算机感染黑客、木马病毒可以按下面方法进行查杀。

① 安装最新版杀毒软件和防火墙(如瑞星),然后运行杀毒即可。

② 手动查找黑客、木马病毒。手动查找黑客、木马病毒的方法如下。

第 1 步,首先重新启动计算机到安全模式下,然后单击窗口中的"查看"|"文件夹选项"命令,接着单击"查看"选项卡,在"高级选项"列表中单击取消"隐藏受保护的操作系统文件(推荐)"复选框,并单击"显示所有文件和文件夹"单选按钮,然后单击"确定"按钮,让所有文

件都可见。

第 2 步,接着打开"我的电脑"中的 C 盘,查看 C 盘根目录下是否存在不熟悉的文件和目录,如果有,且日期为发现中毒现象当天,则将其删除。

第 3 步,查看完 C 盘根目录下后,接着打开 C 盘中的 Windows 文件夹,首先按照时间顺序排列图标,查看最下面的文件。如果发现有中毒现象当天新建的文件,且为不熟悉的文件,将其删除。

第 4 步,接着再进 C 盘 Windows 文件夹中的 system32 文件夹,同样按照时间排列图标,查看其中的文件和文件夹。如果发现有中毒现象当天新建的文件,且为不熟悉的文件,将其删除。

第 5 步,接着再查看 C 盘 Program files 文件夹中的 Internet Explorer 文件夹和 Common Files 文件夹,按照上面的方法进行查看。

第 6 步,最后查看注册表的启动项,看有无不认识的启动项目,如果有将其删除。同时清空临时文件夹(C:\Windows\Temp)。接着重新启动计算机即可。

12.5　计算机病毒的防范

积极地预防计算机病毒的侵入(防患于未然),在管理方面应做到以下几点。

(1) 系统启动盘要专用,而且要加上写保护,以防病毒侵入。

(2) 不要乱用来历不明的程序或软件,也不要使用非法复制或解密的软件。

(3) 对外来的计算机和软件要进行病毒检测,确认无毒才可使用。

(4) 对于带有硬盘的计算机最好专机专用或专人专机,以防病毒侵入硬盘。

(5) 对于重要的系统盘,数据盘以及硬盘上的重要信息要经常备份,以使系统或数据在遭到破坏后能及时恢复。

本 章 习 题

一、选择题

1. 计算机犯罪中的犯罪行为的实施者是(　　)。
   A. 计算机硬件 　　　　　　　　　　B. 计算机软件
   C. 操作者 　　　　　　　　　　　　D. 微生物

2. 人们平时所说的计算机病毒,实际是(　　)。
   A. 有故障的硬件 　　　　　　　　　B. 一段文章
   C. 一段程序 　　　　　　　　　　　D. 微生物

3. 为了预防计算机病毒的感染,应当(　　)。
   A. 经常让计算机晒太阳 　　　　　　B. 定期用高温对软盘消毒
   C. 对操作者定期体检 　　　　　　　D. 用抗病毒软件检查外来的软件

4. 计算机病毒是一段可运行的程序,它一般(　　)保存在磁盘中。
   A. 作为一个文件 　　　　　　　　　B. 作为一段数据
   C. 不作为单独文件 　　　　　　　　D. 作为一段资料

5. 病毒在感染计算机系统时,一般(   )感染系统的。

   A. 病毒程序都会在屏幕上提示,待操作者确认(允许)后

   B. 是在操作者不觉察的情况下

   C. 病毒程序会要求操作者指定存储的磁盘和文件夹后

   D. 在操作者为病毒指定存储的文件名以后

6. 在大多数情况下,病毒侵入计算机系统以后,(   )。

   A. 病毒程序将立即破坏整个计算机软件系统

   B. 计算机系统将立即不能执行各项任务

   C. 病毒程序将迅速损坏计算机的键盘、鼠标等操作部件

   D. 一般并不立即发作,等到满足某种条件的时候,才会出来活动捣乱、破坏

7. 彻底防止病毒入侵的方法是(   )。

   A. 每天检查磁盘有无病毒　　　　　　B. 定期清除磁盘中的病毒

   C. 不自己编制程序　　　　　　　　　D. 还没有研制出来

8. 以下关于计算机病毒的描述中,只有(   )是对的。

   A. 计算机病毒是一段可执行程序,一般不单独存在

   B. 计算机病毒除了感染计算机系统外,还会传染给操作者

   C. 良性计算机病毒就是不会使操作系统感染的病毒

   D. 研制计算机病毒虽然不违法,但也不提倡

9. 以下是清除计算机病毒的有效方法(   )。

   A. 列出病毒文件目录并删除　　　　　B. 用 KILL 等专用软件消毒

   C. 用阳光照射消毒　　　　　　　　　D. 对磁盘进行高温消毒

二、填空题

1. 用杀毒软件定期_____是预防计算机病毒感染的有效措施。

2. 为了避免重大损失,重要的文件资料应该保存有_____,并且把它们保存在_____的地方。

3. 计算机屏幕显示出_____是计算机染上病毒的特征之一。

4. 计算机病毒是_____,它能够侵入_____,并且能够通过修改其他程序,把自己或者自己的变种复制插入其他程序中,这些程序又可传染别的程序,实现繁殖传播。

5. 计算机病毒是一段_____程序,它不单独存在,经常是附属在_____的起、末端,或磁盘引导区、分配表等存储器件中。

四、简答题

1. 计算机病毒的含义?

2. 计算机病毒有哪些特点?

3. 预防和消除计算机病毒的常用措施有哪些?

4. 计算机病毒活动时,经常有哪些现象出现?

5. 发现计算机感染上病毒以后应当如何处理?

第13章 计算机常见故障及排除

本章介绍了微型计算机常见故障的判断和排除方法系统。

13.1 计算机维修的基本原则和方法

13.1.1 进行计算机维修应遵循的基本原则

1. 从最简单的事情做起

所谓简单的事情是指在诊断维修工作中较容易实现的内容,一般而言包含两方面的内容。

首先,诊断维修应该从观察开始,包括以下几个方面。

(1) 计算机周围的环境情况——位置、电源、连接、其他设备、温度与湿度等。

(2) 计算机所表现的现象、显示的内容,及它们与正常情况下的异同。

(3) 计算机内部的环境情况——灰尘、连接、器件的颜色、部件的形状、指示灯的状态等。

(4) 计算机的软硬件配置——安装了何种硬件、资源的使用情况、使用的是何种操作系统、其上又安装了何种应用软件、硬件的设置驱动程序版本等。

其次,维修过程中应从简洁的环境做起,如下。

(1) 最小系统法(将在后面讨论)。

(2) 在判断的环境中,仅包括基本的运行部件/软件和被怀疑有故障的部件/软件。

(3) 建立一个软件最小系统,通过添加用户的应用(硬件、软件)来进行分析判断。

从简单的事情做起,有利于精力的集中,便于进行故障的判断与定位。一定要注意,必须通过认真的观察后,才可进行判断与维修。

2. 根据观察到的现象,要"先想后做"

先想后做,包括以下几个方面。

首先,想好怎样做、从何处入手,再实际动手。充分分析判断,再进行维修。其次,对于所观察到的现象,尽可能地先查阅相关的资料,看有无相应的技术要求、使用特点等,然后根据查阅到的资料,结合下面要谈到的内容,再着手维修。最后,在分析判断的过程中,要根据自身已有的知识、经验进行判断,对于不太了解或根本不了解的,一定要先向有经验的同事或技术支持工程师咨询,寻求相助。

3. 在大多数的计算机维修判断中,必须"先软后硬"

从整个维修判断的过程看,应当总是先判断是否为软件故障,先检查软件问题。当可判断软件环境是正常时,如果故障不能消失,再从硬件方面着手检查。

4. 在维修过程中要分清主次,即"抓主要矛盾"

在复现故障现象时,有时可能会看到故障机不只一个故障现象,而是有两个或两个以上的故障现象(如启动过程无显示,但机器也在启动;启动以后,有死机的现象),为此,应先判断、维修主要的故障现象,当修复后,再维修次要的故障现象,有时可能次要故障现象已不需要维修了。

13.1.2 计算机维修的基本方法

1. 观察法

观察是维修判断过程中的第一要法,它贯穿于整个维修过程中。观察不仅要认真,而且要全面。需观察的内容如下:

(1) 周围的环境。

(2) 硬件环境,包括接插头、座和槽等。

(3) 软件环境。

(4) 用户操作的习惯、过程。

2. 最小系统法

最小系统是指从维修判断的角度,能使计算机开机或运行的最基本的硬件和软件环境。最小系统有两种形式。

(1) 硬件最小系统。由电源、主板和 CPU 组成。在这个系统中,没有任何信号线的连接,只有电源到主板的电源连接。在判断过程中是通过声音来判断这一核心组成部分是否可正常工作。

(2) 软件最小系统。由电源、主板、CPU、内存、显示卡/显示器、键盘和硬盘组成。这个最小系统主要用来判断系统是否可完成正常的启动与运行。

对于软件最小环境,就"软件"问题,有以下几点需要说明。

(1) 硬盘中可以保留着原先的软件环境,只是在分析判断时,根据需要进行隔离,如卸载、屏蔽等。保留原有的软件环境,主要是用来分析判断应用软件方面的问题。

(2) 硬盘中可以只有一个基本的操作系统环境(可能是卸载掉所有应用,或是重新安装一个"干净"的操作系统),然后根据分析判断的需要,加载需要的应用,判断系统问题、软件冲突或软硬件间的冲突问题。

(3) 在软件最小系统下,可根据需要添加或更改适当的硬件。如在判断启动故障时,由于硬盘不能启动,想检查一下能否从其他驱动器启动。这时可在软件最小系统下换入一个硬盘来检查。又如:在判断音视频方面的故障时,应需要在软件最小系统中加入声卡;在判断网络问题时,就应在软件最小系统中加入网卡等。

最小系统法,主要是要先判断在最基本的软硬件环境中,系统是否可以正常工作。如果不能正常工作,即可判定最基本的软硬件部件有故障,从而起到故障隔离的作用。

最小系统法与逐步添加法结合,能较快速地定位发生在基本软硬件环境之外的其他板卡、软件的故障,提高维修效率。

3. 逐步添加/去除法

逐步添加法以最小系统为基础,每次只向系统添加一个部件/设备或软件,来检查故障现象是否消失或发生变化,以此来判断并定位故障部位。逐步去除法正好与逐步添加法的操作相反。

逐步添加/去除法一般要与替换法配合,才能较为准确地定位故障部位。

4. 隔离法

隔离法是将可能阻碍故障判断的硬件或软件屏蔽起来的一种判断方法,它也可用来将怀疑相互冲突的硬件、软件隔离开,以判断故障是否发生变化的一种方法。

上面提到的软硬件屏蔽,对于软件来说,即是停止其运行,或者是卸载;对于硬件来说,是在设备管理器中,禁用、卸载其驱动,或将硬件从系统中去除。

5. 替换法

替换法是用好的部件去代替可能有故障的部件,通过故障现象是否消失定位故障源的一种维修方法。所谓"好的部件",必须和被替换部件同种类型,可以是同型号的。替换的顺序一般为:

(1) 根据故障的现象或故障类别,来考虑需要进行替换的部件或设备。

(2) 按先简单后复杂的顺序进行替换,如先内存、CPU,后主板。又如要判断打印机故障时,可先考虑打印驱动是否有问题,再考虑打印电缆是否有故障,最后考虑打印机或并口是否有故障等。

(3) 最先考查与怀疑有故障的部件相连接的连接线、信号线等,之后是替换怀疑有故障的部件,再后是替换供电部件,最后是与之相关的其他部件。

(4) 从部件的故障率高低来考虑最先替换的部件,故障率高的部件先进行替换。

6. 比较法

比较法与替换法类似,同样是用好的部件与怀疑有故障的部件进行外观、配置、运行现象等方面的比较。

与替换法不同的是,比较法需要一台与故障机软硬配置相同的正常计算机,并在两台计算机间交换部件和进行环境设置的比较,可以准确地定位故障,不受其他因素的干扰。

7. 升降温法

升降温法是由于工具的限制,其使用与其他维修方法是不同的。当怀疑故障与部件的热稳定性有关时,可实施升降温法。

升温可以通过设法降低计算机的通风能力,靠计算机自身的发热来实现,也可以用电烙铁等设备辅助实现;降温的方法有以下几种。

(1) 一般选择环境温度较低的时段,如早晨或晚上的时间。

(2) 使计算机停机 12～24 小时以上等方法实现。

(3) 使用酒精、电风扇等主动散热。

8. 敲打法

敲打法是当怀疑计算机中的某部件有接触不良的故障时,通过振动、适当的扭曲,甚至用橡胶锤敲打部件或设备的特定部件来使故障复现,从而判断故障部件的一种维修方法。

9. 对计算机产品进行清洁的建议

相当数量的计算机故障是由于机箱内灰尘较多引起的,在维修过程中应注意观察故障机的内外部是否有较多的灰尘,如果是,应该先进行除尘,再进行后续的判断维修。在进行除尘操作中,以下几个方面要特别注意:

(1) 风道的清洁。

(2) 风扇的清洁。

在风扇的清洁过程中,最好在清除其灰尘后,能在风扇转轴处滴一点儿润滑油,以加强润滑。

（3）插头、座、槽、板卡金手指部分的清洁。

金手指的清洁，可以用橡皮擦拭金手指部分，或用酒精棉擦拭。插头、座、槽的金属引脚上的氧化现象的去除：一是用酒精擦拭，二是用金属片（如平口螺丝刀）在金属引脚上轻轻刮擦。

（4）大规模集成电路、元器件等引脚处的清洁。

清洁时，应用小毛刷或吸尘器等除掉灰尘，同时要观察引脚有无虚焊利潮湿的现象，元器件是否有变形、变色或漏液现象。

（5）使用的清洁工具。

清洁用的工具，首先是防静电的，如清洁用的小毛刷，应使用天然材料制成的毛刷，禁用塑料毛刷。其次是如使用金属工具进行清洁时，必须切断电源，且对金属工具进行静电释放的处理。

用于清洁的工具包括小毛刷、皮老虎、吸尘器、抹布、酒精（不可用来擦拭机箱、显示器等的塑料外壳）。

（6）对于比较潮湿的情况，应想办法使干燥后再使用。可用的工具如电风扇、电吹风等，也可让其自然风干。

10. 软件调试的几个方法和建议

（1）操作系统方面。

主要的调控内容是操作系统的启动文件。

① 修复操作系统启动文件。

- 对于 Windows 9x 系统，可用 SYS 命令来修复（必保证 MSDOS. SYS 的大小在 1KB 以上），但要求，在修复之前应保证分区参数是正确的，这可使用诸如 DiskMap 之类的软件实现。

- 对于 Windows 2000/XP 系统，有两种方法：修复启动文件，使用 fixboot 命令；修复主引导记录，使用 fixboot 命令。

② 调控操作系统配置文件。

对于 Windows 9x 系统，可用的工具很多，如：Msconfig 命令、系统文件检查器、注册表备份和恢复命令（scanreg. exe，它要求在 DOS 环境下运行。另外如果要用 scanreg. exe 恢复注册表，最好使用所列出的恢复菜单中的第二个备份文件）等。

- 对于 Windows 2000 系统，可用的工具与 Windows 9x 相比较少，但某些调试命令可用 Windows 98 中的一些命令（如 Windows 98 下的 Msconfig 命令，就可用在 Windows 2000 下）。

- 对于 Windows XP 系统，可用的工具主要是 Msconfig 命令。

- 调整电源管理和有关的服务，可以使用的命令是，在"运行"文本框中输入 gpedit. msc 来进行。

- 所有操作系统的调试，都可通过控制面板、设备管理器、计算机管理器（Windows 9x 系统无）来进行。

③ 组件文件（包括 .DLL、.VXD 等）的修复。

- 通过添加删除程序来重新安装。

- 通过从 .CAB 文件中提取安装。

• 可用系统文件检查器(sfc.exe 命令)来修复有错误的文件。

④ 检查系统中的病毒。

建议使用命令行方式下的病毒查杀软件,并应该能直接访问诸如 NTFS 分区。

(2) 设备驱动安装与配置方面。

主要调整设备驱动程序是否与设备匹配、版本是否合适、相应的设备在驱动程序的作用下能否正常响应。

① 最好先由操作系统自动识别(特别要求的除外,如一些有特别要求的显卡驱动、声卡驱动、非即插即用设备的驱动等),而后考虑强行安装。这样有利于判断设备的好坏。

② 如果有操作系统自带的驱动,则先使用;如果仍不能正常或不能满足应用需要,则使用设备自带的驱动。

③ 更新设备,应先卸载驱动再更换。卸载驱动,可从设备管理器中卸载;再从安全模式下卸载;进而在 INF 目录中删除;最后通过注册表卸载。

④ 更新驱动时,如果直接升级有问题,须先卸载再更新。

(3) 磁盘状况方面。

检查磁盘上的分区能否访问、介质是否有损坏、保存在其上的文件是否完整等。

可用的调试工具有:

① DiskMap,方便地找回正确的分区。

② FDISK 及 FDISK/MDR,检查分区是否正确及使主引导记录恢复到原式状态。

③ 当硬盘容量大于 64GB 时,如果要重新分区或查看分区,要求使用随机附带的磁盘分区软盘中的 Fdisk 命令。这个命令可用 Windows Me 下的 Fdisk 命令来代替。

④ Formm、Scandisk、厂商提供的磁盘检测程序,检查磁盘介质是否有坏道。

⑤ 文件不完整时,要求对不完整的文件先进行改名,再用在"操作系统方面"中所叙述的方法重建。

(4) 应用软件方面。

如应用软件是否与操作系统或其他应用有兼容性的问题、使用与配置是否与说明手册中所叙述的相符、应用软件的相关程序、数据是否完整等。

(5) BIOS 设置方面。

① 在必要时应先恢复到最优状态。建议:在维修时先把 BIOS 恢复到最优状态(出厂时的状态),然后根据应用的需要,逐步设置到合适值。

② BIOS 刷新不一定要刷新到最新版,有时应考虑降低版本。

(6) 重建系统。

在硬件配置正确,并得到用户许可时,可通过重建系统的方法来判断操作系统之类的软件故障,在用户不同意的情况下,建议使用白带的硬盘,来进行重建系统的操作。在这种情况下,最好重建系统后,逐步复原到用户原硬盘的状态,以便判断故障点。

① 重建系统,须以恢复(GHOST 备份或厂家提供的一键恢复)为主,其次是恢复安装,最后是完全重新安装。恢复安装的方法:

Windows 9x 系统,直接从光盘安装,或执行 tools\sysrec\pcrestor.bat 即可实现恢复安装。在进行恢复安装时,可能由于 win.com 的存在而影响安装过程的正常进行,这时,可在 Windows 目录下删除 win.com 后再重新安装。

另一种恢复安装,是将根目录下的 System. ini 改名为 System. dat 后覆盖掉 Windows 目录下的同名文件,之后重启即可。但这种方法不是真正意义上的重新安装,而类似于完全重新安装。

对于 Windows XP 或 Windows 2000 系统,直接使用其安装光盘启动,在安装界面中选择修复安装,选择 R 项会出现两个选项:一是快速修复,对于简单问题取此选择;二是故障修复台,只要选择正确的安装目录就可启用故障修复台。故障修复台界面类似于 DOS 界面。

② 为保证系统干净,在安装前,执行 Fdisk/MBR 命令(也可用 Cleaneom)。必要时,在此之后执行 Format<驱动盘符>/u[/s]命令。

③ 一定要使用随机版的或正版的操作系统安装介质进行安装。

13.2 计算机维修步骤与维修操作注意事项

对计算机进行维修,应遵循如下步骤。

1. 了解情况

在服务前,应与用户沟通,了解故障发生后的情况,进行初步的判断。如果能了解到故障发生前后尽可能详细的情况,将使现场维修效率及判断的准确性得到提高。了解用户的故障与技术标准是否有冲突。

向用户了解情况,应借助后面的相关的分析判断方法,与用户交流。这样不仅能初步判断故障部位,也对准备相应的维修备件有帮助。

2. 复现故障

即在与用户充分沟通的情况下,确认:

(1) 用户所报修故障的现象是否存在,并对所见现象进行初步的判断,确定下一步的操作。

(2) 是否还有其他故障存在。

3. 判断、维修

即对所见的故障现象进行判断、定位,找出产生故障的原因,并进行修复的过程。在进行判断维修的过程中,应遵循下面"维修判断"中所述的原则、方法、注意事项,及后面几节所述的内容进行操作。

4. 检验

(1) 维修后必须进行检验,确认所复现或发现的故障现象解决,且用户的计算机不存在其他可见的故障。

(2) 必须进行全机验机,尽可能消除用户未发现的故障,并及时排除。

13.3 加电类故障

1. 定义举例

从上电(或复位)到自检完成这一段过程中计算机所发生的故障。

2. 可能的故障现象

(1) 主机不能加电(如电源风扇不转或转一下即停等)、有时不能加电、机箱金属部分带电等。

(2) 开机无显,开机报警。

(3) 自检报错或死机、自检过程中所显示的配置与实际不符等。

(4) 反复重启。

(5) 不能进入 BIOS、刷新 BIOS 后死机或报错;CMOS 掉电、时钟不准。

(6) 机器噪声大、自动(定时)开机、电源设备问题等其他故障。

3. 可能的故障原因

用电环境;电源、主板、CPU、内存、显示卡、其他可能的板卡;BIOS 中的设置可通过放电来回复到出厂状态;开关及开关线、复位按钮及复位线本身的故障。

4. 判断要点顺序

下面的文字叙述部分是对维修判断流程的补充和说明,要结合流程图来阅读。另外,本部分只分析加电类的故障,如果在判断中涉及其他类故障,可转入相应故障的判断过程。

(1) 维修前的准备。

① POST 卡。

② 万用表。

③ 试电笔。

④ CPU 负载。

(2) 环境检查。

① 检查计算机设备。

• 周边及计算机设备内外是否有变形、变色、异味等现象。

• 环境的温度、湿度情况。

• 加电后,注意部件、元器件及其他设备是否变形、变色、异味、温度异常等现象发生。

② 检查用电情况。

• 检查用电电压是否在 220V＋10％范围内,是否稳定(既是否有经常停电、瞬间停电等现象)。

• 用电的接线定义是否正确(即,左零右火、不允许用零线做地线用(现象是零地短接,零线不应有悬空或虚接现象)。

• 供电线路上是否接有漏电保护器(且必须接在火线上),是否有地线等。

• 主机电源线一端是否牢固地插在电源插座上,不应有过松或插不到位的现象;另一端是否可靠地接在主机电源上,不应有过松或插不到位的情况。

③ 检查计算机内部连接。

• 电源开关可否正常的通断,声音清晰,无连键。

• 其他各按钮、开关通断是否正常。

• 连接到外部的信号线是否有断路、短路等现象。

• 主机电源是否已正确地连接在主要部分,特别是主板的相应插座板卡及主板上的跳接线设置是否正确。

④ 检查部件安装。

• 检查机箱内是否有异物造成短路等。

• 通过重新插拔部件(包括 CPU、内存),检查故障是否消失。

- 除尘及清洁金手指工作。过松、后挡板尺寸是否不合适、插座太紧,以致插不到位或被挤出。
- 内存的安装,要求内存的安装总是从第一个插槽开始顺序安装。

⑤ 检查加电后的现象。

- 按下电源开关或复位按钮时,观察各指示灯是否正常闪亮。
- 风扇(电源的和 CPU 的等)的工作情况,不应该有不动作或只动作一下即停止的现象。
- 注意倾听风扇、驱动器等的电动机是否有正常的运转声音或声音是否过大。
- 主机能加电,但无显示,应倾听主机能否正常自检(即有自检完成的鸣叫声,且硬盘灯能不断闪烁)。若有问题,先检查显示系统是否有故障,否则检查主机问题。
- 对于开机噪声大的问题,应分辨清噪声大的部位,一般情况下,噪声大的部件有风扇、硬盘、光驱和软驱等机械部件。对于风扇,应通过除尘来检查,如果噪声减小,可在风扇轴处滴一些钟表油,以加强润滑。

(3) 故障判断要点。

① 检查主机电源。

- 主机电源在不加负载时,将电源到主板的插头中绿线与黑线直接短接,看能否加电,并用万用表检查是否有电压输出。
- 在接有负载的情况下,用万用表检查输出电源的波动范围是否超出允许范围。
- 对于电源一加电,只动作一下即停止运作的情况,应首先判断电源空载或安装在其他机上是否能正常工作(即检查上面提到的三点)。
- 如果计算机的供电不是直接从市电来的,而是通过稳压设备获得,要注意用户所用的稳定设备是否完好或是否与微型计算机的电源兼容。

② 在开机无显时,用 POST 卡检查硬件:最小系统中的部件是否正常。

- 查看 POST 显示的代码是否为正常值。
- 对于 POST 卡所显示的代码,应检查与之相关的所有部件。如显示的代码与内存有关,就应检查主板和内存。
- 倾听在硬件最小系统下,有无报警声音,若无检查的重点应在最小系统中的部件上。
- 检查中还应注意的是,当硬件最小系统有报警声时,要求插入无故障的内存和显示卡(集成显示卡除外),若此时没有报警音,且有显示或自检完成的声音,证明硬件最小系统中的部件无故障;否则,应主要检查主板。
- 在准备更换 CPU 来检查时,应先使用 CPU 负载,检查主板的供电电压是否在允许范内,在电压正常的情况下才可进行 CPU 更换操作;如果超出范围,则直接更换主板。

③ 硬件的检查。

- 如果硬件最小系统的部件经 POST 卡检查正常后,要逐步加入其他的板卡及设备,检查其中哪个部件或设备有问题。
- 对于总是通过重新插拔来解决加电故障的部件,应检查部件的后挡板尺寸是否不太合适,这可通过去掉后挡板检查。

④ BIOS 设置检查。

- 通过清 CMOS 检查故障是否消失。

- BIOS 中的设置是否与实际的配置不相符（如磁盘参数、内存类型、CPU 参数、显示类型、温度设置等）。
- 根据需要更新 BIOS 检查故障是否消失。

⑤ 其他方面的检查。

- 在接有漏电保护器的环境中，一定要先检查市电插座上的接线是否正确（即按左零右火的连接方法：零地线不可短接；零线不能悬空），再检查漏电保护器是否正确地接在火线上、容量是否过小，接着检查在一路市电线路上所接的设备的数量（特别是计算机的数量——在漏电保护器的动作电流为 30mA 时，应可接 16～20 台计算机），最后检查设备中有无漏电或电流过大的现象。
- 检查用户环境中有无地线。在无地线的环境中，触摸主机的金属部分会有麻手的感觉。这时，如果接地后，机器可正常运行，且麻手现象消失，则属正常现象，不是故障。
- 对于不能进 BIOS 或不能刷新 BIOS 的情况，可先考虑主板的故障。
- 对于反复重启或关机的情况，除注意市电的环境（如插头是否插好等）外，要注意电源或主板是否有故障。
- 系统中是否加载有第三方的开关机控制软件，有则卸载。

5. 案例分析

1）案例一

问题描述：双子恒星 6C/766 的计算机，主板是精英 P6SEP-MEV2.2D，当内存不插在 DIMMI 时，开机无显示，但计算机不报警。

解决方案：经测试，当 DIMMI-k 不插内存时，即使 DiMM2、DIMM3 都插上内存，开机也是无显示；当 DIMMI 插上内存时，不管 DIMM2、DIMM3 上是否插有内存，开机正常。

此问题是由于该机型集成的显卡使用的显存是共享物理内存的，而显存所要求的物理内存是要从插在 DIMMI 上的内存上取得，当 DIMMI 上没有插内存时，集成显卡无法从物理内存中取得显存，故用户开机叫无显示。

2）案例二

问题描述：每次计算机开机自检时，系统总会在显示 512K Cache 的地方停止运行。

解决方案：首先，既然在显示缓存处死机，必然是该处或其后的部分有问题。记得平常开机，此项显示完后就轮到硬盘启动操作系统了。因此，可以断定不是高速缓存的问题，就是硬盘的故障。取下硬盘安装到别的计算机上，证实硬盘是好的。这是检查计算机故障最常用的办法——替换排除法。

现在把注意力集中到高速缓存，进入 CMOS 设置，禁止 L2 Cache。存盘退出，计算机就可以正常工作了，可以断定是 L2 Cache 的问题。触摸主板上的高速缓存芯片，发现有些芯片很热，可以判断问题就在这里。

触类旁通：若发现计算机总死机，可运行一会儿后，用手触摸主板上的高速缓存芯片，发现烫手，就可在 CMOS 中关闭二级缓存，发现是否死机，最后定义故障所在。

3）案例三

问题描述：Pentium 4 1.6GHz 计算机，开机无显示。

解决方案：检查用户的环境，发现用户机随机附带两块显卡——主板集成一个显卡，另外还有一块单独的 TNT 21464 32MB 显卡,有些用户在刚刚购买计算机时由于对计算机不太熟悉,将显示器信号线接到了主板集成的显卡接头上,这样会导致开机无显,但是此时主机工作正常。

遇到开机无显示或显示器故障,请提示用户检查环境,若有不正确,提示更正后,问题即可解决。

13.4 启动与关闭类故障

1. 与启动、关闭过程有关的故障

启动是指从自检完毕到进入操作系统应用界面上发生的问题;关闭系统是指从单击"关闭"按钮后到电源断开之间的所有过程。

2. 可能的故障现象

(1) 启动过程中死机、报错、黑屏、反复重启等。

(2) 启动过程中报某个文件错误。

(3) 启动过程中,总是执行一些不应该的操作(如总是磁盘扫描、启动一个不正常的应用程序等)。

(4) 只能以安全模式或命令行模式启动。

(5) 登录时失败、报错或死机。

(6) 关闭操作系统时死机或报错。

3. 可能涉及的部件

BIOS 设置、启动文件、设备驱动程序、操作系统/应用程序配置文件;磁盘及磁盘驱动器、主板、信号线、CPU、内存、可能的其他板卡。

4. 判断要点/顺序

(1) 维修前的准备。

① 磁盘数据线。

② 万用表。

③ 杀毒软件。

(2) 环境检查。

① 机器周边及外观检查。

- 用电连接是否牢固,不应有过松或插不到位的现象。
- 主机硬盘指示灯是否正确闪亮,不应有不亮或常亮的现象。
- 观察系统是否有异味,元器件的温度是否偏高。
- 观察 CPU 风扇的转速是否不够,或是否过慢或不稳定。
- 倾听驱动器工作时是否有异响。

② 驱动器连接检查。

- 驱动器的电源连接是否正确、牢固。驱动器上的电源连接插座是否有虚接的现象。
- 驱动器上的跳线设置是否与驱动器连接在电缆上的位置相符。
- 驱动器数据电缆是否接错或漏接,规格是否与驱动器的技术规格相符(如:支持 DMA66 的驱动器,必须使用 80 芯数据电缆)。

- 驱动器数据电缆是否有故障(如露出芯线、有死弯或硬痕等),除可通过观察来判断外,也可通过更换一根数据电缆来检查。
- 驱动器是否通过其他板卡连接到系统上,或通过其他板卡(如硬盘保护卡,双网隔离卡等)来控制。

③ 检查其他部件的安装。

- 通过重新插拔部件(包括 CPU、内存),检查故障是否消失(重新插拔前,应该先做除尘和清洁手指工作,包括插槽)。如果总是通过重新插拔来解决,应检查部件安装是否过松,后挡板尺寸是否不合适,插座太紧、以致插不到位或被挤出。
- 检查 CPU 风扇与 CPU 是否接触良好,最好重新安装一次。

④ 显示内容的观察,要注意屏幕报错的内容、死机的位置,以确定故障可能发生的部位。

(3) 故障判断要点。

① 充分与用户沟通,了解出现不能启动的过程及用户的操作。

② BIOS 设置检查。

- 是否为刚更换完不同型号的硬件。如果主板 BIOS 防写开关打开,则建议将其关闭,待完成一次完整启动后,再开启。
- 是否添加了新硬件。这时应先去除添加的硬件,看故障是否消失。若是,检查添加的硬件是否有故障,或系统中的设置是否正确(通过对比新硬件的使用手册检查)。
- 检查 BIOS 中的设置,如启动顺序、启动磁盘的设备参数等。建议通过清 CMOS 来恢复。
- 检查是否由于 BIOS 问题(包括设置及功能)引起操作系统不能正常启动或关闭,可偿试将 Windows 目录下的 BIOS.vxd(或 VPBIOSD.vxd)改名为 BIOS.old,然后重启。若故障消失,则通过修改 BIOS 设备或更新 BIOS 来解决,否则与 BIOS 无关。注意测试完成以后,一定要将其改回原来的名字(注:除 Windows 98 外,其他操作系统无此文件)。
- 在某些特殊情况下,应考虑升级 BIOS 检查。如对于在第一次开机启动后应用或设备不能工作的情况,除考虑设备本身的问题外,就可考虑更新 BIOS 来解决。

下面的检查应在软件最小系统下进行。

③ 磁盘逻辑检查。

- 根据启动过程中的错误提示,相应的检查磁盘上的分区是否正确,分区是否激活、是否格式化。
- 直接检查硬盘是否分区、格式化。
- 加入一个其他无故障的驱动器(如软驱或光驱)来检查能否从其他驱动器中启动(若使用软驱,最好使用希捷的检测软盘启动)。
- 硬盘上的启动分区是否已激活,其上是否有启动时所用的启动文件或命令。
- 检查硬盘驱动器上的启动分区是否可访问,若能,则用相应厂商的磁盘检测程序检查硬盘是否有故障。有故障则更换硬盘;在无故障的情况下,通过初始化硬盘来检测,若故障依然存在则更换硬盘。
- 正在用其他驱动器也不能启动时,先将硬盘驱动器去掉,看是否可启动,若仍不能,应对软件最小系统中的部件进行逐一检查,包括硬盘驱动器和磁盘传输的公共部件、电源、内存等。若可启动了,最好对磁盘进行一次初始化操作,若故障不消失,则再更换磁盘。

- 如果要对硬盘进行初始化操作,但用户存确有用的数据,建议用户找数据修复公司解决。

④ 操作系统配置检查。

- 对于出现文件错误的提示,应按照在第一部分中提到的相应软件测试方法来修复文件。
- 在不能启动的情况下,建议进行"选择上一次启动"或用 scanreg.exe 恢复注册表到前期备份的注册表的方法检查故障是否能够消除。
- 检查系统中有无第三方程序在运行,或系统中不当的设置或设置驱动引起启动不正常。在这里特别要注意 Autoexec.bat 和 Config.sys 文件,应当屏蔽这两个文件,检查启动故障是否消失。
- 检查启动设置、启动组中的项、注册表中的键值等,是否加载了不必要的程序。
- 检查是否存在病毒。要求在一个系统中,只能安装一个防病毒软件。
- 必要时,通过一键恢复、恢复安装等方法,检查启动方面的故障。

5. 案例

(1) 案例一

问题描述:安装 Windows 2000 Professional 操作系统的计算机,每次启动均蓝屏,报 MEMORY ERROR。

解决方案:向用户了解情况,用户反映发生故障前曾经安装过一根内存条,之后发生此类故障,关机后拔下内存条,重新开机,仍旧蓝屏,但是不再报 MEMORY ERROR。考虑到 Windows 2000 对硬件要求较高,而且故障是在加装内存后出现的故障,基本可以断定计算机的原配硬件和软件系统没有问题。再次重新启动计算机,开机时按下 F8 键,选择进入 "VGA 模式"此次计算机能够正常启动,并且登录正常。在进行了一次正常登录后,重新启动到标准模式,计算机启动正常,因此,故障排除。

(2) 案例二

问题描述:用户计算机被运行了一段恶意程序,导致每次启动后均出现一个对话框,且该对话无法关闭,只能强制结束。用户计算机有重要程序,不愿意重新安装操作系统。

解决方案:首先怀疑是否是病毒,运行常用杀毒软件均不能查杀。执行"开始"|"运行"菜单命令后弹出"运行"对话框,在其中输入 MSCONFIG,但是在"启动"组中仍然不能找到该程序。运行 SCANREG,将注册表恢复到最老的版本,故障依旧。最后只好手工编辑注册表,运行 REGEDT,在 HKEY_LOCAL_MACHINE\Software\Microsoft\Windows\CurrentVersion\RUN 下,找到对应的程序文件名,删除对应的键值后,重新启动,故障排除(注:建议在更改注册表前,使用注册表编辑器的"导出"功能进行注册表备份)。

13.5 磁盘类故障

1. 与计算机启动、关闭过程有关的故障

磁盘故障是指由于磁盘故障引起的无法启动等现象。

2. 可能的故障现象

（1）硬盘驱动器。

① 硬盘有异常声响，噪声较大。

② BIOS 不能正常地识别硬盘、硬盘指示灯常亮或不亮、硬盘干扰其他驱动器的工作等。

③ 不能分区或格式化、硬盘容量不正确、硬盘有坏道、数据损失等。

④ 逻辑驱动盘符丢失或被更改、访问硬盘时报错。

⑤ 硬盘数据的保护故障。

⑥ 第三方软件造成硬盘故障。

⑦ 硬盘保护卡引起的故障。

（2）软盘驱动器。

① 软驱指示灯常亮或不亮、软驱读盘声音大。

② 软驱划盘、软驱不能弹出或插入等。

③ 软驱不能被格式化、软驱不读盘、软驱干扰其他驱动器、设备或应用的正常工作等。

④ 在一个软驱中写的的文件不能在另外一个软驱中读出。

⑤ 软驱盘符丢失或被更改、访问软驱时报错。

⑥ 软驱安装不到位。

（3）光盘驱动器。

① 光驱噪声较大、光驱划盘、光驱托盘不能弹出或关闭。

② 光驱盘符丢失或被更改、系统检测不到光驱等。

③ 访问光驱时死机或报错等。

④ 光盘介质造成光驱不能正常工作。

3. 可能涉及的部件

硬盘、光驱、软驱及其它们的设置，主板上的磁盘接口、电源、信号线。

4. 判断要点顺序

1）维修前的准备。

（1）磁盘数据线。

（2）相应的磁盘检测软件。

（3）查毒软件等。

2）硬盘驱动器。

（1）环境检查。

① 检查硬盘连接。

• 硬盘上的 IDE 跳线是否正确，它应与连接在线缆上的位置匹配。

• 连接硬盘的数据线是否接错或接反。

- 硬盘连接线是否有破损或硬折痕。可通过更换连接线检查。
- 硬盘连接线类型是否与硬盘的技术规格要求相符。
- 硬盘电源是否已正确连接，不应有过松或插不到位的现象。

② 硬盘外观检查。

- 硬盘电路板上的元器件是否有变形、变色，及断裂缺损等现象。
- 硬盘电源插座的接针是否有虚焊或脱焊现象。
- 加电后，硬盘自检时指示灯是否不亮或常亮；工作时指示灯是否能正常闪亮。
- 加电后，要倾听硬盘驱动器的运转声音是否正常，不应有异常的声响及过大的噪声。

③ 硬盘的供电检查。供电电压是否在允许范围内，波动范围是否在允许的范围内等。

(2) 故障判断要点。

① 建议在软件最小系统下进行检查，并判断故障现象是否消失。这样做可排除由于其他驱动器或部件对硬盘访问的影响。

② 参数与设置检查。

- 硬盘能否被系统正确识别，识别到的硬盘参数是否正确；BIOS 中对 IDE 通道的传输模式设置是否正确（最好设为"自动"）。
- 显示的硬盘容量是否与实际相符、格式化容量是否与实际相符（注意，一般标称容量是以 1000 为单位标注的，而 BIOS 中及格式化后的容量是以 1024 为单位显示的，二者之间有 3%～5% 的差距。另外格式化后的容量一般会小于 BIOS 中显示的容量）。硬盘的容量根据系统所提供的功能（如带有一键恢复），应比实际容量小很多，缩小的值请参看用户手册中的相关说明。
- 检查当前主板的技术规格是否支持所用硬盘的技术规格，如对于大于 8GB 硬盘的支持、对高传输速率的支持等。

③ 硬盘逻辑结构检查：参考启动类故障判断要点中的相关部分。

- 检查磁盘上的分区是否正常、分区是否激活、是否格式化、系统文件是否存在或完整。
- 对于不能分区、格式化操作的硬盘，在无病毒的情况下，应更换硬盘。更换仍无效的，应检查最小系统下的硬件部件是否有故障。
- 必要时进行修复或初始化操作，或完全重新安装操作系统。

④ 系统环境与设置检查：参考启动类故障判断要点中的相关部分。

- 注意检查系统中是否存在病毒，特别是引导型病毒（如用 KV3000 查毒命令或用 MEM. exe 命令等进行检查）。
- 认真检查在操作系统中有无第三方磁盘管理软件在运行；设备管理器中对 IDE 通道的设置是否恰当。
- 是否开启了不恰当的服务。在这里要注意的是，ATA 驱动在有些应用下可能会出现异常，建议将其卸载后查看异常现象是否消失。

⑤ 硬盘性能检查。

- 当加电后，如果硬盘声音异常、根本不工作或工作不正常时，应检查一下电源是否有问题、数据线是否有故障、BIOS 设置是否正确等，然后再考虑硬盘本身是否有故障。
- 应使用相应硬盘厂商提供的硬盘检测程序检查硬盘是否有坏道或其他可能的故障。

⑥ 对关于硬盘保护卡所引起的问题,应从以下几方面考虑。

- 安装硬盘保护卡,应注意将 CMOS 中的病毒警告关闭、将 CMOS 中的映射地址设为不使用(disable)、将 CMOS 中的第一启动设备设为 LAN;光驱和硬盘应接在不同的 IDE 数据线上。
- 如果忘记硬盘保护卡的管理员密码,可致电咨询厂商解决。
- 装有硬盘保护卡的计算机,开机出现红屏现象,应使用专用的工具程序解决。方法请参阅相关的用户手册。
- 对于在某个引导盘下,看不到某些数据盘的情况,要检查这些数据盘是否为该引导盘专属的数据盘;分区类型是否为引导盘的操作系统所识别;在大于 8GB 的硬盘上,在 8GB 之后是否建立了属于该引导盘的 FAT 16 分区(当然引导盘支持 FAT 16 文件系统);该引导盘的专属分区是否多于 3 个。
- 硬盘保护卡不起保护功能,要检查用户是否关闭了硬盘保护功能,要启用硬盘保护功能,可在进入系统前按一下 F4 来启用(事先应已安装过),如果不行,可重新插拔一下硬盘保扩卡。在 Windows 下,则应检查其驱动软件是否已安装。
- 当启用了硬盘保护功能后,硬盘上原来的系统不被保留,应询问用户原系统是否是用第三方软件进行的分区。目前硬盘保护卡只能保护用操作系统自带的 FDISK 进行分区的系统。
- 在硬盘保护模式为每次还原,如果由于未正常关机,而出现多次提示进行磁盘扫描,应在管理员模式下,在 Msdos. sys 文件中加 A. autoscan -O 的项。

3) 软盘驱动器。

(1) 环境检查。

① 因为同属于外存设备。

② 检查软驱的连接。

可以部分参考前述硬盘的检查方法。

- 连接电缆安装是否正确,不应有插错或插反的现象。
- 软驱连接的位置,应与 BIOS 中设置的值相符。
- 软驱的电源连接是否正确。

③ 软驱外观检查。

- 软驱中是否有异物。
- 电路板上及其元器件是否有变形、变色。

④ 所使用的软盘介质的质量是否太差。

(2) 故障判断要点。

① 软驱的检查,应在软件最小系统中加入软驱,或去掉硬盘后进行检查判断。且在必要时,移出机箱外检查。

② 类似硬盘驱动器的检查。但要注意,BIOS 中对软驱是否可读写的设置是否设置为允许或禁止。

③ 检查软驱的读、写能力,一方面是自身读写能力的检查,另一方面是软盘的互换读写能力的检查,即在可能有故障的软驱中写过的软盘能否在另一正常的软驱中读出。如果不能,则更换软驱。

④ 软盘是最易感染病毒的介质,因此,一定要注意对软盘病毒的检查。

4) 光盘驱动器。

(1) 环境检查。

① 检查光驱连接。

- 光驱上的 IDE 跳线是否正确,它应与连接在线缆上的位置匹配。
- 连接光驱的数据线是否接错或接反。
- 光驱连接线是否有破损或硬折痕,可通过更换连接线检查。
- 光驱连接线类型是否与光驱的技术规格要求相符。
- 光驱电源是否正确连接,不应有过松或插不到位的现象。

② 光驱外观检查。

- 光驱电路板上的元器件是否有变形、变色,及断裂缺损等现象。
- 光驱电源插座的接针是否有虚焊或脱焊现象。
- 加电后,光驱自检时指示灯是否不亮或常亮;工作时指示灯是否能正常闪亮。
- 加电后,倾听光驱驱动器的运转声音是否正常,不应有异常的声响及过大的噪声。

(2) 故障判断要点。

① 光驱的检查,应用光驱替换软件最小系统中的硬盘进行检查判断,且在必要时,移出机箱外检查。检查时,用一可启动的光盘来启动,以初步检查光驱的故障,如不能正常读取,则在软件最小系统中检查。最先考察的是光驱。

② 类似硬盘驱动器的检查方法。

③ 光驱性能检查。

- 对于读盘能力差的故障,先考虑防病毒软件的影响,然后用随机光盘进行检测,如故障复现,则排除了软件和光盘本身的问题,需要更换光驱;否则根据用户的需要及所见的故障进行相应的处理。
- 必要时,通过刷新光驱的 formware 检查光驱的故障现象是否消失(如由于光驱中放入了一张 CD 光盘,导致系统第一次启动时光驱工作不正常,就可尝试此方法)。

④ 操作系统中配置检查:

- 在操作系统下的应用软件能否支持当前所用光驱的技术规格。
- 设备管理器中的设置是否正确,IDE 通道的设置是否正确。必要时卸载光驱驱动重启,以便让操作系统重新识别。

5. 案例

(1) 案例一

问题描述:一台联想奔月 2000 机型,13GB 硬盘,由于长时间计算机中系统和数据未进行维护,系统启动和运行都比较慢,将 C 盘上的重要数据复制到 D 盘,之后运行联想的系统恢复软件,将隐藏分区里的 Windows 98 SE 系统复制到 C 盘上。10 分钟不到恢复完毕,再次重新启动,正常进入 Windows 98 系统。但是进入系统后,发现原来用 Partition Magic 划分的扩展分区不见了。

解决方案:首先查看联想计算机的随机资料,说明书上写着"可能对 Partition Magic 等的分区格式不支持,分区时请用 FDISK-…√",可能是进行系统恢复时破坏了原来的硬盘分区表,有没有什么办法解决呢? 开机进入 MS. DOS 或者进/XpartitionMagic,除了一个主分区和一个扩展分区没有其他的分区信息，这时想到软件 Diskman，进入 MS DOS，运行 Diskman，首先警告分区有误，Diskman 虽然仍然把硬盘识别成两个分区，但它还有重新检测分区表的功能。重新检测分区表有全自动和交互两种方式，选择后者，Diskman 就开始逐柱面检测硬盘上原已存在的分区表。过了很长的时间，原有的三个分区包括联想系统恢复软件隐藏的备份分区都被检测了出来，保存分区格式，一切正常。

点评：用户应用中或是在用户对硬盘分区时断电都会导致硬盘分区表的错误，遇到此种问题时不要着急，要分析问题的原因，查看相关的资料，如相关软件和计算机附带的资料，借助相关的软件或工具解决。若是对硬盘的工作原理、相关软件或工具的应用不是很了解，一定要查找相关资料或是向人询问。

注：Diskman 硬盘分区表维护软件，运行于 MS DOS 环境，采用全中文图形界面，无须任何汉字系统支持，以图表的形式揭示分区表的详细结构，支持鼠标操作，支持 8GB 以上的大硬盘和 UNIX、NTFS 等多种分区格式等。

（2）案例二

问题描述：用 NTI CD-Maker Plus 中的 FileCD 工具格式化可擦写光盘的时候（明基 CD-RW），进度很快到 100%，但是没有格式化完毕的提示，强行关闭对话框也无法关闭。最后只得结束任务。用 NTICD-MakerPlus 刻录硬盘，刻录过程中显示刻录进度并提示刻录完毕后，将刻录好的光盘放入光驱，提示无法识别光盘。

解决方案：首先考虑是 NTICD-Maker 中的插件 FileCD 的软件问题，升级 NTICD-Maker 软件到 V508、V5.13，都没能解决，升级到 V515 现象依旧，再看 FileCD 的版本和用户原机的 FileCD 的版本一样，为 2.0.10，后续的版本并未在擦写光盘的功能上有所改进。考虑选用另外的刻录软件，用 Nero 来进行测试（版本为 V5.5.9.0），用该软件执行快速擦写后再对光盘进行刻录，依旧发生上述现象，但是用 SONY 的 CD-RW 光盘则无此问题。因此可以判定，刻录机与盘片存在兼容性问题。

点评：擦写光盘时和刻录软件及刻录机都有很大的关系，在解决问题时可以从多个角度考虑问题。

（3）案例三

问题描述：用户在市场上购买光驱时进行测试，光驱没有任何问题，测试的数据盘和 VCD 等光盘都可以正常读出，但是回到家加装光驱后，开机进入系统，所有放入光驱中的碟片在驱动器的盘符上都只显示 CD 样的标记。用户回到购买处将光驱安装到测试计算机上，问题复现。

解决方案：经过检查发现，光驱的数据接口上一根数据线弯了，导致驱动器中的数据无法正常识别。

13.6　显示类故障

13.6.1　可能的故障现象

（1）开机无显、显示器有时或经常不能加电。

（2）显示偏色、抖动或滚动、显示发虚、花屏等。

（3）在某种应用或配置下花屏、发暗（甚至黑屏）、重影、死机等。

（4）屏幕参数不能设置或修改。

（5）亮度或对比度不可调或可调范围小。

（6）休眠唤醒后显示异常。

（7）显示器异味或有声音。

13.6.2　可能涉及的部件

显示器、显示卡及其它们的设置：主板、内存、电源及其他相关部件。特别要注意计算机周边其他设备及地磁对计算机的干扰。

13.6.3　判断要点顺序

（1）维修前的准备。

相应显示卡的最新版驱动程序。

（2）环境检查。

① 市电检查。

• 市电电压是否在 220V、50Hz 或 60Hz；市电是否稳定。

• 其余参考"加电类故障"有关市电检查部分。

② 连接检查。

• 显示路与主机的连接牢固、正确（特别注意，当有两个显示端口的，是否连接到正确的显示端口上）；电缆接头的针脚是否有变形、折断等现象，应注意检查显示电缆的质量是否完好。

• 显示器是否正确连接上市电，其电源指示是否正确（是否亮及其颜色）。

• 显示设备的异常，是否与未接地线有关。特别注意：不允许计算机维修工程师为用户安地线，应请用户通过正式电工来安装。

③ 周边及主机环境检查。

• 检查环境温、湿度是否与使用手册相符（如钻石珑管，要求的使用温度为 18～40℃）。

• 显示器加电后是否有异味、冒烟或异常声响（如爆裂声等）。

• 显示卡上的元器件是否有变形、变色或升温过快的现象。

• 显示卡是否插好，可以通过重插、用橡皮或酒精擦拭显示卡（包括其他板卡）的部分来检查；主机内的灰尘是否较多，进行清除。

• 周围环境中是否有干扰物存在（这些干扰物包括日光灯、UPS、音箱、电吹风机、相靠过近（50cm 以内）的其他显示器，及其他大功率电磁设备、线缆等）。注意显示器的摆放方向也可能由于地磁的影响而对显示设备产生干扰。正对于偏色、抖动等故障现象，可通过改变显示器的方向和位置，检查故障现象能否消失。

④ 其他检查及注意事项。

• 主机加电后，是否有正常的自检与运行的动作（如有自检完成的鸣叫声、硬盘指示灯不停闪烁等），如有，则重点检查显示器或显示卡。

• 禁止带电搬动显示器及改变显示屏方向，在断电后的一段时间内最好不要搬动显示器。

13.6.4 故障判断要点

（1）调整显示器与显示卡。

① 通过调节显示器的 OSD 选项，最好是回复到 RECALL（出厂状态）状态是否消失。对于液晶显示器，需按一下 AutoConfig 按钮。

② 显示器的参数是否调得过高或过低（如 H/V * MOIRE，这是不能通过 RECALL 来恢复的）。

③ 显示器各按钮可否调整，调整范围是否偏移显示器的规格要求。

④ 显示器的异常声响或异常气味，是否超出了显示器技术规格的要求（如新显示器刚用之时，会有异常的气味；刚加电时由于消磁的原因而引起的响声、屏幕抖动等，但这些都属正常现象）。

（2）BIOS 配置调整。

① BIOS 中的设置是否与当前使用的显示卡类型或显示器连接的位置匹配（即是用板载显示卡还是外接显示卡：是 AGP 显示卡还是 PCI 显示卡）。

② 对于不支持自动分配显示内存的板载显示卡，需检查 BIOS 中显示内存的大小是否符合应用的需要。

以下的检查应在软件最小系统下进行。

（3）检查显示器/卡的驱动。

① 显示器/卡的驱动程序是否与显示设备匹配，版本是否恰当。

② 显示器的驱动是否正确，如果有厂家提供的驱动程序，最好使用厂家的驱动。

③ 是否加载了合适的 DirectX 驱动（包括主板驱动）。

④ 如果系统中装有 DirectX 驱动，可用其提供的 Dxdiag.exe 命令检查显示系统是否有故障，该程序还可用来对声卡设备进行检查。

（4）显示属性、资源的检查。

① 在设备管理器中检查是否有其他设备与显示卡有资源冲突的情况，如有，先除去这些冲突的设备。

② 显示属性的设置是否恰当（如：不正确的监视器类型、刷新速率、分辨率和颜色深度等，会引起重影、模糊、花屏、抖动甚至黑屏的现象）。

（5）操作系统配置与应用检查。

① 系统中的一些配置文件（如 System.ini 文件）中的设置是否恰当。

② 显示卡的技术规格或显示驱动的功能是否支持应用的需要。

③ 是否存在其他软硬件冲突。

（6）硬件检查。

① 当显示调整正常后，应逐个添加其他部件，以检查是哪个部件引起显示不正常。

② 通过更换不同型号的显示卡或显示器，检查是否存在它们之间的匹配问题。

③ 通过更换相应的硬件检查是否由于硬件故障引起显示不正常（建议的更换顺序为显示卡、内存、主板）。

13.6.5 案例

1. 案例一

问题描述：联想奔月 2000P Ⅲ/800，故障为经常性的开机无显示，有时能显示进入系统，但使用 1～2 小时会出现死机，重启又无显示，只有过很长时间再开机，才可以显示。

解决方案：碰到此问题，首先断定应为硬件问题，打开机箱，查看各板卡并无松动（注：显卡与主板插槽上的联想贴条，粘得很紧）。换件试，先后更换过内存、CPU、电源，均不能解决问题。

解决方案：再换主板，拆撕显卡与主板插槽的联想贴条时，感觉到显卡没插到位，向下按，能再进去一点，因此怀疑是不是显卡与主板接触不良所致，于是又把机器的原部件全都还原，试机，一切正常。

后记：此案例就是因为显卡的接触不良而造成的奇怪故障，在维修中因为检测时的疏漏（只查看显卡是否插紧，而未实际动手检查一下），造成了维修过程的烦琐。

2. 案例二

问题描述：一台计算机每次启动都无法进入 Windows 98，光标停留在屏幕左上角闪动，但安全模式可以进入。

解决方案：怀疑为显卡或监视器设置不当所致，进入安全模式把显示分辨率设为 640×480，颜色设为 16 色，重启，能以正常模式进入，但只要改动一下分辨率或颜色，则机器就不能正常启动；查看计算机内部，除用户自加一块网卡外，别无其他配置，难道是网卡与显卡发生了冲突？拔掉网卡，能正常启动 Windows 98，给网卡换个插槽，开机检测到新硬件，加载完驱动后启动，一切正常。

后记：由于显卡与其他部件不兼容或冲突造成的死机，完全可以先采用最小系统化的方法来测试（最小系统化法即只保留主板、CPU、显卡、电源等主要部件），先排除主要的部件，再逐一检测其他扩展卡。

3. 案例三

问题描述：三角洲部队——大地勇士在 810(e) 系列主板的计算机上运行，用随机带的显卡驱动程序安装，在进入游戏画面时，必然会导致死机。

解决方案：从网上下载新版本的驱动，进行升级。

后记：如果在实际维修中遇到 3D 游戏死机的故障，估计可能是显卡故障，而又无备件替换时，不妨从网上下载一个 DirectControl 软件，通过它屏蔽掉 AGP 支持。再玩 3D 游戏，如不出现死机，说明问题很可能出在别处（如主板、内存），如死机，则在很大程度上说明这块显卡是有故障的了。

4. 案例四

故障描述：Pentium 4/1.7GB(QDIP7LI-AL) 主板的计算机如进行放大显示，则左边界线无法显示。

解决方案：换一台新机，故障依旧，判断为华光 ISA 卡与此机型不兼容，插一块 PCI 显卡则显示正常，估计不是计算机故障。在"系统属性"|"性能"|"图形"中，把硬件加速调低两格，问题解决。

13.7 安装系统和软件类故障

13.7.1 定义

这类故障主要是反映在安装操作系统或应用软件时出现的故障。

13.7.2 可能的故障现象

(1) 安装操作系统时,在进行文件复制过程中死机或报错;在进行系统配置时死机或报错。

(2) 安装应用软件时报错、重启、死机等(包括复制和配置过程)。

(3) 硬件设备安装后系统异常(如黑屏、不启动等)。

(4) 应用软件卸载后安装不上或卸载不了等。

13.7.3 可能涉及的部件

磁盘驱动器、主板、CPU、内存及其他可能的部件。

13.7.4 判断要点顺序

1. 维修前的准备

(1) 注意携带磁盘数据线。

(2) 相适应的最新版设备驱动程序。

2. 环境检查

维修时首先要对环境进行检查。

3. 故障判断要点

(1) 操作系统安装。

① 检查 CMOS 中的设置。

- 如果需要,请先恢复到出厂设置。
- 关闭防病毒功能,及关闭 BIOS 防写。
- 特别注意硬盘的参数、CPU 的温度等。注意观察自检时显示出来的信息是否与实际的硬件配置相符。

② 安装介质与目标介质检查。

- 检查是否有病毒。
- 检查分区表是否正确、分区是否激活。使用 Fdisk/mbr 命令来确保主引导记录是正确的(注意,使用此命令后,如果机器不能启动,可证明原系统中存在病毒或有错误。硬盘应做初始化操作)。
- 检查系统中是否有第三方内存驻留程序。

下面的过程建议在软件最小系统下检查(注:最小系统下,需要添加与安装有关的其他驱动器)。

③ 安装过程检查。

- 如果在复制文件时,报 CAB 等文件错,可尝试将原文件复制到另一介质(如硬盘)再行安装。如果正常通过,则原安装介质有问题,可检查介质及相应的驱动器是否有故障;仍然不能复制,应检查相应的磁盘驱动器、数据线、内存等部件。
- 如果是采用覆盖安装而出现上述问题,建议如果更换安装介质后仍不能排除故障,应先对硬盘进行初始化操作,再重新安装(初始化操作时,最好将硬盘分区彻底清除后进行)。如果仍不能解决,再考虑硬件。
- 安装过程中,在检测硬件时出现错误提示、蓝屏或死机等,一是通过多重新启动几次(应该是关机重启),看能否通过;二是在软件最小系统下检查是否能通过。如果不能通过,应该依次检查软件最小系统中的内存、磁盘、CPU(包括风扇)、电源等部件;如果能正常安装,则是软件最小系统之外的部件的故障或配置问题,这可通过在安装完成后,逐步添加那些部件,并判断是否有故障或配置不当。

④ 硬件及其他应注意的问题。

- 如果安装系统时重启或掉电,要求在软件最小系统下进行测试。如果故障消失,在安装好系统以后,将软件最小系统之外的设备逐一接上,检查故障是由哪个部件引起的,并用替换法解决;如果故障不能消失,应检查软件最小系统中的电源、主板和内存,甚至磁盘驱动器。
- 在 IDE 设备上安装诸如 UNIX 操作系统时,或要安装多个操作系统时,要注意,一是 8.4GB 限制(UNIX 的开始部分必须在 8.4GB 之内)——在 SCSI 设备上无此要求;二是多操作系统间的安装顺序及配合关系。

⑤ 对于 LEOS 的安装应注意以下几点。

- 确保主板 BIOS 支持 LEOS,建议在为用户更换主板后首先就要刷新支持 LEOS 的 BIOS。
- 如果为用户更换硬盘,也要注意备件硬盘是否正确支持 DMA 66,否则在安装 LEOS 时也会出现问题。
- LEOS 最好是在一块全新未被分区的硬盘上进行安装。具体顺序可以参考如下方案:

新硬盘—安装 LEOS—分区(Fdisk)—安装操作系统(Windows XP)—制作一键恢复。如果原硬盘存在分区,可以使用 Clear.com 程序看清楚后再安装 LEOS。

(2) 应用软件安装。

① 检查安装应用软件问题时应注意的问题。

- 应用软件的安装问题部分可参考上述的操作系统安装的检查方法。
- 在进行安装前,要求先备份注册表再进行安装。

② 软件问题、软硬件间的冲突检查。

- 可采用两种软件问题隔离的方法。一是在软件最小系统下,关闭正在运行的应用程序,然后安装需要的应用软件;二是在原系统下直接关闭正在运行的应用程序,然后安装需要的应用软件。关闭已有的应用软件的方法是:使用 msconfig 禁用启动组、autoexec.bat、config.sys、win.mi、systemini 中在启动时调用的程序。
- 使用任务管理器,检查系统中有无不正常的进程,如有,则结束进程。

- 对于基本满足软件技术手册要求但安装不上的情况,看能否通过设置调整来解决,如果不能解决,则视为不兼容。
- 利用其他机器(最好是不同配置的),检查是否存在软硬件方面的兼容问题。
- 检查系统中是否已经安装过该软件,如果已经安装过应先将其卸载后再安装,如果无法正常卸载,可以手动卸载或通过恢复注册表来卸载(对于 Windows XP 可使用系统还原功能来卸载)。
- 必要时,可从网络上查阅相关资料,之后再与软件厂商联系,看是否有其他的注意事项。

③ 硬件检查。

在以上的步骤都不奏效时可考虑硬件问题,应该查光驱、安装介质、硬盘线等配件。

(3) 硬件设备安装。

① 冲突检查。

- 所安装的设备、部件是否在系统启动前的自检过程中识别到,或能由操作系统识别到(非即插即用设备除外)。如果不能识别,应检查 BIOS 设置及设备本身,包括跳线及相应的插槽或端口。
- 检查新安装的设备与原系统中的设备是否有冲突。通过改变驱动的安装顺序、去除原系统中的相应部件或设备、更换插槽,看故障是否消除。如果不能消除,则为不兼容。
- 加装的设备是否与现有系统的技术规格或物理规格匹配。
- 检查当前系统中的一些设置(主要是如 ini 文件中的设置)是否与所安装的部件或设备驱动有不匹配的地方。

② 驱动程序检查:所安装的设备驱动是否为合适的版本(即不一定是最新的)。

③ 硬件检查。

- 所安装的部件或设备是否本身就有故障。
- 检查原系统中的部件是否有不良的现象(如插槽损坏、供电能力不足等)。

13.7.5 案例

1. 案例一

问题描述:在安装 Windows 98 的过程中,在提示剩余 3min 时报错,无法正常安装。

解决方案:尝试将安装文件复制到硬盘上安装和换一张安装盘安装,故障依旧。接着检查 BIOS,发现系统日期是 2075 年,将日期改回后,故障排除。问题虽小,影响却大。维修工作要细心,不要忽略每个细节。

2. 案例二

问题描述:计算机一次突然死机,不能启动,重装系统能成功.但在设备管理中有很多端口都没有驱动。

解决方案;重装系统,驱动主板不能解决问题,看来只有更换主机才行了。打开机箱,取出主板,进行大扫除,抱着试一试的心理,重装,一切正常。

3. 案例三

问题描述:联想 P4 1GHz 机器每次重装都死机,要求上门维修。

解决方案：到达用户处，发现重装到检测硬件时无反应，打开机器进行检查时，发现 CPU 风扇不是原装的。用户说这是刚从市场上拿来的，新的。应该没有问题。依次替代硬盘与内存没有用，经用户同意带回站内拷机，再换下主板与 CPU 还是不行，后经多次重试发现每次死机时间越来越短，怀疑还是 CPU 风扇有问题。换其他联想主机上的风扇即解决问题。引起故障原因是用户的 CPU 风扇转速不够，引起温度过高而死机。

13.8 操作与应用类故障

13.8.1 定义举例

这类故障主要是指启动完毕后到关机前所发生的应用方面及系统方面的故障。

13.8.2 可能的故障现象

（1）休眠后无法正常唤醒。

（2）系统运行中出现蓝屏、死机、非法操作等故障现象。

（3）系统运行速度慢。

（4）运行某应用程序，导致硬件功能失效。

（5）游戏无法正常运行。

（6）应用程序不能正常使用。

13.8.3 可能涉及的部件

主板、CPU、内存、电源、磁盘、键盘、接插的板卡等。

13.8.4 判断要点顺序

（1）维修前的准备。

① 仅包含操作系统的可用硬盘。

② 杀毒软件。

③ 尽可能新的驱动程序。

④ 磁盘连接的数据线等。

（2）环境检查。

① 市电及连接检查。

• 检查市电是否正常，连接是否牢固。

• 设备间的连接线是否接错或漏接。

② 周边及外观检查。

• 检查与主机连接的其他外部设备工作是否正常。

• 驱动器工作时是否有异响，CPU 风扇的转速是否过慢或不稳定。

• 观察机箱内灰尘是否太多，而导致各插接件间接触不良。先除尘后可用橡皮等擦拭金手指，去除氧化层或灰尘，然后重新插上。

- 观察系统是否有异味,元器件的温度是否过高或温度升高过快。

③ 显示与设置检查。

- 详细记录报错信息,判断可能造成故障的部位。
- 注意 CMOS 中对于硬盘、系统时间、CPU 温度的设置,注意在自检时显示的硬件信息和配置是否相符。
- 仔细阅读软件的使用指南,注意软件运行的环境要求。

④ 充分与用户沟通。

- 了解用户的使用情况。
- 出故障前的现象。
- 做过什么操作才出现目前的故障。

根据以上了解的情况,来初步判断可能的故障原因。

(3) 故障判断要点。

① 检查是否由于用户误操作引起。

- 计算机出现死机、蓝屏或无故重启时,首先要考虑到用户的操作是否符合操作规范和要求,要仔细询问、观察用户的操作方法是否符合常理,并由工程师用正确的方法操作、应用用户的计算机,查看是否出现用户所报修的故障。若不出现,则可认为是用户操作不当引起的,由工程师向用户解释并演示正确的操作方法。
- 若经过上述操作故障依然存在,可用系统文件检查器检查用户的计算机系统是否有丢失的 DLL 文件,并尝试恢复。
- 注意观察用户的计算机在死机、蓝屏或无故重启时有没有规律,并找出可能引起机器故障的原因(如计算机在运行某一程序时或计算机开机在一定时间内死机)。
- 通过与另一台软硬件相同且无故障的计算机进行比较,查看故障机的文件大小是否相同或相差不大,主程序的版本是否一致。

② 检查是否由于病毒或防病毒程序引起故障。

- 检查用户的计算机是否被病毒感染,使用杀毒软件杀毒。
- 检查用户是否安装了两个或两个以上的防毒软件,建议用户使用其中一个,并卸载其他的防毒软件。
- 检查是否有木马程序,用最新版的杀毒程序可以查出木马程序。可以通过安装补丁来弥补程序中的安全漏洞,或者安装防火墙。

③ 检查是否由于操作系统问题引起故障。

- 检查硬盘是否有足够的剩余空间,并检查临时文件是否太多。整理硬盘空间,删除不需要的文件。
- 对于系统文件损坏或丢失,可以使用系统文件检查器进行检查和修复。
- 检查操作系统是否安装了合适的系统补丁(对于 Windows NT 可在启动中观察 Service Pack 的版本,推荐使用 SP6;Windows 2000 和 Windows XP 可以在系统属性中查看,Windows 2000 推荐使用 SP3,Windows XP 推荐使用 SP1)。
- 检查 DirectX 驱动是否正常,升级 DirectX 的版本。
- 检查是否正确安装了设备的驱动程序,并且驱动的版本是否合适。检查驱动安装的顺序是否正确(例如:首先安装主板驱动)。

④ 检查是否由软件冲突、兼容引起故障。

- 检查用户应用软件的运行环境是否与现有的操作系统(Windows/98/NT/2000/XP)相兼容,可通过查看软件说明书或到应用软件网页上查找相关资料,并查看网页上有没有对于此软件的升级程序或补丁可安装。
- 可用任务管理器观察故障计算机的后台是否有不正常的程序在运行,并尝试关闭程序,只保留最基本的后台程序。
- 注意查看故障机内是否有共用的 DLL 文件,可通过改变安装顺序或目录来解决问题。

⑤ 检查硬件设置是否不正确。

- 首先,检查 CMOS 设置是否正确,可恢复默认值。
- 在设备管理器中检查硬件是否正常,中断是否有冲突,调整系统资源(对于某些硬件,要阅读说明书,按照说明正确设置硬件)。
- 在设备管理器中将硬件驱动删除,重新安装驱动程序(最好安装版本正确的驱动程序),查看硬件驱动是否恢复正常。
- 运行硬件检测程序,如 AMI 等,检测硬件是否有故障。
- 在软件最小系统情况下,重新更新硬件驱动,观察故障是否消失。

⑥ 检查是否为兼容问题。

- 阅读说明书或到网页上查找相关资料,检查用户的硬件正常使用所需的软件要求,现在的软件环境是否符合要求,软硬件之间是否相互支持。
- 在设备管理器中检查用户的系统资源是否有冲突,如有冲突,则手动调整系统资源。
- 在设备管理器中检查用户计算机的硬件的驱动是否安装正确,更新合适版本的设备驱动(如某些显卡用 Windows 2000 或 Windows XP 自带的公版驱动,会造成某些大型 3D 游戏无法运行)。
- 去除另行添加的硬件,检查系统是否可正常工作,如正常工作,建议用户更换硬件或查找硬件相关资料进行解决。

⑦ 检查是否由于网络故障引起。

- 碰到计算机连接在网络上,出现死机、运行慢、蓝屏等故障时,应首先关闭网络环境隔离,观察故障是否消失,如故障消失,则为网络问题引起故障。
- 确为网络问题引起的故障,其判断与解决步骤参考第 13.9 节。

⑧ 检查是否由于硬件性能不佳或损坏引起。

- 使用相应的硬件检测程序,检查硬件是否有故障,如果有,利用替换法排除相应的硬件。
- 用替换法检查程序无法判断的硬件故障。

13.8.5 案例

问题描述:一台 Windows XP 计算机,出现休眠后无法唤醒的故障。

解决方案:检查系统,无病毒、无硬件冲突。后发现用户的显示卡采用的是 ELSA 的 5.30 驱动程序,换装 5.32 多语言版驱动程序,故障解决。

13.9 局域网类故障

这类故障主要涉及局域网、宽带网等网络环境中的故障。

13.9.1 可能的故障现象

(1) 网卡不工作,指示灯状态不正确。

(2) 网络连不通或只有几台计算机不能上网。

(3) 数据传输错误、网络应用出错或死机等。

(4) 网络工作正常,但某一应用下不能使用网络。

(5) 只能看见自己或个别计算机。

(6) 无盘站不能上网或启动报错。

(7) 网络设备安装异常。

(8) 网络时通时不通。

13.9.2 案例

1. 案例一

问题描述:网卡不工作,指示灯状态不正确。

解决方案:首先观察系统设备管理群中有没有网卡这个设备,若没有则更换网卡或重新插拔网卡测试,并看金手指部分有没有锈迹;若有,则用橡皮擦净后再测试。

2. 案例二

问题描述:局域网内只有几台计算机能连网,大部分不能互访。网卡灯亮,Hub 灯闪。

解决方案:见到这种情况,要从软硬两个方面来分析。

(1) 软件方面,使用最新版本的 KV3000 进行了查、杀病毒工作,没有发现任何病毒,从而排除了病毒干扰的可能性。网络方面,安装了 NetBEUI、IPX/SPX 和 TCP/IP 协议,网卡的驱动也正确安装,在设备管理中没有发现任何冲突,并进行了协议绑定。设置了文件、打印机共享,也确定了工作组名称和计算机名称。应该说从网络协议到共享资源设置等均没有问题,可以排除软件方面的错误。

(2) 从硬件方面分析,大致有 4 种可能:其一是网线断路,无法形成信号回路;其二是网线的线序是否正确;其三是在集线器与计算机间连接用的网线过长,超过 100 m;其四集线器端口有问题。针对这四种可能性,逐个进行排除。使用测线工具或万用表测量网线,发现网线连接状况很好,没有断路。通过目测,连接用的网线长度不可能超过 100 m。将几台网络已连通的计算机接在集线器上的插口换到怀疑损坏的集线揣端口上,这几台计算机仍然互通。说明集线器端口没有损坏。

(3) 通过对网线线序的检查,发现用户制作的线序是 1、2、3、4,问题就出在这儿,因为 RJ-45 插头正确的连接应该是使用 1、2、3、6,其中 1、2 是一对线,3、6 是一对线,其余 4 根线没有定义。查出了问题,只需为用户重新做网线头,插入后网络正常。

3. 案例三

问题描述:在"网上邻居"中只能看到自己,而看不到其他计算机,从而无法使用其他计算机上的共享资源和共享打印机。

解决方案：使用 ping 命令。ping 本地的 IP 地址或主机名，检查网卡和 IP 网络协议是否安装完好。如果能 ping 通，说明该计算机的网卡和网络协议设置都没有问题。问题出在计算机与网络的连接上。因此，应当检查网线和 Hub 及 Hub 的接口状态，如果无法 ping 通，只能说明 TCP/IP 协议有问题。重新设置网络协议，对于 10 台以下且不上 Internet 的计算机可考虑用 NetBEUI 协议，若上 Internet 则用 TCP/IP 协议，不管用哪种协议，必须保证网内的机器使用的协议一样。

4. 案例四

问题描述：无盘站不能上网或启动报错。

解决方案：Novell 无盘工作站不能正常登录服务器有以下几种情况。

（1）工作站屏幕上出现 Error opening boot disk image file 或 Unable to open image file。

这可能是连到了一个没有包含远程启动映像文件的服务器。把启动映像文件复制到这个服务器的 Login 目录下。如果使用的是多远程启动映像文件，检查 Bootconf.sys 中对工作站是否进行了正确设置，应确保网络地址和结点地址的正确，如果以上都正确，那么可能是远程启动映像文件有问题，可以测试生成启动映像文件的软盘能否正常启动有盘工作站。若还不行，可以运行一下 RPLFIX 实用程序。

（2）工作站屏幕上出现 Error finding server。

在确保硬件线路连接没有问题的前提下，检查服务器上是否安装了 IEEE 802.3 帧类型，远程启动映像文件的 net.cfg 中是否包含 IEEE 802.3，这种就是前面所说的旧型的 IPX 芯片，它不支持 IEEE 802.2 帧。按照相应的类型重新制作启动映像文件。

（3）工作站在从远程启动映像文件装入网卡驱动时挂起屏幕，并显示下面类似的信息：Ethernet card is improperly install or net connected the netwok，这就是由于前面所说的旧式 IPX 芯片在 NetWare 4x 以上使用时，在远程启动映像文件中没有 RPLODI.com 或远程启动映像文件的批处理文件中 ISL.com 下行没有 RPLODI.com 行。

（4）工作站显示 Loading MS-DOS 并挂起。

这是由于远程启动映像文件使用了 DOS 5.0 或以上版本，对远程启动映像的文件运行 PLFIX 实用程序。

（5）屏幕上出现 Batch file missing。

出现这个消息是由于 autoexee.bat 或其他批处理文件（对多个远程启动映像所使用的批处理）没有同时存在于 Login 目录和用户登录目录中。

13.10 互联网类故障

13.10.1 定义

主要是与浏览 Internet 有关的软硬件故障。如不能浏览网页等。

13.10.2 可能的故障现象

（1）不能拨号、无拨号音、拨号有杂音。

（2）上网速度慢、个别网页不能浏览。

（3）上网时死机、蓝屏报错等。

（4）能收邮件但不能发邮件。

（5）网络设备安装异常。

（6）与调制解调器相连的其他通信设备损坏或反之。

13.10.3　可能涉及的部件

调制解调器、电话机、电话线、局端。其余类同"局域网类故障"。

13.10.4　判断要点顺序

（1）环境检查。

① 周边及外观检查。

- 市电的接线定义是否正确，是否有地线。
- 外置 Modem 附近是否有变压器等设备或其他可造成干扰的电器设备。
- 电话是否有防盗打功能，是否安装了电话拨号器、传真机等外部设备。这些外部设备连接是否正确，工作是否正常（单独工作和连机情况下）。
- 检查机箱内灰尘是否较多，是否有异物造成短路，插接部件是否接插到位，无翘起。
- 主板、Modem 或宽带上网网卡上的元器件是否有变形、变色等现象。
- 网卡接口接触是否良好。
- 加电后注意部件、元器件及其他设备是否有异味、温度异常等现象发生。

② 信号线连接。

- 电话线是否正确连接，连接的电话线是否正常，用户的电话是否为分机，是否有来电提醒。
- 拨打的电话号码是否有限制。
- 宽带上网其网线定义是否正确，能否连通，有条件的话将机器更换环境（如：到邻居家中）后再进行测试，以验证是否为连线问题。

（2）故障判断要点。

① Modem 配置检查。

- 检查 CMOS 中的设置是否正确，Modem 设备是否被系统认到。
- 软件最小系统加 Modem，检查故障现象是否消失。如消失，则是硬件之间的不兼容或资源冲突造成的故障。
- 在设备管理器中检查 Modem 驱动是否正确，是否有资源冲突。Modem 支持的协议是否与局端不兼容。在驱动不正确时，可能会造成上网掉线、上网速度慢等现象。将原 Modem 驱动删除（最好在"控制面板/调制解调器"中将 Modem 删除），安装主板驱动后重新安装 Modem 驱动程序。
- Modem 设备属性设置是否正确（如使用的连接速度等）。

② 拨号器/拨号过程检查。

- 检查用户所用的拨号程序是否为第三方的软件。建议用一新建的拨号连接拨号 L 网（最好不用用户的账号），检查是否能拨号，是否报错。

- 注意查看报错信息,初步判断故障原因(如:报 680 错误,是没有拨号音;678 错误是远程服务器没有响应等)。
- 用户是否有权访问 Internet 网络。

③ 网络属性及协议检查。

- 如果是通过服务提供商来拨号上网的,除一定要安装 IP 协议外,不应对 IP 地址参数进行设定。其他上网方式,应按要求进行相关的设定。
- 使用的拨号协议是否与服务商要求的一致(如使用 PPP 协议等)。

④ IE 检查。

- 对于 Windows 98 系统,如果有故障,建议升级 IE 到 5.5 版本,或打补丁。
- 检查 IE 属性设置是否正确,检查是否因上某一网站而被修改。如果临时文件过多,可造成上网后无法浏览网页(可在 IE 属性中删除临时文件等。关于删除的方法,见本部分的后面)。是否因为没有安装某些网站所必需的插件,而造成不能浏览网页。检查 IE 中的安全级别设置和分级检查设置,恢复成默认值。
- 检查是否因为某些网站,造成系统被修改(如注册表被禁用等)。
- 检查用户的软件环境,是否由于防病毒、防火墙之类的软件,或其设置不正确造成浏览困难。

⑤ 系统检查。

- 检查系统中是否有病毒。
- 在 Msconfig 中关掉所有启动时加载的程序,关掉所有正在运行的程序。防止软件冲突造成的无法上网。
- 必要时重新安装操作系统进行测试。

⑥ 硬件检查。

- 更换 Modem 所在的插槽,重新检测 Modem 并安装驱动,如果无法上网,更换 Modem 测试。
- 如果是在雷雨后出现不能拨号等现象,除检查电缆及其上的其他设备是否损坏外还应查 Modem 是否已损坏。
- 如还不能上网,注意检查其他硬件。

⑦ 宽带上网如出现故障,还需进行如下检查。

- 网卡驱动是否安装正确。
- 用闭环测试网卡是否正常。
- 根据当地实际情况将拨号属性设置正确,根据宽带上网说明重新安装拨号软件,设置各选项。
- 更换不同型号的网卡进行测试,排除不兼容现象。
- 联系电信局或小区网管检查网络环境或连接设备。

针对于自动上网的,代理服务器不要进行设置,对于早期的宽带网,需要设置 IP。

13.10.5　案例

1. 案例一

问题描述:计算机采用 Windows 98 操作系统,在拨号上网时发现网页无法打开,但右下角确实有链接的图标,发现无网络流量,但多拨几次后问题解决,此问题复现无规律用户需要解释原因并证明不是计算机的问题。

解决方案:用户要求给予一个合理的解释,因为计算机并非无法上网,了解到这一点就应该从软件方面来考虑,不能一上来就换硬件。

计算机可以正常拨号说明 Modem 硬件和驱动没有问题,但仔细观察后发现网络流量为 0,说明计算机并没有在网上,右下脚的链接符号可能是一种假象,使用 ipconfig/all 命令发现机器没有获得 IP 地址,为什么会有这种现象呢?可能会和电信接入端有关,反复测试拨号上网,发现只要拨号后如果获得地址就一定可以上网,如果没有获得 IP 地址,就一定无法打开网页,通过重新安装 Windows 98 操作系统后问题依旧,即认为计算机没有问题,在新的 Windows 98 下用另外一种方式进行测试,即用 Windows 98 里边的超级终端来拨号,原因是超级终端在拨号时可以看到拨号的全过程,是否可以得到 IP 地址,在使用超级终端拨号 5~6 次后发现有一次没有得到 IP 地址,至此可知,真正的原因在于电信的局端,而不是计算机本身。

2. 案例二

问题描述:计算机所装的操作系统为 Windows 98,以前确实可以拨号上网,最近由于安装了一块网卡,局域网可以上,拨号就不成了。拨号时无法拨号上网,可是有拨号音。网卡获得 IP 是采用 DHCP 方式。

解决方案:初步认定不是计算机本身的问题,还是和设置及操作系统有关,因为在 Windows 2000 下别的计算机是没有此问题的。

首先将网卡屏蔽掉,然后测试拨号上网,故障消失,将网卡扣开,发现可以拨号上网。重新启动后,发现局域网上去后拨号再次出现异常,故障复现,使用超级终端拨号发现无法获得 IP 地址,问题找到,但是什么原因造成无法获得 IP 地址的呢?看来和操作系统有关,因为 Windows 2000 下并无此问题,应该在 Windows 98 中和网卡有关。出于此局域网是采用 DHCP 方式,用 wmipcfs 将网卡 IP 地址释放掉,再次拨号故障解决,总算找出了问题的所在,反复启动并释放网卡 IP 后拨号正常。后经和微软工程师沟通,确定 Windows 95 和 Windows 98 确实有这种问题,但 Windows 2000 下已经解决了此问题,至此问题圆满解决。

3. 案例三

问题描述:用户自己买了一个 Modem,用此 Modem 可以使用 163/169 拨号上网无法拨到公司的局域网上收发邮件。

解决方案:因为可以拨到 163 上,无法拨到公司网上,所以重点要看用户 Modem 的型号及协议。Modem 是国产同维的产品,支持 V. 90 协议,公司的 Modem 是美国 3COM 的产品,也支持 V. 90 协议,首先用超级终端拨号到公司,发现出现拨号音 2s 后自动断掉,没有到获得 IP 地址的那一步,这就说明两个 Modem 出现了兼容性问题,借了一个 3COM Modem,首先用拨号网络测试一切正常,再用超级终端测试发现一切正常。

注意:在 IE 中删除临时文件可用以下几种方法。

(1) 打开 IE 浏览器,在"2E~/Internet 选项"中删除临时文件,清空历史记录。对于 IE 无法打开的可在这里的设置中选"每次启动 Internet Explorer"或将 Internet 临时文件夹使用的磁盘空间加大。

(2) 对于 Windows 98 操作系统,在"开始"|"设置"|"任务栏和开始菜单"|"开始菜单程

序"中选"清除"。

(3) 在 C：\Windows\History 目录中将历史记录删除。

(4) 在 C：\Windows\Templete Internet Files 中删除所有文件。

(5) 使用网络实名等第三方软件进行清除。

13.11　外部设备类故障

13.11.1　定义

这类故障主要涉及串并口、USB 端口、键盘、鼠标等设备的故障。

13.11.2　可能的故障现象

端口与外部设备故障。

(1) 键盘工作不正常、功能键不起作用。

(2) 鼠标工作不正常。

(3) 不能打印或在某种操作系统下不能打印。

(4) 外部设备工作不正常。

(5) 串口通信错误（如传输数据报错、丢数据）。

(6) 使用 USB 设备不正常（如 USB 硬盘带不动）。

13.11.3　可能涉及的部件

装有相应端口的部件（如主板）、电源、连接电缆、BIOS 中的设置。

13.11.4　判断要点顺序

(1) 维修前的准备。

① 准备相应端口的短路环测试工具。

② 准备测试程序 QA、AMI 等——这些程序要求在 DOS 下运行。

③ 根据站内的资源，准备相应端口使用的电缆线，如并口、打印机线、串口线、USB 线等。

(2) 环境检查。

① 连接及外观检查。

• 设备数据电缆接口是否与主机连接良好、针脚是否有弯曲、缺失、短接等现象。

• 对于一些品牌的 USB 硬盘，应向用户说明最好使用外接电源以使其更好的工作。

• 连接端口及相关控制电路是否有变形、变色现象。

• 连接用的电缆是否与所要连接的设备匹配（如：两台计算机通过串口相连，就应使用串行口连接线而不能使用 Modem 线等）。

② 外部设备检查。

• 外接设备的电源适配器是否与设备匹配。

• 检查外接设备是否可加电（包括自带电源和从主机信号端口取电）。

- 检测其在纯 DOS 下是否正常工作。如不能工作,应先检查线缆或更换外部设备及主板。
- 如果外接设备有自检等功能,可先行检验其是否为完好;也可将外接设备接至其他计算机检测。

(3) 故障判断要点。

① 尽可能简化系统,将无关的外部设备先去掉。

② 端口设置检查(BIOS 和操作系统两方面)。

- 检查主板 BIOS 设置是否正确,端口是否打开,工作模式是否正确。
- 通过更新 BIOS、更换不同品牌或不同芯片组主板,测试是否存在兼容问题。
- 检查系统中相应端口是否有资源冲突。接在端口上的外部设备驱动是否已安装,其设备属性是否与外接设备相适应。在设置正确的情况下,检测相应的硬件——主板等。
- 检查端口是否可在 DOS 环境下使用,可通过接外部设备或用下面介绍的端口检测工具检查。
- 对于串、并口等端口,必须使用相应端口的专用短路环,配以相应的检测程序(推荐使用 AMI)进行检查。如果检测出有错误,则应更换相应的硬件。
- 检查在一些应用软件中是否有不当的设置,导致一些外部设备在此应用下工作不正常。在一些应用下,设置了不当的热键组合,使某些键不能正常工作。

③ 设备及驱动程序检查。

- 驱动重新安装时优先使用设备驱动自带的卸载程序,如 Z32 打印机。
- 检查设备软件设置是否与实际使用的端口相对应,如 USB 打印机要设置 USB 输出。
- USB 设备、驱动、应用软件的安装顺序要严格按照使用说明操作。
- 外部设备的驱动程序最好使用较新的版本,并可到厂商的网站上去升级。

13.11.5 案例

问题描述:移动硬盘在接入计算机后发现 USB 硬盘读写操作发出“咔咔”的声音,而且经常产生读写错误。

解决方案:采用移动硬盘外置电源供电,故障解决。一般来说,USB 接口只能提供 +5V 最大 500mA 供电,如果供电不足会导致移动硬盘读写错误甚至无法识别。某些 USB 移动硬盘提供 PS/2 取电接口,也可尝试使用。

13.12 音视频类故障

13.12.1 定义

此类故障是与多媒体播放、制作有关的软硬件故障。

13.12.2 可能的故障现象

(1) 播放 CD、VCD 或 DVD 等报错、死机。

（2）播放多媒体软件时，有图像无声或无图像有声音。

（3）播放声音时有杂音，声音异常、无声。

（4）声音过小或过大，且不能调节。

（5）不能录音、播放的录音杂音很大或声音较小。

（6）设备安装异常。

13.12.3　可能涉及的部件

音视频板卡或设备、主板、内存、光驱、磁盘介质、机箱等。

13.12.4　判断要点顺序

（1）维修前的准备。

① 除必备的维修工具外，应准备最新的设备驱动、补丁程序、主板 BIOS、最新的 DirectX，标准格式的音频文件（CD、WAV 文件）、视频文件（VCD、DVD）。

② 熟悉多媒体应用软件的各项设置，如 Windows 下声音属性的设置、声卡/显卡附带应用软件的设置、视频盒/卡应用软件的设置等。

③ 有针对性地了解用户的信息，主要了解：出现故障是否安装过新硬件、软件、重装过系统（包括一键恢复）。

（2）环境检查。

① 检查市电的电压是否在允许的范围内（220V ±10%）。

② 检查设备电源、数据线连接是否正确，插头是否完全插好，如音箱、视频盒的音/视频连线等；开关是否开启；音箱的音量是否调整到适当大小。

③ 观察用户的操作方法是否正确。

④ 检查周围的使用环境，有无大功率干扰设备，如空调、背投、大屏幕彩电。冰箱等大功率电器。如果有，应与其保持相当的距离（50cm 以上）。

（3）故障判断要点。

① 对声音类故障（无声、噪音、单声道等），首先确定音箱是否有故障，方法：可以将音箱连接到其他音源（如录音机、随身听）上检测，声音输出是否正常，此时可以判定音箱是否有故障。

② 检查是否由于未安装相应的插件或补丁，造成多媒体功能工作不正常。

③ 对多媒体播放、制作类故障，如果故障是在不同的播放器下、播放不同的多媒体文件均复现，则应检查相关的系统设置（如声音设置、光驱属性设置、声卡驱动及设置），乃至检查相关的硬件是否有故障。

④ 如果是在特定的播放器下才有故障，在其他播放器下正常，应从有问题的播放器软件着手，检查软件设置是否正确，是否能支持被播放文件的格式。可以重新安装或升级软件后，看故障是否排除。

⑤ 如果故障是在重装系统、更换板卡、用系统恢复盘恢复系统或使用一键恢复等情况出现的，应首先从板卡驱动安装入手检查，如驱动是否与相应设备匹配等。

⑥ 对于视频输入、输出相关的故障应首先检查视频应用软件采用信号制式设定是否正确，即应该与信号源（如有线电视信号）、信号终端（电视等）采用相同的制式。中国地区普遍

为 PAL 制式。

　　⑦ 进行视频导入时，应注意视频导入软件和声卡的音频输入设置是否相符。如软件中音频输入为 MIC，则音频线接声卡的 MIC 口，且声卡的音频输入设置为 MIC。

　　⑧ 当仅从光驱读取多媒体文件的出现故障，如播放 DVD/VCD 速度慢、不连贯等，先检查光驱的传输模式，应设为 DMA 方式。

　　⑨ 检查有无第三方的软件干扰系统的音视频功能的正常使用。另外，杀毒软件会引起播放 DVD/VCD 速度慢、不连贯等（如瑞星等，应关闭）。

　　⑩ 软件检查。

- 检查系统中是否有病毒。
- 声音/音频属性设置：音量的设定，是否使用数字音频等。
- 视频设置：视频属性中分辨率和色彩深度。
- 检查 DirectX 的版本，安装最新的 DirectX。同时使用其提供的 Dxdiag.exe 程序，对声卡设备进行检查。
- 设备驱动检查：在 Windows 下"系统"|"设备管理"中，检查多媒体相关的设备（显卡、声卡、视频卡等）是否正常，即不应存在有"?"或"!"等标识，设备驱动文件应完整。必要时，可通过卸载驱动再重新安装或进行驱动升级。对于说明书中注明必须手动安装的声卡设备，应按要求删除或直接覆盖安装（此时，不应让系统自动搜索，而是手动在设备列表中选取）。
- 如用户曾重装过系统，可能在装驱动时没有按正确步骤操作（如重启动等），导致系统显示设备正常，但实际驱动并没有正确工作，此时应为用户重装驱动。方法可同上。
- 用系统恢复盘恢复系统、或使用一键恢复后有时会出现系统识别的设备不是用户实际使用的设备，而且在 Windows 下"系统"|"设备管理"中不报错，这时必须仔细核对设备名称是否与实际的设备一致，不一致则重装驱动（如：更换过可替换的主板后声卡芯片与原来的不一致）。
- 重装驱动仍不能排除故障：应考虑是否有更新的驱动版本，应进行驱动升级或安装补丁程序。

　　⑪ 硬件检查。

- 用内存检测程序检测内存部分是否有故障。考虑的硬件有主板和内存。
- 首先采用替换法检查与故障直接关联的板卡、设备。声音类的问题：声卡、音箱、主板上的音频接口跳线；显示类问题：显卡；视频输入输出类问题：视频盒/卡。
- 当仅从光驱读取多媒体文件时出现故障，在软件设置无效时，用替换法确定光驱是否有故障。
- 对于有噪声的问题，检查光驱的音频连线是否正确安装，音箱自身是否有问题，电源适配器是否有故障，及其他匹配问题等。
- 用磁盘类故障判断方法，检测硬盘是否有故障。
- 采用替换法确定 CPU 是否有故障。
- 采用替换法确定主板是否有故障。

13.12.5 案例

1. 案例一

问题描述：计算机安装的是 Windows XP 系统。用户在播放音视频文件,如 VCD、CD、MP3 等时,音箱里"吱吱"的噪声很明显。

解决方案：一般看到此类问题,总会先想到是音箱的问题,或者主板的声卡有问题。但是工程师先后更换音箱、主板都是故障依旧。此时维修陷入困境。

其实只要仔细观察并思考一下,本着先软后硬的思路去观察,问题应该能很快地解决。此案例中,由于计算机本身出厂是 DOS 系统,Windows XP 是用户自己安装的,声卡驱动也是 Windows XP 自己认的,而恰恰是 Windows XP 自带的驱动出了问题,造成用户报修的问题现象。只要安装随机驱动光盘里的相应驱动程序,问题就迎刃而解了。

2. 案例二

问题描述：用户自己安装 Windows 98,发现播放 CD 时无声音,在声音控制里已经打开了 CD 的控制,并且把音量调节到了最大。

解决方案：首先要知道,现在许多计算机不再配置光驱和声卡之间的音频线了,插放CD 时都采用 Windows XP 本身提供的数字音频功能直接播放。而 Windows 98 不具备数字音频的功能。改用 Windows XP 操作系统,或者添加一根音频线即可解决问题。

从这个案例不难看出,对产品配置、技术规范的了解和掌握对于解决用户问题是很重要的保证。

13.13　兼容或配合性故障

13.13.1　定义

这类故障主要是由于用户新添软硬件设备而引起的软硬件故障。

这类故障在前面的几类故障中已部分提及,因此有些故障现象可能与前面所介绍的故障判断类似,可参考。

13.13.2　可能的故障现象

(1) 加装用户的设备或应用后,系统运行不稳定,如死机或重启等。

(2) 用户所加装的设备不能正常工作。

(3) 用户开发的应用不能正常工作。

(4) 计算机不能满足用户需要的配置(如需要加装大容量内存、需要多个串口等)。

13.13.3　可能涉及的部件

所有可能的部件或软件。但影响第三方应用最多的部件应该是：主板、CPU、内存、显示卡及新型接口的外部设备。

13.13.4　判断要点顺序

(1) 环境检查。

① 检查外加设备板卡等的制作工艺,对于工艺粗糙的板卡或设备,很容易引起黑屏、电

源不工作、运行不稳定的现象。

② 检查追加的内存条是否与原内存条是同一型号。不同的型号一是会引起兼容问题，造成运行不稳定、死机等现象；二是要注意修改 BIOS 中的设置。

③ 更新或追加的部件，如 CPU、硬盘等的技术规格是否能与其余的部件兼容。过于新的部件或规格较旧的部件，都会与原有配置不兼容。如较旧的部件不支持电源管理，从而系统运行时，使用这样的部件就会工作不正常，或是使整个系统也不能正常工作。

（2）故障判断要点。

① 开机后应首先检查更新的或追加的部件，在系统启动前出现的配置列表中能否出现。如果不能，应检查其安装及其技术规格。

② 如果造成无显、运行不稳定或死机等现象，应先去除更新或追加的部件或设备，看系统是否恢复到正常的工作状态，并认真研读新设备、部件的技术手册，了解安装与配置方法。

③ 外加的设备如不能正常安装，应查看其技术手册了解正确的安装方法、技术要求等，并尽可能使用最新版本的驱动程序。如果不能解决，应检查外加设备的质量及原系统的工作情况。

④ 检查新追加或更新的部件与原有部件间是否存在不能共享资源的现象，即调整相应部件的资源检查故障是否消失，在不能调开时，可设法更换安装的插槽位置，或在 BIOS 中更改资源的分配方式。

⑤ 检查是否由于 BIOS 的原因造成了兼容性问题，这可通过更新 BIOS 来检查（注意，不一定是最新版或更高版本，可以降低版本检查）。

⑥ 查看追加的部件上的跳线设置是否恰当，并进行必要的设置修改。

⑦ 对于使用较旧的板卡或软件，应注意是否由于速度上的不匹配而引起工作不正常。

⑧ 通过更改系统中的设置或服务，来检查故障是否消失，如电源管理服务、设备参数修改等。

⑨ 检查原有的软硬件是否存在性能不佳的情况，即通过更换硬件或屏蔽原有软件来检查。

13.13.5 案例

问题描述：用户加装的内置 Modem，拨号时提示"端口已打开"，无法正常工作。

解决方案：检查系统，无病毒，在设备管理器中也无硬件冲突提示。上网下载最新驱动程序，故障仍然复现。至此怀疑是 Modem 本身有问题，将 Modem 换至其他计算机，却能够正常使用。仔细对比两台计算机的配置，发现故障机的 Modem 和显示卡同时占用中断 10，于是更换 Modem 插槽，观察资源占用情况，发现显示卡和 Modem 已经不使用同一中断，于是拨号，能够正常上网，故障解决。

这是一例典型的隐性硬件资源冲突故障。PCI 设备是允许中断复用的，因此两种设备占用同一中断，系统并不确定为冲突，但此例可能是由于厂商设计的原因，恰好是这两种设备不能占用同一中断，于是产生了冲突。

本 章 习 题

一、填空题

1. 计算机的性能主要包括_____、_____、_____和_____等方面。

2. 通过测试软件可检测出计算机内部件的_____、_____和_____等信息。

3. 计算机的性能大体上分为_____、_____、_____和_____的处理能力。

二、判断题

1. 通过测试软件可检测计算机所用的部件信息。   （   ）

2. 测试软件测试出来的信息不一定完全真实。   （   ）

3. 不同的操作系统测试出来的结果有差距。   （   ）

4. CPU 的频率越高就代表计算机的整体性能越强。   （   ）

三、问答题

1. 怎样使用 CPU-Z 查询 CPU 的信息？

2. 怎样使用 AIDA32 查询整机信息？

3. 怎样使用 SiSoftware Sandra 对整机进行性能测试？

高等学校计算机专业教材精选

计算机技术及应用

信息系统设计与应用(第 2 版)　赵乃真　　　　　　　　ISBN 978-7-302-21079-5

计算机硬件

单片机与嵌入式系统开发方法　薛涛　　　　　　　　　ISBN 978-7-302-20823-5

基于 ARM 嵌入式 μCLinux 系统原理及应用　李岩　　　ISBN 978-7-302-18693-9

计算机组装与维护　茹庆云　　　　　　　　　　　　　ISBN 978-7-302-23763-1

计算机基础

计算机科学导论教程　黄思曾　　　　　　　　　　　　ISBN 978-7-302-15234-7

计算机应用基础教程(第 2 版)　刘旸　　　　　　　　 ISBN 978-7-302-15604-8

计算机原理

计算机系统结构　李文兵　　　　　　　　　　　　　　ISBN 978-7-302-17126-3

计算机组成与系统结构　李伯成　　　　　　　　　　　ISBN 978-7-302-21252-2

计算机组成原理(第 4 版)　李文兵　　　　　　　　　 ISBN 978-7-302-21333-8

计算机组成原理(第 4 版)题解与学习指导　李文兵　　 ISBN 978-7-302-21455-7

人工智能技术　曹承志　　　　　　　　　　　　　　　ISBN 978-7-302-21835-7

微型计算机操作系统基础--基于 Linux/i386　任哲　　　ISBN 978-7-302-17800-2

微型计算机原理与接口技术应用　陈光军　　　　　　　ISBN 978-7-302-16940-6

数理基础

离散数学及其应用　周忠荣　　　　　　　　　　　　　ISBN 978-7-302-16574-3

离散数学(修订版)　邵学才　　　　　　　　　　　　　ISBN 978-7-302-22047-3

算法与程序设计

C++ 程序设计　赵清杰　　　　　　　　　　　　　　　ISBN 978-7-302-18297-9

C++ 程序设计实验指导与题解　胡思康　　　　　　　　ISBN 978-7-302-18646-5

C 语言程序设计教程　覃俊　　　　　　　　　　　　　ISBN 978-7-302-16903-1

C 语言上机实践指导与水平测试　刘恩海　　　　　　　ISBN 978-7-302-15734-2

Java 程序设计(第 2 版)娄不夜　　　　　　　　　　　ISBN 978-7-302-20984-3

Java 程序设计教程　孙燮华　　　　　　　　　　　　　ISBN 978-7-302-16104-2

Java 程序设计实验与习题解答　孙燮华　　　　　　　　ISBN 978-7-302-16411-1

Visual Basic.NET 程序设计教程　朱志良　　　　　　　ISBN 978-7-302-19355-5

Visual Basic 上机实践指导与水平测试　郭迎春　　　　ISBN 978-7-302-15199-9

程序设计基础习题集　张长海　　　　　　　　　　　　ISBN 978-7-302-17325-0

程序设计与算法基础教程　冯俊　　　　　　　　　　　ISBN 978-7-302-21361-1

计算机程序设计经典题解　杨克昌　　　　　　　　　　ISBN 978-7-302- 163589

数据结构　冯俊　　　　　　　　　　　　　　　　　　ISBN 978-7-302-15603-1

数据结构　汪沁　　　　　　　　　　　　　　　　　　ISBN 978-7-302-20804-4

新编数据结构算法考研指导　朱东生　　　　　　　　　ISBN 978-7-302-22098-5

新编 Java 程序设计实验指导　姚晓昆　　　　　　　　 ISBN 978-7-302-22222-4

数据库

SQL Server 2005 实用教程　范立南　　　　　　　　　ISBN 978-7-302-20260-8

数据库基础教程　王嘉佳　　　　　　　　　　　　　　ISBN 978-7-302-11930-8

数据库原理与应用案例教程　郑玲利　　　　　　　　　ISBN 978-7-302-17700-5

图形图像与多媒体技术

AutoCAD 2008 中文版机械设计标准实例教程　蒋晓　　 ISBN 978-7-302-16941-3

Photoshop(CS2 中文版)标准教程　施华锋　　　　　　　ISBN 978-7-302-18716-5